施尼茨勒作品集

III

轮 舞

（戏剧·箴言）

人民文学出版社

施尼茨勒在观星台大街的家中,1910年后。

阿图尔·施尼茨勒，1925。

阿图尔·施尼茨勒，1930。

REIGEN

ZEHN DIALOGE
VON
ARTHUR SCHNITZLER

WINTER 1896/97

ALS UNVERKÄUFLICHES MANUSKRIPT
GEDRUCKT

施尼茨勒的剧本《轮舞》，1896 至 1897 年冬出版。

《轮舞》剧照,柏林小剧院,1920。

《儿戏恋爱》最初的笔记(草稿题为:《可怜的姑娘》)

《儿戏恋爱》剧照,柏林席勒剧院,1925。

阿图尔和尤里乌斯·施尼茨勒兄弟在维也纳中央公墓的墓碑

目　次

第 三 卷
轮舞（戏剧·箴言）

戏　剧 ·· 3
　阿纳托尔 ·· 5
　儿戏恋爱 ·· 92
　绿鹦鹉酒馆 ·· 147
　轮舞 ··· 185
　伯恩哈迪教授 ·· 254

箴　言 ·· 371
　关系与孤独 ·· 373

附　录 ·· 395
　施尼茨勒生平与创作年表 ·· 397

第三卷

轮　舞

戏剧·箴言

戏 剧

阿纳托尔

引　子

高高的栅栏和紫杉篱，
徽章永远不再镀金，
狮身人面像的光影穿过灌木丛……
……门嘎吱嘎吱地打开了。——
人工瀑布沉睡不醒
半人半鱼的海神也萎靡不振
洛可可沾满了灰尘，妩媚迷人
你们看啊……卡纳莱托[①]的维也纳
十八世纪六十年代的维也纳……
……绿色的、棕色的、安静的池塘，
围着光滑而大理石般白净的镶边
在水精灵的倒影里
金色鲤鱼和银色鲌鱼在嬉戏……
在平整的草地上
散布着高挑的夹竹桃
那均匀可爱的影子；
树枝向上拱出了穹顶，
树枝向下搭成了壁龛，

[①] 卡纳莱托（1721—1780），意大利画家，于1759—1760年间到维也纳。受玛丽亚·特蕾西娅之托，以维也纳广场和皇家夏宫为题材创作了13幅大型作品。

为那些拘谨的情侣
男男女女的主角们……
三只海豚一边低语
一边往贝壳状盆子里浇水……
芳香浓郁的栗子花
散发着光亮,向下低垂
消失在盆子里……
……一道紫杉栅栏后面
响起小提琴和单簧管的乐声……
就像是从优雅的小爱神
身上淌出的天籁,
这些爱神坐在斜坡上
有的拉着琴,有的在编织花环,
他们自己四周锦花簇拥,
大理石花盆中塞满了各种鲜花:
桂竹香、茉莉花和丁香花……
……斜坡上,花丛之中
还坐着些俏媚的女人
以及一些紫衣主教……
在草坪上,就在他们脚边,
在软垫上,在台阶上
坐着绅士和神父……
其他人正在把香喷喷的女人
从轿子里扶出来……
……光线从树枝间穿过,
照耀着金黄色的小脑袋;
也洒落在彩色的坐垫上,
滑过砾石和草坪,
滑过我们刚刚匆忙
打开来的脚手架。
葡萄藤和风向上爬去,

裹住了明亮的大梁。
在中间,五颜六色的
壁毯和壁纸随风飘动,
上面织着牧羊人的场景,
那是华铎的优秀作品……
没有舞台,有一座凉亭,
没有挂灯,有的是夏日,
那我们就演戏吧,
演出我们自己的剧目,
早熟、温柔而又伤心,
这是我们灵魂的喜剧,
我们感觉中的昨日今天,
恶毒事物的好形式,
直接的话语,多彩的画面,
隐秘而不完整的体验,
临死的挣扎,段段插曲……
有人在倾听,不是所有的人……
有人在做梦,有人在大笑,
有人在吃冰激凌……还有人
在说着风流韵事……
石竹在风中摇曳,
白色的高干石竹,
就像一群白蝴蝶……
一条博洛尼亚犬惊奇地
对着一只孔雀狂叫不止……

一八九二年秋,洛里斯

算　　命

人物:阿纳托尔、马科斯、珂拉。
地点:阿纳托尔的房间里。

马科斯　阿纳托尔,我很羡慕你。真的……

阿纳托尔　(微笑着)

马科斯　哦,我给你说啊,我当时都惊呆了。之前我一直以为那只是童话。但我刚才看到,……她就在我面前睡着了……你瞎掰说她是一个芭蕾舞演员时她还跳舞了,你骗她说她的情人死了时她就哭成那样子了,当你把她变成王后时,她就真的赦免了一个罪犯……

阿纳托尔　是啊,是的。

马科斯　我看出来了,你还是个巫师呢!

阿纳托尔　我们大家都是巫师啊。

马科斯　太可怕了。

阿纳托尔　我不这么看……这并不比生活本身更可怕的。跟人类在这几百年间遇到的很多事情相比,这并不更可怕。你想想,当咱们的祖先突然听说地球在自转时他们是什么样的感受啊?他们肯定全都晕倒了!

马科斯　对……但那跟所有人有关嘛!

阿纳托尔　假如有人重新发现了春天……也不会相信的!就算有绿色的树木,就算有盛开的鲜花,就算有爱情,还是不会相信的。

马科斯　你弄错了;这都是在胡扯。而催眠学……

阿纳托尔　催眠术……

马科斯　却是另外一回事儿。我绝对不会让人对我进行催眠的。

阿纳托尔　幼稚!如果我让你睡着,你就乖乖地躺下去,那又有什么啊?

马科斯　是啊,然后你对我说:"您是通烟囱的工人。"于是我就爬进烟囱,弄得满身煤烟。

阿纳托尔　嗨,这都是玩笑话……其实,里面最奇妙的事情是科学评价。——但是,我们并没有取得多大进展。

马科斯　为什么……?

阿纳托尔　是啊,今天我确实得以送那个姑娘去过上百个另外的世界,但我怎么才能把自己送到另外一个世界去呢?

马科斯　这行不通吗？

阿纳托尔　跟你说实话吧，我已经试过了。我对这枚钻戒盯了几分钟，给自己灌输了这个想法：阿纳托尔！睡吧！等你醒来的时候，对那个让你发疯的女人的念头就已经从你心中消失了。

马科斯　你醒了后怎么样呢？

阿纳托尔　唉，我根本就没睡着。

马科斯　那个女人……那个女人？……那你还想着她呢！

阿纳托尔　是啊，哥们儿！……我还想着她呢！我太不幸了，简直要疯了。

马科斯　那你还在……怀疑？

阿纳托尔　不……不怀疑。我知道她在骗我！当她吻着我双唇的时候，当她抚摸我头发的时候……当我们很幸福的时候……我知道她在骗我。

马科斯　你在瞎想！

阿纳托尔　不！

马科斯　那你有证据吗？

阿纳托尔　我猜到了……我感觉到了……所以我知道她在骗我！

马科斯　这是什么逻辑啊！

阿纳托尔　这些女人总是对我们不忠。她们的天性如此……她们自己都不知道这一点……正如我同时要看两三本书一样，这些女人必须有两三桩私情。

马科斯　那她是爱你的啦？

阿纳托尔　非常爱我……但这不重要了。她对我不忠。

马科斯　那她跟谁好呢？

阿纳托尔　我怎么知道？可能是跟一个侯爵，他在街上追着她走来着；可能是跟一个住在市郊的诗人，当她早上从他房子旁走过的时候，他从窗户里冲她微笑了一下！

马科斯　你这个傻瓜！

阿纳托尔　那她有什么理由不对我不忠呢？她跟所有的女人一样，热爱生活，而且不动脑子。要是我问她：你爱我吗？——她就说是的——而且还说了实话；要是我问她：你对我忠诚吗？——她还是说是的——又还是在说实话,因为她根本想不起别人来了——至少在那个时候想不起来了。但是呢,如果有一个对你说:我可爱的朋友,我对你不忠了吗?哪里会有什么确定的事情呢?要是她对我忠诚的话——

马科斯　这不就是了!——

阿纳托尔　这纯属偶然……她绝对不会想:哦,我必须对他忠诚,对我那可爱的阿纳托尔忠诚……绝对不会的……

马科斯　但是,要是她爱着你呢?

阿纳托尔　唉,你好幼稚!要是这都成了理由的话!

马科斯　那又怎样?

阿纳托尔　我怎么会对她不忠呢?……我肯定爱着她的啊!

马科斯　呵呵!一个男人!

阿纳托尔　愚蠢的老套说法!我们总是想要让自己相信女人跟我们不一样!是啊,有些女人是跟我们不一样……那些被母亲关在家里的,或者那些没有什么热情的……我们都是一样的。要是我对一个女人说:我爱你,只爱你——我并没有觉得自己在骗她,即便是我头天晚上还在另一个女人的胸口上睡觉。

马科斯　啊……你!

阿纳托尔　我……是的!难道你不是这样吗?她,我爱慕的那个珂拉难道不是这样吗?啊!我简直快疯了。假如我跪在她面前,对她说:宝贝儿,我的亲亲——先原谅你以前的事情——但你要告诉我实情——这对我有什么好处啊?她还会像先前一样撒谎——那我还跟以前一样没有进展。难道没人恳求过我吗?"我的天啊!告诉我……你真的对我忠诚吗?就算你不忠,我一点也不会责怪你的。但你要对我说实话!我要知道实情……"我怎么回答的呢?撒了谎……平静地,还带着幸福的微笑……心安理得地。我当时在想,我为什么要让你苦恼呢?然后我对她说:是的,我的天使!我对你忠贞不渝。于是她相信了,非常开心!

马科斯　那就是嘛!

阿纳托尔　但是,我自己不相信,我并不开心!要是能有一个可靠的

10

办法能让这些愚蠢、甜腻、可恨的宠儿开口说话,或者能有别的办法获知实情,那我就开心了……但是,没有什么办法,只能依靠偶然的机会了。

马科斯　那催眠术呢?

阿纳托尔　什么?

马科斯　哦……催眠术啊……我是说:你把她催眠了,然后对她说:你要对我说实话。

阿纳托尔　嗯……

马科斯　你必须这么做……听见没……

阿纳托尔　太不可思议了!……

马科斯　这应该行得通的……然后你就接着问她……你爱我吗?……你爱的是别人?……你从谁那儿来?……要到谁那儿去?……那个人叫什么名字?……诸如此类的问题。

阿纳托尔　马科斯!马科斯!

马科斯　怎么了?……

阿纳托尔　你是对的!……我们可以当巫师!我们可以从一个女人嘴里变出真话来……

马科斯　那么好!我看你有救了!珂拉肯定是个合适的媒介……你今天晚上就能知道你是被骗了……还是一个

阿纳托尔　还是一个神!……马科斯!……我要拥抱你一下!……我感到获得解放了……我彻底变了。她在我的掌握之中……

马科斯　我非常好奇……

阿纳托尔　为什么?你有怀疑吗?

阿纳托尔　哦,对了,别人不许怀疑,只有你自己……

阿纳托尔　那当然了!……当一个丈夫走出家门,他先前刚刚在家里发现自己老婆跟她情人在一起,这时候,一个朋友走过来对他说:我觉得你太太在欺骗你;这个丈夫不会回答说:我刚才证明了这一点……他只会说:你是个浑蛋……

马科斯　是的,我几乎忘记了做朋友的第一项义务:让人继续保留自己的幻想。

阿纳托尔　闭嘴吧你!

11

马科斯　怎么了?

阿纳托尔　你没听见她来了吗?我熟悉那脚步,就算她刚走楼门我也能听出来是她。

马科斯　我什么也没听见。

阿纳托尔　已经很近了!……到过道了……(打开房门)珂拉!

珂拉　(在门外)晚上好!哦,还有别人在啊……

阿纳托尔　我的朋友马科斯。

珂拉　(走进屋里)晚上好!咦,没点蜡烛?……

阿纳托尔　哎,不才开始天黑嘛。你知道我喜欢这样的。

珂拉　(抚摸着他的头发)我的小诗人!

阿纳托尔　我最心爱的珂拉——

珂拉　我要点蜡烛了……你不反对吧?(她点燃了烛台里的蜡烛)

阿纳托尔　(对马科斯说)她难道不很可爱吗?

马科斯　那当然!

珂拉　嗨,还好吗?阿纳托尔,你还好吗?——马科斯,您呢?——你们聊了很久了吧?

阿纳托尔　半个小时了。

珂拉　哦。(她取下帽子,脱去外套)聊什么呢?

阿纳托尔　瞎聊呢。

马科斯　催眠术。

珂拉　又是催眠术啊!老说这个,人都变傻了。

阿纳托尔　嘿……

珂拉　阿纳托尔,我想让你把我催眠一回。

阿纳托尔　我……催眠你……?

珂拉　是啊,我觉得那样很不错。我是说,让你来催眠我。

阿纳托尔　谢谢。

珂拉　我不让一个陌生人来催眠我……,不,才不呢,我不想这样。

阿纳托尔　嗯,宝贝儿……要是你想的话,我就催眠你吧。

珂拉　什么时候啊?

阿纳托尔　就现在吧!马上就开始,就在这儿。

珂拉　嗯!好啊!我需要做什么?

12

阿纳托尔　什么也不用做,宝宝,你只要静静地坐在靠背椅上,想着要睡觉就好了。

珂拉　嗯,我愿意!

阿纳托尔　我站在你面前,你看着我……就这样……你看着我啊……我用手抚摸你的额头和眼睛。就这样……

珂拉　这样啊,然后我干什么呢……

阿纳托尔　不干什么……你只需要想着要睡觉就是了。

珂拉　嗨,你这样——抚摸我眼睛,我觉得很怪……

阿纳托尔　安静……别说话……睡吧。你已经很困了。

珂拉　不困。

阿纳托尔　困了!……有一点困了。

珂拉　有一点,是的……

阿纳托尔　……你的眼皮都变得沉重了……很重了,你连双手都没法抬起了……

珂拉　(轻声地)确实如此。

阿纳托尔　(继续抚摸着她的额头和眼睛,单调地)困了……你已经很困了……睡吧,我的宝宝……睡吧……你已经很困了……睡吧,我的宝宝……睡吧。(马科斯一直惊奇地看着这一切,阿纳托尔转向他,做了一个胜利在望的表情)睡吧……这会儿眼睛紧紧地闭上了……你再也没法睁开眼睛了……

珂拉　(想要睁开眼睛)

阿纳托尔　不行……你在睡觉呢……继续安心睡觉吧……就这样……

马科斯　(想要问点什么)你……

阿纳托尔　别说话。(对珂拉说)……睡吧……安稳老实地睡吧。(他在珂拉身前站了一会儿,她平稳地呼吸着,睡着了)嗯……现在你可以问了。

马科斯　我刚才只是想问,她是不是真的睡着了。

阿纳托尔　你自己能看见的啊……我们再等一会儿吧。(他在她身前站着,静静地看着她。过了很长时间)珂拉!……现在你要回答我的问题了……回答问题。你叫什么?

珂拉　珂拉。

阿纳托尔　珂拉,现在我们在森林里。

珂拉　嗯……在森林里……太美了!绿色的树木……还有那么多夜莺。

阿纳托尔　珂拉……你现在要对我说实话了……你要干什么,珂拉?

珂拉　说实话。

阿纳托尔　你现在要如实回答我所有的问题,等你醒来时,你什么都忘记了!听懂了吗?

珂拉　懂了。

阿纳托尔　睡吧……安静地睡吧。(对马科斯说)现在我就要问她了……

马科斯　嗯,她到底多大啊?

阿纳托尔　十九……珂拉,你多大了?

珂拉　二十一岁。

马科斯　哈哈!

阿纳托尔　嘘……这简直太奇怪了……你能从中看出……

马科斯　嗬,要是她早知道自己是这么好的一个媒介的话,她还会乐意吗?

阿纳托尔　心理暗示起作用了。我要接着问她了。——珂拉,你爱我吗……?珂拉,你爱我吗……?

珂拉　爱!

阿纳托尔　(得意地)你听见了吗?

马科斯　哎,主要问题是,她是否忠诚。

阿纳托尔　珂拉!(转过身来)这个问题太愚蠢了。

马科斯　为什么?

阿纳托尔　不能这么问!

马科斯　……?

阿纳托尔　我得换种方式问。

马科斯　我觉得这个问题够精确了。

阿纳托尔　不,错就错在这儿,这个问题不够精确。

马科斯　为什么?

阿纳托尔　要是我问:你忠诚吗？她也许以为是最广意义上的忠诚。

马科斯　然后呢？

阿纳托尔　也许她会把过去的……事情都算在内……她可能会想起过去爱着别人的那段时间……然后就会回答说:不。

马科斯　如果真是那样,也挺有趣的。

阿纳托尔　谢谢你啊……我知道,在我之前珂拉遇到过别的人……她曾经告诉过我:是啊,要是我当时知道会遇见你的话……就……

马科斯　但是,她当时不知道这个。

阿纳托尔　不知道……

马科斯　这跟你的问题……

阿纳托尔　嗯……那个问题……我认为它太蠢,至少那种问法很蠢。

马科斯　那你这样问吧:珂拉,自从你认识我以来,你对我忠诚吗？

阿纳托尔　嗯……这还差不多。(站在珂拉身前)珂拉！自从你……这也是瞎胡扯！

马科斯　瞎胡扯？！

阿纳托尔　不好意思……你得想象一下我们是怎样认识的。我们当时自己都没有想到会这样疯狂地相爱。起初的时候,我们两个人都认为这只是过眼云烟。谁知道……

马科斯　谁知道……？

阿纳托尔　谁知道她是不是开始爱上我之后才停止爱另外那个人呢？在我遇到她之前的一天,在我们搭上话之前的一天,她到底经历了些什么事情呢？她当时有可能不费力气地脱身吗？可能她不得不好几天、好几周地背负着以前的枷锁,我是说不得不。

马科斯　哦。

阿纳托尔　我甚至还要更进一步……最初那段时间,她只是一时兴起——我也一样。我们两个人都这么想,我们两个人都只想从对方那里得到短暂的、甜蜜的幸福。要是她在那段时间里做了什么不对的事情,我能责怪她吗？不能——根本不能。

马科斯　你简直太宽厚了。

阿纳托尔　不,一点也不,我只是觉得这样利用暂时性的优势不够

15

高尚。

马科斯　嗯,你的想法很正派。但是,我想要把你从困境中解救出来。

阿纳托尔　——?

马科斯　你这样问她吧:珂拉,自从你爱上我之后,你对我忠诚吗?

阿纳托尔　这听起来虽然很清楚。

马科斯　……怎么了?

阿纳托尔　但其实并不清楚。

马科斯　啊!

阿纳托尔　忠诚!到底什么是忠诚?你想想啊……她昨天坐过一次火车,坐在她对面的一个男人用脚碰了碰她的脚尖。现在她处于睡眠状态,她的理解力得到了无限扩张,非常特别,而她的感受力也特别敏感了。处于催眠状态下的媒介无疑就是这样的;所以,根本没法避免她连这种事情都会当作是不忠的行为。

马科斯　才不信呢。

阿纳托尔　再加上我们有时候在聊天中谈过这个话题,她肯定对我那或许有些夸张的观点有所了解。我自己对她说过:珂拉,哪怕你只是看了别的男人一眼,那也是对我不忠!

马科斯　她怎么说?

阿纳托尔　她怎么说?她嘲笑了我一通,说我怎么能认为她会看别人呢。

马科斯　但你还是相信——?

阿纳托尔　有些偶然事件的——你想想啊,一个对她纠缠不休的男人晚上跟在她身后,吻了她脖子一下。

马科斯　嗨——这个嘛……

阿纳托尔　嗯——这也不是完全不可能啊!

马科斯　那你不想问她了。

阿纳托尔　问啊……但是……

马科斯　你刚才说的一切都是瞎扯。你听我说,当我们问女人她们是否忠诚时,她们不会误解我们的。如果你现在用温柔而充满爱意的声音问她:你对我忠诚吗……她肯定不会想到别人的脚尖或者别人在她脖子上的强吻——她只会想到我们通常意义上的不忠;而你还有个优势,在回答不详细的情况下还可以继续提更多问题,那就能让你搞明白所有事情了。——

阿纳托尔　那你真的要我问她……
马科斯　我?……是你要问的啊!
阿纳托尔　我刚才又想起来了。
马科斯　想起什么了?
阿纳托尔　无意识!
马科斯　无意识?
阿纳托尔　我相信有无意识状态的。
马科斯　哦。
阿纳托尔　这种状态能自行产生,但它们也能被制造出来,人为地,……通过麻醉手段。
马科斯　你能进一步解释一下吗?
阿纳托尔　你设想出一个昏暗而充满情调的房间。
马科斯　昏暗……充满情调……我想象出来了。
阿纳托尔　在这个房间里,她……跟随便哪个别的男人。
马科斯　是啊,她怎么进入那个房间的呢?
阿纳托尔　这个我想暂时先不管。总有借口的……足够多的借口!这种事情有可能发生的。然后呢——几杯葡萄酒……有点潮湿、沉甸甸的空气,一种香烟的香味,洒了些香水的壁纸,从黯淡的枝形玻璃灯架上出来的亮光,红色的窗帘——孤独——安静——只有低低的甜言蜜语……
马科斯　……!
阿纳托尔　别人也都在那儿栽过了!比她更好更沉稳的人都栽过了!
马科斯　但是,如果一个人跟别人走进这样的房间,我还是不觉得那能跟忠诚这个概念扯到一起去。
阿纳托尔　是有一些谜一样的事情的嘛。
马科斯　哥们儿,你面前就有其中一个谜的答案了,要知道最聪明的男人都为此费尽脑汁了呢；你只用开口说话，你就可以知道所有你想知道的东西。只需要提一个问题——你就可以知道你是不是那些得到专爱的少数人中的一个了，你就可以知道你的情敌在哪里了，你就可以知道他是如何战胜你的了——而你却不说出来！——你可以随意地向命运提个问题呢！你却不提出来！你把自己折磨了几天几夜，你恨不得把半个生命都用来寻找这个真相，现在真相就在你的面前，你却不愿意弯下腰去把它捡起来！到底是为什么呢？因为或许真的是这样的：一个你爱着的女人确实就是你想象的那样；也因为你认为你自己的幻象比真相要可爱上一千倍。别玩这种戏法了，把这个小姑娘叫醒吧，让你继续想象你可以完成一个奇迹吧，让你自己就在这种自豪的意识中得到满足吧。

阿纳托尔　马科斯！

马科斯　哦，难道我错了吗？难道你自己不知道你刚才对所说的一切都只是借口，都只是既骗不了我也骗不了你的空话吗？

阿纳托尔　（很快地）马科斯……我告诉你吧，我要问了；是的，我要问她了！

马科斯　哦？

阿纳托尔　但是，你别生我的气啊——我当着你问她！

马科斯　当着我？

阿纳托尔　假如我不得不听到那个恐怖的回答，要是她回答我说：不，我对你不忠诚——那该当我独自听到这个答案。身处不幸只是不幸的一半，被人同情才是完整的不幸！——可不想被人同情。你确实是我最好的朋友，但正因如此我才不想让你带着同情的表情看着我，这种眼光才让不幸的人明白他自己是多么可怜。或许也是因为别的什么——因为我在面前会不好意思。你会得知真相的。要是她欺骗了我，那你今天就是最后一次在我这里看见她了！但是，你不能跟我一起听到那个答案；这是我没法承受的事情。你听懂了吗？……

马科斯　懂了，哥们儿（握了握阿纳托尔的手）；我出去待一会儿吧。

阿纳托尔　哥们儿！（把马科斯送到门口）等不到一分钟，我就叫你

进来！——(马科斯走下舞台)

阿纳托尔 （站在珂拉身前……长时间地看着她）珂拉……！（摇了摇头，来回走动了一会儿）珂拉！——（在珂拉身前跪下）珂拉！可爱的珂拉！——珂拉！（他站了起来。非常坚决地）醒醒……吻我吧！

珂拉 （站了起来，揉了揉眼睛，扑进了纳托尔的怀里）阿纳托尔！我睡了很久了吗？……马科斯去哪里了？

阿纳托尔 马科斯！

马科斯 （从隔壁走了过来）我来了！

阿纳托尔 嗯……你睡了好一会儿呢——你在睡觉的时候还说话了呢。

珂拉 我的天啊！我没说什么不好的吧？——

马科斯 您只是回答了他的一些问题！

珂拉 他问什么来着？

阿纳托尔 什么都问了！……

珂拉 我都回答了吗？都回答了？

阿纳托尔 都回答了。

珂拉 你问了什么呢？我不能知道吗？——

阿纳托尔 不能，不能知道的！明天我再催眠你！

珂拉 不！再也不要了！这简直就是巫术。人被问来问去，在醒来之后还什么都不知道。——我肯定全都说了些废话。

阿纳托尔 是啊……比如，你说你爱我……

珂拉 真的吗？

马科斯 她不相信！这可真好！

珂拉 可是……这个我在清醒的时候也能告诉你啊！

阿纳托尔 我的天使！（二人相互拥抱）

马科斯 两位……再见！——

阿纳托尔 你就要走了？

马科斯 我得走了。

阿纳托尔 别生气啊，我没法送你了。——

珂拉 再见！

马科斯　哪会呢。(在门口)我明白一点了：女人即使在催眠状态下也在撒谎……但是,他们很幸福——这才是最重要的呢。再见了,孩子们。(他们没有听到他的话,因为他们还在热烈地拥抱在一起)

(落幕)

圣诞前的购物

人物：阿纳托尔、加布里埃莱。

时间：圣诞夜,晚上六点。下着小雪。维也纳的街道上。

阿纳托尔　尊敬的夫人,尊敬的夫人……！
加布里埃莱　怎么了？……哦,是您啊？
阿纳托尔　是我！……我一直在你身后呢！——我没法再看着您自个儿拿着这么多东西了！——把你的袋子给我吧！
加布里埃莱　不,不用了,谢谢！——我自己拿得动！
阿纳托尔　求您了,尊敬的夫人,我好不容易想要有风度一回,您别让我有太多困难嘛——
加布里埃莱　好吧——给您一个袋子……
阿纳托尔　这一点都不沉啊……您多给我点吧……这个……还有这个……
加布里埃莱　够多了,够多了——您真是太好了！
阿纳托尔　好不容易能有这种机会呢——这让人很开心呢！
加布里埃莱　但您是在大街上证明这一点的啊——而且还下着雪呢。
阿纳托尔　……而且还是在很晚的时候——而且还正好是圣诞节呢——那又怎么样？
加布里埃莱　这可真是个奇迹,居然能见到您！
阿纳托尔　是啊,是啊……您是说,我今年一次都没去拜访您吗——
加布里埃莱　是啊,我差不多就是这个意思！
阿纳托尔　尊敬的夫人——我今年谁都没有拜访过——根本没有！

嗯——您先生还好吗？——小家伙都还好吧？——

加布里埃莱　这些问题您可以留给自己！——我知道,您对这些不感什么兴趣的！

阿纳托尔　可真是恐怖,您对别人简直太了解了！

加布里埃莱　我对**您**很了解！

阿纳托尔　还没有我所期望的那么了解！

加布里埃莱　您别这么说！好吗？——

阿纳托尔　尊敬的夫人——我没法不这么说！

加布里埃莱　把我的袋子还给我！

阿纳托尔　别生气嘛——别生气啊！！——我马上就乖乖的啦……

（他们沉默着,并肩向前走着）

加布里埃莱　您还是可以说点啥的嘛！

阿纳托尔　说点啥——好——可是,您的检查制度好严格呢……

加布里埃莱　您给我说点啥吧。我们都这么久没见了……您现在干什么呢？

阿纳托尔　我没干什么,跟以前一样！

加布里埃莱　没干什么？

阿纳托尔　什么也不干！

加布里埃莱　那可是太可惜了！

阿纳托尔　呵……您才不在乎呢！

加布里埃莱　您怎么能这么说呢？

阿纳托尔　我为什么吊儿郎当的？——是谁给害的？——谁啊！？

加布里埃莱　把袋子给我！——

阿纳托尔　我谁也没有怪啊……只是随便问问……

加布里埃莱　您还在闲逛吧？

阿纳托尔　闲逛！您居然用了那么轻蔑的口气！好像还有比这好点的事情似的！——这个字眼包含了很多没有计划的意思！——至少今天这个字眼不适合于我——我今天很忙的,尊敬的夫人——跟您一样忙！——

加布里埃莱　怎么了？

阿纳托尔　我也在为圣诞节买东西呢！——

加布里埃莱　您?!

阿纳托尔　只是我找不到什么合适的!——几个礼拜以来,我每天晚上都站在橱窗前,每条街道都站过了!——但是,那些商人没有什么品位,也没有创造性。

加布里埃莱　买东西的人自己得有这些才对啊!像你这样没有多少事情做,就该琢磨琢磨,自己想出点主意来——然后在秋天就该去订好货了。——

阿纳托尔　嘿,我才不是那样的人呢!——在秋天的时候能知道该在圣诞节送东西给谁吗?——这会儿离在圣诞树下互送礼物就只有两个小时了——而我什么主意都还没有,一点主意都没有——!

加布里埃莱　我能帮您吗?

阿纳托尔　尊敬的夫人……您简直是个天使——但是您不要再把袋子要回去了……

加布里埃莱　不会了,不会了……

阿纳托尔　好,可以说"天使!"呢——这太好了——天使!——

加布里埃莱　麻烦您能不能不说话啊?

阿纳托尔　我马上就安静下来了!

加布里埃莱　好——您给我点启发吧……您给谁买礼物呢?

阿纳托尔　……这个……实在不好说出口……

加布里埃莱　当然是给一个女士了?!

阿纳托尔　嗯,是的——您对别人简直太了解了,这个我今天已经对你说过一次了!

加布里埃莱　但是,那是什么样的……一个女士呢?——一个真正的女士?!

阿纳托尔　……那我们得先就这个概念统一一下意见了!如果您指的是一个上流社会的女士——那并不完全对……

加布里埃莱　那么说……是来自底层社会的?

阿纳托尔　好吧——我们就说那是来自底层社会的吧。——

加布里埃莱　这我本该可以想得到……!

阿纳托尔　可别冷嘲热讽啊!

加布里埃莱　我是了解您的品位的嘛……又跟身材有关吧——瘦瘪,金发!

阿纳托尔　是金发——这个我承认……!

加布里埃莱　……对,对啊……金发……奇怪的是您总是跟这样的郊区女士来往……总是这样的啊!

阿纳托尔　尊敬的夫人……这并不都怪**我**啊。

加布里埃莱　别说了——先生!——噢,这样也不错,您还保留您的风格……假如您离开了您赖以成功的土壤,那反而是个很大的错误了……

阿纳托尔　那我该怎么办呢?……只有在城外才有人爱我啊……

加布里埃莱　她们理解您吗……在城外?

阿纳托尔　不知道!——但是,您看啊……在底层社会只是有人爱我;而在上流社会——只是有人理解我——您知道的嘛……

加布里埃莱　我什么都不知道……而且什么也不想知道了!——来吧……就这家商店吧……这儿您可以给您的小家伙买点什么……

阿纳托尔　尊敬的夫人!——

加布里埃莱　好吧……您看啊……那儿……这个装有三种不同香水的小盒子……要不就是这个装有六块香皂的小盒子……广藿香……旭蒲鹤香……赛马会香——这个应该不错吧——不行吗?

阿纳托尔　尊敬的夫人——您这样可不怎么好!

加布里埃莱　要不您等一下,这儿……!——您来看看啊……这枚小胸针,有六颗假宝石——您想想啊——六颗呢!——多亮啊!——要不就选这个可爱的小手镯吧,上面还有非常漂亮的小饰物呢……喔,有个居然还是个摩尔人的头像呢!——这应该有很好的效果……在郊区!……

阿纳托尔　尊敬的夫人——您错了!您不了解这些姑娘——她们跟您想象的不一样……

加布里埃莱　还有那儿……啊,多好看啊!——您走近点啊——嗯——您觉得这顶帽子怎么样?!这种样式在两年前可非常时髦呢！还有羽毛——还能飘起来呢——不错吧？这会引起很强烈的反响的——她是赫尔纳斯区①吧？

阿纳托尔　尊敬的夫人……咱们可从来没有说到赫尔纳斯区啊……再说了,您可能也低估了赫尔纳斯区的品位……

加布里埃莱　对……跟您在一起可真不容易——您得帮帮我啊——给我一个提示吧——

阿纳托尔　我该怎么……?! 您也只会轻蔑地付之一笑啊——肯定的！

加布里埃莱　哦,不会的,不会的！——您告诉我吧……！她爱慕虚荣——还是很谦虚啊？——她个子高还是矮？——她喜欢鲜艳的色彩吗……?

阿纳托尔　我本来就不该接受您的好意的！——您只是在冷嘲热讽！

加布里埃莱　哦,不是啊,我会好好听的！——您给我说点她的事情吧！

阿纳托尔　我不敢了——

加布里埃莱　您别怕啊！……从什么时候……？

阿纳托尔　我们不说这个了！

加布里埃莱　您一定要说！——您什么时候认识她的？

阿纳托尔　好——好久了！

加布里埃莱　您别让我这样一点一点问啊……！您把整个故事给我讲一遍好了……！

阿纳托尔　根本就不是什么故事！

加布里埃莱　那,您在哪里认识她的,怎么认识的,什么时候,她到底是一个什么样的人啊？——我想知道这些情况！

阿纳托尔　好吧——但是,会很无聊啊——我提醒您了！

加布里埃莱　我会感兴趣的。我真的想对那个世界有所了解！——那到底是一个什么样的世界？——我一点都不了解！

阿纳托尔　您也不会理解的！

---

① 赫尔纳斯区,维也纳的一个城区,第十七区。

加布里埃莱　哎,我的先生!

阿纳托尔　您对那些您圈子以外的事情那么蔑视!——这非常错误。

加布里埃莱　但是,我很好学啊!——没人对我讲那个世界的事情嘛!——我又怎么能了解呢?

阿纳托尔　但是……您有一种非常不清楚的感觉,您以为那里的人们会抢走您什么东西。顽固的敌意!

加布里埃莱　求您了——没人能抢走我什么——要是我想留住什么的话。

阿纳托尔　是啊……可是,要是您自己不想要什么东西的话……如果别人得到了,您还是会生气的吧?

加布里埃莱　噢——!

阿纳托尔　尊敬的夫人……这可真是女人的本性!因为这就是女人的本性——这仿佛也非常高贵、非常美好、非常深刻……!

加布里埃莱　您从哪里学会了讽刺啊?

阿纳托尔　我从哪里学会了讽刺?——我这就告诉您。我也曾经是个好人——而且对人十分信任——我的话里没有嘲讽的意思……我默默地承受了好些伤——

加布里埃莱　您别变得浪漫起来了嘛!

阿纳托尔　真诚的伤痛——是的!——在适当的时候听到一声"不",就算是从最珍爱的嘴唇里说出的——我也能够经受得住。——但是,如果在说"不"的时候那双眼睛却都上百次地说着"也许"——如果那嘴唇也上百次地微笑着送出"可能啊"的意思——如果那声音上百次地透露出"肯定"的意思——这样的一声"不"会把人——

加布里埃莱　我们是来买东西的!

阿纳托尔　这样的一声"不"会把人变成傻瓜的……要不就变成嘲讽者!

加布里埃莱　……您是想对我……讲讲——

阿纳托尔　好的——如果您一定要我讲讲的话……

加布里埃莱　当然啦!……您怎么认识她的……?

阿纳托尔　我的天——就像认识人那样啊！——在大街上——在跳舞的时候——在一辆公车上——在一把雨伞下——

加布里埃莱　但是——您知道的嘛——我就对这个特定的人感兴趣。我们是要给这个特定的人买东西嘛！

阿纳托尔　在那边……在那个"小世界"里没有什么特定的人——实际上，在大世界里也没有……你们这些人都这样典型！

加布里埃莱　我尊敬的先生！这会儿您又开始——

阿纳托尔　这又不是什么伤人的话——根本不是！——我自己也是一个典型嘛！

加布里埃莱　那您是一个什么样的典型呢？

阿纳托尔　……轻浮的感伤者！

加布里埃莱　……那……我呢？

阿纳托尔　您？——很明显啊：贵妇人！

加布里埃莱　哦……！……那她呢？！

阿纳托尔　她……？她……是个甜姑娘！

加布里埃莱　甜？这就"甜"了？——而我——只不过是个"贵妇人"——

阿纳托尔　坏坏的贵妇人——如果您不反对的话……

加布里埃莱　这样啊……那您给我说说那个……甜姑娘吧！

阿纳托尔　她不是特别漂亮——她也不特别优雅——她一点也不风趣……

加布里埃莱　我可不想知道她不是什么样子——

阿纳托尔　但是，她有春日傍晚的那种温柔妩媚……也有一个被施了魔法的公主所拥有的那种优雅……而且还有一个懂爱的姑娘才有的心灵！

加布里埃莱　这种心灵应该是非常普遍的啊……在您的那个小世界里！……

阿纳托尔　您是不能想象到的！……当您还是个年轻姑娘的时候，他们对你隐瞒了太多——但在您成为年轻妇女之后，又对你说了太多！……您在观察的时候就少了些素朴了——

加布里埃莱　您给我听着啊——我可不想受教育……我相信您说的

那个"被施了魔法的公主"！——您得给我讲讲她安睡的那个魔法花园是什么样子的——

阿纳托尔　您当然不能把那里想象成一个耀眼的沙龙：门口挂着重重的帷帘,屋角放着干花,小摆设,灯架,没有光泽的天鹅绒……临近傍晚时分的那种矫揉造作的半明半暗。不是这样的。

加布里埃莱　我并不想知道我不该把它想象成什么样子……

阿纳托尔　哦——您这样想象一下吧——一间昏暗的小房间——这么小——上了油漆的墙——而且还有点空空荡荡的——挂着几件陈旧的、不好的铜版画,画上的字都褪色了——一个带罩子的吊灯。——傍晚的时候,可以从窗户向外看到逐渐陷入黑暗的屋顶和烟囱！很美的！……而且——当春天来临的时候,对面的花园就会鲜花盛开,就会发出迷人的芳香……

加布里埃莱　您还在圣诞的时候就想到了五月,您会多么幸福啊！

阿纳托尔　是的——在那里我偶尔也很幸福！

加布里埃莱　够了,够了——不早了——我们是想给她买点东西的啊！……要不要给那个墙壁上了油漆的房间买点什么……

阿纳托尔　那里面什么都不缺了！

加布里埃莱　是啊……她什么都不缺了！——我相信是这样的！——但是我想给**您**——是的,给您！按照您的方式来装饰那个房间！

阿纳托尔　我？——

加布里埃莱　就用波斯地毯……

阿纳托尔　饶了我吧——在那种地方！

加布里埃莱　用一个带罩的挂灯吧？罩要红绿相间的那种？

阿纳托尔　嗯！

加布里埃莱　用几只花瓶装上鲜花？

阿纳托尔　好……但是,我想给她带点东西过去啊——

加布里埃莱　哦,对了……对啊——我们得做出决定了——她说不定在等您了吧？

阿纳托尔　肯定的！

加布里埃莱　她在等您？——您说说……她怎么招待您啊？

阿纳托尔　嗨——就像别人招待客人那样啊。

加布里埃莱　您还在楼梯的时候她就能听见您的脚步声,对吗?

阿纳托尔　是的……有时候是的……

加布里埃莱　然后她站在门后?

阿纳托尔　对!

加布里埃莱　然后扑进您怀里——亲吻您——还说……她说什么来着?

阿纳托尔　就像别人在那种情况下说的一样……

加布里埃莱　说吧……举个例子!

阿纳托尔　我没有例子!

加布里埃莱　她昨天说了什么?

阿纳托尔　嘿——没什么特别的……要是听不见那种语气,那些话会很傻的……!

加布里埃莱　我会想象出那种语气的:说吧——她昨天怎么说的?

阿纳托尔　……"我很开心,我又拥有你了!"

加布里埃莱　"我很开心"——为什么?!

阿纳托尔　"我又拥有你了!"……

加布里埃莱　……这蛮好的啊——非常好呢!——

阿纳托尔　是啊……很真诚很真切!

加布里埃莱　那她……还是一个人吗?——你们可以不受打扰地见面吗?

阿纳托尔　是啊——她一个人过日子——她只是自己一个人——没有父亲,没有母亲……就连姨妈都没有!

加布里埃莱　那您……就是她的全部——?

阿纳托尔　……有可能!……今天……(沉默不语了)

加布里埃莱　……已经很晚了——您看,马路上都没人了……

阿纳托尔　噢——我耽误您了!——您还得回家呢。

加布里埃莱　当然——那当然了!有人在等我呢!——我们拿买礼物的事情怎么办?

阿纳托尔　哦——我会找到一个小玩意儿的……!

加布里埃莱　谁知道呢,谁知道呢!——我刚才已经打定主意要给您的爱……要给那个姑娘挑选一件什么东西呢……!

阿纳托尔　我求您了,尊贵的夫人!

加布里埃莱　……我最想的是跟着您去送圣诞礼物给她!……我非常想看看那个小房间和那个甜甜的姑娘!——她根本不知道她自己有多幸福!

阿纳托尔　……!

加布里埃莱　您还是把袋子给我吧!——已经很晚了……

阿纳托尔　是啊,是啊!拿好您的袋子——可是……

加布里埃莱　麻烦您——拦下那辆车,它正往这边开呢……

阿纳托尔　这么着急啊,一下子就这么急了?!

加布里埃莱　麻烦您帮个忙吧!(他伸手拦车)

阿纳托尔　谢谢您啊……!礼物怎么办呢……?

〔车停了下来;他和她站住了,他想打开车门。

加布里埃莱　等等!——……我自己想送点东西给她!

阿纳托尔　您……?!尊贵的夫人,您自己……

加布里埃莱　怎么了?!——给……您拿着……这些花吧……很简单的,这些花……!这什么都不是,只是代表一下问候,别的什么都不代表……但是……您自己还得给她买点啥啊。

阿纳托尔　尊贵的夫人——您太好了——

加布里埃莱　请您答应我,一定要代我问候她……而且一定用我待会儿要说的话——

阿纳托尔　当然。

加布里埃莱　您答应我了?

阿纳托尔　是的——很乐意!为什么不呢!

加布里埃莱　(打开了车门)请这样对她说……

阿纳托尔　什么?

加布里埃莱　请对她说:"这些花,我……可爱的姑娘,是一个女人送给你的,她或者能像你一样爱别人,但当时却没有勇气去爱……"

阿纳托尔　尊贵的……夫人?!

〔她已经上车了——车开走了,街上几乎都没人了。——

他看了那辆车很长时间,直到它拐弯为止……他还站了一会儿;然后他看了看表,急匆匆地离开了。

(落幕)

插　　曲

〔马科斯的房间,一片黑暗,深红色的挂毯,深红色的门帘。后面的背景那儿中间有一道门。在观众的左侧还有一道门。房子中间有一张大的书桌,上面放着一个带罩子的台灯;书桌上还有些书和文章。右前方有一扇很高的窗户。右边的墙角立着一个壁炉,里面燃着旺旺的火。壁炉前面放着两把低沙发椅。一块深红色的护热板被随意推到一旁去了。

马科斯　(坐在书桌前,一边抽烟一边读着一封信)"亲爱的马科斯!我又来了。可能您已经在报纸上看到了,我们团在这里停留三个月。第一个晚上是属于友情的。我今晚就去您那儿……"比比……就是比安卡……这不,我在等她呢。(有人在敲门)是她吗……?请进!

阿纳托尔　(走了进来,手里拎着一个大包,闷闷不乐的样子)晚上好!

马科斯　啊——你拿的是什么?

阿纳托尔　我在为自己的过去寻找一个庇护所。

马科斯　什么意思?

阿纳托尔　(把包递给他)

马科斯　嗯?

阿纳托尔　我把我的过去拿到你这里来了,我全部的青年生活:把它放在你这里吧。

马科斯　很乐意。但是,你愿意给我说得清楚点吗?

阿纳托尔　我能坐下来吗?

马科斯　当然。对了,你为什么这么客气啊?

阿纳托尔 （坐了下来）我能抽支烟吗？

马科斯 这儿！抽吧，那是今年的新烟。

阿纳托尔 （拿过一支烟点着）啊——太好了！

马科斯 （用手指了指阿纳托尔放在书桌上的包）这个……？

阿纳托尔 我住的地方容不下我以前那些年轻的生活了！我要离开这座城市了。

马科斯 啊！

阿纳托尔 我要开始一段新生活，时间未定。为此我要自由，而且独自一个人；所以，我要把自己从自己的过去中解放出来。

马科斯 这么说，你有新欢了。

阿纳托尔 不是的——我只是暂时没有旧爱了……（很快停住不说了，指了指自己带来的包）我亲爱的朋友，我要把这些破玩意儿都放在你这里了。

马科斯 你说这是破玩意儿——！那你为什么不烧掉它们呢？

阿纳托尔 我做不到。

马科斯 这太幼稚了。

阿纳托尔 噢，不是的。这是我保持忠诚的一种方式。那些我爱过的人，我一个都不能忘记。当我在这里翻看这些纸、这些花、这些鬈发时——你要允许我时不时到你这儿来翻看这些东西——，我就又跟她们在一起了，她们也就重新活了过来，我又重新开始爱慕她们了。

马科斯 就是说，你想在我的家里跟你的那些爱人们见面……？

阿纳托尔 （几乎没有听到他的话）我有时候在想……要是能有一个人人都得服从的命令就好了，那样我就可以让她们都再次出现了！要是我能像变魔术一样凭空把她们变出来多好啊！

马科斯 那这个空就有点各不相同了。

阿纳托尔 是啊，是的……你想想啊，要是我说出来，说出那个命令来……

马科斯 或许你能够找到一个有效的字眼……比如：唯一的爱人！

阿纳托尔 我这么说吧：唯一的爱人……！然后她们就来了；一个从郊区的某间小房子出来了，一个从她先生那间光彩夺目的沙龙里走了出来——一个从她剧院的更衣间里走了出来——

马科斯　好多个！

阿纳托尔　好多个——好吧……一个从时装店里走了出来——

马科斯　一个从新爱人的怀抱里走了出来——

阿纳托尔　一个从坟墓中走了出来……一个从这儿来，一个从那里来——然后，所有的人都到齐了……

马科斯　还是别说出那句话吧。这种聚会可能不会太舒服呢。或许她们全都不再爱你了——但还会继续吃醋。

阿纳托尔　太明智了……你们还是安息吧。

马科斯　但是，你却要为这个大包找个地方。

阿纳托尔　你得把它分开来。（把包打开，露出了一些用带子捆起来的精致小包）

马科斯　啊！

阿纳托尔　都整理得很好呢。

马科斯　按名字吗？

阿纳托尔　不是的。每个小包都有一个标签：一句诗，一句可以让我回忆起整个经过的评论。从来都不用人名的——因为玛丽或者安娜每个女人都可能叫这个名字的。

马科斯　让我看看。

阿纳托尔　我还会认得你们所有的人吗？有些东西都放了好几年了，我从来没有看过。

马科斯　（拿出其中一个小包，读着上面的标签）

　　　　你这个美丽、妩媚、任性的小家伙，
　　　　让我拥抱你的身体；
　　　　我要亲吻你的脖子，玛蒂尔德，
　　　　你这个奇异、甜蜜的女人！

　　……这是一个人名吧——？玛蒂尔德！

阿纳托尔　是的，玛蒂尔德。——但她不叫这个名字。不管怎么说，我吻过了她的脖子。

马科斯　她是谁？

32

阿纳托尔　别问这个。她在我怀里躺过,这就够了。

马科斯　那就不管这个玛蒂尔德了。——哦,对了,这一包可够小的啊。

阿纳托尔　是啊,里面只有一卷头发。

马科斯　根本没有书信?

阿纳托尔　唉——让她写信!那可要她费尽力气才行呢。要是所有的女人都给我们写信,那会有什么样的后果呢?还是不管这个玛蒂尔德了吧。

马科斯　(重复前面的动作)"在男女关系中,所有的女人全都一样:要是她们有个谎言被识破,她们就变得不知羞耻了。"

阿纳托尔　对,真是这样!

马科斯　这是谁?一个很重的包呢!

阿纳托尔　只有八张纸,全是谎言!不看这个了。

马科斯　她也不知羞耻?

阿纳托尔　当我跟她说起这个的时候。把她拿开。

马科斯　把这个不知羞耻的说谎者拿开。

阿纳托尔　别骂人啊。她曾经躺在我的怀里;——她很神圣。

马科斯　至少这是一个好理由。那继续看别的了。(重复前面的动作)

> 为了扇开我的坏情绪,
> 我就想想你的新郎。
> 然后呢,我的宝贝,然后我就微笑了,
> 因为有些事情确实很有趣。

阿纳托尔　(微笑着)对了,这是**她**。

马科斯　呵——里面装的是什么?

阿纳托尔　一张照片。她跟她新郎的。

马科斯　你认识那个新郎?

阿纳托尔　当然,不然的话,我当时就不会微笑了。那是个笨蛋。

马科斯　(严肃地)他在她怀里躺过;他很神圣。

阿纳托尔　够了。

马科斯　把这个有趣的甜姑娘和她那可笑的新郎拿开。(拿起另外一个小包)这是什么？只有两个字？

阿纳托尔　什么字？

马科斯　"耳光"。

阿纳托尔　哦,我想起来了。

马科斯　这是结局吧？

阿纳托尔　噢,不,这是开始。

马科斯　喔！还有这个……"改变火焰的方向比点燃它要容易些。"——这是什么意思？

阿纳托尔　是这样的,我改变火焰的方向：另外一个男人点燃了它。

马科斯　不理这把火焰了……"她总是随身带着自己的烫发钳。"(用询问的眼神看着阿纳托尔)

阿纳托尔　是这样的；她真的总是带着自己的烫发钳——准备随时拿出来用。但是,她非常漂亮。另外,我只有她的一块面纱。

马科斯　对,摸起来好像是的……(继续往下读)"我怎么就失去了你？"……嗯,你怎么就失去了她呢？

阿纳托尔　我也不知道啊。她走了——突然就从我的生活中消失了。我告诉你啊,偶尔会有这种事情的。就像是你把雨伞忘在什么地方,过了很多天才想起来……然后就不知道什么时候忘在什么地方了。

马科斯　再见,被失去的女人。(重复上面的动作)

你是一个甜蜜可爱的小东西——

阿纳托尔　(做梦般地接着说)

手指被刺破了的姑娘。

马科斯　这是珂拉——对吗？

阿纳托尔　是的——你见过她的。

马科斯　你知道她后来怎么样了吗？

阿纳托尔　后来我又碰到过她的——成了一个木匠师傅的老婆。

马科斯　真的！

阿纳托尔　真的,这些手指被刺破的姑娘最后就是这个结局。她们在城里谈恋爱,在郊区嫁人……这是一个宝贝!

马科斯　再见——!这是什么?……"插曲"——里面什么也没有啊?……灰!

阿纳托尔　(拿起信封)灰——?这以前是一朵花呢!

马科斯　这是什么意思:插曲?

阿纳托尔　没什么;只是一个偶然的想法。那只是一段插曲,一部只有两个小时长的小说……什么也没有!……哦,是灰!——曾经有那么多的甜蜜,但什么也没有留下来,很悲哀的。——不是吗?

马科斯　是的,这肯定很悲哀了……但是,你怎么想到这个词儿的呢?实际上,你本可以到处都写这个词儿的吧?

阿纳托尔　是的;但是,从来都没有像那次那样清楚地意识到这个词儿。当我跟这个女人或者那个女人在一起的时候,特别在早些时候,在我还觉得自己很了不起的时候,我嘴上经常挂着的话就是:你这个可怜的孩子——你这个可怜的孩子——!

马科斯　为什么呢?

阿纳托尔　哦,我当时觉得自己是精神上非常强大的一个人。这些姑娘和女人——我坚实有力的脚步在地球上漫步的同时也就踩碎了她们。这是世界的法则,我当时这么想——我得踩在你们身上过去。

马科斯　你当时就是一阵狂风,将盛开的花儿都刮走了……对吗?

阿纳托尔　是啊!当时我就这样呼啸而去。所以,我当时也在想:你这个可怜的,可怜的孩子。实际上,我自己弄错了。今天我才知道,我并不是那种强人,悲哀的恰恰是——我已经认可了那种事实。但是,当时我却没有这样想!

马科斯　哦,那这段插曲呢?

阿纳托尔　是啊,当时也是这样的情况……那就是这样的一个,我在自己的路上碰到了她。

马科斯　而且还踩碎了。

阿纳托尔　对,现在想来,我的看法是这样的:我真的把她踩碎了。

马科斯　啊!

阿纳托尔　嗯,你听着好了。实际上,她是我所遇到的最美丽的女人……我根本没法说给你听。

马科斯　为什么?

阿纳托尔　因为这个故事太平淡无奇了……那……什么也不是。你根本没有可能感受到其中的美好。整个事情的秘密就在于,我曾经亲身经历了一切。

马科斯　哦——?

阿纳托尔　当时我正坐在我的钢琴前……就在我当时住的那间小房子里……是晚上……我当时才认识她两个小时……我那绿红色的吊灯亮着——我要提到这盏绿红色的吊灯;这也是其中的一部分。

马科斯　嗯?

阿纳托尔　嗯!我在钢琴前。她——她坐在我腿边,我连踏板都没法去踩了。她的脑袋就在我膝盖上,我那散乱的头发在吊灯下发着绿色和红色的光芒。我在钢琴上随意弹奏着,但只能用左手;我的右手被她摁在她的嘴唇上了……

马科斯　然后呢?

阿纳托尔　你总是不停地"嗯",一副充满期待的样子……其实,没有别的事情……我当时才认识她两个小时啊,我也知道,过了那天晚上很有可能再也见不到她了——她是这么对我说的——就在那个时候,我感觉到我被她疯狂地爱上了。这种感觉彻底地笼罩住了我——整个空气都醉了,散发着这种爱情的芳香……你能听懂吗?(马科斯点了点头)——我当时又有了那种愚蠢的非凡想法:你这个可怜的,可怜的孩子!这个故事中这段插曲一样的东西又让我清楚地意识到了。在我的手感受着她嘴里温暖的呼气时,我在回忆中又一次经历整个过程。本来那件事情已经过去了。她又是一个我必须踩着过去的女人。当时我就想起了那个词儿,那个简明扼要的词儿:插曲。而在那期间,我自己却是某种永恒的东西……我当时也知道,这个"可怜的孩子"永远也不能把这段时间从意识中消除掉——也正好在那个女人身上我知道这个。人们经常有这种感觉:明天早上我就被忘记了。但是,那个时候却有点不大一样。对于那个在我脚边躺着的女人来说,我就意味着一个世界;我当时感觉到了她在那个时刻用什么样的神圣的、不会消逝的爱环绕着我。这个人们可以感觉得到的;我不会让人拿走我的这种感觉。当然她在那个时候别的什么也没想——只是想着我。但是,对于现在的我而言,她当时就是存在过了的、短暂易逝的,是一段插曲。

马科斯　那她当时到底是什么呢?

阿纳托尔　她当时是什么——? 哦,你认识她的。——有个晚上咱们在一个有趣的聚会中认识她的,你甚至之前就认识她,你当时这么说的。

马科斯　哦,那她到底是谁呢? 很多女人我以前就认识的。根据你的描述,她在你的灯光下简直就像一个童话中的人物。

阿纳托尔　是的——在生活中她可不是这样的。你知道她是干什么的吗——? 现在,我是在破坏一道圣光。

马科斯　那她是?

阿纳托尔　(微笑着)她是——是——是——

马科斯　剧院的——?

阿纳托尔　不是——是马术团的。

马科斯　真的?

阿纳托尔　是的——就是比安卡。我直到今天都没有告诉你我后来还碰到过她——在那天晚上之后,那天晚上我根本就没有在意她的。

马科斯　你真的相信比安卡爱过你——?

阿纳托尔　是的,就是她! 在那次聚会八天还是十天之后,我们在街上碰到了……第二天上午她就跟着全团去了俄罗斯。

马科斯　这么说,当时可真是时间紧迫啊。

阿纳托尔　当时我也知道;现在对你来说,一切都被破坏了。你还没有接触到爱情的真正秘密呢。

马科斯　对你来说,女人的秘密在哪里得以揭开呢?

阿纳托尔　在气氛上。

马科斯　啊——你需要半明半暗,需要你的绿红色吊灯……你的钢琴。

阿纳托尔　是的,就是这样。正因为这样,我的生活才如此丰富多彩;然后呢,一种颜色就能改变整个世界。那个头发闪闪发光的姑娘对于你,对于千万个其他人来说会是什么呢;对你们来说,那盏被你不停嘲笑的吊灯算什么呢!一个马戏团的女骑手和一个亮着灯的红绿色灯罩又算什么呢!当然就没有那种魔力了;你还能很好地生活,却永远不会体验到什么。你们笨拙地迈入随便某桩艳遇,粗鲁,睁大着双眼,但感官却紧闭着;对你们来说,那段艳遇当然就没有色彩了!但是,从我的灵魂中,是的,从我内心散发出千万束光线和颜色,蔓延开去;在你们只是——享受的时候,我能够用心感受。

马科斯　真是一眼魔泉啊,你的这个"气氛"。你爱过的人全都钻了进去,然后给你带来了奇异艳遇的特殊芳香,而你就陶醉在其中了。

阿纳托尔　随便你怎么想吧。

马科斯　但是,说到你的这个马戏团女骑手,你却很难给我解释清楚她在绿红色的吊灯下一定跟你有着同样的感受。

阿纳托尔　但是,我却能感受到她在我怀里所能感受到的。

马科斯　哦,我也认识她的,你的这个比安卡,而且比你更加了解她。

阿纳托尔　你比我更了解?

马科斯　比你更了解她,因为我们没有相爱。对我来说,她不是那个童话中的人物;对我来说,她是千万个阵亡者中的一个,她们都从一个梦想者的幻想那儿借来了新的贞洁。对我来说,她并不比另外上百个钻圈的或者穿着短裙站在后面跳四对舞的好。

阿纳托尔　哦……哦……

马科斯　她不是什么别的东西。不是我没看见她身上的什么;而是你看到她身上没有的东西。你从自己灵魂中那丰富而美丽的生活里把你自己的美好青春和烈火想象到了她那微不足道的心中,冲着你闪耀光芒的是**你**自己的光。

阿纳托尔　不是的。这种事情在我身上偶尔也有过。但那个时候不是这样的。我并不想要美化她。当时我既不是第一个,也不是最后一个……我那时是——

马科斯　说啊,你当时是什么?……很多个中的一个。她在你怀里和在其他人的怀里一样的。那是一个处于最兴奋时刻的女人!

阿纳托尔　为什么我要告诉你这个秘密呢?你没搞懂我的意思。

马科斯　哦,不是的。你误解我了。我只是想说啊,你可能当时是感受到了那种最甜蜜的魔力,而对她来说,那和之前的无数次并没有区别。对她来说,世界有上千种颜色吗?

阿纳托尔　你那时很了解她吗?

马科斯　是的,我们经常在那个马戏团见面,就是你跟我去过一次的那个。

阿纳托尔　就这了吗?

马科斯　就这了。但是,我们是好朋友。她很机智,我们很愿意一起闲聊的。

阿纳托尔　就这了吗?

马科斯　就这了……

阿纳托尔　……尽管如此……她爱过我的。

马科斯　我们还是接着念吧……(拿起一个小包)"要是我知道你的微笑是什么意思该多好啊,你这个绿眼睛的女人……"

阿纳托尔　……对了,你知道那个团又到这里来了吗?

马科斯　当然知道。她也回来了。

阿纳托尔　肯定的。

马科斯　那是肯定的。我今天晚上就要再次见到她呢。

阿纳托尔　什么?你?你知道她住哪里吗?

马科斯　不知道。她给我写信了;她要到我这儿来。

阿纳托尔　(从沙发上站了起来)什么?这个你现在才告诉我?

马科斯　这跟你有什么关系啊?你自己要——"自由和独自一个人"的啊!

阿纳托尔　什么!

马科斯　还有啊,没有什么比一个再次使用的魔法更悲哀的了。

阿纳托尔　你的意思是——?

马科斯　我的意思是,你该当心些,别再见到她了。

阿纳托尔　因为她有可能再次有危险？

马科斯　不——因为当时太美好了。带着你那甜蜜的回忆回家去吧。人不该想着再次体验同一件事的。

阿纳托尔　你不会真的认为我应该放弃这个再次见面的机会吧，这可是非常容易完成的再度聚首呢。

马科斯　她比你要聪明些。她没有给你写信……也许只是因为她把你忘记了吧。

阿纳托尔　胡说。

马科斯　你认为这不可能？

阿纳托尔　这太可笑了。

马科斯　不是所有的人都会让回忆像吃了长生不死药一样一直沉浸在那种气氛中，只有你的气氛才会永远都新鲜如初。

阿纳托尔　啊——当时的那个时刻啊！

马科斯　哦？

阿纳托尔　那是不会消逝的时间。

马科斯　我听到前厅里有脚步声了。

阿纳托尔　就是她吧。

马科斯　走吧，从我的卧室出去吧。

阿纳托尔　才不呢，除非我是个傻子。

马科斯　走吧——你为什么要破坏掉自己的魔法呢？

阿纳托尔　我不走。（有人在敲门）

马科斯　走吧！快走吧！

阿纳托尔　（摇了摇头）

马科斯　那就站到一边去吧，别让她马上就看到你——站这儿吧……（他把阿纳托尔推到壁炉那边去了，让防热护板挡住了他的一部分身体）

阿纳托尔　（靠在壁炉上）好吧。（敲门声）

马科斯　请进！

比安卡　（往里走着，很活跃）晚上好，亲爱的朋友；我又来了。

马科斯　（朝她伸出双手）晚上好，亲爱的比安卡，太好了，真是太好了。

比安卡 我的信您收到了吧？您是我通知的第一个——其实就是唯一的一个。

马科斯 您肯定能想象出来我有多么自豪。

比安卡 别的人怎么样啊？我们的萨赫尔①聚会呢？还在吗？我们每晚演出之后还会待在一起吗？

马科斯 （帮她脱着外套）有几个晚上根本都找不到您啊。

比安卡 演出之后？

马科斯 对啊，您在演出之后立刻就不见了。

比安卡 （微笑着）哦……当然……能听到这种说法可真是太好了——一点嫉妒都不带！确实也就该有您这样的朋友……

马科斯 是啊，是啊，确实应该。

比安卡 这样的朋友爱着你，却不会折磨你！

马科斯 您以前可不是这个样子的！

比安卡 （发现了阿纳托尔的身影）还有别人在啊。

阿纳托尔 （走上前来，鞠了一躬）

比安卡 （把长柄眼镜举到眼睛跟前）啊……

阿纳托尔 （又走近了一点）女士……

马科斯 比比，您觉得这个惊喜怎么样？

比安卡 （有点尴尬，似乎在记忆中搜寻着什么）啊，真的，我们认识的……

阿纳托尔 肯定的——比安卡。

比安卡 当然——我们非常熟识的……

阿纳托尔 （激动地用双手抓住了她的右手）比安卡……

比安卡 我们是在哪儿见过的呢……哪儿呢……哦！

马科斯 您想起来了……

比安卡 那当然……我说的对吗……是在圣彼得堡吧……？

阿纳托尔 （很快松开了她的手）不是在圣彼得堡，女士……（转身要走）

---

① 萨赫尔酒店（SacherHotel），创立于1876年，是维也纳的豪华酒店，附设有咖啡馆，其中的萨赫尔巧克力蛋糕很是著名。

比安卡　（担心地对马科斯说）他怎么了？……我伤害他了？

马科斯　他就那样溜走了……（阿纳托尔从背景的门消失了）

比安卡　是啊,这是怎么回事呢？

马科斯　是的,您没有认出他来吗？

比安卡　认出……哦,认出来了,但我不知道在哪儿,什么时候了。

马科斯　嗨,比比,那是阿纳托尔啊!

比安卡　阿纳托尔——？……阿纳托尔……？

马科斯　阿纳托尔——钢琴——吊灯……一个红绿色的……就在这座城市里——三年前……

比安卡　（摸着额头）我的眼睛刚才到哪里去了？阿纳托尔!（朝门口走去）我得把他叫回来……（打开门）阿纳托尔!（朝外边跑去,在背景后面,在楼梯间里）阿纳托尔!阿纳托尔!

马科斯　（微笑着站在那儿,跟在她身后走到了门跟前）怎么样？

比安卡　（往屋里走）他都到街上了吧。对不起!（很快地打开了窗户）他在那下边走着呢。

马科斯　（在她身后）是的,那就是他。

比安卡　（大声叫着）阿纳托尔!

马科斯　他听不见了。

比安卡　（轻轻跺着地板）太可惜了……您得帮我向他道歉。我伤害了他,那个可爱的好人。

马科斯　这么说,您还是想起他来了？

比安卡　这会儿当然了。可是……他跟彼得堡的一个人很像。

马科斯　（安慰的口气）我会告诉他的。

比安卡　还有啊:如果三年里没有想着某个人,他又突然站在你面前——肯定没法什么都能想起来啊。

马科斯　我关上窗户了。一股冷风进来了。（关上窗户）

比安卡　我这次还会见到他吗？

马科斯　可能会吧。我想给你看个东西。（从书桌上拿起信封,递给她）

比安卡　这是什么？

马科斯　这是您在那个晚上——**那个晚上戴过的花。**

比安卡　他还留着这朵花?
马科斯　您自己也看见了。
比安卡　这么说,他爱过我?
马科斯　他对你的爱热烈、巨大、永恒——正如他对所有人的爱。
　　（用手指了指那些小包）
比安卡　什么——所有人！——这是什么？这全都是花吗？
马科斯　有花,有信,有发卷,有照片。我们刚才正在整理呢。
比安卡　（被激怒了的口气）分成各种类别。
马科斯　是的,显然是这样的。
比安卡　我进哪一类呢？
马科斯　我想——归入这一类吧！（把信封扔进了壁炉）
比安卡　啊！
马科斯　（自言自语地）我要报复你,不放过任何机会的,阿纳托尔的朋友——（大声地）好了,这下您不生气了……坐到我这边来吧,给我说说过去三年的事情吧。
比安卡　我现在正气着呢！居然受到了这样的待遇！
马科斯　我是您的朋友嘛……来吧,比安卡——给我说点啥吧！
比安卡　（让他把自己拉到壁炉旁边的椅子上坐下）说什么啊？
马科斯　（在她对面坐下）比如说,说说彼得堡那个跟他很像的人吧。
比安卡　您简直让人无法忍受了！
马科斯　哦……
比安卡　（生气地）我该说什么呢。
马科斯　您说吧……从前……嗯……从前有一座很大,很大的城市……
比安卡　（恼怒地）那儿有一座很大,很大的马戏团。
马科斯　那儿还有一个很小,很小的女团员。
比安卡　她钻过一个很大,很大的圈……（咧着嘴轻声笑了起来）
马科斯　您看啊……行的啊！（大幕开始慢慢向下落）在一个包厢里……嗯……在一个包厢里每天晚上都坐着……
比安卡　在一个包厢里每天晚上都坐着一个英俊的,英俊的……啊！

43

马科斯　嗯……还有呢……？

（落幕）

纪　念　盒

〔阿纳托尔。埃米莉。
〔埃米莉的房间，装饰得十分幽雅。傍晚。窗户是打开的，可以看见一个公园；一棵叶子几乎掉光的树把树尖伸到窗户前。

埃米莉　……啊……我找到你了——！在我的书桌前……？嘿，你在干什么呢？你在翻我的东西？……阿纳托尔！

阿纳托尔　这是我的权利——我也有权这么做的，你知道的。

埃米莉　哦——你找到什么了呢——？你自己写的信……！

阿纳托尔　咦？——这些东西呢——？

埃米莉　这些东西——？

阿纳托尔　这两块小石头……？有一块是红宝石，另一块深色的是什么呢？——它们我都不认识，它们不是我的……！

埃米莉　……不……我……忘了……

阿纳托尔　忘了？……它们藏得这么好；藏在最下面抽屉的角落里。还是赶紧承认了吧，别像她们那样撒谎……哦……你不说话啊？……哦，不对这种廉价的愤怒做出表示……当人有了过错、受到打击后，沉默是件容易的……我要继续找了。你把其他首饰藏在哪里了？

埃米莉　我没有其他首饰了。

阿纳托尔　哦——（开始把所有的抽屉都拉出来）

埃米莉　别找了……我向你发誓，我什么也没有的。

阿纳托尔　那这个东西……为什么会有这个东西？

埃米莉　我错了……可能……

阿纳托尔　可能！……埃米莉！我明天就要娶你做老婆了。我真的认为应该把过去的一切全都销毁掉……所有的……我和你一起把那些信件、扇子、上千个小玩意儿,它们会让我想起我们俩还不认识的时间的……我和你一起把它们统统扔进了壁炉的火里边……手镯、戒指、耳环……我们把它们送出去,扔掉了,它们从桥上掉进了河里,从窗户飞到了街上……你当时就躺在这里向我承诺……"全都过去了——在你怀里我才感觉到什么是爱情……"我当然相信了你……因为我们相信女人对我们所说的一切,从第一个让我们开心的谎言开始……

埃米莉　你要我重新向你发誓吗?

阿纳托尔　这有什么用呢?……我完了……跟你完了……呵,你可演得真好啊!那么狂热,似乎你要将过去的每一个污点都洗干净,当时你就站在这里,在火前面,那时,那些书信和手镯和小摆设就在火里烧着……你当时还在我怀里抽抽搭搭,就在我们在河边漫步、然后把那个昂贵的手镯扔进灰色的水里并眼看着它很快沉了下去的时候……你当时在那里哭着,流出了悔过自新的眼泪……愚蠢的喜剧!你看,这一切不都是白费劲吗?我还不是照样怀疑你!我还不是照样在这里翻来翻去,而且还道理十足!……你为什么不说话?……你为什么不为自己辩解?……

埃米莉　因为你反正要离开我了。

阿纳托尔　但是,我还是想知道这两块石头是什么……你为什么恰恰留下了它们?

埃米莉　你不再爱我了……?

阿纳托尔　真相,埃米莉……我要知道真相!

埃米莉　如果你不再爱我了,这还有什么必要呢?

阿纳托尔　或许在真相里掩盖着什么呢。

埃米莉　什么啊?

阿纳托尔　能让我……理解这件事情……的东西。听着,埃米莉,我不想把你当作一个卑鄙的人!

埃米莉　你要原谅我?

阿纳托尔　你应该告诉我这些石头是什么!

埃米莉　然后你就原谅我了——?

阿纳托尔　这块红宝石是什么，为什么你把它留下了——

埃米莉　——那你能静静地听我说吗？

阿纳托尔　……能！……快说吧……

埃米莉　……这块红宝石……它本来在一个纪念盒上……它……掉了出来……

阿纳托尔　那个纪念盒是谁给你的？

埃米莉　这不重要……我是在一个……特定的日子里把它——搭在一个简单的链子上……挂在脖子上的。

阿纳托尔　谁给你的——？

埃米莉　这个不重要……我猜，是我母亲给我的……你看，要是我真的像你想象的那么卑鄙，我完全可以对你这么说因为那是我母亲给我的，我就把它保存着了——那样你也会相信我的……但是，我留着这块红宝石，是因为它……有一天从我的纪念盒里掉了出来，而那个纪念盒……对我来说意义重大……

阿纳托尔　……接着说！

埃米莉　哦，我能这样对你讲出来，感觉轻松多了。——你说，要是我嫉妒你的初恋，你会笑话我吗？

阿纳托尔　怎么说起这个来了？

埃米莉　对初恋的回忆是甜蜜的东西，也是一种似乎抚摸我们的疼痛……还有……对我来说，那一天非常有意义，就在那天我第一次有了那种将你跟我联系在一起的感觉。哦，一个人应该学会了爱，才能像我这样爱你！……假如我们认识的时候还对爱情都不了解，谁知道我们会不会擦肩而过呢？……唉，别摇头啊，阿纳托尔；是这样的，你自己还这么说过呢——

阿纳托尔　我自己说过——？

埃米莉　或许这样很好，你当时是这样说的，我们俩必须先足够成熟，才能够达到这种激情的高度！

阿纳托尔　是的……要是我们爱一个旧恋人，我们总能找到这样的安慰。

埃米莉　这块红宝石，我非常坦诚地对你说，就代表着对那一天的回忆……

阿纳托尔　……说啊……说啊……

埃米莉　——你都知道了……是的……阿纳托尔……是对那一天的回忆……哦……我当时是个笨蛋……十六岁！

阿纳托尔　而他当时二十岁——身材高大，头发乌黑！……

埃米莉　（清白地）我不知道，亲爱的……我只能回想起那座在我们四周沙沙作响的森林，那个枝头初绽的春日……啊，我能回想起穿过灌木林、照在一堆黄花上的阳光——

阿纳托尔　你不诅咒这一天吗？它可是在我认识你之前就把你从我这里抢走了啊。

埃米莉　或许是这一天把我给你了……！不，阿纳托尔……不管怎么样，我不诅咒那一天，也不愿意骗你说我没干过那些事情……阿纳托尔，我爱你，我从来没有这么爱过别人——你也从来没被这样爱过——这个你知道的……就算是我所经历过的所有时间被你给我的第一个吻变得毫无意义——就算我遇到的每个男人都从我的记忆中消失了——我能因此而忘记把我变成女人的时刻吗？

阿纳托尔　你说你爱我——？

埃米莉　我几乎没法想起那个男人的模样了；我都不知道他的目光是什么样子的了——

阿纳托尔　但是，你毕竟在他的怀里发出了第一声爱的喘笑……他心里那种温暖进入了你的心怀，从而把一个春心萌动的姑娘变成一个诸事了然的女人，这个你不能忘记的，知恩图报的灵魂！你没有想到你的这个坦白会让我发疯，你一下子又把沉睡了的过去惊醒了！……是的，现在我知道了，你还能够梦见别人的亲吻，而不是我的亲吻；当你在我怀里闭上眼睛的时候，你眼前或许有其他人，而不是我的模样！

埃米莉　你怎么能这么错误地理解我呢！……要是你认为我们应该分手的话，那你当然是对的了……

阿纳托尔　哦——那我应该怎么理解你呢……？

埃米莉　那些会撒谎的女人多好啊。不……你们没法接受的，没法接受真相……！你只用再告诉我一点：你为什么一直恳求我那

47

样做呢?"我会原谅你的一切,但不能原谅一个谎言!"……现在我好像还能听到你当时是怎么对我说的……而我……我什么都对你坦白了,我在你面前显得如此低贱、如此卑鄙,我曾经对着你大声吼叫:"阿纳托尔,我被抛弃了,但我爱你……!"别人说过的那些借口我都不会说出口。——不,我没有这么说过:阿纳托尔,我以前喜欢舒适的生活,阿纳托尔,我以前很贪,很毛糙——我把自己给卖了,白送出去了——我不值得你爱……你还记得在你第一次吻我手之前我曾经对你说过什么吗?……是的,我当时想要躲着你,因为我爱你,而你跟着我……你苦求我爱你……我不想要你,因为我不敢玷污你这个我更加爱、以别的方式去爱的——啊,第一个我爱的男人……! 就在那时,你要了我,我就成为你的了!……我当时在发抖……颤动着……哭着……而你当时把我捧得那么高,重新把他们拿走的东西一点点给了我……在你那有力的怀抱里,我从未那样过:纯洁……而且幸福……你当时是那么伟大……你当时能够原谅的……可是,现在……

阿纳托尔　……可是,现在……?

埃米莉　可是,现在你又要撵我走了,因为我跟其他人一样——

阿纳托尔　不,……不,你不是那样的。

埃米莉　(温和地)你想要怎么样?……你要我把它扔掉吗……这块红宝石……?

阿纳托尔　我不伟大,哦,不……我非、非常小气……把它扔掉吧,这块红宝石……(端详着红宝石)它是从纪念盒上掉下来的……它在草里躺过——在黄色的花下面躺过……一束阳光掉在它身上……它就闪烁起来……(长久的沉默)——走吧,埃米莉,……外边黑了,我们去公园散步吧……

埃米莉　不会太冷吗……?

阿纳托尔　哦,不会的,春天在慢慢醒来,已经有它的香味了……

埃米莉　随你吧,亲爱的!

阿纳托尔　好的——那这块小石头呢……

埃米莉　哦,这个啊……

阿纳托尔　是,这块黑色的——它是怎么回事——它是什么……?
埃米莉　你知道这是一块什么石头吗……?
阿纳托尔　哦——
埃米莉　(带着自豪、贪婪的目光)一块黑色的钻石!
阿纳托尔　(站了起来)啊!
埃米莉　(眼睛一直盯着那块石头)很罕见的呢!
阿纳托尔　(压抑着怒火)为什么呢?……嗯……你为什么把它……留下了?
埃米莉　(一直看着那块石头)它……它值二十五万呢!……
阿纳托尔　(叫喊道)哈!……(把那块石头扔进了壁炉里)
埃米莉　(吼叫道)你干吗!!……(弯腰拿起火钳,在火里扒拉着,想找出那块石头来)
阿纳托尔　(她拿着通红的火钳,跪在壁炉前面,他看了她几秒钟,然后平静地说)婊子!(下)

(落幕)

告 别 晚 宴

〔阿纳托尔。马科斯。安妮。一个侍者。
〔萨赫尔酒店里的一个包厢。阿纳托尔站在门口,正在给侍者下命令。马科斯靠在一张靠背椅上。

马科斯　哎——你还没完啊——?
阿纳托尔　……就好,就好了!——都听明白了吧?——(侍者下)
马科斯　(看着阿纳托尔回到屋子中间)嘿——要是她根本就不来呢?!
阿纳托尔　怎么会"根本不来"呢?——这会儿——这会儿是十点!——她无论如何也不可能到嘛!
马科斯　芭蕾舞早就结束了!
阿纳托尔　我说你啊——她还得卸妆——还得换衣服呢!——哦,对了,我想过去——等她了!

49

马科斯　别惯她啊！

阿纳托尔　惯?!——要是你知道……

马科斯　我知道的,我知道你对待她很粗鲁！……这不也是一种娇惯吗？

阿纳托尔　其实我想说的不是这个！——嗯……要是你知道……

马科斯　那就快说啊……

阿纳托尔　我今天感觉很是喜庆呢！

马科斯　你今天还要跟她订婚——？

阿纳托尔　不,哦——比这还要喜庆得多！

马科斯　你明天就要娶她做老婆？——

阿纳托尔　不,你真浅薄！——就像没有灵魂的庄严似的,这种庄严跟外面的这些玩意儿都没有关系的。

马科斯　哦——那你在自己的情感世界里发现了一个至今没有见到的死角——是吗？就像她能听懂什么似的！

阿纳托尔　你太不会猜了……我是在庆祝……结束！

马科斯　啊！

阿纳托尔　告别晚宴！

马科斯　那……要我在旁边干吗——？

阿纳托尔　你要替我们的爱情把眼睛给抹上。

马科斯　求你了,别搞这种没有品位的比喻！

阿纳托尔　八天来,我一直在把这顿饭往后推——

马科斯　那你今天至少会有个好胃口……

阿纳托尔　……就是说……我们每天晚上都一起吃饭……在这八天里——但是呢——我找不到那句话,找不到那句合适的！我不敢说出来……你根本不知道这会让人有多心烦！

马科斯　你要我来干什么呢?! 是要我来给你提示那句话吗——

阿纳托尔　不管怎样你都应该在这儿的——如果有必要的话,你要帮我啊——你要缓和气氛——安慰一下——把事情说得更明白。

马科斯　你不想先告诉我一下为什么会有这些事情吗——？

阿纳托尔　很乐意……因为她让我感到无聊了！

马科斯　这么说,另外有一个女人会让你开心了——?

阿纳托尔　是的……!

马科斯　哦……这样啊……!

阿纳托尔　而且是多好的一个啊!

马科斯　是你喜欢的那种?!

阿纳托尔　根本不是!……很新的——独一无二的!

马科斯　哦,是啊……喜欢的那种类型总是最后才遇到的……

阿纳托尔　想象一下,那是一个这样的姑娘——我该怎么对你说呢……四分之三拍——

马科斯　你好像还在受芭蕾舞的影响呢!

阿纳托尔　是的……我现在根本没法帮你呢……她让我想起了一曲庄严的维也纳华尔兹——感伤的愉悦……微笑着的狡猾的忧郁……这就是她的特性……一个娇小、甜蜜的金发家伙,你知道吗?……这样的……嗯,很难描述啊!……在她身边,人会觉得温暖、祥和……当我给她带去一束紫罗兰时,她的眼角都有眼泪呢……

马科斯　用一只手镯试试吧!

阿纳托尔　……哎,亲爱的——这可行不通——你错了——相信我……就算在这里我也不想和她一起吃晚饭……对于她来说,郊区小饭馆是舒适的去处——墙上是没有品位的壁纸,邻桌坐着小公务员!——最近几个晚上我总是跟她在这种小馆子里!

马科斯　什么?——你刚才不是说你跟安妮——

阿纳托尔　是的,这也是事实。上周我每天晚上都得吃两顿晚饭:先是和那个我想要争取到手的女人——然后和那个我想出手的女人……遗憾的是,这两个目的我都还没有达到……

马科斯　你知道什么吗?——带着安妮到这样的郊区小饭馆去一回——然后带着那个新的金发姑娘到萨赫尔来……你可能就成功了!

阿纳托尔　你对这件事情的看法有问题,因为你不了解那个新的女人。她可真是无欲无求啊!——哎,我告诉你啊——一个姑娘——应该让你看看当我点稍好一点的葡萄酒时……她在干吗！

马科斯　眼角有泪花——对吗？

阿纳托尔　她不同意——无论任何都不同意；无论如何都不同意！……

马科斯　那你最近一段时间就喝着玛尔克多夫啊——？

阿纳托尔　是的……十点前——然后当然在喝香槟了……这就是生活啊！

马科斯　嘿……不对……生活不是这样的！

阿纳托尔　你想想啊，那种反差！我现在可尝够了这种反差啊！——这又是那种情况:我会感觉到从根本上讲我是非常真诚的——

马科斯　这样啊！……哈！

阿纳托尔　我没法再玩这种双重游戏了……我丧失了所有的自尊心……！

马科斯　你！——我才丧失了自尊心呢，我，我……你没有必要给我演什么喜剧的！

阿纳托尔　为什么啊？——既然你都到这里了……不开玩笑了……当我什么都感受不到的时候，我没法装出爱情来！

马科斯　你只是在你还能感受到什么的时候假装……

阿纳托尔　我郑重地告诉了安妮，很快的——很快的，就在开始的时候……在我们相互许以永恒爱情的时候:你知道吗，亲爱的安妮——我们两个人中间有谁某一天感觉到该结束了——就要对另一个完全说出来……

马科斯　喔,你们在相互许以永恒爱情的时候做出了这样的约定……很好啊！

阿纳托尔　我经常反复对她说:——我们相互之间没有一丁点义务，我们是自由的啊！当我们的时间到了的时候,我们就分手——但是不要欺骗——我讨厌这样！……

马科斯　哦,那今天这事儿应该很容易的啊——就在今天！

阿纳托尔　容易！……这会儿,该我说那话的时候,我不敢说了……这会对她造成伤害的啊……我受不了她的哭。——如果她哭的话,最后我又会重新爱上她——那样的话,我又要欺骗另外那个女人了!

马科斯　别,别——不要有欺骗——我讨厌这样!

阿纳托尔　要是你在的话,所有这一切都会自然些了!……你会带来一点冷静、健康的轻快,分手就不会出现感伤了!……在你面前没人哭的!……

马科斯　对,我在这儿,免得出现什么状况——但也是我所能为你做的一切……说服她?——不,不……不干这个——那会违背我的信念的……你真是太可爱了……

阿纳托尔　你瞧,亲爱的马科斯——或许你还是可以在一定程度上……你可以对她说,她不会失去特别多的。

马科斯　嗯——这还行——

阿纳托尔　她能找到上百个其他的,比我更帅,更有钱——

马科斯　更聪明——

阿纳托尔　别,别啊——请——不要有夸张——

〔侍者打开门。安妮走了进来,她披着雨衣,戴着白色的披肩;她手上戴着黄色的手套,扎眼的宽边帽子随意地扣在头上。

安妮　——晚上好!

阿纳托尔　晚上好,安妮!……对不起——

安妮　你可真靠得住啊!(把雨衣扔下)——我朝各个方向都看了——右边——左边——那儿没人——

阿纳托尔　——幸好你从那儿走过来还不太远!

安妮　说话要算数的啊!——晚上好,马科斯!——(对阿纳托尔说)哎——至少你该让人给我捎句话吧……

阿纳托尔　(拥抱她)你没穿紧身胸衣?

安妮　哦——我是不是应该穿着盛装——为了你?——不好意思啊——

阿纳托尔　我觉得无所谓的——你应该向马科斯道歉的!

安妮　那为什么呢?——他肯定不会在意的——他又不会嫉妒!……好……好……吃饭——(侍者敲门)请进!——今天他倒敲门了——平时都想不起来的!(侍者走进包厢)

阿纳托尔　上菜吧！——(侍者下)

安妮　你今天没去——?

阿纳托尔　没有——我得——

安妮　你没错过太多！——今天的一切都让人昏昏欲睡……

马科斯　之前是一部什么样的歌剧啊?

安妮　我不知道……(三人坐到餐桌旁)……我进了自己的更衣室——然后上了舞台——我什么都没管……什么都没管！……对了,我有话要对你说,阿纳托尔！

阿纳托尔　这样啊,亲爱的宝贝儿?——非常重要的事情吗——?

安妮　是的,相当重要！……也许你会觉得吃惊……(侍者端菜上来)

阿纳托尔　那我可很想知道你要说什么了！……我也……

安妮　嗯……等会儿……对这位来说不是什么事儿的——

阿纳托尔　(对侍者说)您走吧……我们会摁铃的！(侍者下)……哎,好了……

安妮　——是的……我亲爱的阿纳托尔……你会觉得吃惊的……怎么会呢！你一点都不会吃惊的——肯定不会让你吃惊的……

马科斯　加薪了?

阿纳托尔　别打断她啊……！

安妮　不是的——亲爱的阿纳托尔！……你说说,这是奥斯坦德的牡蛎还是惠茨特布尔的牡蛎啊?①

阿纳托尔　现在她又说起了牡蛎！这是奥斯坦德的！

安妮　我也是这么想的……哦,我在扯什么牡蛎呢……这可是唯一一样可以天天去吃的东西啊！

马科斯　可以吃?！——是应该吃！必须吃！！

安妮　真的！我说的嘛！

阿纳托尔　你不是要对我说什么非常重要的事情吗——?

安妮　是的……真是很重要——甚至非常重要！——你还记得有句

---

① 奥斯坦德(Ostende),比利时港口名。惠茨特布尔(Whitstable),英国港口名。两地均以盛产牡蛎著称。

话吗？

阿纳托尔　哪句——哪句啊？——我哪里能知道你指的是哪句话呢！

马科斯　这倒是的！

安妮　嗯,我指的这句……等一下……那是怎么说的来着？——安妮,你当时说……我们永远都不要相互欺骗……

阿纳托尔　是……是……对嘛！

安妮　永远都不欺骗！……宁愿马上说出整个真相……

阿纳托尔　是的……我当时的意思是……

安妮　要是已经太晚了呢？——

阿纳托尔　你说什么？

安妮　哎——还不晚！——我对你说得很及时——差点都不及时了……要是明天再告诉你的话就太晚了！

阿纳托尔　你疯了吗,安妮？

马科斯　什么？

安妮　阿纳托尔,你必须要继续吃你的牡蛎……否则的话,我不说了,什么都不说了！

阿纳托尔　这是什么意思？——"你必须"——！

安妮　吃！

阿纳托尔　你应该说的……我受不了这种玩笑！

安妮　哦——我们当时约好的,我们应该完全说出来——要是到了那种时候……现在就到了那种时候了——

阿纳托尔　这就是说？

安妮　这就是说:很遗憾今天是我最后一次跟你吃晚饭！

阿纳托尔　麻烦你说清楚一点吧！

安妮　咱们俩完了——必须完了……

阿纳托尔　是……你说——

马科斯　太好了。

安妮　您觉得有什么好的？——好——或者不好——现在都这样了！

阿纳托尔　我亲爱的宝贝——我还是没有真正搞懂……可能是有人

55

向你求婚了吧……？

安妮　啊,要真是这样就好了!——就算是有人求婚,那也不是跟你分手的理由啊。

阿纳托尔　分手?!

安妮　咳,必须要说出来啊。——我恋爱了——阿纳托尔——很快地恋爱了!

阿纳托尔　能问问你爱上谁了吗?

安妮　……您说说,马科斯——您到底在笑什么?

马科斯　太好玩了!

阿纳托尔　别管他……咱们俩得说说,安妮!——你得给我一个解释吧……

安妮　嗯——我会给你解释的……我爱上了别人——然后全都告诉你了——因为我们是这么约定的……

阿纳托尔　是的,……可是,见鬼——爱上谁了呢你?!

安妮　哎,亲爱的宝贝——不许这么粗鲁!

阿纳托尔　我要求你……我坚决要求你……

安妮　麻烦您,马科斯——摁一下铃吧——我好饿啊!

阿纳托尔　还有这事儿!——还有胃口!在说这种事情的时候还有胃口!

马科斯　(对阿纳托尔)她今天才第一次吃晚饭呢!
〔侍者走进包厢。

阿纳托尔　您要干吗?

侍者　有人摁铃啊!

马科斯　继续上菜吧!(侍者在收拾餐桌)

安妮　是的……卡塔里妮要去德国了……已经说好了……

马科斯　哦……他们就这样让她走了,没找麻烦?

安妮　嗨……没找麻烦——实际上也不能这么说。

阿纳托尔　(站起来,在屋子里走来走去)葡萄酒在哪儿呢?!——您!……让!!——看起来您今天在睡大觉啊!

侍者　对不起啊——葡萄酒……

阿纳托尔　我要的不是放在桌子上的那瓶——这一点您可以想到的

吧！——我要的是香槟！——您知道我开席的时候就需要它的！（侍者下）

阿纳托尔　……我请你快给我说清楚！

安妮　你们男人说的什么都不能相信，什么都不能信——简直是什么都不能相信！——你当时给我说得那么好：当我们感觉到结束的时候到了——我们就告诉对方，然后和平地分手。

阿纳托尔　现在你快点给我——

安妮　这就是——他说的和平！

阿纳托尔　可是，亲爱的宝贝——你该明白我很想知道——谁——

安妮　（慢慢地品着葡萄酒）啊……

阿纳托尔　干了……干了！

安妮　哦，你还能不能——

阿纳托尔　以往你都是一口喝干的啊——

安妮　你知道吗，亲爱的阿纳托尔——我现在也在跟波尔多葡萄酒告别呢——谁知道多久后才能再见呢！

阿纳托尔　见鬼去吧！——你在那儿说什么呢！……

安妮　以后就没有波尔多葡萄酒了……也没有牡蛎了……也没有香槟了！（侍者端着下一道菜上来了）——也没有黑松露里脊了！——所有的这一切都再也没有了……

马科斯　我的天——您的胃可真够伤感的！（侍者在上菜）——我能给您上菜吗？

安妮　非常感谢您！好了……

阿纳托尔　（点燃了一支香烟）——

马科斯　你不吃了吗？

阿纳托尔　暂时不吃了！（侍者下）……好了，现在我想知道那个幸运的人到底谁！

安妮　要是我把名字都告诉你的话——我就不知道——

阿纳托尔　那——他是什么样的人呢？——你怎么认识他的呢？——他长什么样——？

安妮　帅——很帅！——我能说的就这些了……

阿纳托尔　哦——似乎你觉得自己说得够多了……

安妮　是——那里不会有牡蛎的……

阿纳托尔　这我们都知道了……

安妮　……也没有香槟!

阿纳托尔　咳,该死!——他肯定还有别的特点啊,除了给你买不起牡蛎和香槟外——

马科斯　他是对的——说到底这又不是什么天职所在……

安妮　嗯,这又有什么关系呢——如果我爱他的话?——我放弃一切——那是全新的——我从来还没有经历过的。

马科斯　可是,您瞧……如果有必要,阿纳托尔也能给您吃顿不好的饭啊!——

阿纳托尔　他是干什么的?——喜剧演员?——通烟囱的?——卖石油的旅游推销员——

安妮　是啊,宝贝——我可不让你羞辱他!

马科斯　那您倒是说啊,他是干什么的!

安妮　艺术家!

阿纳托尔　什么样的艺术家?——搭人梯的?这对你们倒很合适——马戏团的——什么?马术家?

安妮　别再咒骂了!——他是我的同事……

阿纳托尔　哦——老相识了?……一个你几年来每天都跟他在一起的——而且为了他你很可能都欺骗我好久了!——

安妮　我真该什么都不对你说的!——我相信了你的话——所以我在一切都还来得及时就向你坦白了!

阿纳托尔　可是——你都爱上他了——天知道都多久了呢?——而且精神上你早就在欺骗我了!——

安妮　这也没法避免的!

阿纳托尔　你是一个……

马科斯　阿纳托尔!

阿纳托尔　……我认识他吗?——

安妮　哦——你应该没有注意到他的……他只是在合唱歌舞队里跟着跳舞……但是,他会往上升的——

阿纳托尔　从什么时候开始……你就喜欢上他了——?

安妮　从今天晚上开始！
阿纳托尔　不要撒谎！
安妮　这是事实！——今天……我觉得,那是我的命……
阿纳托尔　她的命！……你听到了吗？马科斯——她的命！
安妮　是的,这也是命！
阿纳托尔　你听到了吗？——我可什么都要知道——我有权知道！……这会儿你还是我的情人！……我要知道这些事情什么时候就有了……是什么开始的——他什么时候仗着胆子——
马科斯　是……这些事情您真的应该讲给我们听……
安妮　这就是诚实带来的后果！……真的——我应该像弗里策尔对待她的男爵那样——他直到今天还什么都不知道——而她跟那个第五骑兵团的少尉都好了三个月了。
阿纳托尔　你能不能别再喝酒了！
安妮　今天不能！——今天我要——喝个微醉！——反正也是最后一次……
马科斯　八天后才有呢！
安妮　永远都不会有了！——我要留在卡尔那里,因为真的喜欢他——因为他很有趣,就算是他没有钱——因为他不会嘲笑我——因为他是一个甜蜜的,甜蜜的——可爱的家伙！
阿纳托尔　你没有遵守你的诺言！——你都爱上他好久了！——这是个愚蠢的谎言,今天晚上的这一切！
安妮　随你了,那你就不要相信我好了！
马科斯　哦,安妮……请您给我们说说那个故事吧……您知道吗？——根本不是那么回事的！——如果您想要和平分手——您就得为了他而这么做,为了阿纳托尔……
阿纳托尔　之后我也给你说点事儿……
安妮　哦……就是这样开始的……（侍者走进包厢）……
阿纳托尔　说吧——说吧……（坐到她身边）
安妮　那可能是十四天前……或者更早点,他送给我一些玫瑰——在出口那儿……我当时不由得笑了！——他当时显得非常害羞——

阿纳托尔　你为什么没有对我说过这件事情——

安妮　说这个？——嗨,那我要说的可就太多了!（侍者下）

阿纳托尔　那你接着往下说——往下说!

安妮　……后来,在排练的时候他总是在我跟前转悠——嗯——我注意到了——开始的时候我很生气——后来我就很开心了——

阿纳托尔　很简单嘛……

安妮　哦……后来我们就开始说话了——然后,我很喜欢他身上的一切了——

阿纳托尔　你们都说什么来着啊?

安妮　什么都说——他怎么被学校开除的——还有,他本来应该去当个学徒的——哦——还有,戏剧的血液怎么在他身体里开始沸腾的……

阿纳托尔　哦——这些事情我可是从来都没有听说过……

安妮　哦……后来我们就弄明白了,我们两个人,当我们还是小孩的时候,我们两家离得不——我们以前是邻居呢——

阿纳托尔　啊!邻居!——太让人感动了,太感动了!

安妮　是啊……是啊。（喝酒）

阿纳托尔　……继续!

安妮　这还能怎么继续啊?——我什么都给你说了!那是我的命——跟我的命……我没法对抗的……再说了……跟……我的命……我……没法……对抗……的……

阿纳托尔　从今天晚上起我想知道——

安妮　哦……想知道什么啊——（她脑袋向旁边歪了下去）

马科斯　她睡着了——

阿纳托尔　把她叫醒!——把葡萄酒从她那儿拿开!……我得知道今天晚上发生了什么事情——安妮——安妮!

安妮　今天晚上……他对我说——他——喜欢——我!

阿纳托尔　你呢?

安妮　我说——我很开心——因为我不想欺骗他——我就对你说:再见了——

阿纳托尔　因为你不想欺骗他!!——那就不是因为我啊——?

……因为他?!

安妮　哎,什么呀!——我从来都没喜欢过你!

阿纳托尔　哦,好啊!——幸好这一切我都不会再在意了……!

安妮　什么!?

阿纳托尔　是的……是的!——我早就不爱你了!……我爱上了别人!

安妮　哈哈……哈哈……

阿纳托尔　早就不爱了!——问问马科斯吧!——在你来之前——我都对他说了!

安妮　……哦……哦……

阿纳托尔　早就不爱了!……那个姑娘比你好一千倍,漂亮一千倍……

安妮　哦……哦……

阿纳托尔　……那是那样的一个姑娘,为了她我很愿意放弃上千个你这样的女人——懂了吗——?

安妮　(大笑)……

阿纳托尔　别笑!——问问马科斯吧——

安妮　太太可笑了!——现在想让我相信这个——

阿纳托尔　是真的,我告诉你——我向你发誓,是真的!——我早就不爱了!……我跟你在一起的时候根本就没有想过你——我吻你的时候我想的是别人!——别人!——别人!

安妮　哦——那我们就扯平了!

阿纳托尔　哦!——你真这么认为?

安妮　是的——扯平了!这太好了!

阿纳托尔　哦?——我们没有扯平——没有——根本没有!——因为那不是一回事……你所经历的……和我所经历的!……我的事情有点不那么——纯洁……

安妮　……什么?——(变得严肃起来)

阿纳托尔　是的……我的事情听起来有点不大一样——

安妮　为什么你的事情就不一样呢——?

阿纳托尔　哦——我——我欺骗了你——

安妮　（站了起来）什么？——什么？

阿纳托尔　我欺骗了你——你活该这样——每天——每晚——我从她那儿来见你——从你这儿又去了她那里——

安妮　……无耻……这太……无耻了！！（走到衣架跟前，把雨衣和披肩披到身上）

阿纳托尔　在你们这种人那儿得赶紧点——否则你们就抢在前面了！……哎，幸亏我没有什么幻想……

安妮　又有这种事情了！——是的！！

阿纳托尔　是……有这种事情了，不是吗？现在就有这种事情了！

安妮　男人比女人要冷酷无情上百倍——

阿纳托尔　是的，就有这种事情！——我就是这样冷酷无情……是的！

安妮　（已经把披肩围裹在脖子上了，拿起帽子和手套，站在阿纳托尔面前）是的……冷酷无情！——这……可不是我对你说的！（想要离开）

阿纳托尔　怎么了?!（跟在她身后）

马科斯　别管她了吧！——你最后又不会留下她！

阿纳托尔　"这"！——你没有对我说？——什么?!——你……你……你——

安妮　（站在门口）我永远都不会对你说的……永远都不会！……只有男人才会这样冷酷无情——

侍者　（端着冰激凌上来）——噢——

阿纳托尔　把你的冰激凌拿开！

安妮　……什么!？香草冰激凌！！……好！——

阿纳托尔　你还敢这样！

马科斯　让她吃吧！——她还得向冰激凌告别呢——永不再见了——！

安妮　是的……很开心地！——告别波尔多，告别香槟——告别牡蛎——特别是要告别你，阿纳托尔——！（突然从门口走开；她随意地微笑着，走向放在化妆台上的香烟盒，拿起一大把香烟塞进了自己的口袋）不是给我自己的！——这是给他的！（下）

阿纳托尔 （跟在她身后，在门口停下来）……
马科斯 （平静地）哦……你看……很容易就完成了嘛！……

（落幕）

垂 死 挣 扎

〔阿纳托尔。马科斯。埃尔泽。
〔阿纳托尔的房间。临近黄昏。房间里先是空无一人，
〔然后阿纳托尔和马科斯走了进来。

马科斯 嗯……现在我还真的跟你上来了！
阿纳托尔 再待一会儿吧。
马科斯 我还在想，我是不是打扰你呢。
阿纳托尔 求你了，待会儿吧！我根本不想一个人待着——谁知道她会不会来呢！
马科斯 啊！
阿纳托尔 十次当中有七次我都白等了！
马科斯 换成我的话我可受不了！
阿纳托尔 有时候你还得相信那些借口——唉，它们甚至还是真的。
马科斯 所有的七次？
阿纳托尔 我怎么知道啊！……我给你说啊，没有比当已婚女人的情人更加可怕的事情了！
马科斯 噢，有的……比如说，我就更不乐意自己是她的丈夫！
阿纳托尔 现在都已经——多久了啊？——两年了——哦不！——更久呢！——狂欢节时就已经两年了——现在都是"我们爱情的第三个春天"了……
马科斯 你怎么了？
阿纳托尔 （一屁股坐到床边的靠背椅上，身上还穿着外套，手里还拿着手杖）——唉，我累了——我有点神经，不知道自己想要什么……
马科斯 你去旅行吧！

阿纳托尔　为什么？

马科斯　好尽快结束啊！

阿纳托尔　这是什么意思——结束？

马科斯　我有时候看到你这个样子——上一次，你还知道吗，你那么长时间都不能下定决心跟某个愚蠢的东西分手，而她实在不值得你遭受那么多痛苦。

阿纳托尔　你是说我不再爱她了……？

马科斯　喔！真是那样的话，可就太好了……在那个阶段人就不再痛苦了！……现在你得经历一些比死亡更加糟糕的事情呢——能让你死亡的东西。

阿纳托尔　你可真会说好话啊！——不过，你说得对——这是垂死挣扎！

马科斯　把自己的想法说出来肯定有点安慰的。我们甚至都不需要哲学！——我们根本不需要涉及什么普遍性的东西；——把一个特殊的东西理解到其最深的根源就已经够了。

阿纳托尔　你这儿给我建议的是一种比较一般的享受。

马科斯　我只是这么建议下。——可是，我看你整个下午都这样啊，在普拉特尔①的时候你就面无血色、无聊得要死。

阿纳托尔　她今天要坐车下去的。

马科斯　你该高兴才对呢，我们没有遇见她的马车，因为你肯定没有了两年前问候她的那种微笑了。

阿纳托尔　（站起来）怎么会这样呢！——你告诉我怎么会这样呢？——就是说，我又要遇到那种事情了吗？——火焰又要逐渐、缓慢地熄灭了？这多么难以言说、多么令人伤心啊！——你体会不到我多害怕这个——！

马科斯　所以我才说啊：你去旅行吧！——不然的话，就勇敢地告诉自己整个事实的真相。

阿纳托尔　什么呢？又怎么说呢？

马科斯　哦，很简单啊：结束了。

---

① 普拉特尔（Prater），维也纳公园名，位于多瑙河畔。

阿纳托尔　对这种真相我们可没有必要自豪啊；这都只是疲惫的撒谎者才有的残酷的真诚。

马科斯　那当然啦！你们宁愿用上千个诡计来相互掩饰这件事情：你们已经不再是以前的你们了，也不愿意迅速决定分手。到底为什么呢？

阿纳托尔　因为我们自己都不相信那一点。因为在垂死挣扎那种无边无际的沉闷无聊中会出现一些个特殊的具有欺骗性的时刻，就在这些时刻里所有的一切比以前都更加美好……！在一段爱情的最后几天中，我们对幸福有着比先前更加强烈的渴望——如果那时来了伪装成幸福的某种情绪、某种陶醉、某种虚无，那我们根本就不愿意往面具后面看去……那时就会出现这样的一些时刻：你会羞愧难当，因为你居然相信所有的甜蜜都已经结束了——那时一对恋人会相互请求对方原谅很多东西，而且不必说出话来。——对死亡的恐惧让人非常虚弱——这会儿生命又突然重新出现了——比以前更加强烈、更加炽热——比以前更加具有欺骗性！——

马科斯　有一点你别忘了：这种结束经常比我们预感到的来得更早！——有些幸福会随着第一个吻而开始死去。——你不知道那些重病患者吗？他们直到最后一刻还以为自己是健康的呢——

阿纳托尔　我不是这种幸福的人！——这一点确定无疑！——我一直都是爱情的疑病患者……也许我的感觉没有我想象的那么有病——但这却更加糟糕！——有时候我觉得，似乎那种关于恶毒眼神的传说①在我身上显灵了……只是我的眼神是朝着里面的，而我的感受就这样在那种眼神下慢慢得病、逐渐衰弱下去。

马科斯　那你也得拥有恶毒眼神的骄傲劲儿才对啊。

阿纳托尔　哦不，我还羡慕别人呢！你知道吗？对于那些幸福的人

---

① 欧洲文化中的一个传说认为，有的人与生俱来就有恶毒的眼神，凡是与之相遇的敌对事物都得遭殃。希腊神话中，高更族人墨杜莎的眼睛就具有将人变成石头的能力。

来说,每一段生活都是一个新的胜利!——我不得不总是去打算解决什么事情;我不断地停下来——我思考着,我歇歇脚,我有很多拖累——!那些人在玩闹中就跨越过来了,就在体验的同时;……对他们来说,这是同一码事。

马科斯　别羡慕他们,阿纳托尔——他们没有跨越,他们只是从旁边走过了!

阿纳托尔　这不也是一种幸福吗——?他们至少没有那种奇异的罪责感,而这种感觉恰好是我们分手痛苦的秘密所在。

马科斯　哪种罪责呢?——

阿纳托尔　难道我们没有责任将那种我们向她们许诺的永恒放进我们还爱她们的那几年或者几个小时中去吗?而我们从来都做不到这一点!永远都做不到!——我们带着这种罪责意识跟每个女人分手——我们的忧郁只不过就是一种默默的认罪罢了。这就是我们最后的真诚!——

马科斯　有时候也是我们最早的真诚……

阿纳托尔　而这一切都让人心痛。——

马科斯　亲爱的,对你来说,这些持续时间很长的恋情一点都不好……你的鼻子太精妙了——

阿纳托尔　我该怎么理解这话呢?

马科斯　你的现在总是带着未经思索的过去所留下的全部沉重负担……现在,你的爱情的最初年月开始腐烂了,而你的灵魂没有那种能够将它们完全挤出来的神奇力量。——其必然结果是什么呢?——现在的最健康最壮丽的时光也流淌着一股霉味——而你现在所有的气氛都中毒了,不可救药了。

阿纳托尔　可能真是这样。

马科斯　所以啊,你内心永远都是这种过去、现在和未来所构成的混乱;一直都是模糊不清的过渡状态!过去的事情对你来说不会成为简单的僵死的事实,过去的事情会从那些氛围中挣脱出来,你还在这些氛围中体验到过去的事情——不,那些氛围一直都重重地压在那儿,它们只是变得越发苍白,越发枯萎——然后死去。

阿纳托尔　嗯。从这种影响范围中出来了那些让人心痛的霉味,它们经常漫过我的最好时刻。——我要拯救自己,不让自己受这些霉味的毒害。

马科斯　我非常惊奇地发现,没有人能够避免说出简单的话来!……我现在就想说:坚强起来,阿纳托尔——健康起来!

阿纳托尔　你在说这话的时候自己都在笑呢!……可能我还真具有这种能力!——但是我却缺少重要得多的东西——需求!——假如有一天我认为自己"坚强"的话,我就能感觉得到我失去了多少!……有很多病,但却只有一种健康——你必须一直都完全像别人一样健康——但是你却可以有跟别人全然不同的病!

马科斯　这只是一种空谈吧?

阿纳托尔　就算是又如何?——你又清楚地了解空谈是一种错误了,对吗——?……

马科斯　我从你所说的话中知道,你不想出去旅行。

阿纳托尔　也许我会去旅行——行,好吧!——但是我想让我自己吃惊一下——那不能是预先打算的,——预先打算会把什么都搞糟的!——这就是这些事情中的恐怖所在,你得收拾行李,让人叫车——还得对车夫说——去火车站!

马科斯　这些事情我来给你办!(阿纳托尔很快地走向窗户,朝窗外望去)——你怎么了?——

阿纳托尔　没什么……

马科斯　哦……我全都给忘了——我这就走。

阿纳托尔　……你看到没有——这会儿我又……

马科斯　……

阿纳托尔　好像我在朝拜她呢!

马科斯　这有一个非常简单的解释,那就是:你确实在朝拜她——就在这一刻!

阿纳托尔　再见,对了——先别订车啊!

马科斯　别这么高兴!——开往的里雅斯特①的快车四小时后才发

---

① 的里雅斯特(Trieste),意大利地名。

67

车呢——行李嘛可以随后寄去的——

阿纳托尔　非常感谢！

马科斯　（站在门口）要是不留下一个警句,我根本没法走！

阿纳托尔　请说。

马科斯　女人是个谜！

阿纳托尔　喔！！！

马科斯　让我说完吧！女人是个谜：——人们都这么说。如果女人理性到对我们进行思考的程度,那我们对女人来说是一个什么样的谜呢？

阿纳托尔　好,说得好！

马科斯　（鞠躬退下）

阿纳托尔　（独自待了一会儿,在房间里走来走去；然后又坐到窗户边,点燃一支烟。从楼上传下来有人拉小提琴的声音——停顿——然后可以听到走道里有脚步声……阿纳托尔变得警觉起来,站起来,把香烟放进烟灰缸里,向正要进门、面纱压得很低的埃尔泽迎上去）

阿纳托尔　终于来了！——

埃尔泽　已经很晚了……对啊,对啊！（把帽子和面纱摘下）——我没法来得更早了——根本不可能！

阿纳托尔　你都没法通知我一声吗？——这种等待让我很神经！——那——你在这里待——？

埃尔泽　不久,天使——我丈夫——

阿纳托尔　（愠怒地转过身去）

埃尔泽　瞧——你又这样了！——我也没法啊！

阿纳托尔　嗯——你是对的！——已经这样了——要适应才对呢……来吧,宝贝——到这里来！……（他们往窗边走去）

埃尔泽　别人可能会看见我呢！——

阿纳托尔　天都黑了——窗帘会挡住我们的！你不能多待一会儿,太讨厌了！——我两天都没见到你了！——而且上一次见到你也只是几分钟！

埃尔泽　你到底爱我不——？

阿纳托尔　哎,你知道的啊——你就是我的一切,一切!……一直和你在一起——

埃尔泽　我也很愿意在你这儿待着!——

阿纳托尔　来……(拉着她走到靠背椅旁,两人紧挨着坐下)——你的手!(把她手捧到嘴唇边)……你听见楼上的老人在拉小提琴吗?——很好听——是吗——?

埃尔泽　我的宝贝!

阿纳托尔　啊——就这样和你在科摩湖畔①……或者在威尼斯——

埃尔泽　我蜜月旅行时去了那里——

阿纳托尔　(忍住怒气)你这会儿非要说这个不可吗?

埃尔泽　可是,我只爱你啊!只是爱过你!从来没有爱过别人——连我丈夫也没有——

阿纳托尔　(双手合十)求你了!——你不能忘记自己已婚了吗?哪怕几秒钟都不能?——享受一下这一刻的美好吧——你就这样想吧,这个世界上只有咱们俩……(钟声响起)

埃尔泽　几点了——?

阿纳托尔　埃尔泽,埃尔泽——别问了!——忘了还有别人吧——你在我这里呢!

埃尔泽　(温柔地)我为了你忘得还不够多吗?——

阿纳托尔　我的宝贝——(亲吻她的手)

埃尔泽　我亲爱的阿纳托尔!——

阿纳托尔　(心肠软地)又怎么了,埃尔泽——?

埃尔泽　(微笑着用一个手势表明自己必须要走了)

阿纳托尔　你的意思是?

埃尔泽　我必须走了!

阿纳托尔　必须?

埃尔泽　是的。

阿纳托尔　必须——?现在——现在——?——那你走吧!(从她身边离开)

---

① 科摩湖位于意大利北部,意大利三大湖泊之一,著名旅游胜地。

埃尔泽　跟你简直没法说话——

阿纳托尔　跟我简直没法说话！（在房间里走来走去）——你不明白这种生活会让我发疯吗？——

埃尔泽　这就是我得到的报答！

阿纳托尔　报答，报答！——报答什么呢？——难道我给予你的不和你给予我的一样多吗？——我爱你比你爱我少吗？——我给你的开心比你给我的少吗？——爱情——疯狂——痛苦——！可是哪有感激之情啊？——这个愚蠢的词儿是哪里来的？——

埃尔泽　那一点都没有了——我值不得你的一丁点谢意吗？——我为了你可是什么都牺牲了啊。

阿纳托尔　牺牲？——我不要什么牺牲——如果那真是什么牺牲，那你从来就没有爱过我！

埃尔泽　你还这么说？……我不爱他——我为了他背叛了自己的丈夫——我，我——不爱他！

阿纳托尔　这个我可没有说过！

埃尔泽　啊，我都干了什么！

阿纳托尔　（站在她面前）啊，我都干了什么！——就缺这种好话了！——你干了什么？我告诉你啊……七年前你还是个不懂事的小姑娘——后来你嫁给了一个男人，因为必须要结婚嘛。——你去完成了蜜月旅行……你当时很幸福……在威尼斯——

埃尔泽　才不是呢！——

阿纳托尔　幸福——就在威尼斯——在科摩湖畔——那也是爱情——至少在一些特定的时刻。

埃尔泽　才不是呢！

阿纳托尔　什么？——他没有吻你——没有拥抱你？——你当时不是他的女人？——然后你们就回来了——后来你就觉得无聊了——当然会这样了——因为你漂亮——优雅——还是一个女人——！而他简直就是一个笨蛋！——然后就到了卖弄风情的年月……我假定只有卖弄风情！——在我之前你没有爱过谁，你说的。哦，这个当然没法证明——但是我假定是这样；因为不是这样的话,我会不舒服的。
埃尔泽　阿纳托尔!卖弄风情!我!——
阿纳托尔　是的……卖弄风情!卖弄风情是什么意思?好色而且好说谎!
埃尔泽　我是这样的?——
阿纳托尔　对……你!——然后就到了斗争年月——你当时犹豫不决!——我不应该经历我自己的传奇吗?——你变得越来越漂亮了——你丈夫越来越无聊,越来越愚蠢,越来越难看了……!最终必然就发生那种事情——你给自己找了个情人。而这个情人碰巧就是我!
埃尔泽　碰巧……你!
阿纳托尔　是的,碰巧是我——因为,如果不是我——也会有另外一个男人在那儿的!——你在婚姻中觉得不幸福或者不够幸福——想要被爱。你跟我调了调情,就伟大的激情瞎扯了一通——然后在美好的一天里,你看到一个女友坐着车从你身边驶过,或者你看到一个女人在你们旁边包厢里卖弄风情,那会儿你就也在想:为什么我不能也有自己的享乐呢!——就这样你成了我的情人!——你就干了这个!——这是所有的事情——我不明白你为什么要为这个小小的艳遇寻找宏大的套话。
埃尔泽　阿纳托尔——阿纳托尔!——艳遇?!——
阿纳托尔　是的!
埃尔泽　收回你所说的话——我恳求你!——
阿纳托尔　我到底有什么需要收回的呢——对你来说这又有什么不同呢——?
埃尔泽　你真的这么以为——?
阿纳托尔　是的!
埃尔泽　喔——那我得走了!
阿纳托尔　走吧——我不会拦你。(停顿)
埃尔泽　你在赶我走?——
阿纳托尔　我——赶你走——两分钟前你就说过了——"我必须得走了!"

埃尔泽　阿纳托尔——我不得不这样啊——！你真的不明白吗？——

阿纳托尔　（坚决地）埃尔泽！

埃尔泽　怎么了？

阿纳托尔　埃尔泽——你爱我吗？——那你对我说——

埃尔泽　我对你说——我的天啊——你到底想问我要什么样的证明呢——？

阿纳托尔　你想知道吗——？好！——你说你爱我,也许我能相信……

埃尔泽　也许？——今天你还这样说！

阿纳托尔　你爱我——？

埃尔泽　我爱慕你——

阿纳托尔　好——那就待在我身边吧！

埃尔泽　什么？——

阿纳托尔　跟我一起逃走——好吗？——跟我一起——到另外一座城市去——到另外一个世界去——我只想和你在一起！

埃尔泽　你到底在想什么呢——？

阿纳托尔　我在想什么——？唯一自然而然的事情——对！我怎么能让你走掉呢——还到他那里去——我以前怎么就能让你走了呢？——对——你怎么能做到这一点的呢？——你不是"爱慕"着我吗！——什么？从我的怀抱里出去,被我的亲吻烤焦了,你回到那栋房子去；自从你属于我以后,那栋房子对你就陌生了啊——不——不——我们都适应这个了——我们都未曾想到过会这么恐怖！——我们根本不可能继续这样生活下去了——埃尔泽,埃尔泽,你跟我走！——哦……你不说话了——埃尔泽！——到西西里岛去……你想到哪里去就到哪里去——也可以到大海那一边去——埃尔泽！

埃尔泽　——你在说什么呢？

阿纳托尔　你我中间不再有别人了——到大海那一边去,埃尔泽！——就会只有我们两个人了——

埃尔泽　到大海那一边去——？

阿纳托尔　你想到哪里去就到哪里去！……

埃尔泽　我亲爱的,可贵的……孩子……

阿纳托尔　你犹豫了——？

埃尔泽　你看啊,亲爱的——我们为什么要这样呢——？

阿纳托尔　怎样？

埃尔泽　出去——这完全没有必要嘛……我们在维也纳几乎也可以经常见面啊,只要我们愿意——

阿纳托尔　几乎可以经常见面,只要我们愿意。——是啊是啊……我们……完全没有必要那样的……

埃尔泽　那都是白日做梦啊……

阿纳托尔　……你是对的……（停顿）

埃尔泽　……生气了——？（钟声响起）

阿纳托尔　你必须走了！

埃尔泽　……我的天——都这么晚了……！

阿纳托尔　嗯——那你走吧……

埃尔泽　明天见——我六点钟就到你这儿！

阿纳托尔　……随你便！

埃尔泽　你不吻我了——？

阿纳托尔　哦,对了……

埃尔泽　我会补偿你的……明天！——

阿纳托尔　（陪她往门口走）再见！

埃尔泽　（在门口）再来一个吻！

阿纳托尔　为什么不呢——给！（他吻了她；她走了）

阿纳托尔　（重新回到房间）我用这个吻把她变成了她该当成为的人……她成了又一个！（他抖了抖身子）愚蠢,愚蠢……！

（落幕）

阿纳托尔婚礼的早晨

〔阿纳托尔。马科斯。伊洛娜。弗兰茨。仆人。

〔装饰得很有品位的单身汉房间:右边的门通往前厅;左边

73

的门是通往卧室的,门两边的帷幕搭了下来。

阿纳托尔　（身穿晨装,踮着脚跟从左边的房间走出来,轻轻关上门。他在一个没有靠背的沙发上坐下,按了一下按钮;铃声响起）

弗兰茨　（从右边走出来,直接朝左边的门走去,没有看到阿纳托尔）

阿纳托尔　（刚开始没有注意到这点,然后跟在弗兰茨后面,在他开门前拦住了他）你怎么这么悄没声息的?我都没有听见你就进来了!

弗兰茨　您有什么吩咐?

阿纳托尔　茶壶!

弗兰茨　遵命。（下）

阿纳托尔　轻点儿,你个笨蛋!你不能轻点走路吗?（踮着脚跟走向左边的门,打开了一点）她在睡觉哪!……你还在睡呢!（关上门）

弗兰茨　（拿着茶壶来了）尊敬的主人,两个杯子吗?

阿纳托尔　是的!（门铃响起）……往外看看!谁这么一大早就来了?（弗兰茨下）

阿纳托尔　我今天的情绪不对,肯定不能结婚。我想推掉。

弗兰茨　（打开右边的门,马科斯走了进来）

马科斯　（热情地）我亲爱的朋友!

阿纳托尔　嘘……安静!再拿一个杯子,弗兰茨!

马科斯　这儿已经有两个杯子了啊!

阿纳托尔　再拿一个杯子,弗兰茨——出去吧。（弗兰茨下）嗯……好了,亲爱的,什么风早上八点就把你刮到我这儿来了?

马科斯　十点了!

阿纳托尔　那什么风早上十点就把你刮到我这儿来了?

马科斯　我的忘性。

阿纳托尔　小声点……

马科斯　好,到底为什么呢?你可真紧张!

阿纳托尔　是的,非常紧张!

马科斯　但是你今天不该紧张的。

阿纳托尔　你想干什么啊?

马科斯　你知道的,今天我是你婚礼的证婚人;你那美丽的表妹阿尔玛是我的伴儿!

阿纳托尔　(轻声地)有话直说。

马科斯　哦——我忘了订花束,这会儿我不知道阿尔玛小姐会穿什么样的盛装。她会穿白的、粉红、蓝色还是绿色的衣服?

阿纳托尔　(生气地)绝对不会是绿色的!

马科斯　为什么绝对不会穿绿色呢?

阿纳托尔　我表妹从来都不穿绿色的。

马科斯　(有些气恼)这我怎么能知道呢!

阿纳托尔　(生气地)别这么喊啊! 这都可以悄悄解决的嘛。

马科斯　那你根本就不知道她今天要穿什么颜色了?

阿纳托尔　粉红或者蓝色!

马科斯　这可是全然不同的两回事儿。

阿纳托尔　哎,粉红或者蓝色,都一样的!

马科斯　可是对于我这花束来说,这可不一样啊!

阿纳托尔　订两个吧;剩余的那个你可以插进纽扣眼儿。

马科斯　我来这里可不是为了听你的糟糕笑话来着。

阿纳托尔　今天两点我还会整一个更加糟糕的笑话呢!

马科斯　你在新婚的早晨还有这么好的心情啊。

阿纳托尔　我很紧张!

马科斯　你对我隐瞒了什么?

阿纳托尔　没有。

伊洛娜的声音　(从卧室传出来)阿纳托尔!

马科斯　(吃惊地看着阿纳托尔)

阿纳托尔　等我一下。(走向卧室房门,进去待了一会儿;马科斯瞪大着眼睛望着他的背影;阿纳托尔在门口亲吻伊洛娜,没让马科斯看见这个动作;阿纳托尔关上门,又走向马科斯)

马科斯　(愤怒地)这种事儿不能干的!

阿纳托尔　听我说,马科斯,然后你再下结论。

马科斯　我听到了一个女人的声音,我下的结论是:你很早就开始欺骗你的妻子!

阿纳托尔　坐下吧,你听我说,你马上就不会这么说了。

马科斯　永远也不会。我肯定不是道德典范;但这种事情……

阿纳托尔　你不想听我说?

马科斯　说吧!但要快点;我要去参加你的婚礼呢。(两人坐下)

阿纳托尔　(伤心地)啊!

马科斯　(不耐烦地)嗯。

阿纳托尔　嗯……嗯,昨天在我未来的岳父母那里闹婚①。

马科斯　我知道;我也去了!

阿纳托尔　是啊,你也去了。有很多人在那里呢!大家都很开心,喝了香槟,还说了祝酒词……

马科斯　我也是的……为了你的幸福!

阿纳托尔　是啊,你也那样干了……为了我的幸福!(握了握马科斯的手)谢谢你。

马科斯　你昨天已经谢过我了。

阿纳托尔　大家都很开心,直到午夜……

马科斯　我知道的。

阿纳托尔　有一会儿我真的觉得我似乎很幸福。

马科斯　在你的第四杯香槟之后。

阿纳托尔　(伤心地)不是——在第六杯之后……太悲哀了,我几乎没法理解。

马科斯　这个我们已经说得够多了。

阿纳托尔　那个年轻人也在那里,我确信他就是我新娘的初恋情人。

马科斯　哦,那个年轻的拉尔门。

阿纳托尔　是——我想他是个什么诗人。他们这种人似乎注定会是某些人的初恋情人,但肯定不会成为最后的爱人。

---

① 婚礼前夕的习俗。主要内容是在新娘家的门前摔碎盘碟,传说其碎片可以带来吉利。

马科斯　我更喜欢你赶紧说正题。

阿纳托尔　对我来说,他本来完全不重要的;实际上我还嘲笑他呢……午夜时分,聚会的人群散去。我用一个吻向我的新娘告别。她也吻了我……冷冷地……当我走下楼梯时,我冷得发抖。

马科斯　啊……

阿纳托尔　在门口时还有人不断祝贺我。爱德华叔叔喝醉了,拥抱了我。一个法学博士唱了一首大学生歌曲。那个初恋情人,我是说那个诗人,竖着衣领走进了小巷子。有个人取笑了我,说后半个晚上我肯定宁愿在新娘的窗前散步来着。我讥讽地微笑着……当时已经开始下雪了。人群渐渐散去……我独自站在那里……

马科斯　（遗憾地）噢……

阿纳托尔　（变得热情了点）是的,独自站在大街上——在寒冷的冬夜,大片大片的雪花在我四周飞舞。那有点……恐怖。

马科斯　求你了——赶紧说,你去哪里了?

阿纳托尔　（大声地）我必须去——到化装舞会上去!

马科斯　啊!

阿纳托尔　你很吃惊,为什么——?

马科斯　这会儿我能想到后面的事情了。

阿纳托尔　不能,我的朋友——当我在寒冷的冬夜站在那儿的时候——

马科斯　冷得发抖……!

阿纳托尔　冻僵了都!就在那时,一种强烈的痛楚袭击了我,我从现在开始就不再是自由的男人了,我应该同甜蜜、美好的单身汉生活永远说再见了!这是最后的一个晚上了,我当时对自己说,今晚你回家后不会被人问:你去哪儿了……?有自由、有艳遇的最后一个晚上……或许还是有爱情的最后一个晚上呢!

马科斯　噢!

阿纳托尔　我就那样站在人群中间。我身边全是丝绸衣服和缎子衣服在沙沙作响,眼睛里都喷射着炽热的目光,各种面具都在点头致意,白色的肩膀闪着光芒,散发着香味——参加狂欢节的整个人群都在呼吸着、嬉闹着。我一头扎了进去,让那种喧闹围绕我的灵魂呼啸。我必须要吸进这种喧闹,我必须在里面沐浴享受!……

马科斯　快说正事儿……我们没有时间了。

阿纳托尔　我就这样被人群推来推去,各种香水味在我四周上下翻腾,开始的时候我用它们陶醉了我的脑袋,后来我还用它们陶醉了自己的呼吸。香水味以前所未有的方式向我冲来。狂欢节给我,是的,给我一个人举办了告别庆祝。

马科斯　我在等着第三波陶醉……

阿纳托尔　确实也来了……心的陶醉……!

马科斯　感官的陶醉!

阿纳托尔　心的陶醉……!好吧,是感官的陶醉……你还记得卡塔琳娜吗……?

马科斯　(大声地)啊,卡塔琳娜……

阿纳托尔　嘘……

马科斯　(用手指了指卧室门)哦……是她吗?

阿纳托尔　不是——正因为不是她。但她也在那儿——然后又来了一个漂亮的褐色头发的女人,她的名字我就不说了……还有特奥多尔的女朋友——个子矮小的金发姑娘丽琪,他没在那里——还有一些别人。我把她们全都认出来了,尽管她们都戴着面具——从声音上,从走路姿势上,从随便某个动作上认出的。但是,奇怪……恰好有一个姑娘我没有马上认出来。我跟踪她,或者她在跟踪我。她的体形我很熟悉的。不管怎样,我们总是不停地遇到一起。在喷泉旁边,在自助餐那儿,在舞台前部侧包厢旁边……一直不停地遇到!最后她抓住了我的胳膊,我就知道她是谁了!(用手指指卧室的门)她。

马科斯　一个老熟人?

阿纳托尔　哦,天啊,你感觉不到吗?你知道在六周前我订婚的时候我对她说了什么……那个古老的童话:我出去旅行一趟,很快就回来了,我会永远爱你的。

马科斯　伊洛娜……?

阿纳托尔　嘘……

马科斯　不是伊洛娜……?

阿纳托尔　是她——正因为如此要小声点！你又回来了,她对着我耳朵轻声说。是的,我赶紧回答说。什么时候到的? ——今天晚上。——为什么没有提前写信给我? ——不通邮。——哪儿啊? ——偏僻的村子。——现在呢……? 很开心又回来了,一直很忠诚。——我也是的——幸福,香槟,然后又是幸福。——

马科斯　然后又是香槟。

阿纳托尔　不——没有再喝香槟了。——啊,然后我们又坐着车回家,多好啊……跟以前一样。她靠在我胸口。从现在起我们再也不要分开了——她说……

马科斯　(站了起来)醒醒吧,我的朋友,看清楚,你到头了。

阿纳托尔　"再也不要分开"——(站起来)而今天两点我就要结婚了！

马科斯　另外一个。

阿纳托尔　是啊;人总是跟另外一个结婚的。

马科斯　(看着手表)我想,时间已经很紧了。(用动作示意阿纳托尔应该把伊洛娜赶走)

阿纳托尔　是,是,我去看看她是不是好了。(走向卧室门,在门前站住,转过身来面对马科斯)难道这不悲哀吗?

马科斯　这不道德。

阿纳托尔　是的,但也悲哀。

马科斯　快去。

阿纳托尔　(走向隔壁房间的门)

伊洛娜　(把脑袋伸出来,走了出来,身上裹着一件漂亮的化装舞衣)只是马科斯嘛。

马科斯　(鞠躬)只是马科斯。

伊洛娜　(对阿纳托尔)你什么都不对我说。——我还以为是个陌生人呢,不然我早就出来了。您过得可好,马科斯? 你怎么说这个小调皮?

马科斯　是的,他是个小调皮。

伊洛娜　我为他哭了六周……他去了……你去哪里了?

阿纳托尔　(做了一个很大的手势)在那外边——

伊洛娜　他也没有给你写信吗?可现在我又逮到他了。(抓起他的胳膊)……从现在起再也没有出游了……没有分离了。给我一个吻!

阿纳托尔　可是……

伊洛娜　嗨,马科斯什么都不是。(吻阿纳托尔)你的脸色可真够难看! ……现在我要给你们倒茶,也给我倒一杯,如果可以的话。

阿纳托尔　请吧。

马科斯　亲爱的伊洛娜,很遗憾我没法接受邀请跟你一起吃早餐……而且我也不明白……

伊洛娜　(忙着摆弄茶壶)您不明白什么?

马科斯　阿纳托尔实际上也应该……

伊洛娜　阿纳托尔应该干吗——?

马科斯　(对阿纳托尔)你实际上应该——

伊洛娜　他应该干吗?

马科斯　你应该去化妆了!

伊洛娜　嘿,您别这么好笑啊,马科斯;我们今天在家里待着;我们不出门的……

阿纳托尔　亲爱的宝贝,很遗憾不可能这样呢……

伊洛娜　噢,会有可能的。

阿纳托尔　我接到邀请……

伊洛娜　(斟着茶)推掉。

马科斯　他没法推掉。

阿纳托尔　我接到邀请要去参加一个婚礼。

马科斯　(给他做了一个鼓舞的手势)

伊洛娜　嗨,完全不重要的啊。

阿纳托尔　并非完全不重要——因为我是男傧相。

伊洛娜　你爱你的女伴吗?

马科斯　这只是个次要问题。

伊洛娜　可是我爱他,这是主要问题……您别总是搅和!

阿纳托尔　宝贝……我必须走了。
马科斯　是的,他得走了——请您相信他——他得走了。
阿纳托尔　你得给我放上几个小时的假啊。
伊洛娜　现在你们最好坐下……几块糖,马科斯?
马科斯　三块。
伊洛娜　(对阿纳托尔)你呢……?
阿纳托尔　真的很紧急了。
伊洛娜　几块?
阿纳托尔　你知道的啊……总是两块——
伊洛娜　乳脂?朗姆酒?
阿纳托尔　朗姆酒——你也知道的啊!
伊洛娜　朗姆酒和两块糖,(对马科斯)这人有原则的!
马科斯　我得走了!
阿纳托尔　(轻声地)你把我一个人撇在这儿?
伊洛娜　您还是把您的茶喝完,马科斯!
阿纳托尔　宝贝,我得换衣服了——!
伊洛娜　我的天——那个倒霉的婚礼到底是几点?
马科斯　两个小时以后。
伊洛娜　您也收到邀请了?
马科斯　是!
伊洛娜　也是男傧相?
阿纳托尔　是的……他也是。
伊洛娜　到底是谁结婚呢?
阿纳托尔　你不认识他。
伊洛娜　他叫什么名字呢?这不会是秘密吧。
阿纳托尔　这是个秘密。
伊洛娜　什么?
阿纳托尔　婚礼要秘密举行。
伊洛娜　那还有男傧相和女傧相?简直是胡说!
马科斯　只是不让父母知道。
伊洛娜　(惬意地喝着茶)孩子们,你们在骗我。

马科斯　哦,别这么说。

伊洛娜　鬼知道你们今天收到邀请去哪儿呢！……但是,不会成事儿的——您当然可以想去哪儿就去哪儿,亲爱的马科斯——那边的那位却得留下。

阿纳托尔　不可能,不可能。我不能不去参加我最好的朋友的婚礼。

伊洛娜　(对马科斯)我应该给他放假吗？

马科斯　好伊洛娜啊,好伊洛娜啊——您必须这样——

伊洛娜　婚礼到底在哪座教堂举行呢？

阿纳托尔　(不安地)你怎么问这个啊？

伊洛娜　我也想去看看。

马科斯　可是,这不行啊……

伊洛娜　为什么不行？

阿纳托尔　因为这个婚礼在一个完全……在一个完全是地下的教堂里举行。

伊洛娜　那总有一条路吧？

阿纳托尔　不……我是说——当然有一条路的。

伊洛娜　我要看看你的女伴,阿纳托尔。因为我嫉妒这个女傧相。——我们都知道这样的故事的,男傧相后来娶了他们的女伴。而且,你明白吗,阿纳托尔——我不要你结婚。

马科斯　您会怎么办……假如他真结婚的话呢？

伊洛娜　(平静地)我会搅了婚礼的。

阿纳托尔　——哦——？

马科斯　为什么要这样呢？

伊洛娜　我还犹豫不决呢,很可能是在教堂门口闹出一桩大丑闻。

马科斯　这很老套啊。

伊洛娜　哦,我会弄出点变化的。

马科斯　比如说？

伊洛娜　我也打扮成新娘到那里去——戴着爱神木花冠——这很有特色吧？

马科斯　非常有特色……(站起来)我得走了……再见,阿纳托尔！

阿纳托尔　(站起来,坚决地)对不起,亲爱的伊洛娜；可是现在我必须要换衣服了——时间很紧了。

弗兰茨　（拿着一个花束走了进来）给您花,尊敬的主人。

伊洛娜　什么花?

弗兰茨　（看着伊洛娜,脸上的表情有点吃惊,有点亲密）……给您花,尊敬的主人。

伊洛娜　你一直还在用弗兰茨！（弗兰茨下）你当时想开掉他的吧?

马科斯　有时候这很难的。

阿纳托尔　（手里拿着那个包着绵纸的花束）

伊洛娜　让我看看你有什么样的品位?

马科斯　这个花束是给你的女伴的?

伊洛娜　（把绵纸翻开）这个花束是给新娘的！

阿纳托尔　我的天,他们给我送错了花束……弗兰茨,弗兰茨！（拿着花束很快下场）

马科斯　那个可怜的新郎会拿到他的花束。

阿纳托尔　（重新走了进来）他都跑不见了,那个弗兰茨。——

马科斯　对不起了——我得走了。

阿纳托尔　（陪他往门口走去）我该怎么办?

马科斯　坦白。

阿纳托尔　不可能。

马科斯　噢,不管怎样,我会尽快回来的——

阿纳托尔　求求你——好！

马科斯　我的颜色……

阿纳托尔　蓝色或者红色——我有这样的印象——再见——

马科斯　再见,伊洛娜！——（轻声地）一小时后我回来！

阿纳托尔　（回到房间里）

伊洛娜　（扑进他怀里）终于！啊,我多么开心啊！——

阿纳托尔　（机械地）我的天使！

伊洛娜　你怎么这么冷漠。

阿纳托尔　我刚才说过的啊:我的天使。

伊洛娜　可是,你真的必须去参加那个傻婚礼吗?

阿纳托尔　不开玩笑的,宝贝儿,我必须去。

伊洛娜　你知道吗,我可以陪你坐车去,一直坐到你那个女伴的住处那儿……

阿纳托尔　你在想什么呢。咱们今晚就会见面的;你今天不是要去看戏嘛。

伊洛娜　我推掉。

阿纳托尔　不,不,我会去接你的。——现在我得穿上大礼服了。(看了看手表)时间过得可真快,弗兰茨,弗兰茨!

伊洛娜　你要干吗?

阿纳托尔　(对往进走的弗兰茨说)您在我房间把东西都准备好了吗?

弗兰茨　尊敬的主人说的是大礼服、白领结——

阿纳托尔　嗯,是的——

弗兰茨　我这就——(走进卧室)

阿纳托尔　(来回走动着)你——伊洛娜——那今天晚上——散戏后——好吗——?

伊洛娜　我今天好想跟你在一起。

阿纳托尔　别耍小孩脾气了——我也有些——义务,你知道的嘛!

伊洛娜　我爱你,除此之外我什么都不知道。

阿纳托尔　但这是非常有必要的。

弗兰茨　(从卧室走出来)都准备好了,尊敬的主人。(下)

阿纳托尔　好。(走进卧室,在门后继续说着,伊洛娜留在舞台上)我的意思是,你该明白这一点,这是非常有必要的。

伊洛娜　你真的在换衣服啊?

阿纳托尔　我不能就这样去参加婚礼啊。——

伊洛娜　你为什么要去呢?

阿纳托尔　你又从头开始了?我必须去。

伊洛娜　那今天晚上吧。

阿纳托尔　是的。我会在舞台出口那里等你的。

伊洛娜　可别迟到了!

阿纳托尔　不会的——我怎么会迟到呢?

伊洛娜　噢,自己想想吧。有一次我在散戏后等了整整一个小时。

阿纳托尔　什么？我不记得了。(停顿)

伊洛娜　(在房间里转来转去,看看天花板,看看墙壁)哎,阿纳托尔,你有一幅新画呢。

阿纳托尔　是的,你喜欢吗?

伊洛娜　我对画什么都不懂的。

阿纳托尔　这是一幅非常漂亮的画。

伊洛娜　是你带回来的吗?

阿纳托尔　怎么会呢?从哪里啊?

伊洛娜　哦,出去旅行带回来的啊。

阿纳托尔　是的,对啊,出去旅行带回来的。不,哦,对了,这是别人送的。(停顿)

伊洛娜　哎,阿纳托尔。

阿纳托尔　(紧张地)什么事儿啊?

伊洛娜　你到底去哪里了?

阿纳托尔　我已经告诉你了啊。

伊洛娜　没有,你什么也没有说。

阿纳托尔　我昨天晚上告诉你的。

伊洛娜　那就是我又给忘了!

阿纳托尔　我去了波希米亚①附近。

伊洛娜　你在波希米亚干什么了?

阿纳托尔　我没去波希米亚,是在那附近——

伊洛娜　哦,那你肯定是被请去打猎了。

阿纳托尔　是的,我打了兔子。

伊洛娜　六个礼拜?

阿纳托尔　是的,没有间断。

伊洛娜　你为什么没有向我告别?

阿纳托尔　我不想让你伤心嘛。

伊洛娜　哎,阿纳托尔,你是想撇下我。

阿纳托尔　可笑。

---

① 波希米亚(Böhmen),地名,位于捷克。

伊洛娜　哦;你已经试过一次了。
阿纳托尔　试过——是的;我没有成功。
伊洛娜　什么?你说什么?
阿纳托尔　嗯啊;我曾经想过从你这里挣脱;你知道的啊。
伊洛娜　什么废话嘛;你根本不可能从我这里走掉!
阿纳托尔　哈哈!
伊洛娜　你说什么?
阿纳托尔　哈哈,我说。
伊洛娜　别笑,我的宝贝;你当时不也回到我身边了嘛。
阿纳托尔　是啊——当时!
伊洛娜　这次也是——你还爱着我。
阿纳托尔　可惜。
伊洛娜　什么——?
阿纳托尔　(大叫道)可惜!
伊洛娜　你,你,当你在另外一间屋子的时候,你很勇敢啊。当着我的面你不会这么说的。
阿纳托尔　(打开房门,探出脑袋)可惜。
伊洛娜　(朝着门那边)这是什么意思,阿纳托尔?
阿纳托尔　(又到门后)意思是,不可能永远这样下去!
伊洛娜　什么?
阿纳托尔　不能这样下去了,我说;不可能永远这样的。
伊洛娜　现在我笑了:哈哈!
阿纳托尔　什么?
伊洛娜　(打开门)哈哈!
阿纳托尔　关上!(门又关上了)
伊洛娜　不,我的宝贝,你爱着我,没法离开我。
阿纳托尔　你这么想?
伊洛娜　我知道的。
阿纳托尔　你知道?
伊洛娜　我感觉到了。
阿纳托尔　你的意思就是说,我永远都会趴在你脚前。

伊洛娜　你不会结婚的——这个我知道的。

阿纳托尔　你疯了吧,我的宝贝。我爱你——这是蛮美好的——但我们不会永远在一起。

伊洛娜　你以为我会把你放走吗？

阿纳托尔　你不得不这么做的。

伊洛娜　不得不？什么时候呢？

阿纳托尔　当我结婚的时候。

伊洛娜　(摇着房门)那会在什么时候呢,我的宝贝？

阿纳托尔　(幸灾乐祸地)哦,快了,我的宝贝！

伊洛娜　(激动地)什么时候呢？

阿纳托尔　别砸了。一年后,我都结婚很长时间了。

伊洛娜　你这个白痴！

阿纳托尔　我也有可能两个月后就结婚了。

伊洛娜　都有一个在等着了！

阿纳托尔　是的——现在——在这个时候就有一个等着呢。

伊洛娜　那是在两个月后？

阿纳托尔　我觉得你在怀疑……？

伊洛娜　(大笑)

阿纳托尔　别笑了——我在八天后结婚！

伊洛娜　(笑得更加响亮)

阿纳托尔　别笑了,伊洛娜！

伊洛娜　(大笑着跌坐在长沙发上)

阿纳托尔　(站在门口,穿着大礼服要向外走)别笑了！

伊洛娜　(大笑着)你什么时候结婚？

阿纳托尔　今天。

伊洛娜　(看着他)什么时候？

阿纳托尔　今天,我的宝贝。

伊洛娜　(站起来)阿纳托尔,别开玩笑了！

阿纳托尔　是认真的,我的宝贝,我今天结婚。

伊洛娜　你疯了吧？

阿纳托尔　弗兰茨！

弗兰茨　（上来）尊敬的主人——？

阿纳托尔　我的花束！（弗兰茨下）

伊洛娜　（威胁地站在阿纳托尔面前）阿纳托尔……！

弗兰茨　（拿来了花束）

伊洛娜　（转过身来，大叫着冲向花束，阿纳托尔很快地从弗兰茨手里拿过花束；弗兰茨微笑着慢慢下场）

伊洛娜　啊！！——真的。

阿纳托尔　正如你所看到的。

伊洛娜　（想从他手里把花束抢下来）

阿纳托尔　你干什么啊？（他不得不躲着她；她跟在他身后，在房间里绕着跑）

伊洛娜　卑鄙的家伙，卑鄙的家伙！

马科斯　（走进来，手里拿着一个玫瑰花束，在门口吃惊地站住）

阿纳托尔　（逃到一个沙发上，将花束高高举起）帮帮我，马科斯！

马科斯　（快步走向伊洛娜，拦住她；她转过身来，将他手里的花束扯下来，扔在地上，用脚踩烂）

马科斯　伊洛娜，您简直疯了。我的花束！我该怎么办啊！

伊洛娜　（大哭起来，坐在一把椅子上）

阿纳托尔　（尴尬地，搜寻着什么，站在沙发上）她把我给惹急了……是啊，伊洛娜，现在你哭了……——当然了……你为什么要笑话我……她嘲讽我——你懂吗，马科斯……她说，……我不敢结婚……这会儿……我要结婚了，可以理解嘛——出于反抗。（想从沙发上下来）

伊洛娜　你个伪君子，你个骗子。

阿纳托尔　（重新站在沙发上）

马科斯　（捡起自己的花束）我的花束！

伊洛娜　我以为这是他的呢。您也活该，您也好不了多少。——您是同谋。

阿纳托尔　（还站在沙发上）现在你理智点。

伊洛娜　是——当你们把一个女人弄疯了之后，你们总这么说！可是，现在有你们好看的了！会有一个好婚礼的！你们等着好了……(站起来)回头见!

阿纳托尔　(从沙发上跳下来)去哪儿——?

伊洛娜　你会知道的。

阿纳托尔和马科斯　去哪儿?

伊洛娜　别管我!

阿纳托尔和马科斯　(挡住她的出路)伊洛娜——您想干吗——伊洛娜——你想干吗?

伊洛娜　别管我!……让我走。

阿纳托尔　理智些——别急——!

伊洛娜　你们不让我出去——为什么……(在房间里跑来跑去,愤怒地将茶具从桌子上扔到地上)

阿纳托尔和马科斯(不知所措)

阿纳托尔　那我现在问你——如果一个人被爱得很深,有必要结婚吗!

伊洛娜　(瘫坐在长沙发上;她哭着。停顿)

阿纳托尔　她安静下来了。

马科斯　咱们得走了……我还没有——花束——

弗兰茨　(进来)车来了,尊敬的主人。(下)

阿纳托尔　车来了……车——我该怎么办呢。(对伊洛娜,走到她身后,吻她的头发)伊洛娜!——

马科斯　(从另一侧)伊洛娜——(她不出声地继续哭着,手绢捂在脸上)你现在只管走吧,这里交给我了。——

阿纳托尔　我真得走了——可是我怎么能……

马科斯　走吧……

阿纳托尔　你能弄走她吗?

马科斯　我会在婚礼中悄悄告诉你……"没事了。"

阿纳托尔　我好怕——!

马科斯　走吧你。

阿纳托尔　嗯……(他转身要走,又踮着脚跟走回来,轻轻地吻了伊洛娜的头发一下,快速离开)

马科斯　(坐在伊洛娜对面,她还在哭,手绢还捂在脸上。马科斯看了看手表)嗯,嗯。

伊洛娜　(向四周看看,似乎从梦中醒来一般)他在哪儿……

马科斯　(握住她的双手)伊洛娜……

伊洛娜　(往起站立)他在哪儿……

马科斯　(没有松开她的双手)您找不到他的。

伊洛娜　可是我一定要找。

马科斯　您很理智的嘛,伊洛娜,您又不想闹出什么丑闻来……

伊洛娜　放开我——

马科斯　伊洛娜!

伊洛娜　婚礼在哪儿举行?

马科斯　这不重要。

伊洛娜　我要去;我一定要去!

马科斯　您不会去的……您到底在想什么呢?

伊洛娜　唉,这样的嘲弄!……这种欺骗!

马科斯　不是这个,也不是那个——这就是生活!

伊洛娜　您闭嘴——您——去您的那些废话吧。

马科斯　您很幼稚,伊洛娜,不然的话,您就会明白一切都是白费劲。

伊洛娜　白费劲——?!

马科斯　那是瞎折腾……!

伊洛娜　瞎折腾!——?

马科斯　您只会让自己显得可笑,只会这样。

伊洛娜　什么——还要来这些侮辱!

马科斯　您会得到慰藉的!

伊洛娜　噢,您对我太不了解了!

马科斯　是啊,假如他去美洲呢。

伊洛娜　什么意思?

马科斯　假如您真的失去了他呢?

伊洛娜　这是什么意思?

马科斯　重要的是——您不是受到欺骗的女人!

伊洛娜　……!

马科斯　他可以回到你这里,他可以抛弃那个女人!

伊洛娜　喔……如果是这样……（露出放肆的、高兴的表情）
马科斯　您很高贵……（握了握她的手）
伊洛娜　我要报复……所以我很开心听到你那么说。
马科斯　你跟有些人一样，"当他们爱的时候，他们会咬人"。
伊洛娜　是的，我跟他们一样。
马科斯　这会儿我觉得您太伟大了。——像一个为了所有女性而报复我们的女人。
伊洛娜　——是的……我要这样……
马科斯　（站立起来）我还有时间陪您回家。（自言自语）否则的话还会出现一场不幸。——（把胳膊伸向她）现在就向这些房子告别吧！
伊洛娜　不，我亲爱的朋友——不告别。我会再来的。
马科斯　您以为自己是个恶魔——实际上还只是一个女人！（看到伊洛娜有个恼怒的动作）……这样也就正好够了……（为她打开门）请，我的大小姐！
伊洛娜　（在往出走之前又转过身来，矫揉造作地）再见！……（跟马科斯下场）

（落幕）

张世胜　译

儿戏恋爱

三幕剧

人物

汉斯·威灵　约瑟夫施泰特剧团小提琴手
克里斯蒂娜　他的女儿
米兹·施拉格　女裁缝
卡塔琳娜·宾德　一个织袜工的妻子
丽娜　她九岁的女儿
弗里茨·洛布海默　年轻人
特奥多尔·凯泽　年轻人
一位男士

维也纳——现在

第一幕

〔弗里茨的房间。高雅而舒适。
〔弗里茨、特奥多尔。特奥多尔先走进来,他把大衣搭在胳膊上,进屋后才脱去礼帽,手杖依然拿在手里。

弗里茨　（在门外说）难道屋里没有人吗？
仆人的声音　有人,先生。
弗里茨　（走进去时）那么我们可以打发马车走了吧？

特奥多尔　当然啰。我还以为你已经打发走了呢。

弗里茨　（又走出去,站在门口）你就让马车走吧。快点……另外你现在也可以走了,我今天不再需要你了。（他走进来。对特奥多尔说）你干吗不放下衣帽呢?

特奥多尔　（站在写字台旁）这儿有几封信。（他把大衣和礼帽扔到一把椅子上,手杖依然拿在手里）

弗里茨　（急忙走到写字台前）啊!……

特奥多尔　瞧你的!……你着什么急呀!

弗里茨　是我爸爸来的……（撕开另一封信）是伦斯基……

特奥多尔　你慢慢去看吧。

弗里茨　（匆匆地翻阅着那些信）

特奥多尔　你爸爸信里说什么啦?

弗里茨　没有什么特别的事……要我圣灵降临节时回庄园住一个礼拜。

特奥多尔　那太好了。要我说,一回去就住上半年。

弗里茨　（站在写字台前,转身看着他）

特奥多尔　那还用说!又是骑马,又是赶车,又能吸着新鲜空气,还有一群高山牧场的姑娘——

弗里茨　你呀,包谷地里哪有什么高山牧场小屋!

特奥多尔　好啊,这么说你已经明白我是什么意思了……

弗里茨　你想和我一起去吗?

特奥多尔　不可能!

弗里茨　为什么呢?

特奥多尔　好家伙,我得准备博士答辩呀!要是我跟你一起去,那只会碍你事了。

弗里茨　走吧,你就别替我着想啦!

特奥多尔　这就是说——我相信是这样——你无非是想吸吸新鲜空气罢了!——我今天都亲眼看过了。到了外面,一看见那葱郁盎然的春色,你立刻就变了个样,又可爱,又谦和。

弗里茨　谢谢。

特奥多尔　可现在——现在你当然是一副垂头丧气的样子。我们又快陷入那个危险的黑色怪圈里了。

弗里茨　（露出不高兴的样子）

特奥多尔　因为你根本就不知道,一到外面,你是多么兴高采烈——简直就是神采飞扬——就跟在往日那些美好的日子里一模一样……——而且前不久,当我们跟那两个热情的姑娘在一起的时候,你不也很讨人喜欢吗！当然一切又结束了,难道你觉得非得要——（带着讽刺的口气）——迷恋着那个女人不可。

弗里茨　（站起来,生气的样子）

特奥多尔　你不了解我,亲爱的。我可不想再这么忍受下去了。

弗里茨　天哪,你倒逞起能来了！……

特奥多尔　我不是要求你——（像刚才一样）——忘掉那个女人……我只是在想——（真诚地）——我亲爱的弗里茨,你别再把那个倒霉的事挂在心上了,就当它是一次平平常常的艳遇而已。人家一直因这事为你提心吊胆呀……你看看,弗里茨,如果有一天你不再去思念"那个女人",你就会吃惊,她会让你多么喜爱。那时你就会想到,她根本不是那种恶魔似的东西,而是一个非常可爱的甜妞。跟她在一起,你可以十分开心地享受人间快乐,就像跟所有那些年轻漂亮且有情调的女人在一起一样。

弗里茨　那你干吗要说"为我提心吊胆"呢？

特奥多尔　你自己明白……不瞒你说,我无时不担惊害怕,说不准哪个好日子,你就跟她一起消失得无影无踪了。

弗里茨　这就是你要说的？……

特奥多尔　（停顿了一会儿）这并不是唯一的危险。

弗里茨　你说对了,特奥多尔,——还有别的。

特奥多尔　是这样,别干什么蠢事了。

弗里茨　（自言自语地）有别的……

特奥多尔　你说什么呢？……你有什么不可告人的心事。

弗里茨　啊,没有,我没有什么不可告人的事。……（目光转向窗户）她已经折腾一回了。

特奥多尔　怎么回事？……什么呀？……我不明白你在说什么。

弗里茨　哎,没什么。

特奥多尔　这是什么意思呢？你就痛痛快快地说吧。

弗里茨　她近来很害怕……时不时地。

特奥多尔　为什么？——这其中必定有什么原因吧。

弗里茨　根本没有。神经质——（讽刺地）——问心有愧,你要想知道的话。

特奥多尔　你说她已经折腾一回了——

弗里茨　是的——而且今天肯定又会那样。

特奥多尔　今天——是的,这一切到底意味着什么呢——？

弗里茨　（停顿了一会儿）她觉得……人家在盯着我们。

特奥多尔　怎么回事？

弗里茨　她心里有怪影,真的,地地道道的幻觉。（在窗前）在这里,她透过这道窗帘缝看见街道拐角那儿站着一个什么人,于是就以为——（打断自己）难道说这么远有可能看清一张面孔吗？

特奥多尔　不太可能。

弗里茨　我也这么说。可是后来事情就令人可怕了。这时,她不敢走开,变得十分激动不安,泣不成声地哭起来,她说要和我一起去死——

特奥多尔　那还用说。

弗里茨　（停顿了一会儿）今天我不得下楼去看了一下,而且装着悠然自在的样子,仿佛是我独自一人从家里出去；——四周当然没有看到一张熟悉的面孔……

特奥多尔　（沉默着）

弗里茨　这压根儿就没有什么大惊小怪的,不是吗？谁也不会一下子钻到地缝里去,你说是不是？……你倒是说话呀！

特奥多尔　你到底要我怎样回答你好呢？当然是谁也不会钻到地缝里去的。可是话说回来,人家时而也会在门洞里藏身吧。

弗里茨　我把个个门洞都看过了。

特奥多尔　那你得给人家一个没有任何恶意的印象才是。

弗里茨　街上连个人影儿也没有。我说过,是幻觉。

特奥多尔　毫无疑问,不过这应该对你是个教训,凡事要小心些。

弗里茨　当他产生怀疑时,我本来也该留点意。昨天看完戏后,我和

95

他们一起进晚餐了——跟他和她——而且是那样的惬意,我告你说!……可笑!

特奥多尔　我求你了,弗里茨——别让人烦心了,放明白些。忘掉这个完全令人不快的事——就算为了我。我也有异想天开的时候……我明明知道,你不是一个可以把自己从艳遇中拯救到自由境界的人,因此,我干脆让你来个痛快,给你把自己拯救到另一个艳遇之中的机会……

弗里茨　你?

特奥多尔　是的,不就在几个星期前,我去约会米兹小姐时也带着你一起去了吗?而且我不是也请米兹小姐把她那个最漂亮的女友带来了吗?难道你会否认你很喜欢那个小家伙吗?……

弗里茨　毫无疑问,那家伙好可爱!……那么可爱!而你根本就想不到,我是多么渴望那种毫无造作的脉脉温情,渴望那种使我受宠若惊的甜蜜和恬静。那一切也会使我从那些永不止境的惊恐和折磨中恢复过来。

特奥多尔　就是这样,一点儿不错!恢复!这话说得太绝妙了。她们来,就是为了让你恢复啊。因此,我始终也对那些所谓有情趣的女人不感兴趣。女人不必有情趣,而要使人惬意。我迄今在哪儿寻找并在哪儿找到了幸福的地方,你一定要去那儿寻找自己的幸福,也就是在那些不会引起满城风雨,没有什么危险,也不会产生不幸纠葛的地方;在那些开始时没有特别困难,结束时也不会惹什么麻烦的地方;在那些满怀笑脸地迎来第一次接吻和伴随着柔情默默地接触而分手的地方。

弗里茨　是的,正是这样。

特奥多尔　那些女人在她们天性中是那样的幸福——究竟还有什么东西会迫使我们不惜任何代价,不是把她们当作恶魔就是把她们奉为天使呢?

弗里茨　她的确是个宝贝儿。那么亲热,那么可爱,有时候我甚至觉得,对我来说简直太可爱了。

特奥多尔　你好像不可救药了。你可要把这事再三慎重地掂量了——

弗里茨　可我没有思念这些呀。我们的想法不约而同:那就是恢复。

特奥多尔　我也不想插手管你的事了。你的爱情悲剧,我已经领教够了。你这样做让我觉得无聊透顶。如果你有兴趣老老实实地听我一句话,那我愿意毫不保留地告诉你,如果我遇到这样的情况,干脆就一条原则:宁可负人,也不负我。因为别人我管不了,就像命运一样。

〔门铃响了。

弗里茨　怎么回事？……

特奥多尔　去看一看吧。——怎么回事,你的脸色又变得煞白？你现在要心平气静一些。是那两个甜妞吧。

弗里茨　(惬意而吃惊的样子)什么？……

特奥多尔　我冒昧今天把她们邀请到你这里来。

弗里茨　(向外走去时)好啊——你干吗不事先告诉我呢？我刚才把仆人已经打发走了。

特奥多尔　那不就更好了吗？

弗里茨的声音　(在外面)你好,米兹！——

〔特奥多尔、弗里茨。米兹走进来,手里拿着一个包裹。

弗里茨　克里斯蒂娜在哪儿呢？——

米兹　随后就到。你好,多利。

特奥多尔　(吻了吻她的手)

米兹　弗里茨先生,还得请您原谅;不过,特奥多尔可是邀请过我们的——

弗里茨　可这是个再好不过的主意了。只是有一点他忘记了,这个特奥多尔——

特奥多尔　他什么都没有忘记,这个特奥多尔！(从米兹手上接过包裹)你把我要你带的一切都带来了吗？——

米兹　当然啰！(对着弗里茨)我把这东西放在哪儿好呢？

弗里茨　只管给我吧,米兹,我们暂且就把它放在酒桌上吧。

米兹　多利,我还特地买了些你没有写上去的东西。

弗里茨　把你的帽子拿给我,米兹,也好——(把帽子放在钢琴上,还有她的披肩)

97

特奥多尔　（疑虑地）什么呀？

米兹　一个穆哈咖啡奶油蛋糕。

特奥多尔　好吃甜食的馋猫！

弗里茨　是的,可你要告诉我,为什么克里斯蒂娜没有和你一起来呢？——

米兹　克里斯蒂娜陪他父亲去剧院了。她过后乘电车来。

特奥多尔　她可是一个孝顺女儿呀……

米兹　是的,尤其在这个时候,也就是办完丧事以后。

特奥多尔　他们家什么亲人去世了？

米兹　老先生的妹妹。

特奥多尔　啊,那个老姑姑啊！

米兹　不,一个终身未嫁的老姑娘,她一直住在他们家里——也是的,这阵子他觉得太孤了。

特奥多尔　可不是吗,克里斯蒂娜父亲,那个身材矮小的先生,头发短短的,而且花白了——

米兹　（摇摇头）不,他留着长头发。

弗里茨　你在哪儿认识他的？

特奥多尔　早前我同伦斯基去约瑟夫施泰特剧院,观看了他们的大提琴演奏。

米兹　他可不是拉大提琴的,是拉小提琴的。

特奥多尔　原来是这样,我以为他是拉大提琴的。(对着微笑的米兹说)。这可没有什么好笑的,这个我当然也可能不知道,你这个傻东西。

米兹　弗里茨先生,您家里真漂亮——好棒啊！您打这儿看出去是什么地方呢？

弗里茨　从这儿窗户看出去是施托罗街,而在旁边房间里……

特奥多尔　（急不可待地）你们说说,你们到底为什么相互如此假装客套呢？你们真的可以以"你"相称啊。

米兹　晚餐时,我们要为亲密的友谊而干杯。

特奥多尔　要为牢固的原则干杯！无论如何要让人放心。——你妈妈身体怎么样？

米兹　（身子转向他,突然一副忧心忡忡的神情)你想,她患——

特奥多尔　牙痛病——我知道,我知道。你妈妈一直患牙痛病。她真该去看看牙医了。

米兹　可是大夫说,这只是风湿性的。

特奥多尔　（大笑着)是的,如果是风湿性的——

米兹　（手里拿着一本相册)您这儿尽是些好看的东西！……(翻阅着)这是谁呢？……这是您呀,弗里茨先生……身着军装?！您当过兵？

弗里茨　是的。

米兹　轻骑兵！——您是在黄旗营还是黑旗营？

弗里茨　（微笑着)黄旗营。

米兹　（像陶醉在梦里一样)黄旗营。

特奥多尔　此时此刻,她完全陷入了梦境里！米兹,醒醒吧！

米兹　可您现在是预备军少尉吧？

弗里茨　那当然。

米兹　您穿上这身皮军装肯定显得很威风。

特奥多尔　这里的学问可大着呢！——你说呢,米兹,因为我也当过兵。

米兹　你也是轻骑兵？

特奥多尔　是的。——

米兹　是的,那你们干吗不告诉人家这些呢……

特奥多尔　为了我自己的缘故,我想得到人家的爱。

米兹　去你的,多利,下次我们一起出去时,你一定要穿上军装。

特奥多尔　我们八月份反正有军事训练。

米兹　天哪,要等到八月——

特奥多尔　是的,没错儿——永恒的爱情该不会只持续这么久吧。

米兹　谁会在五月就想到八月呀。您说不是吗,弗里茨先生？——弗里茨先生,您昨天为什么走过去不理睬我们呢？

弗里茨　什么……

米兹　是这样——看完戏之后。

弗里茨　难道特奥多尔没有替我向你们说声道歉吗？

99

特奥多尔　当然,我替你道过歉了。

米兹　可您就一句道歉,对我——或者更多对克里斯蒂娜来说有什么用呢!说话就要算数啊。

弗里茨　真的,我宁可和你们在一起……

米兹　当真吗?……

弗里茨　可是我也没有办法呀。您也看到了,我和几个相好坐在包厢里,后来我也无法脱身呀。

米兹　是的,您是不可能离开那些漂亮的女士的。难道您以为我们在看台上就没有看到您吗?

弗里茨　我也看到你们了……

米兹　您坐在包厢里,背朝着我们。——

弗里茨　并非一直这样。

米兹　可大部分时间如此。您坐在一个身着黑色丝绒礼服的女士的后排,始终(模仿着动作)这样向外张望。

弗里茨　您对我观察得倒很仔细。

米兹　这跟我毫不相干!可我要是克里斯蒂娜的话……为什么特奥多尔看完戏后就有时间呢?为什么他就不用同相好一起去进晚餐呢?……

特奥多尔　(得意地)为什么我就不用同相好一起去进晚餐呢?……

〔门铃响了。

米兹　是克里斯蒂娜。

弗里茨　(急忙跑出去)

特奥多尔　米兹,你给我赏个面子好吧。

米兹　(疑惑的神情)

特奥多尔　忘掉——至少是一段时间——你的那些军队回忆吧。

米兹　我压根儿就没有什么回忆。

特奥多尔　你呀,从那老一套的应酬中你就没有学到那些该学的东西,谁都看得出来。

〔特奥多尔、米兹、弗里茨。克里斯蒂娜手里拿着花。

克里斯蒂娜　(略带腼腆地打着招呼)晚上好。(问候。对弗里茨)

你欢迎我们来吗？你不会生气吧？

弗里茨　傻家伙！——有时候，这个特奥多尔要比我精明些。

特奥多尔　嗯，你爸爸演出去了？

克里斯蒂娜　那当然；我陪他去剧院了。

弗里茨　米兹已经告诉我们了。

克里斯蒂娜　（对着米兹）又让卡塔丽娜给拦住了。

米兹　哎呀！这个口是心非的家伙。

克里斯蒂娜　哦，她绝对不是一个口是心非的人，她待我可好了。

米兹　你就是谁都相信。

克里斯蒂娜　她干吗要对我口是心非呢？

弗里茨　卡塔丽娜是谁呢？

米兹　一个织袜工人的妻子，要是谁比她年轻，她就对谁心怀不满。

克里斯蒂娜　她自己还年纪轻轻的。

弗里茨　我们别谈卡塔丽娜了。——你手里拿的是什么呢？

克里斯蒂娜　我带了几束花来。

弗里茨　（从她手上接过花，并且吻了吻她的手）你真是个小天使。等一等，我们要把花插到花瓶里……

特奥多尔　噢，不行！你根本就没有筹办节日的天赋。这些花随便撒在桌上就是了……而且要等到桌子摆好了以后才这样。本来应该这样来安排，要让这些花从天花板上飞落下来。可是这样做现在不行了。

弗里茨　（大笑着）未必如此吧。

特奥多尔　这其间，我们还是要把花插进去。（把花插进花瓶里）

米兹　天哪，天都快黑了！

弗里茨　（帮着克里斯蒂娜脱下外衣，她也摘掉自己的帽子，弗里茨把这些东西放到后面的一把椅子上）我们马上点灯。

特奥多尔　点上灯！多没有品位！我们点上蜡烛吧。这样显得更有情调。过来，米兹，帮帮我吧。

〔他和米兹点上蜡烛；两个枝型灯架立在壁柱上，上面插满了蜡烛；一支蜡烛立在写字台上，然后又在餐桌上立了两支。

〔这期间，弗里茨和克里斯蒂娜相互交谈着。

弗里茨　你怎么样,我的宝贝?

克里斯蒂娜　我现在挺好的。——

弗里斯　就这些,还有呢?

克里斯蒂娜　我是多么想念你呀。

弗里茨　我们不是昨天才见过面吗!

克里斯蒂娜　见是见过了……离得……(忸怩地)你呀,那样不好,你……

弗里茨　是的,我明白了;米兹已经给我说了。可你真的还像是一个傻孩子。我无法脱身呀。这样的事你要能理解才是。

克里斯蒂娜　是的……你呀,弗里茨……坐在包厢里的那些人是谁呢?

弗里茨　老相识吧——不管她们叫什么名字,倒完全无关紧要。

克里斯蒂娜　那个身着黑色丝绒礼服的女士是谁呢?

弗里茨　宝贝儿,我哪里还记得谁穿什么礼服呀。

克里斯蒂娜　(撒着娇)哦,真是这样吗?

弗里茨　这就是说……我对这样的事也有一些记忆——在一定情况下,比如说,我们第一次见面时,你身穿着那件深灰色上衣,我至今记忆犹新。那黑白相间的紧身胸衣,昨天……在剧院里。

克里斯蒂娜　我今天不也穿着它吗?

弗里茨　没错儿……因为从远处看上去完全不一样——真的!哦,还有这个圆形吊坠,我也见过!

克里斯蒂娜　(微笑着)我什么时候戴过它呢?

弗里茨　之前——对啦,当时,我们俩在那条直道旁的公园里散步,那儿有许多孩子在玩耍……不是吗……?

克里斯蒂娜　是的……你的确有时还想着我。

弗里茨　是常常想着你,我的宝贝儿……

克里斯蒂娜　不像我那样经常想你。……我一直都把你挂在心上……一天到晚……只有看见你的时候,我才会高兴起来!

弗里茨　难道我们见面的机会还不多吗?——

克里斯蒂娜　多……

弗里茨　当然啰。到了夏天,我们见面的机会将会少些……你想一想,比如我去旅行几个星期,那你会说什么呢?
克里斯蒂纳娜　(内心不安地)怎么? 你要去旅行了?
弗里茨　不……可是不管怎么说,有可能我突然想着自己要单独待上七八天……
克里斯蒂娜　真是这样的话,到底为什么呢?
弗里茨　我只是说说有这种可能。我了解自己,我不时就有这样的念头。而且你也许会突然心血来潮,几天都不想见我……这我什么时候都会理解的。
克里斯蒂娜　我的情绪永远不会变幻无常,弗里茨。
弗里茨　这个嘛谁都绝对不会知道的。
克里斯蒂娜　我就知道……我喜欢你。
弗里茨　我也很喜欢你。
克里斯蒂娜　可你就是我的一切,弗里茨,为了你,我可以……(她中断了自己的话)不,我简直不可想象,会有那么一个我不愿意看见你的时刻到来。只要我活着,弗里茨——
弗里茨　(打断她的话)宝贝,我求你了……这样的话最好别说了……我就不喜欢听到这些大话。
我们就别谈论什么海枯石烂了……
克里斯蒂娜　(苦苦地微笑着)别害怕,弗里茨……我也知道,什么都不是永恒的……
弗里茨　你误解我了,宝贝。有可能(笑着)我们有朝一日相互不在一起时就根本活不下去了,可是我们谁也不会知道的,你说对吗? 我们也不过是人呀。
特奥多尔　(指着那些蜡烛)请各位赏光,看一看吧……要是这儿立上一盏灯,那不就完全是另外的情形吗?
弗里茨　你可真是天生的节日筹划人。
特奥多尔　宝贝们,我们现在进晚餐,你们看怎么样? ……
米兹　好啊!……克里斯蒂娜,来吧!……
弗里茨　等一等,我要告诉你们,在哪儿可以找到所需要的东西。
米兹　我们首先需要一块桌布。
特奥多尔　(拖着那些小丑惯用的英语腔调)Eine Tischentuch(一块

103

桌布）。①

弗里茨　什么？……

特奥多尔　难道你忘记奥尔弗姆剧场里那个小丑了？"这是一块桌布"……"这是一把铜管乐器"……"这是一支小短笛"。

米兹　你呀,多利,你什么时候带我去剧院看戏呢？你可是答应过我了。不过这回克里斯蒂娜也一起去,还有弗里茨先生。（他正好从弗里茨手里接过从餐柜里取来的桌布）那我们可就是那些坐在包厢里的相识了……

弗里茨　是的,没错……

米兹　这样一来,那个身着黑色丝绒礼服的女人就可以独自回家去了。

弗里茨　你们口口声声不离那个身着黑色礼服的女人,这真的太没劲了。

米兹　噢,我们可是跟她没有什么瓜葛……就这样……餐具呢？……（弗里茨指给她放在那个打开的餐柜里的一切）好……还有盘子呢？……好,谢谢……就这样,现在我们自个儿来吧……您走开,您走开吧,您现在只会碍事了。

特奥多尔　（这期间横着躺在长沙发上,弗里茨来到他跟前）请原谅……

　　　〔米兹和克里斯蒂娜摆放着桌子。

米兹　你看见弗里茨身着军装的照片了吗？

克里斯蒂娜　没有。

米兹　你一定要看看,帅极了！……（她们继续说着话）

特奥多尔　（躺在长沙发上）你看看,弗里茨,这样的夜晚就是我的梦幻。

弗里茨　我也很惬意。

特奥多尔　每到这样的时刻,我就觉得心花怒放啊……难道你不是这样吗？……

---

① 出于节奏和效果的需要,这个组合词中间添加了一个不符合德语规范的音素"en",原词形式是"Tischtuch"。

弗里茨　哦,但愿我永远能享受这样的快乐。

米兹　弗里茨先生,咖啡机里有咖啡吗?

弗里茨　有……你们也可以马上点起酒精灯——要煮好咖啡,反正得要个把钟头……

特奥多尔　(对着弗里茨)我宁可用十个疯狂的女人换你这样一个甜妞。

弗里茨　这——可不能比较。

特奥多尔　因为我憎恨我们所爱的女人。——而只喜欢对我们来说无关痛痒的女人。

弗里茨　(大笑着)

米兹　怎么回事?也不让我们听一听!

特奥多尔　跟你们没关系,宝贝们。我们在探讨哲学问题呢。(对着弗里茨)要是我们今天是最后一次同她们相会,我们也不会不太快乐的,你说是吗?

弗里茨　最后一次……哎,无论怎么说,这其中多少带点令人忧伤的东西。别离总会让人痛苦的,即使你早就盼着它到来!

克里斯蒂娜　弗里茨,那些小餐具放在哪儿呢?

弗里茨　(走到后面,来到餐柜前)在这儿,我的宝贝儿。

米兹　(走到前面去,抚摸着躺在长沙发上的特奥多尔的头发)

特奥多尔　你这个小馋猫!

弗里茨　(打开米兹带来的包裹)太好了……

克里斯蒂娜　(对着弗里茨)你看,一切布置得简直太漂亮了!

弗里茨　是的……(整理着米兹带来的东西:沙丁鱼罐头、凉肉、黄油、奶酪)

克里斯蒂娜　弗里茨……难道你不想告诉我吗?

弗里茨　什么呢?

克里斯蒂娜　(忸忸怩怩地)那个女人是谁?

弗里茨　行了,别烦我了。(温和些)你看看,我们不是相互专门有约定在先吗:什么都别问。这才是美妙的。当我和你在一起时,这个世界都不存在了——就这样。我也不会问你什么的。

克里斯蒂娜　你什么都可以问我。

弗里茨　可是我不会这样做。我什么都不想知道。

米兹　（又走过去）天哪,您这儿弄得乱七八糟的——（接过那些吃的,放到盘子里）这样好了……

特奥多尔　弗里茨,你告诉我,你家里有什么喝的吗？

弗里茨　哦,对了,总会找到喝的吧。（走到前厅）

特奥多尔　（起身看看桌上摆的东西）好。——

米兹　就这样吧,我想,再也不缺什么了！……

弗里茨　（拿着几瓶酒走过来）好吧,这里也有喝的啦。

特奥多尔　那些要从天花板上飞落下来的玫瑰花在哪儿呢？

米兹　是的,没错,我们把那些玫瑰花给忘了！（她从花瓶里取出那些玫瑰花,站到一把椅子上,然后让这些花散落在桌上）好啦！

克里斯蒂娜　天哪,天女散花呀。

特奥多尔　嗯,别掉在盘子里……

弗里茨　你要坐在哪儿呢,克里斯蒂娜？

特奥多尔　开瓶起子在哪儿？

弗里茨　（从餐柜里拿出一个）在这儿。

米兹　（试图打开酒瓶）

弗里茨　还是让我来吧。

特奥多尔　让我来开吧……（从他手里接过酒瓶和开瓶起子）我开瓶子,你可以稍微……（拉起弹钢琴的架势）

米兹　好,太好了,这才叫棒呢！……（她跑到钢琴前,把放在上面的所有东西都堆到一把椅子上,然后打开琴盖）

弗里茨　（对着克里斯蒂娜）我可以弹一下吗？

克里斯蒂娜　求之不得呢,我早就盼望已久了。

弗里茨　（坐在钢琴前）你也可以来试一试吗？

克里斯蒂娜　（打着拒绝的手势）噢,天哪……

米兹　她弹得不错,克里斯蒂娜……她也会唱歌。

弗里茨　真的吗？你可从来没有给我说过呀！……

克里斯蒂娜　那你什么时候问过我呢？

弗里茨　你在哪儿学会唱歌的？

克里斯蒂娜　说真的,我没有正儿八经学过。父亲给我教了一点——可是我的嗓音不太浑厚。你也知道,自从住在我们家的那个姑姑去世以后,我们家比以往冷清多了。

弗里茨　那你整天都干什么呢?

克里斯蒂娜　噢,天哪,我有的是事要做!——

弗里茨　就待在家里——是吗?

克里斯蒂娜　是的,就是抄写谱子,相当多。——

特奥多尔　乐谱吗?

克里斯蒂娜　那当然。

特奥多尔　那你一定会挣来大把的钱了。(其他人大笑着)是这样的。要是我就会给大把的钱。我相信,抄写乐谱肯定是个非常累人的差事!

米兹　她这样劳累,也无聊得很。(对着克里斯蒂娜)我要像你有这样圆润的嗓音,早就进剧院了。

特奥多尔　你根本就不需要嗓音……你当然整天都无所事事,不是吗?

米兹　哎,可别这么挤对人!我有两个上学的弟弟,我一早要给他们穿戴,然后还要陪着他们做作业呢——

特奥多尔　你可说的没有一句是真话。

米兹　行啦,信不信由你!——直到去年秋天,我一直在一家店里干活,从早上八点到晚上八点——

特奥多尔　(略带取笑的口气)在哪儿呢?

米兹　在一家裁缝店里。母亲打算让我再去干。

特奥多尔　(同上)那你干吗不去了?

弗里茨　(对着克里斯蒂娜)你过会儿一定要给我们唱唱歌!

特奥多尔　宝贝们,我们现在最好先吃饭吧,你过会儿再演奏,好吗?……

弗里茨　(挺起身,对着克里斯蒂娜)来吧,宝贝儿!(把她带到桌前)

米兹　咖啡!咖啡现在都要溢出来了,而我们还什么都没有吃呢!

特奥多尔　现在就干脆一起来吧!

米兹　可是咖啡要溢出来了!(吹灭酒精灯)

107

〔大家坐到桌旁。

特奥多尔　你想吃什么,米兹?我得先告诉你:蛋糕要放在最后吃!……你首先得吃些酸东西。

弗里茨　(斟上酒)

特奥多尔　不能这样,现在斟酒的方式不一样了:看来你不了解最时兴的风尚。(站起来,摆出一副庄重优雅的架势,手里拿着酒瓶,对着克里斯蒂娜)弗斯劳尔极品,十八世纪……(接着的数字谁也听不懂。斟上酒,对着米兹)弗斯劳尔极品,十八世纪……(同先前一样。在他自己的座位旁)弗斯劳尔极品……(同先前一样。坐下)

米兹　(哈哈大笑着)他到处都出洋相。

特奥多尔　(举起酒杯,大家碰杯)祝健康!

米兹　祝你身体健康,特奥多尔!……

特奥多尔　(站起来)女士们,先生们……

弗里茨　哎,先别着急呀!

特奥多尔　(坐下)我可以等一等。

〔大家就餐。

米兹　我喜欢聚餐时有人来个祝酒词。因为我有一个堂兄弟,他总是 redet in Reimen(出口成章)。

特奥多尔　他在哪个 Regiment(部队)里?① ……

米兹　去你的,少打岔……他说得滚瓜烂熟,讲得有板有眼。克里斯蒂娜,我告诉你,那才叫棒呢。不过他确实已经上了年纪。

特奥多尔　噢,看来那些上了年纪的先生还多了个出口成章的本领。

弗里茨　可你们的酒一点儿都没动呢。克里斯蒂娜!(他和她碰起杯来)

特奥多尔　(和米兹碰起杯)为那些出口成章的老先生们干杯。

米兹　(兴高采烈地)为了这些年轻的先生们干杯,即使他们连一句话都不开口说……比如说为弗里茨先生干杯……弗里茨先生,

---

① 特奥多尔有意把米兹表达中 Reime(诗句)一词说成读音相近的 Regiment(部队)来打岔。

如果您乐意的话,我现在为兄弟友谊举杯——而克里斯蒂娜也一定要同特奥多尔为兄弟友谊举杯了。

特奥多尔　可是不能拿这等葡萄酒来充数,这不是兄弟友谊酒。(起身拿来另外一瓶酒——同先前一样表演着)赫雷斯白葡萄酒,弗龙特拉极品,一八五〇年——赫雷斯白葡萄酒,弗龙特拉极品——赫雷斯白葡萄酒,弗龙特拉极品——赫雷斯白葡萄酒,弗龙特拉极品。

米兹　(品尝着)啊——

特奥多尔　难道你就不能等我们大家一起来喝吗?……好吧,宝贝们……在我们如此隆重地结为亲密朋友之前,我们首先要为这幸福的邂逅干杯,这个,那个……等等……

米兹　好,太好了!(他们举杯饮酒)

〔弗里茨挽着米兹的胳膊,特奥多尔挽着克里斯蒂娜,手里都举着酒杯,就像为兄弟友谊举杯喝酒一样。

弗里茨　(吻着米兹)

特奥多尔　(要去吻克里斯蒂娜)

克里斯蒂娜　(微笑着)难道非要这样吗?

特奥多尔　那还用说,要不就根本不算数……(吻着她)好啦,现在各就各位……

米兹　可这屋里热得让人透不过气来。

弗里茨　就怪特奥多尔点了那么多蜡烛。

米兹　还有酒劲儿。(她把身子倚到靠背椅上)

特奥多尔　过来吧,现在你终于可以享受到你的最爱了。(他切下一块蛋糕,塞到她嘴里)瞧,你这个小馋猫——好吃吗?——

米兹　很好吃!……(他又给她一块)

特奥多尔　去吧,弗里茨,现在是时候了!现在你可以弹奏点什么曲子了!

弗里茨　你乐意吗,克里斯蒂娜?

克里斯蒂娜　请吧!——

米兹　可是要弹点好听的!

特奥多尔　(一一地斟上酒)

109

米兹　再也不行了。(喝着酒)

克里斯蒂娜　(喝着酒)这酒可够劲儿。

特奥多尔　(指着酒)弗里茨!

弗里茨　(喝干杯里的酒,走到钢琴前)

克里斯蒂娜　(坐到他旁边)

米兹　弗里茨先生,您就演奏双头鹰曲子吧。

弗里茨　双头鹰曲子——这首曲子怎么弹呢?

米兹　多利,你会不会弹双头鹰曲子呢?

特奥多尔　我压根儿就不会弹钢琴。

弗里茨　我知道这首曲子,只是一下子想不起来了。

米兹　我来给您试唱一遍……拉……拉……拉拉拉拉……拉

弗里茨　啊哈,我想起来了。(可是弹得却不完全正确)

米兹　(走到钢琴前)不对,是这样……(用一根指头弹奏着曲子)

弗里茨　对,是这样……(他一边弹奏,米兹一边伴唱)

特奥多尔　这又是些甜蜜的回忆,是吗?……

弗里茨　(又弹跑调了,并且停了下来)不行,我完全没有了辨别乐谱的能力。(他想象着)

米兹　(第一个节拍刚弹完)一无是处!

弗里茨　(大笑着)您别斥责了,这是我的曲子!——

米兹　可这不是伴舞曲呀。

弗里茨　您来试试吧……

特奥多尔　(对着米兹)过来吧,我们试试看。(他搂着她的腰,他们跳起舞)

克里斯蒂娜　(站在钢琴旁边,望着那些琴键)

〔门铃响了。

弗里茨　(突然停止了弹奏;特奥多尔和米兹继续跳着舞)

特奥多尔　(和米兹同时)怎么回事呀?——扫兴!

弗里茨　刚才门铃响了……(对着特奥多尔)你还邀请别的什么人来?

特奥多尔　根本没有——你不用去开门。

克里斯蒂娜　(对着弗里茨)你怎么啦?

弗里茨　没什么……

〔门铃又响了。

弗里茨　（站起来，一动不动）

特奥多尔　干脆就说你不在家。

弗里茨　人家在楼道里就听得到钢琴声……从街上看过来，屋子里也亮着灯呢。

特奥多尔　这未免太滑稽可笑了吧？你现在正好不在家。

弗里茨　可这让人心烦呀。

特奥多尔　那到底会是什么事呢？一封信！——或者一封电报（看看钟表）——九点钟不会有客人来的。

〔门铃又响了。

弗里茨　真是这样吗，我得去看看——（走出去）

米兹　可是你们一点也不中用——（敲击着钢琴上的几个键）

特奥多尔　去你的，现在别弹了！——（对着克里斯蒂娜）您怎么啦？门铃响也让您心烦吗？——

弗里茨　（走回来，故作镇静的样子）

特奥多尔和克里斯蒂娜　（同时）哎，是谁呀？——是谁呀？

弗里茨　（强装着笑脸）劳驾你们，给我片刻时间。你们这会儿进里屋去吧。

特奥多尔　到底有什么事？

克里斯蒂娜　是谁呢？

弗里茨　没什么，宝贝，我只是和一位先生有几句话要说。……（打开通往侧屋的门，领着姑娘们走进去，特奥多尔是最后一个，疑虑重重地打量着弗里茨）

弗里茨　（低声地，拖着惊慌的腔调）他！……

特奥多尔　啊！……

弗里茨　进去吧，快进去吧。——

特奥多尔　我劝你别干什么傻事，那也许是一个陷阱……

弗里茨　走吧……走开吧……

〔特奥多尔进了旁屋。弗里茨急忙穿过屋子来到走廊，因此，舞台上片刻空空如也。

111

然后他又上台了。与此同时,他让一个装扮得衣冠楚楚、年龄三十五岁左右的先生先进来。——这位先生身着黄大衣,戴着手套,礼帽拿在手上。

〔弗里茨、这位先生。

弗里茨　(正走进来时)对不起,让您久等了……请……
先生　(拖着又低又轻的声音)噢,没关系。很遗憾,打扰您了。
弗里茨　根本谈不上。更不用您说请了——(指给他一把椅子)
先生　我眼看着打扰您了。现在家里有小聚会,是吗?
弗里茨　几个朋友。
先生　(坐下来,始终很友好地)可能是在开面具玩笑吧?
弗里茨　(局促地)怎么这样说呢?
先生　那么,您的朋友披戴的是女人礼帽、披肩。
弗里茨　是这样……(微笑着)这其中也会有女朋友的……(沉默)
先生　生活时而充满着快乐……没错……(他凝视着对方)
弗里茨　(忍受了一会儿这样的目光,然后移开目光)请问,您亲自登门有何贵干。
先生　无事不登门……(平静地)因为我妻子把她的纱头巾忘在您家里了。
弗里茨　贵夫人来我过这里?……她的……(微笑着)这个玩笑开得有点离谱了吧……
先生　(突然站起来,气势汹汹的样子,几乎要发疯了;他用一只手支撑在椅背上)她忘了纱头巾。
弗里茨　(也站起来,两个人怒目相视)
先生　(挥起拳头,好像要向弗里茨打去;——火冒三丈,怒不可遏)哦……!
弗里茨　(还以颜色,向后退了一小步)
先生　(停了好长时间)这是您的信。(他从大衣口袋里掏出一包东西扔到写字台上)请把您收到的信拿给我……
弗里茨　(打出拒绝的手势)
先生　(激烈地,并且示意)我不愿意让人——过后在您家里找到它们。

弗里茨　（气势汹汹地）谁也不会找到它们的。

先生　（注视着他。间歇）

弗里茨　您找我还有什么事吗？……

先生　（挖苦地）我还会有什么事——？

弗里茨　我悉听尊便……

先生　（冷漠地躬了躬身）好吧。——（他的目光在屋子里四下环顾；当他又一次看到那张摆好的桌子、那顶女人礼帽等时，一股强烈的神情掠过他的面颊，仿佛他的愤怒之情就要再次爆发）

弗里茨　（看到这一切，重复着）我完全悉听尊便。——明天十二点之前我都会在家。

先生　（躬了躬身，转身走去）

弗里茨　（陪着他走向门口，被这位先生拒绝了。他离开后，弗里茨走到写字台前，停了一会儿。接着，他急忙走到窗前，透过窗户卷帘留下的缝隙看出去，人们注意着他怎样目送着那个行走在人行道上的先生。然后，他离开窗户，停住步子，目光片刻间看着地；接着，他走到旁屋门前，半开着门喊道）特奥多尔……你出来一会儿吧。

〔弗里茨，特奥多尔上。

〔很快就转换成下面的情境。

特奥多尔　（激动地）怎么样……

弗里茨　他知道了。

特奥多尔　他什么都不知道。你肯定上他当了。最后你自己承认了。别怪我说，你真是个傻瓜……你是——

弗里茨　（指着那些信）他把我的信都送回来了。

特奥多尔　（吃惊地）噢……（停了一会儿）我一直告诉你，千万可别写信。

弗里茨　就是他，今天下午，在楼下。

特奥多尔　那么究竟发生什么事了？——你倒说出来呀。

弗里茨　你现在一定要帮我个大忙，特奥多尔。

特奥多尔　我会把这事摆平的。

113

弗里茨　现在根本不再可能这样了。

特奥多尔　你说吧……

弗里茨　无论如何,那样会有帮助的……(中断自己的话)——可我们不能让这两个可怜的姑娘就这么久地等着吧。

特奥多尔　她们会等着的,你要说什么呢?

弗里茨　你今天就去找一找伦斯基,这样会有帮助的。

特奥多尔　你要愿意的话,我马上就去。

弗里茨　你现在是碰不上他的……可他在十一点和十二点之间肯定会去咖啡馆的……也许你们俩随后一起到我这里来……

特奥多尔　得了吧,别吊着这样一副面孔……这事十有八九会圆满了结的。

弗里茨　让人担心的是,这事不会圆满了解了。

特奥多尔　真是岂有此理,你想想,去年吧,比起林格大夫与赫尔茨之间的那场桃色事件——那事不也一模一样吗?

弗里茨　别说了,你自己明白——他险些儿要在这屋里把我放倒呢——那样一切不就立刻会大白于天下吗?

特奥多尔　(十分造作地)啊,这才叫呱呱叫呢!这可是一个了不起的见解……而我们,伦斯基和我,我们就什么都不是了?你认为我们会承认——

弗里茨　岂有此理,别这么说了!……你们将会很容易猜想到,人家会发表什么看法。

特奥多尔　啊——

弗里茨　这一切有什么用呢,特奥多尔。好像你就不知道似的。

特奥多尔　瞎扯。一句话,这完全是碰运气的事……同样会有帮助的是,你可以让他……

弗里茨　(没有在意他说的话)她预感到了。我们俩预感到了。我们知道了……

特奥多尔　得了吧,弗里茨……

弗里茨　(走到写字台前,把那些信锁起来)她这会儿在干什么呢?是不是他把她……特奥多尔……你明天就得让我知道那儿有什么动静。

特奥多尔　我尽力而为吧……

弗里茨　……也留点意,可别出现什么拖延……

特奥多尔　不过后天早晨之前几乎是没有指望的。

弗里茨　(几乎惶恐不安地)特奥多尔!

特奥多尔　那好吧……抬起头来。——不是吗,可别拿内在的信念不当回事——我就坚信,一切……都会圆满了结的。(越说越来劲)我自己也不知道为什么,可我就是有这个信念!

弗里茨　(微笑着)你可真够能干的!——可是,我们怎么给这两个姑娘们说呢?

特奥多尔　这完全无所谓了。我们干脆让她们走开就是了。

弗里茨　噢,不行。我们甚至还要尽可能装作兴高采烈的样子。不能叫克里斯蒂娜有一丝一毫的预感。我要再次坐到钢琴前;你这就去招呼她们过来吧。(特奥多尔转过身,一脸不情愿的样子去干这事)可你怎么给她们说呢?

特奥多尔　这事和她们毫无干系。

弗里茨　(坐到钢琴前,身子转向他)不行,不能这样说——

特奥多尔　这是关系到一个朋友的事——总归会找到话题搪塞的。

弗里茨　(弹了几个调子)

特奥多尔　请吧,我的女士们。(打开门)

〔弗里茨、特奥多尔、克里斯蒂娜、米兹上。

米兹　真要等死人了!那个家伙走了吗?

克里斯蒂娜　(急忙走到弗里茨跟前)是谁来你这儿了,弗里茨?

弗里茨　(坐在钢琴前,继续弹奏)怎么又来劲了。

克里斯蒂娜　我求你了,弗里茨,告诉我吧。

弗里茨　宝贝,这我不能告诉你,真的是些你根本就不认识的那些人的事。

克里斯蒂娜　(忸忸怩怩地)去你的,弗里茨,告诉我实话吧!

特奥多尔　她当然不会甘心的……你什么都不给她说!你可是向她许过诺的呀!

米兹　得了吧,别那么忸忸怩怩的,克里斯蒂娜,就让他们沾沾自喜去吧!他们向来就是装出一副了不起的样子!

特奥多尔　我要跟米兹小姐跳完这华尔兹舞。(拉起一副小丑的架势)请吧,乐队队长先生。——来一段音乐。

弗里茨　(弹奏着。特奥多尔和米兹跳起舞;几个节拍之后)

米兹　我不会跳!(躺倒在一个靠背椅上)

特奥多尔　(吻了吻她,坐到靠背椅扶手上,挤到她跟前)

弗里茨　(待在钢琴前,握着克里斯蒂娜的两只手,端详着她)

克里斯蒂娜　(如梦初醒地)你为什么不弹下去了?

弗里茨　(微笑着)今天就到这儿吧……

克里斯蒂娜　你看看,我就想着能够这样来弹弹就好了……

弗里茨　你弹得多吗?……

克里斯蒂娜　我没有太多的时间去弹琴;家里总是有干不完的事。再说吧,你也知道,我们家的小钢琴不怎么好。

弗里茨　我一定要试试看。我确实很想看一看你的房子。

克里斯蒂娜　(微笑着)那可不比你家这么漂亮!……

弗里茨　我还有一件事要说,你什么时候好好地给我讲一讲你自己……越多越好……我真的对你了解太少了。

克里斯蒂娜　没有太多好说的。——我也没有什么秘密可言——不像别的人……

弗里茨　你还没有爱过哪个人?

克里斯蒂娜　(一个劲地端详着他)

弗里茨　(吻着她的两只手)

克里斯蒂娜　而且也永远不会爱上别的什么人……

弗里茨　(带着几乎痛苦的表情)可别说这个……别说了……你到底知道什么呢?……你父亲很爱你吗,克里斯蒂娜?——

克里斯蒂娜　噢,天哪!……也有一段时间,我把什么都告诉他了。——

弗里茨　果真如此,宝贝,可别责怪自己……有时候,人就是要守着秘密——这是世界的规律。

克里斯蒂娜　……要是我知道你喜欢我就好了——那一切就会很完美了。

弗里茨　难道你不知道吗?

克里斯蒂娜　要是你一直用这样的口气对我说话的话,那……
弗里茨　克里斯蒂娜!你坐得好不舒服呀。
克里斯蒂娜　啊哈,你就别管我了——这样很舒服。(她把脑袋搭到钢琴上)
弗里茨　(站起来,抚摸着她的头发)
克里斯蒂娜　噢,这太好了。
　　〔屋子里静悄悄的。
特奥多尔　香烟放在哪儿呢,弗里茨?
弗里茨　(走近他;特奥多尔站在餐柜前,已经找过烟了)
米兹　(昏昏入睡)
弗里茨　(给他递过一包烟)还有咖啡!(倒了两杯咖啡)
特奥多尔　宝贝们,你们不也想喝杯咖啡吗?
弗里茨　米兹,我给你倒一杯……
特奥多尔　就让她们睡去吧……——你呀,今天就别再喝咖啡了。你早该去上床休息了,睡个安稳觉吧。
弗里茨　(注视着他,苦笑着)
特奥多尔　就这样吧!现在事情是什么样儿就是什么样儿了……现在不是看你有多了不起,或者有多么深沉,而是要尽可能地保持理智……事情就取决于此……在这样的情况下……
弗里茨　你今天晚上就和伦斯基来我这里,好吗?……
特奥多尔　你简直昏头了。明天一大早,赶得上。
弗里茨　就算我求你了。
特奥多尔　那好吧……
弗里茨　你陪着姑娘们回家去?
特奥多尔　是的,而且立刻……米兹!……起来吧!——
米兹　你们在喝咖啡呢——!给我也来一杯吧!——
特奥多尔　你的在这儿,宝贝……
弗里茨　(对着克里斯蒂娜)你累了,我的宝贝?……
克里斯蒂娜　你要这样说话,多么中听啊。
弗里茨　很累吗?——
克里斯蒂娜　(微笑着)酒劲儿来了。—我也有点头疼……

117

弗里茨　好吧,一到外面,就全都没事啦!

克里斯蒂娜　我们该走啦?——你陪我们吗?

弗里茨　不,宝贝。我现在得留在家里……我还有几件事要办。

克里斯蒂娜　(又陷入回忆中)现在……你现在有什么事要干呢?

弗里茨　(近乎严厉地)你呀,克里斯蒂娜,你一定要改掉这个毛病!——(温和地)因为我已经精疲力竭了……特奥多尔和我,我们今天在郊外的田野里游荡了两个钟头——

特奥多尔　啊,真是令人心旷神怡。下一次,我们大家一起到乡下去。

米兹　是的,这太好了!而且你们要特地穿上军装。

特奥多尔　这至少也是感受自然了!

克里斯蒂娜　那我们什么时候再见呢?

弗里茨　(有点神经质地)我给你写信就是了。

克里斯蒂娜　(伤心地)多保重。(转身离去)

弗里茨　(发现她很伤心)明天我们再见,克里斯蒂娜。

克里斯蒂娜　(高兴地)是吗?

弗里茨　在公园里……像早先一样,在那条直道旁……几点——我说六点钟……好不?你看合适吗?

克里斯蒂娜　(点了点头)

米兹　(对着弗里茨)你和我们一起走吗,弗里茨?

特奥多尔　她具有以"你"相称的天赋——!

弗里茨　不,我要留在家里。

米兹　他倒挺舒服的!我们回家去,还有好长的路要走……

弗里茨　真是的,米兹,你差不多把一个整蛋糕都拉这儿了。等一等,我给你包起来——行吗?

米兹　(对着特奥多尔)这有必要吗?

弗里茨　(包起蛋糕)

克里斯蒂娜　这就像是一个孩子……

米兹　(对着弗里茨)等一等,我帮你吹灭这些蜡烛,当作回报。(一个接着一个地吹灭蜡烛,只留下写字台上的)

克里斯蒂娜　要不要我帮你打开这扇窗户?——屋里太闷了。(她

打开那扇窗户,朝着对面的房子望去)

弗里茨　好吧,宝贝们。现在我给你们掌上灯。

米兹　难道楼梯上的灯已经关掉了?

特奥多尔　是的,那还用问。

克里斯蒂娜　啊,这股涌进来的空气好舒服呀!……

米兹　五月的芬芳……(一到门口,弗里茨把灯举在手上)那么,我们就谢谢这盛情款待了!——

特奥多尔　(催她)走,走,走,快走……

〔弗里茨陪着他们走出去。门大开着,听到那些人在外面说话。听到关门的声音。

米兹　好啊,呸!——

特奥多尔　小心,有台阶。

米兹　为了这个蛋糕谢谢了……

特奥多尔　嘘,你吵醒人家了!——

克里斯蒂娜　晚安!

特奥多尔　晚安!

〔传来弗里茨关闭和锁上大门的响声。——他一进门,就把灯放在写字台上,楼下传来开门和关门的声音。

弗里茨　(走到窗前,并且向下打着招呼)

克里斯蒂娜　(从大街上)晚安!

米兹　(同样从大街上,放肆地)晚安,我心爱的宝贝……

特奥多尔　(责备着)你呀,米兹……

〔听到他的说话声,她们的笑声和脚步声逐渐变小。特奥多尔打口哨吹着"双头鹰"曲子最后消失了。弗里茨依然向外望了片刻,然后倒在窗户旁边的靠背上。

(落幕)

第 二 幕

〔克里斯蒂娜的房子。简陋而温馨。

克里斯蒂娜　(刚好穿上衣服,准备出去。卡塔琳娜从外面敲门,然

后出现了)

卡塔琳娜　晚上好,克里斯蒂娜小姐。

克里斯蒂娜　(站在镜子前,转过身去)晚上好。

卡塔琳娜　您这是要出去?

克里斯蒂娜　不用那么着急。

卡塔琳娜　我刚从我先生那儿来,他问您想不想和我们一起去勒纳花园进晚餐,那儿今天有音乐演出。

克里斯蒂娜　多谢了,宾德夫人……我今天不能去……下次吧,好吗?……——您可别生气啊?

卡塔琳娜　一点不会的……怎么会呢?您准会比和我们在一起更开心了。

克里斯蒂娜　(瞥了一眼)

卡塔琳娜　你爸爸已经去剧院了……

克里斯蒂娜　噢,没有;他可能会早些回家来。演出七点半才开始呢!

卡塔琳娜　对啦,我老是忘记。这会儿我正好可以等等他,因为我早就想请他弄几张新节目的赠票……想必现在还来得及吧?……

克里斯蒂娜　当然来得及……一旦夜晚变得这么美好,现在谁还会去剧院呢?

卡塔琳娜　像我们这样的人家通常是根本弄不到的……要不是凑巧有熟人在剧院里……可别因为我耽误了您的事,克里斯蒂娜小姐,您要非走不可就走吧。我先生当然会感到很遗憾的……而且还有另外一个人也……

克里斯蒂娜　谁呢?

卡塔琳娜　宾德的表弟一起来,当然……您知道吗,克里斯蒂娜小姐,他现在有了份固定工作?

克里斯蒂娜　(无动于衷地)啊。

卡塔琳娜　而且挣得可不少。真是一个安分守己的年轻人。况且他好崇拜您啊——

克里斯蒂娜　好啦——再见,宾德夫人。

卡塔琳娜　人家把您的事全都讲给他听——可他一句都不相信……

克里斯蒂娜　（瞥了一眼）

卡塔琳娜　就有那样一些男人……

克里斯蒂娜　再见,宾德夫人。

卡塔琳娜　再见……(语气里不太怀有恶意地)但愿您约会别去得太晚了,克里斯蒂娜小姐!

克里斯蒂娜　您找我到底有什么事?——

卡塔琳娜　倒也没有什么事,您也说得对!青春也就只有这一回。

克里斯蒂娜　再见。

卡塔琳娜　可是话说回来,我倒想劝劝您,克里斯蒂娜小姐:您应当心点为好!

克里斯蒂娜　这话到底是什么意思?

卡塔琳娜　您看看——维也纳是这么一个大城市……可您偏偏非得在家门口约会不可吗?

克里斯蒂娜　这似乎跟谁都毫无干系吧。

克塔利娜　宾德给我讲这事时,我根本就不愿相信。因为他亲眼看见您了……得了吧,我告诉他说,你也许看走眼了。克里斯蒂娜小姐就不是那号人,晚上同风度翩翩的年轻先生们一起散步,而且即便是这样,那她也不会傻到这种地步,偏偏就在我们这个胡同里!是这样,他说,要不你自己去问问她。而且,他说,这也不足为怪——她压根儿就不再来我们家了,反而跟施拉格·米兹打得火热,难道那个东西是一个安分守己的年轻女子交往的对象吗?——男人们是那样的俗气,克里斯蒂娜小姐!——自然,他肯定立刻把这事也传给了弗兰茨,可弗兰茨一听就火冒三丈——他铁了心要为克里斯蒂娜小姐打包票,谁要是说她什么不是,他就不会和谁善罢甘休。而且您会操持家务,对那个老姑娘的姑姑始终体贴入微——上帝赐给她永久的安息——您过日子又那么简朴,从来也不张扬,真是说也说不完……停顿。也许您一起去看音乐演出吧?

克里斯蒂娜　不……

〔卡塔琳娜,克里斯蒂娜;威灵出场。他手里拿着一根丁香枝。

121

威灵　晚上好……啊,宾德夫人。您好吗?

克塔利娜　谢谢。

威灵　小利娜呢?——还有您丈夫呢?

克塔利娜　都很健康,谢天谢地。

威灵　这就好。——(对着克里斯蒂娜)天气这么好,你还一个人闷在家里不出去——?

克里斯蒂娜　我正好要出去。

威灵　这就好!——今天外面的空气,宾德夫人,实在沁人肺腑。我刚才穿过那条直道旁的公园——那里丁香花盛开——太壮观了!我也忍俊不禁干了件违章的事!(把丁香枝送给克里斯蒂娜)

克里斯蒂娜　谢谢你,爸爸。

克塔利娜　您应该庆幸没有被看守人当场抓住。

威灵　您去看一看,宾德夫人——那儿依旧芳香无比,就跟我没有折下这根小枝时一个样。

卡塔琳娜　可要人人都这样想的话……

威灵　那自然是大错特错了!

克林斯蒂娜　再见,爸爸!

威灵　你要是愿意等几分钟的话,就可以陪我到剧院里去。

克里斯蒂娜　我……我答应过米兹,去接她……

威灵　啊,原来是这样。也难怪呢。年轻人就是找年轻人。再见,克里斯蒂娜……

克里斯蒂娜　(吻了吻他。然后)再见,宾德夫人!——(离去;威灵温存地望着她的背影)

〔卡塔琳娜、威灵。

卡塔琳娜　她现在跟米兹小姐好得如胶似漆呀。

威灵　是的。——我确实很高兴,小蒂妮有了可以说话的人,而不是一天到晚守在家里不出去。说实在的,这丫头哪有生活的乐趣呢!

卡塔琳娜　那当然啦!

威灵　我简直无法给您说,宾德夫人,每当我排练完后,这样回到家里时,不知心里有多难受——

她就坐在这儿,缝缝补补——到了下午,我们刚一吃完饭,她就又坐下来抄起她的乐谱……

卡塔琳娜　也只好这样了。那些百万富翁日子过得当然要比我们这些人自在多了。可她的歌现在唱得怎么样了?

威灵　要说吧,也没有什么太大的长进。要是在这屋里,那声音足够了,而且在她父亲看来,她唱得够好了——可是你不能靠着它来生存呀。

克塔利娜　不过这挺可惜的。

威灵　我高兴的是她自己也认识到了。至少她不会感到有什么失望。——当然,我可以把她安排到我们剧院的合唱团里去——

卡塔琳娜　那还用说,就凭您的身份!

威灵　可是那也根本没有什么前途。

卡塔琳娜　说实在的,养一个丫头,真有操不尽的心呀!我一想到再过五六年,我的小利娜也就成了一个大小姐了——

威灵　您为什么不坐下呢,宾德夫人?

卡塔琳娜　噢,多谢了,我丈夫马上就来接我——我上楼来只是为了邀请克里斯蒂娜……

威灵　邀请——?

卡塔琳娜　是的,去勒纳花园里看音乐演出。我心里想,这样或许会使她高兴起来的——她确实也需要这样。

威灵　真的不会对她有什么不好——尤其是在熬过了这个让人忧伤的冬天之后。那她为什么不跟您去呢——?

卡塔琳娜　我不知道……也许是因为宾德的表弟一起去。

威灵　啊,完全可能。因为她无法容忍他。她亲口对我说过。

卡塔琳娜　可到底为什么呢?弗兰茨是一个非常安分守己的人——而且他现在有了一份固定工作,这在今天来说是福气,对一个……

威灵　对一个……穷家姑娘来说——

卡塔琳娜　对任何一个姑娘来说都是一种福气。

威灵　是的,您说说,宾德夫人,难道说这样一个如花似玉的姑娘真

123

的就配不上别的什么人,只配得上这样一个安分守己的、偶然有了一份固定工作的人吗?

卡塔琳娜　这可是最明智的选择了!你不可能等来一个伯爵吧。即使有一天等来了一个,那他过后一如既往,不告而别,也不会把谁娶进家门的。……威灵站在窗前旁。停顿。事情就是样……因此,我也常说,养一个丫头,真有操不尽的心——尤其在交往上——

威灵　要是把自己的青春年华如此轻率地浪费掉,这样做值不值呢?——而且——在长年累月的等待之后——那个织袜工真的来了,那么,这样一个始终坚守贞操的可怜女子最终获得的是什么呢?

卡塔琳娜　威灵先生,我丈夫不也是一个织袜工吗,他可是一个正派的男人,一个安分的男人,我对他从来没有过任何抱怨……

威灵　(安慰地)可是,宾德夫人,这怎会扯到您身上呢!……再说,您又没有把您的青春轻率地浪费掉。

卡塔琳娜　那个年头,我什么都想不起来了。

威灵　您可别这样说——您现在就可以说给我听听,想说什么都行——那些回忆的确是您一生中获得的最美好的东西。

卡塔琳娜　我根本就没有什么回忆可言。

威灵　那怎么可能呢……

卡塔琳娜　如果一个女人拥有像您说的那样的回忆的话,那么剩下的是什么呢?……无非是后悔。

威灵　嗯,——如果她——压根儿就没有什么好回忆的话——那么剩下的又是什么呢?如果人的一生就这样逝去了——很干脆,也很严肃。一日似一日,没有幸福,也没有爱情——,这样或许要好些?

卡塔琳娜　可是,威灵先生,您就想想那个老姑娘吧——想想您那个妹妹!……不过一提起她,您心里依然很难受,威灵先生……

威灵　我心里依然很难受,是的……

卡塔琳娜　不言而喻……如果两个人如此相依为命的话……我一再说,要找像您这样一个哥哥,实在太难了。

威灵　（打出担当不起的手势）

卡塔琳娜　这可是真的,想必对她来说,您从很年轻的时候起就替代了父亲和母亲的地位。

威灵　是的,没错——

卡塔琳娜　这无疑又是一种安慰吧。要是你如此明白你曾经始终是那样一个可怜女子的施善者和保护人——

威灵　是的,我以前也认为是这样——当她还是个年轻漂亮的丫头时——而且我觉得自己又明智又高尚,天知道。可是后来呢,白发慢慢地染上了鬓角,皱纹也越来越爬满了脸颊,时间一天一天地流去了——而那个全部的青春——那个年轻的丫头就这样慢慢地——而你对这样的变化几乎毫无觉察——变成了那个老姑娘——到了这个时候,我才开始感觉到我原本都干了些什么呀!

卡塔琳娜　可是,威灵先生——

威灵　我依然觉得她历历在目,就像她晚上常常坐在我对面时一样,在灯光下,在这间屋子里。她面带着宁静的微笑,带着肯定是上帝赐予的微笑,那样注视着我——仿佛她还要为了什么来感谢我;——而我——我恨不得一下子跪倒在她面前,恳求她原谅我如此悉心地照顾她免受一切危险的伤害——和一切幸福!停顿。

卡塔琳娜　而对一些人来说,要是他们身边始终能有这样一个兄长的话,那才高兴呢……而且没有什么会后悔的……

　　　〔卡塔琳娜、威灵。米兹走进来。

米兹　晚上好!……可这儿怎么漆黑一片呢……什么都看不见。——啊,宾德夫人。您丈夫在楼下等着您呢,宾德夫人……克里斯蒂娜不在家吗?……

威灵　她一刻钟前出门了。

卡塔琳娜　难道您没有碰见她吗?她不是跟您约好了?

米兹　没有呀……我们肯定相互错过了……您和您丈夫一起去听音乐,是他这样告诉我的——?

卡塔琳娜　是的,他如此醉心于音乐。可是您听我说,米兹小姐,您戴着一顶好迷人的小礼帽。新的,是吗?

米兹　根本不是。——难道您一点都认不出这个款式了吗？去年春天的；不过是重新刷刷而已。

卡塔琳娜　是您自己刷的吗？

米兹　那当然啦。

威灵　这么能干！

卡塔琳娜　当然是——我总是健忘,您在一家裁缝店里干过一年吧。

米兹　我或许又会进一家去。妈妈要我去——你有什么办法呢。

卡塔琳娜　您妈妈身体怎么样？

米兹　挺好的——有点牙痛——可是大夫说,那只是风湿性的……

威灵　好啦,现在我得走了,要不就来不及了……

卡塔琳娜　我马上和您一起下楼,威灵先生……

米兹　我也一起走……可您带上大衣吧,威灵先生,晚上会挺凉的。

威灵　您相信吗？

卡塔琳娜　当然是……怎么能如此不小心呢。

〔在场的几个人——克里斯蒂娜。

米兹　她回来了……

卡塔琳娜　散步回来了？

克里斯蒂娜　是的。你好,米兹……我头好痛啊……（坐下）

威灵　怎么回事？……

卡塔琳娜　也许是因为天气的缘故……

威灵　哎呀,你到底怎么啦,克里斯蒂娜！……米兹小姐,请您点上灯。

米兹　（准备着点灯）

克里斯蒂娜　还是让我自己来吧。

威灵　我要看看你的脸色,克里斯蒂娜！……

克里斯蒂娜　哎呀,爸爸,没有什么大不了的,肯定是因为外面天气的缘故。

卡塔琳娜　有些人就是受不了春天。

威灵　米兹小姐,您还留在克里斯蒂娜身边,对吗？

米兹　我当然留在这里……

克里斯蒂娜　哎呀,没有什么大不了的,爸爸。

米兹　要是我头痛什么的,我妈妈才不管那么多呢……

威灵　(对着依然坐在那里的克里斯蒂娜)你怎么这样疲惫?……

克里斯蒂娜　(从椅子上站起来)我不又站起来了。(微笑着)

威灵　好吧——你现在看上去又是完全另外的样儿。——对着卡塔琳娜。她要是一笑起来,看上去判若两人,是吗……?那就再见吧,克里斯蒂娜……(吻吻她)等我回家时,这小脑袋就不痛了!……(到了门口)

卡塔琳娜　(低声对着克里斯蒂娜)你们吵架了?

〔克里斯蒂娜做出不情愿的动作。

威灵　(在门口)宾德夫人……!

米兹　再见!……

〔威灵和卡塔琳娜下。

〔米兹、克里斯蒂娜。

米兹　你知道不,头痛是从哪儿来的?是昨天的甜葡萄酒惹的祸。我感到特别奇怪,我根本一点都没觉得怎么样……不过挺痛快的,你说是吗……?

克里斯蒂娜　(点了点头)

米兹　都是些很可爱的人,两个都是——没有什么可说的,你说是吗?——……弗里茨那儿收拾得很漂亮,真的,富丽堂皇!在多利那儿……(中断了自己的话)哎,一无所有……——怎么,你头还疼得这么厉害?你为什么一声不吭呢?……怎么回事啊?……

克里斯蒂娜　你想想,——他没有来。

米兹　她让你白等啦?你活该!

克里斯蒂娜　是的,这话是什么意思呢?我做错什么啦?

米兹　你就是宠着他,对他太好了。这样,男人肯定会摆出一副盛气凌人的样子。

克里斯蒂娜　可你都不明白自己在说什么呢。

米兹　我完全明白我在说什么。——这些日子,我一直在为你生气。他一次次约会姗姗来迟,他不陪你回家,他一屁股坐到陌生人的包厢里,他干脆让你白白地等待——这一切,你都一声不吭地听任自然,而且依旧——(模仿着她的样儿)那样眉来眼去地注视着他。——

克里斯蒂娜　行啦,别这样说了,别把自己装得比实际上坏了,你不也喜欢特奥多尔吗。

米兹　喜欢——我当然喜欢他。可我不会为了一个男人而让自己伤心,多利就甭那样想了,哪个男人也不会如此得逞的——他们全加在一起都不值得你去伤那个心,那些个男人。

克里斯蒂娜　我可从来没有听到你这样说话,从来没有过!——

米兹　是的,亲爱的蒂娜——过去我们的确没有这样相互交谈过。——我也不敢冒昧。你哪里会相信,我对你有多尊重啊!……可是你看看,我一直心里都这样想　一旦哪天事情摊在你头上,会叫你彻底晕头转向的。这第一次就给弄得趴下了!——不过你也因此会感到高兴的是,在你第一次恋爱时,你马上就有了我这样一个好朋友来帮忙。

克里斯蒂娜　米兹!

米兹　我说我是你的好朋友,你不相信吗?要是我不在这儿,不告诉你　宝贝,他和其他男人一个样,而所有的男人加在一起都不值得你一个钟头不愉快,那么,天知道,你会把什么乱七八糟的东西都塞进脑袋里。我可是始终都这样说!对那帮男人,压根儿一句话都不要相信。

克里斯蒂娜　你到底在说什么呀——口口声声离不开那帮男人——那帮男人关我什么呢!——我也不关心别的男人。——在我这一生中,我不会去关心任何别的男人!

米兹　……是的,你到底会相信什么呢……他对你……?当然——一切都已经发生了;可要我说,你就得另有打算。……

克里斯蒂娜　你不说话行吗!

米兹　好吧,你要我干什么呢?我对此可是无能为力了——这你可得提早想好。到了这等地步,只好去等待了,等到一个你立刻从脸上就看得出沉稳可靠的男人到来……

克里斯蒂娜　米兹,我今天受不了你这样的话。这些话让我好难受。——

米兹　（好心地）那好吧,不说了——

克里斯蒂娜　最好让我……别生气……最好让我一个人待会儿吧!

米兹　我干吗要生气呢?我这就走。我没有伤害你的意思,克里斯蒂娜,真的……(当她转身离开时)啊,弗里茨先生。

〔克里斯蒂娜、米兹。弗里茨走进来。

弗里茨　晚上好!

克里斯蒂娜　（欢呼着）弗里茨,弗里茨!(冲着他而去,扑进他的怀里)

米兹　（蹑手蹑脚地走出去,露出一副神情表明)我在这儿是多余的了。

弗里茨　（一边脱开身)可是——

克里斯蒂娜　大家都说,你会遗弃我的!这不是真的,你没有这样做——现在还没有——现在还没有……

弗里茨　是谁这样说呢?……你看是那样吗……(抚摸着她)可是,宝贝!……我心里本来在想,我这突然一进来,你准会吃惊的。——

克里斯蒂娜　噢——只要你来就好了!

弗里茨　可别这么说,你放镇静些吧——你等了我好久了?

克里斯蒂娜　那你到底为什么不来呢?

弗里茨　我让人给拦住了,因此去晚了。刚才我去过公园,没有找到你——我本想又回家去。可突然有这样一个渴望攫取了我,一心想要看看这个可爱甜蜜的小脸蛋了……

克里斯蒂娜　（幸福地)是真的吗?

弗里茨　而且后来,我的心里突然涌起那样一种无法形容的兴致,要看看你到底住在哪儿——是的,当——我下定决心要来看一次——而这时,我就忍不住了,随之上楼来了……这样不会让你不愉快吧?

克里斯蒂娜　噢,天哪!

弗里茨　没有人看见我——我也知道你爸爸在剧院里。

克里斯蒂娜　那些人关我什么事呢!

弗里茨　我这不是来了吗——?在屋里环视着。这是你的房间吗?

好可爱呀……

克里斯蒂娜　你根本什么都看不见。(要拿去灯上的罩子)

弗里茨　不用,别拿了,那样会刺人眼睛,这样要好些……我不是来了吗?这就是你对我说过的窗户,你总是在旁边忙活,对吗?——这儿风景挺美的!(微笑着)从这儿看出去,一座座屋顶……对面那儿——是的,那是什么呢,也就是你看到的那个黑乎乎的东西?

克里斯蒂娜　那是卡伦山!

弗里茨　没错!你这儿比我那儿的风景漂亮。

克里斯蒂娜　哦!

弗里茨　我就喜欢住这么高,越过所有的屋顶眺望,我觉得这样太棒了。而且住在这个胡同里,想必也很安静吧?

克里斯蒂娜　啊哈,白天也够吵闹的。

弗里茨　时而也过车吗?

克里斯蒂娜　很少,可是就在房子对面有一家装配工厂。

弗里茨　噢,这可太烦人了。(他坐下来)

克里斯蒂娜　已经习以为常了,什么都再也听不见了。

弗里茨　(又立刻站起来)我真的是第一次来这儿吗?我似乎觉得一切都是那么熟悉!……和我本来想象的一模一样。(打算更仔细地在屋子里环视)——

克里斯蒂娜　不行,你这里什么都不许看。——

弗里茨　那是些什么画呢?……

克里斯蒂娜　别问了!……

弗里茨　啊,那我偏要看一看。(他端起灯,照亮那些画儿)

克里斯蒂娜　……离别——与还乡!

弗里茨　没错——离别与还乡!

克里斯蒂娜　我知道,这些画不好看。我爸爸房间里挂着一幅,那幅画要好看多了。

弗里茨　什么画?

克里斯蒂娜　是一个姑娘,她望出窗外,而外面,你知道,是一片冬天的景象——那幅画名叫"孤独"。——

弗里茨　原来是这样……(把灯照过去)啊,这儿是你的书房。(坐到旁边的小书台上)

克里斯蒂娜　这些书你最好别看了——

弗里茨　为什么呢?啊——席勒……豪夫……百科全书……哎呀——

克里斯蒂娜　只到字母G……

弗里茨　(微笑着)啊,原来是这样……这是家家必备的书……你翻看书里的那些图片,对吗?

克里斯蒂娜　我当然翻阅了那些图片。

弗里茨　(依然坐着)那个立在壁炉上的先生是谁呢?

克里斯蒂娜　(教训的口气)那不就是舒伯特吗?

弗里茨　(站起来)没错——

克里斯蒂娜　因为我爸爸那样喜欢他。我爸爸以前也写过歌曲,而且很好听。

弗里茨　现在不写了?

克里斯蒂娜　现在再也不写了。(停顿)

弗里茨　(坐下去)这儿多么惬意啊!——

克里斯蒂娜　你真的满意吗?

弗里茨　很满意……这是什么呢?(拿起一个立在桌子上的花瓶,里面插着假花)

克里斯蒂娜　他又发现什么东西了!……

弗里茨　不,宝贝,这玩意儿不该放在这儿……它看上去好陈旧。

克里斯蒂娜　可这些花肯定不陈旧。

弗里茨　假花看上去总是好陈旧……在你的房间里,一定要摆上芬芳无比的鲜花。从现在起我会给你……(中断了自己的话,转过身去,以掩饰自己的动作)

克里斯蒂娜　怎么回事?……你到底要说什么呢?

弗里茨　没什么,没什么……

克里斯蒂娜　(站起来,温顺地)你要说什么呢?——

弗里茨　我明天将会给你送来鲜花,这就是我要说的……

克里斯蒂娜　怎么,你已经后悔了?——不用说!你明天再也不会想到我的。

弗里茨　（打着回绝的手势）

克里斯蒂娜　毫无疑问,你看不见我,就想不起我。

弗里茨　你在说什么呀？

克里斯蒂娜　是啊,我心里明白。我也感觉得到。

弗里茨　你怎么会这样胡思乱想呢？

克里斯蒂娜　怪就怪你自己。因为你对我始终守着一切秘密！……因为你一点都不给我说说你的事。——你一天到晚究竟在干什么呢？

弗里茨　真是的,宝贝,这再也简单不过了。我去听讲座——有时候——然后去喝咖啡……再就是看书……时而我也弹弹钢琴——还有就是聊天吧,不是这个就是那个——也少不了去串门……这一切都完全无关紧要。说起来也很无聊。——再说,我现在得走了,宝贝……

克里斯蒂娜　现在就走——

弗里茨　你爸爸马上就回来了。

克里斯蒂娜　还早着呢,弗里茨。——再待——一分钟——再待——

弗里茨　那样我就……特奥多尔等着我呢……我还有事要跟他说。

克里斯蒂娜　今天？

弗里茨　当然是今天。

克里斯蒂娜　你明天也会见到他的！

弗里茨　我明天也许根本就不在维也纳。

克里斯蒂娜　不在维也纳？——

弗里　（注意到她的担忧,平静而轻松地）就这样了,有什么办法呢？我就出去一天——或者两天,你呀,宝贝。——

克里斯蒂娜　去哪儿呢？

弗里茨　去哪儿？……随便什么地方吧——啊呵,天哪,别吊起这样的脸来……回庄园,看望我父母亲去……嗯……难道这也是不可告人吗？

克里斯蒂娜　你看看,你从来也没有给我提起过他们呀！

弗里茨 没有,你真是一个傻孩子……你根本就不懂,我们如此无牵无挂地形影相伴,这该有多好啊。你说说,难道你就没有感觉到吗?

克里斯蒂娜 没有,你从来也不给我讲讲你的事,这一点儿都不好……你看看,凡是跟你有关的事,没有我不感兴趣的,真的是这样……你的一切——我想要从你那里得到的,不只是有时候晚上在一起待上个把钟头……然后你又走开了,而我什么都不知道……这样一来,整个晚上过去了,一整天大部分时间没有了,而我却一无所知。正因为这样,我才常常会那样伤心。

弗里茨 你到底为什么要伤心呢?

克里斯蒂娜 是的,因为我过后是那样盼着你,好像你根本就没有在同一个城里似的,好像你完全到了别的什么地方!在我心里,你此刻消失得无影无踪了,离得那么远……

弗里茨 (有点不耐烦地)可是……

克里斯蒂娜 你看看,这是真的了!……

弗里茨 过来,到我这儿来!(她到了他身边)你就是只知道一点,和我一样——你在这个时刻爱着我……(当她要开口说话时)别说什么永恒了。(更多是自言自语)也许有那样的时刻,它们会在自己周围迸发出永恒的芬芳……他吻着她。——(停顿)——(他站起来)——(突然爆发出来)噢,在你身边多么美啊,多么惬意啊!……(他站在窗前)在这里,如此远离尘世,置身于许许多多的房屋之中……我觉得自己是那样的孤独,如此同你形影相伴……(低声地)如此无忧无虑……

克里斯蒂娜 要是你一直都这样说话……那我差不多就会相信了……

福利次 说什么呢,宝贝?

克里斯蒂娜 你是那样爱我,就像我做梦盼望的一样——在那天,也就是你第一次吻我的那一天……你还记得那一天吗?

弗里茨 (狂热地)我爱你!——(他搂抱住她;又挣脱开身子)可你现在得让我走了吧——

克里斯蒂娜 你这样对我说了,难道你又后悔了不是?你自由了,你自由了——你现在想什么时候遗弃我都可以……你没有给过我任何许诺……我也没有向你提出过任何要求……我过后会成什么样——反正全然无所谓了——我的确还有过一次幸福,我对人生没有太多的奢望。我只想让你知道,并且相信我:在认识你之前,我没有爱过任何人,而且——一旦有一天你不再爱我了——我也不会再爱任何人了。

弗里茨　（更多是自言自语地）别说了,别说了——听起来……太美妙了……

〔有人敲门。

弗里茨　（吓成一团）可能是特奥多尔吧……

克里斯蒂娜　（伤心地）他知道你在我这儿——？

〔克里斯蒂娜、弗里茨。特奥多尔走进来。

特奥多尔　晚上好！——太放肆了,不是吗？

克里斯蒂娜　难道您有什么重要的事要跟他说吗？

特奥多尔　当然是——我到处都找过他。

弗里茨　（低声地）你为什么不在楼下等着呢？

克里斯蒂娜　你在向他嘀咕些什么呢？

特奥多尔　（故意扯开嗓门）我为什么不在楼下等着呢？……是的,要是我确切知道你在这儿的话……可是,因为我也不可能白白地在楼下闲荡上两个钟头吧……

弗里茨　（一唱一和）这么说……你明天和我一起去了？

特奥多尔　（会心地）没问题……

弗里茨　这就好……

特奥多尔　可是,我差点儿跑断了腿,不得不请求允许我坐下来休息片刻。

克里斯蒂娜　请吧——（在窗前忙碌着）

弗里茨　（低声地）有什么新消息吗？——你得到关于她的消息了吗？

特奥多尔　（低声地对着弗里茨）没有。我只是接你下楼去,因为你过分轻率了。你干吗还要这样无谓的激动呢？你应该去睡觉了……你现在需要的是安静！……（克里斯蒂娜又回到他们

身旁)

弗里茨　你说说,你觉得这屋子是不是太可爱了?

特奥多尔　是的,非常可爱……对着克里斯蒂娜。您一天到晚都守在家里吗?——再说,这屋子确实很舒适。可让我看来有点高。

弗里茨　正因为如此,我才觉得如此称心如意。

特奥多尔　可是我现在不得不把弗里茨从您身边夺走了,我们明天要一大早就起来。

克里斯蒂娜　这么说你真要走了?

特奥多尔　他会再来的,克里斯蒂娜小姐!

克里斯蒂娜　你会给我写信吗?

特奥多尔　可他明天就又回来了——

克里斯蒂娜　啊呵,我知道他要离开好久……

弗里茨　(吓得缩成一团)

特奥多尔　(注意到了)难道非得要在这儿马上写信不成?我真没想到您这么多愁善感……我想说声"你"——也就是说我们以"你"相称吧……好吧……你们就来个告别吻吧,因为你们要那么久……中断自己的话。嗯,我可不在这儿。

〔弗里茨和克里斯蒂娜相互接吻。

特奥多尔　(拿出一盒烟,抽出一根衔在嘴上,在自己的大衣口袋里寻找着火柴。当他没有找到时)亲爱的克里斯蒂娜,您有没有火柴?

克里斯蒂娜　有,有火柴!(指着放在五斗柜上的火柴)

特奥多尔　这是空的。——

克里斯蒂娜　我给您拿去。(急忙跑进旁屋里)

弗里茨　(望着她,对着特奥多尔)噢,天哪,这样的时刻简直太捉弄人了!

特奥多尔　嗯,什么样的时刻呢?

弗里茨　我现在几乎要相信,我的幸福就在这儿,这个甜姐——(中断自己的话)——可是这个时刻就是一个捉弄人的仙女……

特奥多尔　无聊的废话……你将会为此而发笑的。

弗里茨　为此,我肯定再也没有时间了。

克里斯蒂娜 （拿着火柴回来了）给您吧！

特奥多尔 多谢了……那就再见吧。——（对着弗里茨）哎，你还有什么事吗？

弗里茨 （在屋里左看右顾，仿佛他要再一次把这里的一切都装到自己心里）这会儿实在是难舍难分呀。

克里斯蒂娜 去你的，别得意忘形了。

特奥多尔 （强烈地）走。——再见，克里斯蒂娜。

弗里茨 多保重……

克里斯蒂娜 再见！——

〔特奥多尔和弗里茨离开。

克里斯蒂娜 （呆呆地站着一动不动，然后走到敞开的门口；低声地）弗里茨……

弗里茨 （再一次回来，他把她贴到自己的胸口）多保重！……

（落幕）

第 三 幕

〔像上一幕一样，同一房间。中午时分。

克里斯蒂娜 （独自一人。她坐在窗前；——缝补着；又放下手里的活儿）

丽娜 （卡塔琳娜九岁的女儿丽娜走进来）

丽娜 你好，克里斯蒂娜小姐！

克里斯蒂娜 （心不在焉地）你好，宝贝，你有什么事吗？

丽娜 妈妈让我来，看能不能顺便拿走戏票。——

克里斯蒂娜 我爸爸还没有回来，宝贝；你要等一等吗？

丽娜 不用啦，克里斯蒂娜小姐，我吃完饭后再来吧。

克里斯蒂娜 那好吧。——

丽娜 （已经要走了，又转过身来）妈妈让我向克里斯蒂娜小姐问声好，问你头还疼不疼？

克里斯蒂娜 不疼了，宝贝。

丽娜　再见,克里斯蒂娜小姐!

克里斯蒂娜　再见!——

〔当丽娜走出去时,米兹站在门口。

丽娜　你好!米兹小姐。

米兹　你好,小调皮!

丽娜　(下)

〔克里斯蒂娜、米兹。

克里斯蒂娜　(当米兹走进来时,站起来迎上前去)他们回来啦?

米兹　我怎么知道呢?

克里斯蒂娜　那你没有收到过信,一点音讯都没有——?

米兹　没有。

克里斯蒂娜　你也没有写信?

米兹　我们要给自己写些什么呢?

克里斯蒂娜　他们前天就走了!

米兹　好啦,这也没有多长时间!所以,你就别再这样胡思乱想了。我一点都不明白……你看看自己现在成什么样儿了。你简直哭成一个泪人了。你爸爸一回家来,一定会觉察出什么的。

克里斯蒂娜　(直截了当地)我爸爸全都知道了。——

米兹　(几乎吃惊地)什么?——

克里斯蒂娜　我把这事都告诉他了。

米兹　这可真是又耍了一次聪明啊。不过也是的,从你的脸上,一切都会让人立刻看得出来,什么也瞒不住。——他最终也知道是谁吗?

克里斯蒂娜　是的。

米兹　他指责你了?

克里斯蒂娜　(摇摇头)

米兹　那他到底说什么了?——

克里斯蒂娜　一声没吭……他默默不语地出去了,像往常一样。——

米兹　可这事确实干得不聪明,你把什么都说了。你就等着看吧……你知道不,为什么你爸爸对此一言不发呢——?因为他心里想着,弗里茨会娶你为妻的。

克里斯蒂娜　你干吗说这些呢!

米兹　你知道我相信什么吗?

克里斯蒂娜　什么呢?

米兹　这整个旅行故事就是一个骗局。

克里斯蒂娜　什么?

米兹　他们也许根本就没有离开。

克里斯蒂娜　他们离开了——这我知道。——昨天我从他家路过,百叶窗放下来了;他不在家里。——

米兹　这个我相信。他们可能离开了。——但是他们只是不会回来了——至少不会回我们这儿了。——

克里斯蒂娜　(忧心忡忡地)你——

米兹　嗯,这的确是可能的!——

克里斯蒂娜　你说得这么从容不迫——

米兹　那好吧——不管是今天还是明天——或者半年以后,这事的结果反正都是一样。

克里斯蒂娜　你并不明白你在说什么呢……你不了解弗里茨——他并不是你想象的那样……早前他来这儿时,我都亲眼看见了,就在这间屋子里。他只是有时候装得无动于衷的样子——可他是爱我的……(仿佛她要猜出米兹的回答)——是的,没错——不是永远,我明白——可这事不是一下子就停止了——!

米兹　我是不那么完全了解弗里茨。

克里斯蒂娜　他会回来的,特奥多尔也会回来的,毫无疑问。

米兹　(打了一个手势,表明:对她来说相当无所谓)

克里斯蒂娜　米兹……干点让我高兴的事吧。

米兹　你就别这么激动了——说吧,你到底要干什么呢?

克里斯蒂娜　你去特奥多尔那里,离得也不远,干脆顺便去看看……你在他家里问问他是不是已经回来了。如果他不在家,也许家里人会知道他什么时候回来。

米兹　我可不会死皮赖脸地去追一个男人。

克里斯蒂娜　压根儿就没有必要让他知晓的。也许你会偶然碰到他的。现在快一点了；——现在他正好要吃午饭——

米兹　　那你为什么不去弗里茨家里打听呢？

克里斯蒂娜　　我不敢去——这样做他忍受不了……况且他肯定还没有回来。可特奥多尔也许已经回来了，他知道弗里茨什么时候回来。我求你了，米兹！

米兹　　你有时候是如此的幼稚——

克里斯蒂娜　　你就让我高兴一回吧！去吧！这也没有什么不好的。

米兹　　那好吧，如果你这么牵挂的话，那我就跑一趟吧。可是话说回来，不会有太多的用处。他们肯定还没有回来呢。

克里斯蒂娜　　那你马上就回来……行吗？……

米兹　　那就这样吧，妈妈只好做好饭后要等我一会儿了。

克里斯蒂娜　　谢谢你，米兹，你真够意思……

米兹　　我当然够意思了；可你现在要放明白些……行吗？……那就回头见！

克里斯蒂娜　　谢谢你！——

米兹　　（离去）

〔克里斯蒂娜。稍后，威灵。

克里斯蒂娜　　（独自一人。整理着房间。把缝补的东西收拾到一起。然后，她走到窗前，朝外望去。一分钟后，威灵走进来，她起初没有看见他。他心里极度不安，忧心忡忡地注视着站在窗前的女儿）

威灵　　她还一无所知，她还一无所知……（他停在门口，不敢再继续挪上一步）

克里斯蒂娜　　（转过身来，发现了他，吓了一跳）

威灵　　（竭力露出笑脸。他继续走进屋里）哎，克里斯蒂娜……（仿佛要把她叫到自己跟前来）

克里斯蒂娜　　（走向他，好像要跪倒在他面前）

威灵　　（不让这样）这是干什么啊……你在想什么呢，克里斯蒂娜？我们——（决断地）——我们只有忘记他，行吗？——

克里斯蒂娜　　（抬起头来）

威灵　　就这样吧……我——和你！

克里斯蒂娜　爸爸,难道你今天早上没有明白我的意思?……

威灵　是的,你到底想干什么呢,克里斯蒂娜?……我得告诉你,我对此是怎么想的!不是吗?你瞧瞧,是这样吧……

克里斯蒂娜　爸爸,这话是什么意思呢?

威灵　过来吧,我的宝贝……你静下心来听我说吧。你看看,当你给我讲述时,我不也是在静静地听着吗!——我们一定要——

克里斯蒂娜　我求你了,别这样对我说话,爸爸……要是你现在掂量了这事,认为不能原谅我的话,那你就赶我走吧——可你别这样说话了……

威灵　你就静下心来听我说吧,克里斯蒂娜!然后你想干什么,还可以继续干什么……瞧,你这么年轻,克里斯蒂娜。——难道你还没有想过……(十分犹豫不决地)……这整个事情也许就是一个错误——

克里斯蒂娜　你为什么对我说这个呢,爸爸?——我知道我做了什么事——而我也无所可求——对你,对这个世界上的任何人,如果这是一个错误的话……我给你说过了,那你就赶我走吧,不过……

威灵　(打断她的话)你怎么能这样说话呢……即便这是一个错误,难道说对像你这样一个妙龄女孩来说,这就是非得绝望的一个原因吗?——你只管想一想,生活是多么美好、多么迷人。你只管想一想,有多少事情会让人高兴呢,你的面前还充满着多少青春、多少幸福啊……你瞧瞧,我向这个世界确实没有更多的可索取了,而甚至对我来说,生活依然是美好的——我对那么多的事情依然兴致勃勃。要说吧,你和我将会在一起——我们要为自己营造生活——你和我——你又会——现在,当美好的时刻来到时,开始唱歌,而且一到假期,我们就会去乡下,到绿色的天地里,待上一整天——噢,有这么多美好的事情在等着我们呢……说也说不完。——就因为你不得不牺牲你的第一次幸福或者你所认准的什么东西而随便放弃一切,这是很荒唐的——

克里斯蒂娜　(忧心忡忡地)为什么……我非得牺牲不可……?

威灵　难道这是一码事吗?克里斯蒂娜,难道你真的认为你非得到了今天才把这事要告诉你爸爸吗?我早就知道了!——而且我也知道,你迟早会告诉我的。不,这绝对不是你的幸福!……难道我看不出你那双眼睛吗?要是你爱上一个值得你爱的人,那你的眼睛里就不会常常充满泪水,你的面颊也不会变得如此苍白。

克里斯蒂娜　这事你怎么会……你知道什么呢……你听到什么了?

威灵　没有听到什么,根本没有听到什么……可你自己对我讲了他是什么人……那样一个年轻人——他到底知道什么呢?难道他知道他如此不费气力地得到的东西是什么吗——难道他知道区分什么是真什么是假吗——而且对你那一片全心全意的荒唐爱情——他到底从中体会到了什么呢?

克里斯蒂娜　(越来越忧心忡忡地)你跟他……——你去过他哪儿?

威灵　可你究竟在想些什么呢!他出去了,不是吗?你呀,克里斯蒂娜,我还算有自己的理智,我的眼睛长在自己的脑袋上!你瞧瞧,宝贝,忘掉吧!忘掉这一切吧,你的未来完全在别的地方!你能够得到你应该得到的幸福,你将来还会得到你应该得到的幸福。你总有一天会找到一个知道爱你的人——

克里斯蒂娜　(匆忙跑到五斗柜前,拿起她的礼帽)

威灵　你到底要干什么呢?……

克里斯蒂娜　放开我,我要走……

威灵　你要去哪儿?

克里斯蒂娜　去找他……去找他……

威灵　可你在想些什么呢……

克里斯蒂娜　你对我守着什么秘密不说——你就让我去吧——

威灵　(紧紧地拦住她)你放理智些,宝贝。他根本就不在家里……他也许出去要旅行好久……留在我身边吧,你在那儿要干什么呢……明天或者就今天晚上,我跟你一起去。你不能这个样子上街去……你知道你现在是什么样儿吗……?

克里斯蒂娜　你要跟我一起去——?

威灵　我答应你。——只是你现在待在家里就好,坐下来醒醒神。人家要看见你这个样儿,一定会忍不住大笑的……白费劲儿。

141

难道你在爸爸身边再也无法待下去了?

克里斯蒂娜　你知道什么呢?

威灵　(越来越不知所措)我该知道什么呢……我知道,我疼爱你,你是我唯一的宝贝,你要待在我身边——你最好永远留在我身边——

克里斯蒂娜　够了——放开我——(她从他手里脱开身,打开门,米兹出现在门口)

〔威灵、克里斯蒂娜、米兹,然后特奥多尔来了。

米兹　(当克里斯蒂娜迎面冲出来时,低声地喊叫着)你这个样子简直要吓死人了……

克里斯蒂娜　(当她看见特奥多尔时,向后退去)

特奥多尔　(在门口停住步子,他身着黑装)

克里斯蒂娜　怎么回事……到底发生什么事了……(她没有得到回答;她看着特奥多尔的脸,他有意要躲过她的目光)他在哪儿,他在哪儿呢……(陷入巨大的恐惧——她没有得到回答,看着一副副尴尬而悲伤的神情)他在哪儿呢?(对着特奥多尔)您开口说话呀!

特奥多尔　(尽力想说话)

克里斯蒂娜　(瞪大眼睛注视着他,环顾四周,明白了大家的表情。当她脸上慢慢地显示出明白真相的神色后,发出了一种令人恐惧的叫声)特奥多尔!……他……

特奥多尔　(点了点头)

克里斯蒂娜　(她抓住自己的额头,她不能接受,她走向特奥多尔,抓住他的胳膊——像发疯似的)……他……死了……?……(仿佛在问自己)

威灵　我的宝贝——

克里斯蒂娜　(推开他)您开口说话呀,特奥多尔。

特奥多尔　您全都知道了。

克里斯蒂娜　我什么也不知道……我不知道发生什么了……您相信我好了……我现在不可能听到一切……事情是怎样发生的呢……爸爸……特奥多尔……(对着米兹)你也知道……

特奥多尔　一次偶然的不幸——

克里斯蒂娜　什么,什么?

特奥多尔　他倒下去了。

克里斯蒂娜　这是什么意思,他……

特奥多尔　他在角斗中倒下去了

克里斯蒂娜　(惊叫着)啊!……(她几乎要晕倒,威灵扶住她,向特奥多尔示意现在走开)

克里斯蒂娜　(看到后抓住特奥多尔)您别走……我一定要知道事情的全部。您以为您现在还可以向我瞒着什么……

特奥多尔　您还想知道什么呢?

克里斯蒂娜　为什么——他为什么要角斗呢?

特奥多尔　我不知道是什么原因。

克里斯蒂娜　跟谁,跟谁呢——?是谁要了他的命,您不会不知道吧?……这下没话说了吧——

特奥多尔　您不认识……

克里斯蒂娜　是谁,是谁呢?

米兹　克里斯蒂娜!

克里斯蒂娜　是谁呢?你告诉我吧——(对着米兹)……你呢,爸爸!(没有回应。她要走开。威灵拦住他)我要知道是谁要了他的命,而且是为了什么——!

特奥多尔　那……不是什么值得一提的原因……

克里斯蒂娜　您不说实话……为什么,为什么……

特奥多尔　亲爱的克里斯蒂娜……

克里斯蒂娜　(好像要打断他的话,向他走去——开始一声不吭,注视着他,然后突然喊起来)因为一个女人?

特奥多尔　不是——

克里斯蒂娜　是的——为了一个女人。(转向米兹)——为了那个女人——为了那个他爱过的女人——她丈夫——是的,没错,她丈夫要了他的命……而我……我到底算什么呢?我对他来说到底算什么呢……?特奥多尔……难道您根本就没有什么要交给我……难道他连一个字都没有留下……?难道他没有对您说过一句要说给我的话……？难道您什么东西也没有找到……一封信……一张纸条——

特奥多尔　（摇了摇头）

克里斯蒂娜　那天晚上……也就是他来这儿的那天晚上，您来接他走的那天晚上……那会儿他已经知道了，那会儿他知道他也许再也看不到我了……而他是从这儿走开的，为了另外一个女人让人杀死了——不，不——这是不可能的……难道他不知道他对我来说意味着什么……难道他……

特奥多尔　他明白……第二天一早，当我们出发时……他也说到您了。

克里斯蒂娜　他也说到我了！也说到我了！到底还说到什么呢？说到多少别的对他来说和我同样那么重要的人和事呢？——也说到我了！噢，天哪！……而且说到他父亲，说到他母亲，说到他的朋友，说到他的房子，说到春天，说到这个城市，说到一切，说到曾经共同属于他的生命，而他偏偏如此不得不像离开我一样要离开的一切……他跟您说到了一切……而且也说到我了……

特奥多尔　（激动地）毫无疑问，他爱过您。

克里斯蒂娜　爱！——他？——我对他来说，无非是为了消遣而已——他为了一个别的女人死了——！而我——却爱慕过他！——难道他连这个也不知道吗？……我把自己能够献给他的一切都献给了他，我甚至为他可以去死——他是我的偶像，是我的幸福——难道这个他都一点儿没有发现吗？他可以从我这儿走开，面带微笑，从这间屋子走开，而为了一个女人让人枪杀……爸爸，爸爸——这事你能理解吗？

威灵　克里斯蒂娜！在她身边。

特奥多尔　（对着米兹）瞧瞧，宝贝，你本来可以让我不掺和这件事……

米兹　（生气地瞪着他）

特奥多尔　我烦心的事够多了……这些日子里……

克里斯蒂娜　（突然坚决地）特奥多尔，您领着我去吧……我要看看他——我要再一次看看他——那张脸——特奥多尔，您领我去吧。

特奥多尔　（拒绝着，犹豫不决地）不……

克里斯蒂娜　为什么不呢？——您可不能这样拒绝我呀？我可以再看他一眼吧——？

特奥多尔　太晚了。

克里斯蒂娜　太晚了？——看看他的遗体……难道也太晚了吗？是的……是的——（她不明白）

特奥多尔　今天一早，他已经被安葬了。

克里斯蒂娜　（极其恐惧的表情）安葬了……而我却不知道？他们枪杀了他……他们把他放到棺材里，他们把他抬出去，他们把他埋进地底里去——不让我再看他一眼？——他死了两天了——而您没有来告诉我——？

特奥多尔　（十分激动地）我在这两天里……您不知道，在这两天里，一切……您想一想，我也要操心通知他父母亲——我要操心太多的事——再说还有我的情绪……

克里斯蒂娜　您的……

特奥多尔　况且这葬礼……悄悄地举行了……只有最亲近的亲属和朋友……

克里斯蒂娜　只有最亲近的——！而我呢——？……我到底算什么呢？……

米兹　他们在那儿也问到这事。

克里斯蒂娜　我到底算什么呢——？比不上所有其他人——？比不上他的亲属们，比不上……您呀？

威灵　我的宝贝，我的宝贝。来我这儿，来我这儿……（他抱住她，对着特奥多尔）您走吧……您就让我和她单独待会儿吧！

特奥多尔　我非常……（带着哭声）我没有想到会是这样……

克里斯蒂娜　没有想到什么呢？——是我爱过他？——（威灵把她拉到自己跟前；特奥多尔盯着自己的前方。米兹站在克里斯蒂娜身旁）

克里斯蒂娜　（挣脱威灵）您带我去他的墓地吧！

威灵　不，不——

米兹　别去了,克里斯蒂娜——

特奥多尔　克里斯蒂娜……过后吧……明天……等您平静下来再说吧——

克里斯蒂娜　明天?——我会平静下来吗?!一个月后就完全抚平了,是吗?——半年后我又可以笑起来,是吗——?(大笑起来)而下一个情人什么时候会出现呢?……

威灵　克里斯蒂娜……

克里斯蒂娜　您不去就算了……我自个儿也找得着路……

威灵　别去了。

米兹　别去了。

克里斯蒂娜　甚或更好些……如果我……放开我,放开我。

威灵　克里斯蒂娜,别去了……

米兹　别去了!——也许你在那儿正好碰到那个人——正在祈祷呢。

克里斯蒂娜　(自言自语地、目光呆滞地)我不想在那里祈祷……不……(她跳下去……其他人起初无言相对)

威灵　快去看看她呀。

〔特奥多尔和米兹追下去。

威灵　我无能为力,我无能为力……(他艰难地从门口走到窗前)她要干什么……她要干什么呢……(他透过窗户,看到一片空白)她再也不回来了——她再也不回来了!(他大声地哭泣着倒在地上)

(剧终)

绿鹦鹉酒馆

独幕荒诞剧

人　　物

埃米利·封·卡迪昂公爵
弗朗索瓦·封·诺让子爵
阿尔班·德·拉·特雷穆耶骑士
封·朗萨克侯爵
塞维丽娜,侯爵夫人
罗兰,诗人
普罗斯佩,酒店老板,曾任剧团经理
普罗斯佩剧团演员：
　　亨利
　　巴尔塔扎
　　纪尧姆
　　斯卡沃拉
　　朱尔
　　埃蒂安
　　莫里斯
　　若尔热特
　　特密歇特
　　弗利波特
莱奥卡迪,女演员,亨利的妻子
格拉塞,哲学家
勒布雷,裁缝

格兰,流浪汉,无赖
警官
贵族,男演员们,女演员们,男女市民们

故事发生在1789年7月14日晚上,地点是普罗斯佩的小酒馆。

〔"绿鹦鹉"酒馆。

〔一间不大的地下室,右侧非常靠后的地方有七层台阶通向上面,上面有一扇门关着。另一扇门在左侧后面,几乎看不出来。几张简单的木桌子、椅子几乎占满了整个空间。左侧中部是柜台;柜台后面是一些带开关的圆酒桶。房顶上悬挂着油灯照明。

〔酒馆老板普罗斯佩;市民勒布雷和格拉塞进来。

格拉塞 （还在台阶上）进来,勒布雷;我知道这儿有酒。就算整个巴黎都渴死了,我的老朋友,剧院经理,他肯定还会藏着一桶酒。

老板 晚上好,格拉塞。你又露面了?不玩儿哲学了?你有兴趣到我这儿来应聘吗?

格拉塞 当然了!你给我拿酒来。我是客人,你是老板。

老板 酒?我哪儿来的酒,格拉塞?今天晚上,他们洗劫了巴黎所有的酒馆。我敢打赌,你肯定也参与了。

格拉塞 拿酒来。为一个小时之后将要来的流氓无赖们……（倾听）勒布雷,你听到了吗?

勒布雷 像是一阵轻轻的雷声。

格拉塞 好啊——巴黎的市民们……（对普罗斯佩）你肯定还给那些流氓无赖留着酒呢。拿来吧。这位是我的朋友和崇拜者,市民勒布雷,圣·沃诺街上的裁缝,他会付账的。

勒布雷 当然,当然,我付账。

普罗斯佩 （犹豫着）

格拉塞 好了,勒布雷,让他看看,你有钱。

勒布雷 （拿出钱包来）

老板 那我看看是不是还……（他打开一个酒桶上的开关,盛满两杯)格拉塞,你从哪儿来？是从巴黎王宫吗？

格拉塞　没错……我在那里发表了一个演讲。是的,亲爱的,现在轮到我了。你知道,我是接着谁后面演讲的吗？

老板　谁？

格拉塞　卡米耶·德穆兰！是的,我鼓足了勇气。勒布雷,你说,谁得到的掌声更热烈,德穆兰还是我？

勒布雷　你……这还用问吗。

格拉塞　我表现得怎么样？

勒布雷　光彩照人。

格拉塞　听见了吧,普罗斯佩？当时,我站到桌子上,就像一座丰碑……没错——然后一千、五千、上万的人聚集在我周围,——就像之前聚集在德穆兰周围一样……人们向我欢呼。

勒布雷　欢呼声比之前更热烈。

格拉塞　没错……不是热烈得特别多,但肯定比之前热烈。现在,他们都去巴士底狱了……我可以说,他们是听了我的号召才去的。我保证,傍晚之前我们就能攻克了。

老板　对,当然,如果监狱的高墙能因为你们的演讲而坍塌！

格拉塞　为什么……演讲！你聋了？现在开枪了。我们勇敢的士兵们已经去了。他们跟我们一样痛恨那座该死的监狱。他们知道,监狱的高墙后面关押着他们的兄弟和父亲。但是,如果没有我们的演讲,他们是不会开枪的。亲爱的普罗斯佩,英才的力量是巨大的。嘿——(对勒布雷)你那传单在哪儿？

勒布雷　在这儿……(从兜里掏出传单)

格拉塞　这是刚才在王宫里散发的最新传单。这一篇是我的朋友赛鲁蒂写的,《致法国人民》,这一篇是德穆兰的,《自由法兰西》,不过他说的比写的好。

老板　你不是老说你也写了吗？什么时候能才让我们见到呢？

格拉塞　我们不需要文章了。行动的时候到了。到现在还坐在屋子里的人就是骗子。是男人,就该走到街上去！

勒布雷　太棒了！太棒了！

格拉塞　在土伦,他们杀死了市长,在布里涅尔,人们洗劫了几十所

149

房子……只有我们巴黎还是这么沉闷,什么都忍着。

普罗斯佩　现在不能这么说了吧。

勒布雷　(一直在喝酒)起来,市民们,起来!

格拉塞　起来!……关了你的小酒馆,跟我们走吧!

老板　如果时候到了,我会去的。

格拉塞　是啊,等到没有了危险的时候。

老板　亲爱的朋友,我和你一样热爱自由——但是,重要的是,我还有我的职业。

格拉塞　现在,巴黎的市民们都只有一个职业:解放他们的兄弟。

老板　对,但只是那些没别的事干的人!

勒布雷　他说什么呢!……他讽刺我们!

老板　我根本没那个意思。——你们现在最好还是走吧——我的演出马上就要开始了。你们在这儿没用。

勒布雷　什么演出?……这里是剧院吗?

老板　当然是剧院。您的这位朋友十四天前还在这里演出呢。

勒布雷　你在这里演出过,格拉塞?……你怎么让这个家伙讽刺你,而不反击呢!

格拉塞　安静点儿……确实是这样的;我在这里演出过,因为这里不是一般的酒馆……这是一家罪犯旅馆……走吧……

老板　先付账。

勒布雷　如果这里是一家罪犯旅馆,那我一分钱也不付。

老板　告诉你的朋友,他在什么地方。

格拉塞　这是一个奇异的地方!到这儿来的人,有些扮演罪犯,而另一些人,真正的罪犯,他们却毫无感觉。

勒布雷　真的?

格拉塞　我提醒你注意,我刚才说的话,都非常有哲理性,它们会让整个一篇演讲成功的。

勒布雷　你说的我什么也听不懂。

格拉塞　我跟你说,普罗斯佩是我的经理。他现在还在跟他的演员们演喜剧;只不过跟以前的方式不同了。我以前的男女同事们在这里,装成好像是罪犯。你明白吗?他们绘声绘色地讲述一些他们根本没有经历过的案件,描述他们从没有犯过的罪行……来这里的观众,感到最刺激的是,他们仿佛置身于巴黎最危险的一群流氓恶棍之中——小偷、骗子、盗窃犯、杀人犯——

勒布雷　什么样的观众?

老板　巴黎最高贵的人们。

格拉塞　贵族……

老板　王宫里的先生们

勒布雷　打倒他们!

格拉塞　这里的演出对他们正合适,能触动他们麻痹的感觉。我就是从这里开始的,勒布雷,我就是在这里进行的第一次演讲,好像是在开玩笑……在这里,我开始痛恨那些坐在我们中间、穿着华丽衣服、散发着香水味道、大腹便便的狗们……亲爱的勒布雷,你确实应该见见这个地方,这里是你伟大的朋友开始的地方。(换了一种语气)普罗斯佩,如果事情失败……

老板　什么事情?

格拉塞　就是我的政治生涯的事情……你还会聘用我吗?

老板　绝对不会!

格拉塞　(小声)为什么?——也许我会成为另外一个亨利呢。

老板　这先不说……我担心你什么时候会再次失去控制,——会真的攻击我的哪位付钱的客人。

格拉塞　(谄媚地)这是非常可能的。——

老板　我……我能控制自己——

格拉塞　哦,真的,普罗斯佩,要不是我很偶然地知道了,你是个胆小鬼,我还会敬佩你的自控能力呢。

老板　噢,亲爱的,我对自己在自己的行当里做出的成绩已经很满意了。能把我的想法直截了当地告诉那些家伙,能随心所欲地辱骂他们,这已经让我非常高兴了。这也是发泄心中愤怒的一种方式。——(拿出一把匕首,闪闪发光)

勒布雷　市民普罗斯佩,这是什么意思?

格拉塞　别害怕。我敢打赌,匕首根本没开刃。

老板　那你可错了,我的朋友;总有一天,玩笑会变成严肃——我已经为此做好了充分准备。

格拉塞　那一天已经快到了。我们生活在一个伟大的时代！走吧，市民勒布雷，我们去找我们的人。普罗斯佩，保重，要么你再见到我时我成了大人物，要么，你就见不到我了。

勒布雷　（跟跟跄跄地）一个大人物，……或者……见不到——
　　〔他们下场。

老板　（留在场上，坐到一张桌子上，拿起一张传单，读起来）"现在，把绳索套在畜生脖子上，勒死它！"——这个德穆兰，写得还不坏。"历史上，从来没有胜利者能有如此丰盛的战利品。四万个宫殿和城堡，还有全法国五分之二的财产将成为对勇敢的奖赏——那些自认为是征服者的家伙们，将被征服，我们的民族将得到净化。"
　　〔警官进来。

老板　（打量着他）啊，今天流氓来得早啊！

警官　亲爱的普罗斯佩，别跟我开玩笑：我是您这个区的警官。

老板　我能为您做什么呢？

警官　我接到任务，出席您酒馆今晚的活动。

老板　不胜荣幸。

警官　不是这么回事，普罗斯佩。局里想知道，您这里到底在干什么。几个星期以来——

老板　这是个娱乐酒馆，警官先生，没什么别的了。

警官　您让我说完。据说，几个星期以来，这个酒馆里上演着下流、粗野、出格的戏。

老板　您得到的是错误消息，警官先生。我们那只是开玩笑，没别的。

警官　开始是玩笑。我知道。但是，我得到的报告说，后来就不是了。您原来是演员？

老板　剧团经理，警官先生，一个优秀剧团的经理，我们最后一次是在邓尼斯剧院演出的。

警官　这我不管。然后，您就继承了一小笔遗产？

老板　不值一提，警官先生。

警官　然后您的剧团就解散了?

老板　我得照顾我的遗产。

警官　(微笑着)很好。(两人都笑着。——突然严肃起来)于是您就开了一家酒馆?

老板　经营得很糟糕。

警官　——然后您就想出了个主意,一个非常独特的主意。

老板　您夸我呢,警官先生。

警官　您又聚集起您的剧团,让他们在这里上演独特的、很可疑、很危险的喜剧。

老板　要是真的可疑、危险的话,警官先生,那我就不会有观众了——我可以说,这是全巴黎最高贵的观众。封·诺让子爵每天都来,封·朗萨克侯爵是我的常客,而封·卡迪昂公爵,警官先生,他特别欣赏我这里最棒的演员、著名的亨利·巴斯东。

警官　当然也欣赏您那些女艺术家们的艺术喽。

老板　您要是认识了我那些可爱的女艺术家们,警官先生,您就不会这样说了。

警官　够了。局里得到报告,说您的那些——那些——我该怎么说呢——

老板　您说"艺术家们"就行了。

警官　我决定还是用"家伙们"——您的那些家伙们所表演的逗乐,绝对超过了所允许的界限。所以,他们是些——怎么说呢——他们是些艺术罪犯,他们——报告里是怎么说的来着?(他已经在翻看一个笔记本)——他们不仅败坏道德,这我们倒不太在意,而且,他们还极具煽动性——对此,当局绝对不会坐视不管的,因为我们现在正处在一个动荡的时期。

老板　警官先生,对这一指控,我只能用客气的邀请来回应,我请您亲自来看一下是怎么回事。您会发现,这里根本没有、也不可能有什么煽动性的表演,因为我的观众根本不会被煽动起来。这里只是演戏——仅此而已。

警官　我当然不接受您的邀请,但我会为了我的本职工作留在这里。

老板　我相信,您一定会得到最好的娱乐,警官先生,但是,请允许我给您提个建议:您应该脱下制服,穿着便服来。因为,如果这里坐着个身穿制服的警官,那我的艺术家们就不能放松地表演,观众的气氛也就不会热烈了。

警官　您说得对,普罗斯佩先生,我现在回去,打扮成风度翩翩的样子再来。

老板　这对您来说太容易了,警官先生,您就是打扮成无赖,我也欢迎,因为那样不显眼,反正您就是别穿成警官的样子来。

警官　再见。(离开)

老板　(欠身)哪天有幸,能让我为您和……

警官　(在门口碰上了格兰,后者衣衫褴褛,见到警官时大吃一惊。警官先是打量着他,然后笑了,转身友好地对普罗斯佩)您的一个艺术家已经来了?……(退场)

格兰　(带着哭腔、假装很激动地)晚上好。

老板　(打量了他半天)如果你是我剧团里的某个人,那我绝对要赞扬你,因为我根本认不出来你。

格兰　您说什么?

老板　别开玩笑了,摘下你的假发,我想知道你是谁。(他伸手去扯格兰的头发)

格兰　哦,疼死了!

老板　是真的——见鬼……您是谁?……您好像真是个流浪汉?

格兰　没错。

老板　您找我干什么?

格兰　我是有幸在和市民普罗斯佩说话吗?……绿鹦鹉酒馆的老板?

老板　是我。

格兰　我现在叫格兰,……偶尔也叫卡尼什……有时叫怒吼的浮石——但是,我被抓起来时的名字是格兰,市民普罗斯佩,这是最重要的。

老板　啊,我明白了。您想让我聘用您,所以就给我演这场戏。也不错,继续吧。

格兰　市民普罗斯佩,您别以为我是个骗子。我是个诚实的人。如

154

果我说我曾被抓起来了,那这就是千真万确的。

〔老板不相信地看着他。

格兰 （从大衣里掏出一张纸）这儿,市民普罗斯佩,您看,我是昨天下午四点钟被释放的。

老板 在被监禁两年之后——天哪,这是真的！——

格兰 您还怀疑吗,市民普罗斯佩?

老板 您干什么了,他们判您两年——

格兰 我的罪都够被绞死了；但幸运的是,我杀死我那可怜的姨妈时,还是个半大孩子。

老板 噢,天哪,怎么能杀死自己的姨妈呢?

格兰 市民普罗斯佩,要不是她欺骗了我,跟我最好的朋友通奸,我也不会杀她。

老板 您的姨妈?

格兰 没错——她跟我的关系,比一般姨妈跟外甥的关系近。我们家的家庭关系很奇特……我很苦恼,非常苦恼。我能跟您讲讲吗?

老板 您讲吧,也许我们能做笔交易。

格兰 我姐姐离家出走时还是个半大孩子——您猜猜,她跟谁跑了?——

老板 猜不出来。

格兰 跟我叔叔。然后他又抛弃了我姐姐,——还有个孩子。

老板 我想,是个完整的孩子吧。

格兰 您太狠心了,市民普罗斯佩,这种事情您还开玩笑。

老板 我想告诉您,怒吼的浮石先生,对您的家庭故事,我毫无兴趣。您觉得我的任务就是,听每个跑来的瘪三讲他杀死了谁吗?这跟我有什么关系?我相信,您想让我为您做什么——

格兰 没错儿,市民普罗斯佩,我来是想请您给我一份工作。

老板 （嘲讽地）我想提醒您注意,我这里可没有什么姨妈让你谋杀；我这儿只是个娱乐酒馆。

格兰 噢,我杀那一次人已经够了。我想当一个规矩人——有人让我来找您。

老板　能告诉我是谁吗?

格兰　一个好心的年轻人,三天前被关到我的牢房里。现在他是一个人了。他叫加斯东……您认识他。——

老板　加斯东!现在我明白为什么三个晚上都没见到他了。他是演小偷最好的演员之一。——他讲的那些故事:——让人不寒而栗。

格兰　没错。现在他被抓住了!

老板　为什么抓他?他又没真偷。

格兰　偷了。不过肯定是第一次,因为他实在是太笨了。您想想——(过分亲密地)——在卡布齐纳大街上把手伸到一位女士的包里——掏出了钱包——真是个外行。——您得相信我,市民普罗斯佩——我跟您说,我曾经也演过这样的小戏,但都是跟我亲爱的父亲一起。那时我还是个孩子,我们大家还都住在一起,我那可怜的姨妈还活着——

老板　您别在那儿假惺惺了,行吗?我觉得很无聊!您别杀她不就行了吗!

格兰　太晚了。但是我的目的是——请您收下我。我想走和加斯东相反的道路。他是先扮演了罪犯,然后成了罪犯——我……

老板　我愿意试试您。您可以作为演员出场。在某个合适的时候,您可以讲讲您姨妈那件事。到底是怎么回事等等。会有人问您的。

格兰　谢谢您,市民普罗斯佩。那我的薪水——

老板　今天你先义务演出,因为我还不能付您薪水。——不过您会得到好吃好喝……我也会给您几个法郎让您找个过夜的地方。

格兰　谢谢您。您向其他演员介绍我,就说我是乡下的一位客人吧。

老板　啊,不……我们要马上告诉他们,您是一位真正的杀人犯。这样更好。

格兰　请原谅,我当然不会有什么异议——但是我不明白为什么。

老板　你在这儿待长了就会明白的。

〔斯卡沃拉和朱尔进来。

斯卡沃拉　晚上好,经理!

老板　老板……我要跟你们说多少次才能记住,你叫我一声"经理",所有的包袱就全漏了。

斯卡沃拉　我认为,不管你是什么,我们今天是演不成了。

老板　为什么?

斯卡沃拉　大家都没情绪——。街上现在是震耳欲聋,特别是巴士底狱门前,人们像疯了一样在叫喊。

老板　这跟我们有什么关系?他们这么叫喊都好几个月了,可我们的观众照来不误。他们照样消遣取乐。

斯卡沃拉　他们虽然照样快乐,可他们很快就会被绞死。

老板　我要是能看到那一天就好了!

斯卡沃拉　先给我们来点儿喝的,让我进入状态。我今天绝对不在状态。

老板　亲爱的,你经常是这样的。我必须跟你说,我对你昨天的表现非常不满意。

斯卡沃拉　我能问问为什么吗?

老板　你昨天表演的那个偷盗的故事,简直太傻了。

斯卡沃拉　傻?

老板　没错儿。一点儿都不可信。你光靠嚷嚷是没用的。

斯卡沃拉　我没嚷嚷。

老板　你老嚷嚷。看来我真的有必要跟你们排练排练了。不能依靠你们即兴发挥。亨利是唯一一个例外。

斯卡沃拉　亨利,又是亨利。亨利就会哗众取宠。昨天那场偷盗的演出绝对是杰作。亨利一辈子也达不到。——我要是不让你满意,亲爱的,那我就去个真正的剧团。这儿只不过是简陋的小戏馆……啊……(发现了格兰)这是谁?他不是我们的人?还是你又招了个新人?这家伙演什么?

老板　安静点儿,他不是职业演员。他是个真正的杀人犯。

斯卡沃拉　是这样啊……(向格兰走去)很高兴认识您。我叫斯卡沃拉。

格兰　我叫格兰。

〔朱尔一直在柜台后面走来走去,有时候停下来,好像内心

157

非常痛苦。

老板　你怎么了,朱尔?

朱尔　我在背台词。

老板　什么?

朱尔　良心的谴责。我今天演一个受到良心谴责的人。看我。你觉得我额头上这条皱纹怎么样?我的样子是不是像地狱里所有复仇女神都……(走来走去)

斯卡沃拉　(咆哮着)酒——拿酒来!

老板　安静点儿……观众还没来呢。

〔亨利和莱奥卡迪进来。

亨利　晚上好!(轻轻挥手向坐在后面的人打招呼)晚上好,先生们!

老板　晚上好,亨利!嘿,我看见什么了!你跟莱奥卡迪在一起!

格兰　(专注地盯着莱奥卡迪;对斯卡沃拉说)我认识她……(小声和其他人说话)

莱奥卡迪　是的,亲爱的普罗斯佩,是我!

老板　我一年没见你了。让我来欢迎你吧。(想亲吻她)

亨利　算了吧!——(常常自豪、热烈,但又有些胆怯地看着莱奥卡迪)

老板　亨利……我们都是老同事了!……你的经历,还有莱奥卡迪!

亨利　那美好的时光哪里去了,普罗斯佩……

老板　你叹什么气!如果说有人事业成功了的话,那就是你!当然,一个年轻漂亮的女人总比我们容易成功。

亨利　(愤怒地)别说了。

老板　你老跟我嚷嚷什么?是因为你又跟她在一起了吗?

亨利　闭嘴!——从昨天开始,她是我的妻子了。

老板　你的……?(对莱奥卡迪)他在开玩笑吗?

莱奥卡迪　他真的和我结婚了。真的。——

老板　那我祝贺你们。嘿……斯卡沃拉,朱尔——亨利结婚了。

斯卡沃拉　(走到前面)祝贺!(向莱奥卡迪挤挤眼睛)

朱尔　(跟两个人握手)

格兰　（对老板说）啊,真奇怪——这个女人我见过……就在我被放出来几分钟之后。

老板　怎么回事?

格兰　她是我被关了两年之后见到的第一个漂亮女人。当时我很动心。但是,当时是另外一位先生跟她……(继续跟老板说着)

亨利　(提高了声调,有些激动,但并不慷慨激昂)莱奥卡迪,我的爱人,我的女人!……现在,以前的一切都过去了。在这样一个时刻,许多事情都被忘却了。

〔斯卡沃拉和朱尔走到后面,老板来到前面。

老板　一个什么样的时刻?

亨利　我们通过一个神圣的宗教典礼结合在一起了。这比人与人之间的誓言更可靠。现在,上帝在我们头上,我们可以忘记以前发生过的一切。莱奥卡迪,一个新的时代开始了。莱奥卡迪,一切都变得神圣,从现在起,我们的亲吻,不管它多么狂野,都是神圣的。莱奥卡迪,我的爱人,我的女人!……(用火热的目光盯着她)普罗斯佩,她的眼神是不是跟你以前看到的不一样了?她的额头是不是更光洁了?过去的一切都被抹去了。对吗,莱奥卡迪?

莱奥卡迪　当然,亨利。

亨利　一切都好了。我们明天就离开巴黎,莱奥卡迪今天最后一次在圣马丁门剧场登台,我今天是最后一次在你这儿演出。

老板　(很震惊)你疯了吧,亨利?——你想离开我?圣马丁门的经理也不会放莱奥卡迪走的!是她给他的剧院带来了好运。因为她,去那里的年轻小伙子们简直多得像,怎么说来着,对,像过江之鲫。

亨利　闭嘴。莱奥卡迪会跟我走的。她决不会离开我。莱奥卡迪,告诉我,你绝不会离开我。(粗暴地)说!

莱奥卡迪　我绝不会离开你!

亨利　否则,我会把你……(停顿)我已经厌倦了这种生活。我想要安宁,我要安宁。

老板　可是你想干什么去呢,亨利？这太可笑了。我想给你个建议。让莱奥卡迪离开圣马丁门——但是,她应该到我这儿来。我聘用她。反正我这儿也缺好的女演员。

亨利　我已经决定了,普罗斯佩。我们将离开城市,我们到乡下去。

老板　到乡下去？去哪里？

亨利　去找我的老父亲,他独自生活在我们村里——我已经七年没见过他了。他肯定没想到,还能再见到已经失去的儿子。他一定会高兴地接纳我们的。

老板　你在乡下能干什么？乡下会饿死人的。那里的人过得比我们差一千倍。你到那儿去干什么？你不是种地的人。别做梦了。

亨利　你会看到,我也是种地的人。

老板　很快,全法国都不会长庄稼了。你肯定会走向不幸的。

亨利　我会走向幸福的,普罗斯佩。对吗,莱奥卡迪？我们常常做这样的梦。我渴望广阔平原的宁静。是的,普罗斯佩,在梦里,我经常和她一起走在傍晚的原野上,四周是无边的宁静,上方是奇妙的天空。我们将逃离这座可怕的、危险的城市,巨大的宁静将包围我们。对吗,莱奥卡迪,我们经常这样梦想。

莱奥卡迪　是的,我们经常这样梦想。

老板　听着,亨利,你应该再好好想想。我会提高你的薪水,而且,莱奥卡迪的薪水会和你的一样高。

莱奥卡迪　听见了吗,亨利？

老板　我真的不知道,这里有谁能取代你。没人有你那么逗乐的想法,没人能像你那样让观众喜爱……别走！

亨利　我相信没人能取代我。

老板　留在我这里,亨利！（向莱奥卡迪看去,她暗示愿意接受）

亨利　我敢肯定,分别会让他们难过的——是他们,不是我。今天,我最后一次登台,我已经想好演什么了,我一定会让他们感到毛骨悚然的……他们会感觉到,他们世界的末日快到了。而我会在远处看着他们世界的末日到来……莱奥卡迪,事情发生很多天后,别人会讲给我们听……但他们会感到害怕的,我告诉你。而你会说:亨利从没演得这么好过。

老板　你要演什么？什么？你知道吗,莱奥卡迪？

莱奥卡迪　我什么也不知道。

亨利　有人知道我是个多么优秀的艺术家吗？

老板　当然知道,所以我才说,这样有天赋的人不应该埋没在乡下。这对你和艺术都是不公平的。

亨利　我对艺术嗤之以鼻。我想要安宁。你不理解,普罗斯佩。你从没有爱过。

老板　噢！——

亨利　像我这样爱。——我只想跟她一个人在一起——莱奥卡迪,只有这样,我们才能忘记一切。然后我们就会无比幸福。我们会有孩子,你会是个好母亲、好妻子,莱奥卡迪。一切,一切都会被抹去。（长久地停顿）

莱奥卡迪　时间不早了,亨利,我要去剧场了。多保重,普罗斯佩,我很高兴,终于见到了你的戏院,见到了亨利取得巨大成功的地方。

老板　你以前怎么从没来过？

莱奥卡迪　亨利不愿意我来——你知道的,是因为那些年轻小伙子,我要是来了,就得陪他们坐。

亨利　（向后面走去）给我杯酒,斯卡沃拉。（喝酒）

老板　（因为亨利听不到,所以对莱奥卡迪说）亨利真是个傻瓜——如果你现在还陪着他们坐就好了。

莱奥卡迪　我不许你再说这种话。

老板　我提醒你,你要当心,你这蠢货。他早晚会杀了你的。

莱奥卡迪　怎么了？

老板　昨天就有人看见你又和你的一个相好的在一起。

莱奥卡迪　那不是我相好的,你这个笨蛋,那是……

亨利　（迅速转过身来）你们干什么呢？别开玩笑。不许说悄悄话。没什么秘密了。她是我的妻子。

老板　你送她什么结婚礼物？

莱奥卡迪　哦,上帝呀,他不会想到这些的。亨利,你今天会得到礼物的。

161

莱奥卡迪　是什么？

斯卡沃拉和朱尔　你送她什么？

亨利　（非常认真地）等你演出结束了，你可以到这边来看我的演出。（大家笑起来）

亨利　没有别的女人得到过比这更好的结婚礼物了。来吧，莱奥卡迪；再见，普罗斯佩，我马上回来。

〔亨利和莱奥卡迪退场。——随后，弗朗索瓦·封·诺让子爵和阿尔班·德·拉·特雷穆耶骑士进来。

斯卡沃拉　一个可怜的吹牛大王。

老板　晚上好，蠢猪们。

〔阿尔班大吃一惊。

弗朗索瓦　（毫不在意）刚才跟亨利一起出去的不是圣马丁门的莱奥卡迪吗？

老板　就是她。怎么了？——她要是努点儿力的话，没准儿最后能让你想起，你还是个男人之类的东西。

弗朗索瓦　（笑着）这不是不可能的。我们今天好像来早了？

老板　你可以跟你的小白脸儿先消磨一会儿时间。

〔阿尔班怒不可遏。

弗朗索瓦　别激动。我不是跟你说过这里是怎么回事嘛。给我们拿酒来。

老板　好的。过不了多久，你们能喝塞纳河水就不错了。

弗朗索瓦　当然，当然……不过今天晚上我想喝酒，而且是最好的酒。

〔老板走向吧台。

阿尔班　这是个讨厌的家伙。

弗朗索瓦　你只要想着，这里的一切都是玩笑。而且，在有些地方，你能听到相似的事情，不过是严肃的。

阿尔班　这不是被禁止的吗？

弗朗索瓦　（笑着）一看你就是乡下来的。

阿尔班　啊，最近我们那儿也很不像话。农民们变得很放肆……真不知道该怎么办。

弗朗索瓦　你想怎么办?那些可怜鬼们是饿得;这就是原因。
阿尔班　那也不是我的错,也不是我叔爷爷的错啊!
弗朗索瓦　怎么说起你叔爷爷了?
阿尔班　因为他们在我们村里召集了一个全体大会——完全公开的——,在大会上,他们说我叔爷爷、封·特里穆耶伯爵是剥削者。
弗朗索瓦　就这些……?
阿尔班　你什么意思!
弗朗索瓦　我们明天去趟王宫,你到那儿听听那些家伙都说些什么。但是我们让他们说;这是最好的办法;其实他们也都是些好人,要让他们用这种方式发泄出来。
阿尔班　(指着斯卡沃拉等人)这些家伙很可疑。你看他们看人的眼神。(伸手去拔剑)
弗朗索瓦　(拨开他的手)别这么可笑了!(对演员们)你们还用不着开始,等观众再多一点儿吧。(对阿尔班)这些是世界上最规矩的人,演员。祝贺你,你已经跟邪恶的流氓们坐在一桌了。

〔老板端来了酒。
〔密歇特和弗利波特进来。

弗朗索瓦　你们好,孩子们,来,坐到我们这里来。
密歇特　马上就来。来吧,弗利波特。她还有点儿害羞。
弗利波特　晚上好,年轻的先生!
阿尔班　晚上好,女士们!
密歇特　小伙子真可爱。(她坐到阿尔班怀里)
阿尔班　嗨,弗朗索瓦,请告诉我,他们是正经女人吗?
密歇特　他说什么?
弗朗索瓦　不,不是的,来这里的女士们——天哪,你是傻子吗,阿尔班!
老板　两位公爵夫人想喝点儿什么?
密歇特　给我来杯甜酒。
弗朗索瓦　(指着弗利波特)你的朋友?
密歇特　我们住在一起。我们只有一张床!

163

弗利波特 （脸红了）你要是到她那里去,会觉得很不舒服吗?（坐到弗朗索瓦怀里）

阿尔班 她根本不害羞。

斯卡沃拉 （站起身来,阴森森地冲着这桌的年轻人们说）我终于找到你了!（对阿尔班）你这个讨厌的引诱者,你看我怎么……她是我的!

弗朗索瓦 （对阿尔班）玩笑,玩笑……

阿尔班 她不是他的——?

密歇特 走开,我愿意坐哪儿就坐哪儿。

〔斯卡沃拉握着双拳站在那里。

老板 （在他身后）继续,继续!

斯卡沃拉 哈,哈!

老板 （揪住他的脖领子）哈,哈!（扭过脸去对他说）你就想不出别的了?你连一丁点儿天赋也没有。吼叫!你就会吼叫。

密歇特 （对弗朗索瓦）他前一阵比这好——

斯卡沃拉 （对老板）我还没进入状态。等一会儿人多的时候,我再来一遍;我需要观众,普罗斯佩。

〔封·卡迪昂公爵进来。

公爵 已经进入高潮了!

〔密歇特和弗利波特扑向他。

密歇特 公爵,我的甜心!

弗朗索瓦 晚上好,埃米利!……（做介绍）这位是我年轻的朋友阿尔班·德·拉·特雷穆耶骑士——这位是封·卡迪昂公爵。

公爵 非常高兴认识您。（对搂着他脖子的姑娘们说）放开我,孩子们!——（对阿尔班）您也是来看这个滑稽的酒馆的?

阿尔班 我已经被搞懵了!

弗朗索瓦 骑士先生几天前才到巴黎。

公爵 （笑着）那您可选了个好时候。

阿尔班 为什么?

密歇特 他又用了什么香水啊!巴黎没有第二个男人会有这么好闻的味道。（对阿尔班）……闻不出来。

公爵　她只是说她认识的那七八百个男人,她像了解我一样了解他们。

弗利波特　能让我玩会儿你的剑吗?——(她从剑鞘里抽出剑,让它在灯下闪闪发光)

格兰　(对老板说)就是和他!……我看见那个女人就是和他在一起!——(老板询问具体情况,显出很惊讶的样子)

公爵　亨利还没来吗?(对阿尔班说)你要是见到他,就不会后悔来这里了。

老板　(对公爵说)你来了?真让我高兴。以后,我们会很长时间见不到你了。

公爵　为什么?我在你这里觉得很愉快。

老板　这我相信。但是,你反正是最早会……

阿尔班　这是什么意思?

老板　你知道我是什么意思。——运气好的人会最先轮到!……(向后面走去)

公爵　(想了想)假如我是国王,我会让他当我的宫廷弄臣,我是说,我会找很多宫廷弄臣,他会是其中的一个。

阿尔班　他说您运气太好是什么意思?

公爵　他的意思是,骑士……

阿尔班　我请您不要称呼我骑士。大家都叫我阿尔班,就叫我的名字阿尔班,因为我看上去还很年轻。

公爵　(微笑着)好吧……那您也得叫我埃米利,好吗?

阿尔班　如果您允许的话,好的,埃米利。

公爵　这些人会非常搞笑的。

弗朗索瓦　我觉得,只要这些流氓无赖只是为了搞笑,就不会出什么事,没必要紧张。

公爵　这里都是些非常独特的玩笑。今天我又经历了一件事情,值得思考。

弗利波特,密歇特　哦,讲讲,亲爱的公爵!

公爵　您知道洛朗这个地方吗?

弗朗索瓦　当然——那是个村子……封·蒙非拉侯爵在那里有一个

165

非常美丽的猎场。

公爵　非常正确;我弟弟现在就在侯爵的宫殿里,他给我写信提到了一件事,我想给各位讲讲。洛朗的居民们非常不喜欢他们的乡长。

弗朗索瓦　您能说出哪里的居民喜欢他们的乡长吗——

公爵　您听着,别打岔。——然后,村里的女人们就跑到乡长家门前——带着一副棺材……

弗利波特　什么?她们抬着一副棺材?我是说怎么也不会抬一副棺材的。

弗朗索瓦　闭嘴——没人让你抬棺材。(对公爵)然后呢?

公爵　然后,有几个女人就进了乡长家,跟他说,他必须死——不过,他死后,大家会体面地安葬他。——

弗朗索瓦　那,他们杀了他吗?

公爵　没有,——至少我弟弟的信里没写。

弗朗索瓦　那就好!……这些人惹是生非、满嘴空话,都是跳梁小丑。今天,他们又穷极无聊地在巴黎冲着巴士底狱嚷嚷——这事他们已经干了好几回了……

公爵　哼,我要是国王的话,早就会结束这种状况了。

阿尔班　听说国王太善良了,是真的吗?

公爵　您还没见过国王陛下吗?

弗朗索瓦　骑士是第一次来巴黎。

公爵　对,你真年轻。可以问问您多大了吗?

阿尔班　我只是看上去很年轻,其实我已经十七岁……

公爵　十七岁——您还有很多事情要经历呢。我已经二十四了……我开始后悔,年轻时错过了许多东西。

弗朗索瓦　(笑着)很好!公爵,您……对您来说,哪天没有征服一个女人或者杀死一个男人,这一天就算是白过了。

公爵　只不过,不幸的是,从来没有征服过正确的女人,每次捅死的男人也是错的。于是,我的青春就这么耽误了。就像罗兰说的,虚度光阴。

弗朗索瓦　罗兰说什么?

公爵 我是说他最新那出喜剧——那里就有这个绝妙的比喻。您想起来了吗？

弗朗索瓦 我根本记不住诗歌——

公爵 我也是……我只能想起来大概意思……他说，人如果不享受青春，那青春就像被遗落在沙子里的羽毛球。

阿尔班 这是什么意思，埃米利？

公爵 这只能感受。我要是记得那几句诗就好了，那你立刻就会明白。

阿尔班 埃米利，我觉得，要是你愿意，你好像也能写诗。

公爵 为什么？

阿尔班 自从你进来以后，我就觉得，似乎生活燃烧起来了——

公爵 （微笑着）是吗？燃烧起来了？

弗朗索瓦 您不想坐到我们这儿来吗？

〔这时，进来两位贵族，坐到稍远一些的一张桌子旁；老板好像跟他们说了些粗话。

公爵 我不能待在这儿。但我肯定还会回来的。

密歇特 待在我这儿吧！

弗利波特 带我走吧！

〔她们想留住他。

老板 （走到前面来）放开他吧！对他来说，你们还不够坏。他得去找街头的娼妓，他在那儿才觉得最舒服。

公爵 就是为了赶上看亨利，我也肯定会回来的。

弗朗索瓦 您知道吗，我们来的时候，亨利正好跟莱奥卡迪走了。

公爵 是这样。——他们俩结婚了，你们知道吗？

弗朗索瓦 真的吗？——其他人会怎么说？

阿尔班 什么其他人？

弗朗索瓦 莱奥卡迪是大众情人。

公爵 亨利想带她走……谁知道呢……我也是听别人说的。

老板 是吗？是别人跟你说的？——（看着公爵）

公爵 （看着老板，然后说）这太傻了。莱奥卡迪天生就是这世界上最伟大、最出色的婊子。

167

弗朗索瓦　这谁不知道?

公爵　还有什么比剥夺一个人真正的职业更不可思议的吗?(因为弗朗索瓦在笑)我这不是开玩笑。当婊子也要有天赋——就像当征服者或者当诗人要有天赋一样。

弗朗索瓦　您自相矛盾了。

公爵　我为她和亨利感到遗憾。亨利应该留在这儿——不是这里——我想介绍他去喜剧团,尽管我一直觉得,在那里也不会有人像我这样理解他。当然,这可能是错觉,因为,我对大多数艺术家都有这种感觉。但是,我必须说,我如果不是封·卡迪昂公爵的话,我非常愿意当一名这样的喜剧演员——这样的……

阿尔班　就像亚历山大大帝一样?

公爵　(微笑着)对——就像亚历山大大帝。(对弗利波特)把剑还给我。(把剑插进剑鞘。慢慢说)这是嘲笑世界的最好方式:能在我们面前表演他想做什么事的人,比我们大家都强。

〔阿尔班惊讶地看着他。

公爵　我说的话您不用多想:就当是耳边风。——再见!

密歇特　走之前先亲我一下。

弗利波特　也亲我一下!

〔她们搂着公爵的脖子,公爵亲了她们两人,然后走了。——与此同时……

阿尔班　一个杰出的人!——

弗朗索瓦　是这样的……但是有这样的人存在,几乎就是不结婚的理由。

阿尔班　另外,你告诉我,这些女人是什么人。

弗朗索瓦　女演员。她们也都是普罗斯佩剧团的,普罗斯佩现在是这个小酒馆的老板。当然了,她们以前干的事跟现在也差不多。

〔纪尧姆冲进来,气喘吁吁。

纪尧姆　(冲到演员们坐的桌子边,手捂着心脏,很疲惫的样子,撑在桌子上)得救了,终于得救了!

斯卡沃拉　出什么事了,你怎么了?

阿尔班　那个男的怎么了?

弗朗索瓦　这是在演戏。注意看!

阿尔班　啊——?

密歇特,弗利波特　(立刻跑到纪尧姆身边)出什么事了?你怎么了?

斯卡沃拉　坐下,先喝口酒。

纪尧姆　再来点儿!再来点儿!……普罗斯佩,再来点儿酒!——我跑得嗓子冒烟了。他们追我。

朱尔　(吓得跳起来)啊,注意了,他们其实是在追踪我们大家。

老板　你倒是讲讲,到底发生什么事了。……(对演员们)动起来!都动起来!

纪尧姆　来,女人……女人!——啊——(拥抱弗利波特)这样能让一个人活过来!(对大为震惊的阿尔班说)真是见鬼了,小伙子,我真没想到还能活着见到你……(仿佛在倾听什么)来了,他们来了!——(转向大门)不是,什么也没有。——他们……

阿尔班　多奇怪!……外面确实是有人群跑过的声音。这也是演出来的吗?

斯卡沃拉　(对朱尔)每次他都有细节……太愚蠢了!——

老板　你倒是告诉我们,他们为什么追你啊?

纪尧姆　也没什么大事。不过,他们要是抓住我的话,我会掉脑袋的——我烧了一所房子。

〔在此期间,又进来一些贵族,在桌子旁坐下。

老板　(小声)继续,继续!

纪尧姆　(也小声)继续什么?我烧了一所房子,这还不够吗?

弗朗索瓦　亲爱的,告诉我你为什么烧了那所房子。

纪尧姆　因为最高法院的院长住在那里。我们想从他开始。我们要拿那些把我们这些穷鬼送进监狱的先生们开刀。

格兰　太好了!太好了!

纪尧姆　(审视着格兰,感到很吃惊;然后继续说)他们的房子都要被烧掉。还有三个人跟我一起干,巴黎就再也没有法官了!

格兰　杀死法官!

朱尔　嗯……也许还会有一个我们不能处死的法官。

纪尧姆　这个人我倒想认识一下。

朱尔　我们中间的法官。

老板　（小声）这太乏味了。别说了,斯卡沃拉! 吼叫! 现在是时候了!

斯卡沃拉　拿酒来,普罗斯佩,我们要为法国所有法官的死而干杯!

〔话音未落,进来了封·朗萨克侯爵、侯爵夫人塞维丽娜和诗人罗兰。

斯卡沃拉　处死所有有权利的人! 处死他们!

侯爵　您看,塞维丽娜,他们就是这样欢迎我们的。

罗兰　侯爵夫人,我提醒过您。

塞维丽娜　怎么了?

弗朗索瓦　（站起来）我看见什么了! 侯爵妇人! 请允许我吻您的手。晚上好,侯爵先生! 你好,罗兰! 侯爵夫人,您也敢来这个酒馆!

塞维丽娜　他们老跟我提起这个酒馆。另外,我们今天晚上已经历险了——对吗,罗兰?

侯爵　对呀,子爵先生,您猜我们刚从哪儿来?——从巴士底狱来。

弗朗索瓦　他们还在那儿闹着吗?

塞维丽娜　是的,当然!——他们好像要冲破巴士底狱。

罗兰　（夸张地朗诵）

　　　　就像潮水冲击着海岸,
　　　　充满了愤怒,就连它自己的孩子——
　　　　大地都厌恶它。

塞维丽娜　好了,罗兰!——当时,我们让马车停在监狱附近。场面真是壮观;大众总是很了不起的。

弗朗索瓦　对,对,要是他们身上不那么臭就好了。

侯爵　然后,我夫人就缠着我,让我带她到这里来。

塞维丽娜　这里到底有什么与众不同的?

老板　（对侯爵）哎,你也来了,老骗子? 你把你老婆也带来了,是因为留在家里不放心吧?

侯爵　（勉强地笑着）他就是很独特!

老板　当心,别让你老婆在这里被勾引走。这种高贵的女士们有时候特别有兴趣跟真正的流氓玩玩。

罗兰　我痛苦极了,塞维丽娜。

侯爵　孩子,我已经提醒您要做好思想准备——不过,我们现在离开也不晚。

塞维丽娜　您要干什么?我觉得这很刺激。我们还是坐下吧!

弗朗索瓦　侯爵夫人,请允许我向您介绍德·拉·特雷穆耶骑士。他也是第一次来这里。这位是封·朗萨克侯爵;这位是罗兰,我们著名的诗人。

阿尔班　非常高兴。(互相说着客套话。大家落座)

阿尔班　(对弗朗索瓦)她也是一个演员吗,还是……我实在搞不明白。

弗朗索瓦　别这么反应迟钝!——这是真正的封·朗萨克侯爵夫人……一位非常正派的女士。

罗兰　(对塞维丽娜)说,你爱我。

塞维丽娜　好的,好的,但您别时时刻刻都问我。

侯爵　我们错过什么了吗?

弗朗索瓦　没什么。那个人好像在演一名纵火犯。

塞维丽娜　骑士先生,您大概是今天刚结婚的莉迪娅·德·拉·特里穆耶的堂弟吧。

罗兰　是的,侯爵夫人,这也是我来巴黎的原因之一。

塞维丽娜　我想起来了,在教堂里见过您。

阿尔班　(腼腆地)我不胜荣幸,侯爵夫人。

塞维丽娜　(对罗兰)很可爱的小伙子。

罗兰　塞维丽娜,您认识的男人,就没有一个您不喜欢的。

塞维丽娜　有;不过我立刻就嫁给他了。

罗兰　哦,塞维丽娜,我老担心……有时候,甚至您的丈夫也会让您感到危险的。

老板　(端来酒)你们的酒!我真希望,这要是毒药就好了,不过,目前还不允许给你们这群浑蛋上毒药。

弗朗索瓦　会有那么一天的,普罗斯佩。

171

塞维丽娜 （对罗兰）那两个漂亮姑娘是怎么回事？她们怎么不过来？既然我们已经来了，我要所有事情都试试。我觉得这里非常文明规矩。

侯爵 您耐心等着吧，塞维丽娜。

塞维丽娜 我觉得，最近在街上最有意思。——您知道我们昨天坐车经过封·隆尚大街的时候，发生什么事了吗？

侯爵 啊，我亲爱的塞维丽娜，说这些干什么……

塞维丽娜 当时，有个家伙跳上我们马车的脚踏板，大声喊道：明年您就会站在您的车子后面，而我们将坐在车里。

弗朗索瓦 这太过分了。

侯爵 天哪，我觉得还是不要谈论这些事情了。巴黎现在有些发疯，不过会过去的。

纪尧姆 （突然）我看见火焰了，火焰，到处都是，红的，冲天的火焰。

老板 （对他）你这演的是疯子，不是罪犯。

塞维丽娜 他看见火焰？

弗朗索瓦 这一切都不是真的，侯爵夫人。

阿尔班 （对罗兰）我没法跟您说，这一切把我都弄糊涂了。

密歇特 （来到侯爵身边）我还没问候你呢，我可爱的老猪。

侯爵 （窘迫）她在开玩笑，亲爱的塞维丽娜。

塞维丽娜 我不这么认为。小姑娘，告诉我，你跟多少男人有过关系了？

侯爵 （对弗朗索瓦）这太令人佩服了，我的夫人很快就能适应各种环境。

罗兰 是的，这的确令人佩服。

密歇特 你数过你的吗？

塞维丽娜 我像你这么大的时候……当然。——

阿尔班 （对罗兰）罗兰先生，您告诉我，侯爵夫人现在是在演戏，还是她真是这样的——我真的一点儿都不明白。

罗兰 真的……演戏……您能分得清楚吗，骑士先生？

阿尔班 当然。

罗兰 我分不清。我觉得这里特别的是，所有表面的区别都被抹杀了。真实变成了游戏——游戏变成了真实。您看看侯爵夫人。她跟那些人聊天的样子,好像她们是跟她一类的人。而她是……

阿尔班　完全不同的。

罗兰　我谢谢您,骑士先生。

老板　(对格兰)说说吧,那件事是怎么回事?

格兰　什么事?

老板　你姨妈的那件事,你不是因为那事坐了两年牢吗?

格兰　我不是跟您说过了吗,我捅死了她。

弗朗索瓦　这个不行。这是个外行。我还从没见过他。

若尔热特　(飞快进来,打扮得像街头最低级的妓女)晚上好,孩子们!我的巴尔塔扎还没来?

斯卡沃拉　若尔热特!到我这儿来坐!你的巴尔塔扎会准时到的。

若尔热特　要是他十分钟后还不到,那他就不会再准时了——那他就根本不会来了。

弗朗索瓦　侯爵夫人,您注意看。她确实是那个她刚才提到的、马上就要来的巴尔塔扎的妻子。——她演一个粗俗的妓女,巴尔塔扎演拉皮条的。同时,她是全巴黎最忠诚的女人。

〔巴尔塔扎进来。

若尔热特　我的巴尔塔扎!(她跑向他,拥抱他)你来了!

巴尔塔扎　没事儿的。(周围很安静)根本不值得花费力气。我几乎要可怜他了。你应该好好看准了你的那些人,若尔热特——我不愿意再为几个法郎杀死充满希望的小伙子了。

弗朗索瓦　太棒了……

阿尔班　为什么?——

弗朗索瓦　他的包袱藏得真好。

〔警官进来,换了便装,坐在一张桌子边。

老板　(对警官)您来得正是时候,警官先生。这是我最出色的演员之一。

巴尔塔扎　真应该换个职业。我发誓,我不是胆小鬼,但我的面包挣得太辛酸了。

斯卡沃拉　这我相信。

若尔热特　你今天到底怎么了？

巴尔塔扎　我正要跟你说，若尔热特；——我觉得，你对那些小伙子有点儿过于温柔了。

若尔热特　你们看，他怎么像个孩子。你理智点儿，巴尔塔扎！为了赢得他们的信任，我必须温柔。

罗兰　她说得真深刻。

巴尔塔扎　可是我不得不想，你跟别人……

若尔热特　你们看，你们看！愚蠢的嫉妒会把他带进坟墓的。

巴尔塔扎　若尔热特，今天我听到一声叹息，而且是在他的信任已经足够大的时候。

若尔热特　我不能一下子停止扮演情人的角色。

巴尔塔扎　你要小心，若尔热特，塞纳河很深。（粗野地）如果你欺骗我。——

若尔热特　绝不会，绝不会！

阿尔班　我完全不能理解。

塞维丽娜　罗兰，这是正确的观点！

罗兰　您这么认为？

侯爵　（对塞维丽娜）我们还是走吧，塞维丽娜。

塞维丽娜　为什么？我刚开始感觉非常惬意。

若尔热特　我的巴尔塔扎，我崇拜你。（拥抱）

弗朗索瓦　太好了！太好了！——

巴尔塔扎　这是哪个白痴？

警官　这肯定是太过分了——这——

〔莫里斯和埃蒂安上场；他们穿得像年轻贵族，但是，人们能看出来，他们只是穿着磨旧了的演出服装。

演员们坐的那桌　这是谁？

斯卡沃拉　见鬼了，这不是和莫里斯和埃蒂安吗？

若尔热特　就是他们。

巴尔塔扎　若尔热特！

塞维丽娜　天哪，多漂亮的小伙子！

174

罗兰　塞维丽娜,您会为每一张漂亮脸蛋儿激动不已,这太令人难为情了。

塞维丽娜　那我今天是干什么来的?

罗兰　那您至少告诉我,您爱我。

塞维丽娜　(看了他一眼)您的记性太不好了。

埃蒂安　你们猜,我们从哪儿来?

弗朗索瓦　您注意听,侯爵先生,这是两个特别逗乐的小伙子。

莫里斯　从一个婚礼来。

埃蒂安　所以我们必须得打扮打扮。否则,可恶的秘密警察就会跟上你了。

斯卡沃拉　那你们收获应该不错吧?

老板　让我们看看!

莫里斯　(从内兜里掏出许多表)你出多少钱?

老板　这个?一个路易!

莫里斯　开玩笑!

斯卡沃拉　这表不值钱了!

密歇特　这是块女表。给我,莫里斯。

莫里斯　那你给我什么?

密歇特　看着我!……这够了吗?——

弗利波特　不,给我;——看着我——

莫里斯　亲爱的姑娘们,不冒着掉脑袋的危险,这我是不能要的。

密歇特　你这只自以为是的猴子。

塞维丽娜　我敢发誓,这不是戏。

罗兰　当然不是,到处都显示出真实性。这正是其引人入胜之处。

斯卡沃拉　你们去的是什么婚礼?

莫里斯　拉·特雷穆耶小姐的婚礼——她嫁给了封·邦维尔伯爵。

阿尔班　你听见了吗,弗朗索瓦?——我向你保证,他们两个是真的小偷。

弗朗索瓦　镇静点儿,阿尔班。我认识这两个人。我已经看过十几遍他们演的戏了。他们的特长就是演小偷。

〔莫里斯从内兜里掏出几个钱包。

斯卡沃拉　哦,你们今天可以慷慨一次了。

埃蒂安　那是一场非常豪华的婚礼。全法国的贵族都来了,连国王都派代表参加了。

阿尔班　(激动地)他说的都是真的!

莫里斯　(拿硬币在桌子上滚动)这是给你们的,朋友们,我要让你们知道,我们是团结在一起的。

弗朗索瓦　这些是道具,亲爱的阿尔班。(他站起身,拿过几个硬币)也给我们分点儿。

老板　尽管拿……你这辈子还从没这么诚实地挣过钱呢!

莫里斯　(举着一个挂满钻石的吊袜带)我把这个送给谁?

〔若尔热特,密歇特,弗利波特争着伸手要。

莫里斯　耐心点儿,你们这些小宝贝儿,我们还得好好商量。我要把它送给发明出一种新的温柔的姑娘。

塞维丽娜　(对罗兰)您不想让我也参加竞争吗?

罗兰　您要把我搞疯了,塞维丽娜。

侯爵　塞维丽娜,我们还是走吧。我想……

塞维丽娜　哦,不。我感觉非常好。(对罗兰)啊,我来情绪了——

密歇特　你是怎么拿到这个吊袜带的?

莫里斯　当时教堂里非常拥挤……那个姑娘可能还以为,这是有人在向她献殷勤……

〔所有人都大笑,格兰偷走了弗朗索瓦的钱包。

弗朗索瓦　(把硬币举到阿尔班面前)全是赌钱用的筹码。现在你放心了吧?

〔格兰想离开。

老板　(跟着他)您立刻把偷那位先生的钱包给我。

格兰　我——

老板　马上给我,否则您会有麻烦的。

格兰　您用不着这么粗鲁。(把钱包给他)

老板　待在这儿别走。我现在没时间搜查您。谁知道您还偷了什么东西。马上回到位子上去。

弗利波特　我会得到这个吊袜带的。

老板　（走到弗朗索瓦旁边,把钱包扔给他）你的钱包。从你兜里掉出来了。

弗朗索瓦　谢谢您,普罗斯佩。（对阿尔班）你看见了吧,我们实际上是跟世界上最规矩的人们在一起。

亨利　（已经到了很久,一直坐在后面,现在突然站起来）

罗兰　亨利,这就是亨利。——

塞维丽娜　这就是您常跟我提起的那个亨利吗?

侯爵　就是。观众们其实都是因为他才来的。

〔亨利走到前面来,很有演员的风度,沉默着。

其他演员们　亨利,你怎么了?

罗兰　您注意他的目光。那是一个充满了激情的世界。他在扮演一个充满了激情的罪犯。

塞维丽娜　我认为很好!

阿尔班　他为什么不说话?

罗兰　他好像在出神。您注意看……他肯定是做了什么可怕的事情。

弗朗索瓦　他有点儿装腔作势。他好像在酝酿一段独白。

老板　亨利,亨利,你从哪里来?

亨利　我杀了一个人。

罗兰　我说什么来着?

斯卡沃拉　谁?

亨利　我老婆的情夫。

〔老板看着他,突然间仿佛感觉到,亨利说的可能是真的。

亨利　（抬起眼睛）是的,我干了,你们干吗这么看着我?已经发生了。这是让你们很惊奇吗?你们大家不是都知道我老婆是个什么东西嘛;事情肯定会是这样的结局的。

老板　那她呢——你老婆在哪儿?

弗朗索瓦　您看,老板开始配合他继续说了。您注意,这就让事情显得很自然。

〔外面的嘈杂声,不是很大。

朱尔　外面是什么声音?

177

侯爵　您听见了吗,塞维丽娜?

罗兰　好像是军队走过的声音。

弗朗索瓦　哦不,这是我们亲爱的巴黎人民,您听他们的怪叫声。
（酒馆里变得不安,外面安静下来）继续,亨利,继续。

老板　快告诉我们,亨利!——你老婆在哪儿?你把她放在哪里了?

亨利　啊,我不担心她!她不会因此而死的。至于死的是这个男人还是那个男人,女人们才不关心呢。反正巴黎还有千百个其他英俊的男人——至于是这个还是那个男人——

巴尔塔扎　让所有抢走我们老婆的男人们都不得好死。

斯卡沃拉　是所有抢走应该属于我们东西的人。

警官　（对老板）这就是煽动性言论。

阿尔班　这太吓人了……他们是真这么想的。

斯卡沃拉　打倒法国的剥削者!我们敢打赌,亨利抓到跟他老婆在一起的那个家伙肯定也是抢夺我们面包的畜生之一。

阿尔班　我建议,我们还是走吧。

塞维丽娜　亨利!亨利!

侯爵　夫人!

塞维丽娜　亲爱的侯爵,请您问问他是怎么抓住他老婆的……要不我就自己问。

侯爵　（劝阻无效）亨利,您说说,您是怎么抓到那两个人的。

亨利　（沉思了很久）你们都认识我老婆吧?——她是世界上最漂亮也是最下贱的女人。——而我爱她。——我们认识七年了……可昨天她才成了我老婆。在这七年里,没有一天她不欺骗我的,没有一天。她身上的一切都说谎,她的眼睛、她的嘴唇、她的亲吻和她的微笑,都在说谎。

弗朗索瓦　他的语调有些夸张了。

亨利　每个男人,不管老少,每个引诱她、每个给她钱、每个想得到她的男人,都得到了她——而我对这一切了如指掌!

塞维丽娜　这可不是每个人都能说出来的。

亨利　但她一直爱着我,朋友们,你们有人能理解吗?她每次都会回到我身边——不管是英俊的还是丑陋的男人、聪明的还是愚蠢的男人,不管是流氓无赖还是绅士骑士,她最后都会回到我身边。——

塞维丽娜　（对罗兰）你们明白吗,恰恰是她回来,就意味着爱情。

亨利　而我是多么痛苦啊……折磨,折磨!

罗兰　太感人了!

亨利　昨天我跟她结婚了。我们有个梦想。不——是我有个梦想。我想带她离开这里,去寻找孤寂,去乡下,去追寻宁静。我们想像其他幸福的夫妻们一样生活——我们还梦想有个孩子。

罗兰　（小声）塞维丽娜。

塞维丽娜　好了,好了。

阿尔班　弗朗索瓦,这个人说的是实话。

弗朗索瓦　当然,那个爱情故事是真的,但是关键是那个杀人故事。

亨利　我晚了一天……她还忘了一个人,否则——我相信——否则她就谁都不会想了……但是我抓住了他们两个……现在,那个男的已经死了。

其他演员们　谁?……他是谁呀?事情是怎么发生的?……他在哪儿?——你被追捕了吗?……怎么发生的?……你老婆在哪儿?

亨利　（还是很激动）刚才我陪她……去剧院……今天晚上是她的最后一次演出……我吻了她……在大门口——然后她上楼去她的更衣室,我就离开了,什么也不担心。——但是,一百步之后,我就开始……你们理解我吧……我就开始感到非常不安……好像有什么东西强迫我转回去……我转身往回走。但是,我为自己的行为感到羞耻,就又离开了……但是,又走了一百步,……我又开始感到心神不宁……我又走回去了。她的戏已经结束了……她的戏本来就不多,只需要在台上站一会儿,半裸着——然后就完了……我站在她的更衣室外,把耳朵贴在门上,听到里面在窃窃私语。我一句也听不清……说话声停止了……我撞开门……（他像野兽一样咆哮）——是封·卡迪昂公爵,然后我杀了他。——

老板　（终于相信这是真的)疯子!

〔亨利抬起眼睛,呆呆地盯着老板。

塞维丽娜　太好了！太好了！

罗兰　您干什么,侯爵夫人？在您喊"太好了"那一刻,您就让一切又变成了戏——那最舒服的恐惧感就消失了。

侯爵　我觉得那恐惧感根本不舒服。鼓掌吧,朋友们,只有这样,我们才能摆脱这魔法。

老板　(在嘈杂中对亨利说)救你自己吧,亨利,逃吧！

亨利　什么？什么？

老板　就演到这儿吧,你快跑吧！

弗朗索瓦　安静！……听,老板在说什么！

老板　(想了一会儿)我跟他说,在城门的警卫得到消息之前,他应该逃走。英俊的公爵是国王面前的红人——他们会车裂了你的,亨利！你捅死的要是那个婊子,你老婆就好了！

弗朗索瓦　他们的合作真是太默契了！

亨利　普罗斯佩,我们谁疯了,你还是我？——(他站在那里,尝试着读懂老板的目光)

罗兰　这简直是太棒了,我们大家都知道,他在演戏,但是,如果封·卡迪昂公爵现在进来的话,我们会觉得他是个幽灵。

〔外面的嘈杂声——越来越大。有一些人进来,能听到他们的喊叫声。为首的是格拉塞,其他人还有勒布雷,他们从楼梯上冲下来,嘴里喊着:自由,自由！

格拉塞　来,孩子们,进来！

阿尔班　这是什么？也是演戏吗？

弗朗索瓦　不是。

侯爵　这是什么意思？

塞维丽娜　这是什么人？

格拉塞　进来！我告诉你们,我的朋友普罗斯佩总会有酒给我们的,这是我们应得的！(街上传来喧闹声)朋友们！兄弟们！我们找到他们了,我们找到他们了！

外面的喊声　自由！自由！

塞维丽娜　出什么事了？

侯爵　我们离开吧,快离开吧,流氓无赖们要来了。
罗兰　我们怎么离开?
格拉塞　倒了,巴士底狱倒了!
老板　你说什么?——他说的是真的吗?
格拉塞　你没听见吗?

〔阿尔班想拔剑。

弗朗索瓦　别动,否则我们大家都完了。
格拉塞　(从台阶上跌跌撞撞地走进来)你们要是快点儿的话,还能看见外面有意思的事……在一根长长的木杆上,挂着尊贵的德洛内的头。
侯爵　这家伙疯了吗?
喊声　自由!自由!
格拉塞　我们砍了十几个人的头,巴士底狱属于我们了,囚犯们自由了!巴黎属于人民了!
老板　你们听见了吧!你们听见了吧!巴黎属于我们了!
格拉塞　你们看,他现在有勇气了。对,喊吧,普罗斯佩,现在你不会有麻烦了。
老板　(对贵族们)你们有什么要说的?你们这群无赖!玩笑已经结束了。
阿尔班　我说什么来着?
老板　巴黎的人们胜利了。
警官　安静!——(大家笑)安静!……我宣布停止继续演出!
格拉塞　这个傻瓜是谁?
警官　普罗斯佩,你对所有这些煽动性言论负有责任——
格拉塞　这家伙疯了吗?——
老板　玩笑结束了,你们不明白吗?亨利,告诉他们,现在你可以跟他们说了。我们保护你……巴黎的人们保护你。
格拉塞　对,巴黎的人民。

〔亨利两眼发直地站着

老板　亨利真的杀死了封·卡迪昂公爵。
阿尔班,弗朗索瓦,侯爵　他说什么?

阿尔班 （还有其他人）这一切是什么意思,亨利?

弗朗索瓦 亨利,您倒是说话呀!

老板 他在他老婆那里找到了公爵——然后杀死了他。

亨利 这不是真的!

老板 现在你没必要害怕了,现在你可以把事情告诉全世界了。我本来一个小时前就可以告诉你,你老婆是公爵的情妇。我的天哪,我当时差点儿忍不住告诉你……怒吼的浮石,我们都知道的,对吗?

亨利 谁看到他们了?在哪里看见的?

老板 现在你还管这些干什么!他疯了……你杀了他,别的你也不能做了。

弗朗索瓦 我的天哪,这是真的还是假的?

老板 这是真的!

格拉塞 亨利——从现在开始你是我的朋友了。自由万岁!自由万岁!

弗朗索瓦 亨利,您说话呀!

亨利 我老婆是他的情妇?她是公爵的情妇?我不知道啊……他还活着……他还活着。——

〔一片骚动。

塞维丽娜 （对其他人）到底什么是真的?

阿尔班 我的天哪!

〔公爵从台阶上的人群中挤过来。

塞维丽娜 （首先看见了他）公爵!

一些人 公爵!

公爵 哎,出什么事了?

老板 这是幽灵吗?

公爵 据我所知不是。你们让我过去!

罗兰 我们打赌,这一切都是安排好了。那些人都是普罗斯佩剧团的演员。太棒了,普罗斯佩,你成功了!

公爵 怎么了?这里还在演戏吗?外面已经……你们不知道外面发生什么事情了吗?我看见德洛内的头被挑在一根木杆上。哎,你们干吗这么看着我——(走下台阶)亨利——

弗朗索瓦　您当心亨利！

〔亨利愤怒地冲向公爵,把匕首捅进他的喉咙。

警官　(站起来)这太过分了！——
阿尔班　他流血了！
罗兰　杀人了！
塞维丽娜　公爵死了！
侯爵　我不知所措了,亲爱的塞维丽娜,我为什么偏偏今天带你到这里来啊！
塞维丽娜　为什么？(疲惫地)太巧了！不是每天都能看到一个真正的公爵被杀死的。
罗兰　我还没明白。
警官　安静！——谁也不许离开这里！——
格拉塞　他想干什么？
警官　我以法律的名义逮捕这个人。
格拉塞　(笑)现在法律是我们制定,你们这帮蠢货！滚出去,你们这些无赖！谁要是杀死了一个公爵,谁就是人民的朋友。自由万岁！
阿尔班　(抽出剑)让开！朋友们,跟我来！

〔莱奥卡迪冲进来,跑下台阶。

喊声　莱奥卡迪！
其他人　他老婆！
莱奥卡迪　让我进去！我要去找我丈夫！(她来到前面,看到,大叫起来)谁干的？亨利！

〔亨利看着他。

莱奥卡迪　你为什么这么做？
亨利　为什么？
莱奥卡迪　是的,是的,我知道为什么。因为我。不,不,别说是因为我。我不值得。
格拉塞　(开始演讲)巴黎的市民们,我们要庆祝我们的胜利。我们本来是偶然来到这个酒馆的。但这真是再好不过了。没有什么地方比在一个公爵的尸体旁更适合喊出"自由万岁"。

喊声　自由万岁！自由万岁！

弗朗索瓦　我想，我们还是走吧——人民已经疯了。我们走。

阿尔班　我们要把尸体给他们留在这里吗？

塞维丽娜　自由万岁！自由万岁！

侯爵　您疯了吗？

市民们、演员们　自由万岁！自由万岁！

塞维丽娜　（带着贵族们向出口处走去）罗兰，今天夜里您在我窗户外面等着。我还是把钥匙给你扔下去——我们一起度过一段美妙的时光——我觉得兴奋极了。

〔喊声：自由万岁！亨利万岁！亨利万岁！

勒布雷　你们看那些家伙——他们跑了。

格拉塞　今天先放过他们吧——让他们去吧。——他们逃不掉的。

（剧终）

轮　　舞

Ⅰ　妓女和士兵

〔深夜。在奥卡登桥旁。〕

士兵　（边走边吹着口哨,正要回家去）
妓女　过来呀,美丽的天使。
士兵　（转过身,然后又继续走去）
妓女　你不想跟我来吗?
士兵　啊,你就是那个美丽的天使啰?
妓女　那当然,还会是谁呢? 走吧,去我家里。我就住在这儿附近。
士兵　我可没有那个工夫,我得回兵营去!
妓女　反正误不了你回兵营的,到我那里不更好吗!
士兵　（走到她身边）这倒是很可能的。
妓女　嘘! 随时会都有警察过来的!
士兵　真可笑! 什么警察不警察! 我不也佩着剑吗!
妓女　别吱声,跟我来。
士兵　别跟我闹了,我可是身无分文呀。
妓女　我不要钱。
士兵　（停住步。他们来到一个路灯旁）你不要钱? 那你过后到底认不认账呢?
妓女　那帮老百姓不给钱就甭想了。像你这样的人,什么时候来我这儿都是免费的。
士兵　啊,原来胡贝尔给我说的那个女子就是你。
妓女　我不认得一个什么叫胡贝尔的。

士兵　你准就是那个女子。你不会不知道希福巷子里的那个咖啡馆吧?他就是从那儿跟你一起去你家的。

妓女　那个咖啡馆,我已经和好多人从那儿去过我家了……哦!哦!——

士兵　那就一起走吧,快些走吧。

妓女　什么,你现在倒着急了?

士兵　哎,那我们还要等什么呢?十点钟,我必须赶回兵营里。

妓女　你当几年兵了?

士兵　这关你什么事?你住得远吗?

妓女　走路十分钟就到了。

士兵　我觉得太远了。亲我一下吧。

妓女　(吻着他)我喜欢谁,就乐意亲他!

士兵　那我可不乐意。不,我不跟你去了,我觉得太远了。

妓女　你说怎么办,明天下午来好吧。

士兵　一言为定。把你的地址告诉我。

妓女　可是到时候你又不来了。

士兵　我说来就来!

妓女　那就这么着吧。今天晚上你要是嫌去我家太远,那儿……那儿……(指着多瑙河)

士兵　那儿是什么呢?

妓女　那边挺安静的……这会儿也不会有人来的。

士兵　啊,这样可不行。

妓女　在我这儿,什么时候都行。不用说啦,这会儿就待在我身边。谁知道我们明天还会不会活着呢。

士兵　那么来就来吧——可要放快些!

妓女　当心点,这儿黑洞洞的。你要是滑一下,可就进了多瑙河里了。

士兵　那才好呢。

妓女　嘘,你只管耐点性子好吗。我们马上就到一个长凳前了。

士兵　你对这儿好熟悉啊。

妓女　我就是愿意把你这样的人当情人。

士兵　我不是对你太迫不及待了嘛。

妓女　这毛病我会让你改掉的。

士兵　哈哈——

妓女　别这么大声。有时候确实会有警察瞎摸过来的。你不想一想,我们这是在维也纳城中心呀?

士兵　到这儿来,过来吧。

妓女　可你到底在干什么呢,我们要是在这儿滑一脚,那可就掉进下面的水里了。

士兵　(抓住她)啊,你——

妓女　你只管紧紧地抓住我。

士兵　别害怕……

　　　…………

妓女　在长椅上或许要舒服多了。

士兵　这儿或者那儿……嗯,抓紧点。

妓女　你干吗这么急呀——

士兵　我要回兵营去,我现在回去就已经太晚了。

妓女　那好吧,你叫什么来着?

士兵　你干吗关心我叫什么呢?

妓女　我叫莱奥卡迪雅。

士兵　哈!——这样的名字我还从来没有听说过呢。

妓女　瞧你!

士兵　哎,你到底要干什么呢?

妓女　这不行,你起码得给我几个字儿去打发看门的吧!——

士兵　哈!……你以为我就是你久久窥视的那个猎物吗。再见!莱奥卡迪雅……

妓女　该死的东西!骗子!

　　　〔他消失了。

Ⅱ 士兵和女佣

〔普拉特游乐园。星期天晚上。
〔一条路从小丑游乐园直通那黑洞洞的林荫道。在那里,依然可以听得到从小丑游乐园里传来杂乱的音乐声,也有五步交际舞曲,一种普通的波尔卡舞曲,是由管乐演奏的。士兵,女佣

女佣　现在倒跟我说说,您干吗非要走开不可呢。
士兵　(尴尬地笑着,一副傻乎乎的样子)
女佣　这儿实在太美妙了。我特别喜欢跳舞啊。
士兵　(搂着她的腰间)
女佣　(任其自然)现在我们又不跳了。您干吗把我搂得这么紧呢?
士兵　您叫什么名字?叫卡蒂吗?
女佣　您心里始终就只装着一个卡蒂。
士兵　哦,我知道了,我已经知道了……玛丽。
女佣　您呀,这儿黑洞洞的。我好害怕呀。
士兵　有我在您身边,您就不用害怕。谢天谢地,谁也不能把我们怎么样!
女佣　可我们这要去哪儿呢?这儿连一个人影都看不见。您过来,我们回去吧!——一片黑洞洞的!
士兵　(抽着他的弗吉尼亚雪茄,燃烧的末端闪亮着)这不就明亮起来了吗!哈哈!噢,我的小宝贝!
女佣　啊,您在干什么呢?我要知道您这样,才不跟您来呢!
士兵　好啊!要是今天在斯瓦巴达舞厅有一个比您更丰满的女人,那您就见鬼去吧,玛丽小姐。
女佣　难道您在所有的女人身上都这样动脚动手吗?
士兵　在跳舞时,这你还有什么看不出来的。此时此刻准叫你看得眼花缭乱!哈哈!
女佣　可您跟那个歪着脸的金发女子比跟我跳得多。

士兵　那是我一个朋友的老相好。

女佣　是那个翘着八字胡的下士?

士兵　啊,不是,他是个老百姓。您知道,就是一开始和我坐在一桌的那个,说起话来声音沙哑。

女佣　啊,我知道了。他是一个非常放肆的家伙。

士兵　他对您动过粗吗?我要让这家伙瞧一瞧!他干了什么对不起您的事?

女佣　噢,什么都没有——我只是看到他对别的姑娘动手动脚了。

士兵　您就说出来吧,玛丽小姐……

女佣　您要拿雪茄烧死我吗?

士兵　对不起!——玛丽小姐。我们以"你"①相称吧。

女佣　我们还没有到达如此要好的地步呢。

士兵　可有许多人相互并不怎么喜欢,他们还以"你"相称呢。

女佣　下一次吧,等我们……可是,弗兰茨先生——

士兵　您早就记住我的名字了?

女佣　可是,弗兰茨先生……

士兵　您就管我叫弗兰茨吧,玛丽小姐。

女佣　你可别这样毛手毛脚的——嘘,要是有人过来就糟了!

士兵　就是有人过来,也看不到两步远呀。

女佣　天哪,我们到底来到哪儿了?

士兵　您瞧瞧,那儿有两个和我一个样。

女佣　在哪儿呢?我什么都看不见。

士兵　那儿……就在我们前边。

女佣　您为什么说,和我一个样呢?——

士兵　哎,我是说,他们也是相好呀。

女佣　可您真要小心点儿,这儿是什么呢,我险些摔倒了。

士兵　啊,这是草地上的栅栏。

女佣　您可别这样使劲碰我了,我都快要摔倒了。

士兵　嘘,别这么大声。

---

① 德语中以"你"相称,表示很亲近的意思。

189

女佣　您呀,可我现在真的要大声喊了。——您这是干什么呢……可是——
士兵　现在这儿远近连个鬼影子都没有。
女佣　那我们回去吧,哪儿有人去哪儿。
士兵　我们现在可不需要什么人呀,对吗,玛丽,我们要的是……这个……哈哈。
女佣　可是,弗兰茨先生,求您了,天哪,您瞧瞧,我要是……知道……噢……噢……来吧!……
　　　…………
士兵　(如痴如醉地)该死的……啊……
女佣　……我压根儿连您的脸都瞅不见。
士兵　啊,什么——脸不脸的……
　　　…………
士兵　您呀,玛丽小姐,您不可能老躺在这草地上呀。
女佣　那好吧,弗兰茨,你就拉我一把好了。
士兵　好吧,起来了。
女佣　噢,天哪,弗兰茨。
士兵　哦,弗兰茨又怎么啦?
女佣　你不是个好人,弗兰茨。
士兵　是的,没错,哎,等一等。
女佣　干吗不让我走呢?
士兵　哎,让我点上一根弗吉尼亚雪茄还不行吗?
女佣　天这么黑。
士兵　明天一早不就又亮了嘛。
女佣　你至少要说声你喜欢我好吗?
士兵　嗯,想必你都感受到了,玛丽小姐,哈哈!
女佣　我们这去哪儿呢?
士兵　回去呀。
女佣　那不行,求你了,别走得这么快呀!
士兵　嗯,怎么回事?我就不喜欢摸黑走路磨磨蹭蹭的。
女佣　你倒说说,弗兰茨,你喜欢我吗?

士兵　我不是刚刚说过我喜欢你嘛!
女佣　那好吧,你不想亲我一下呀?
士兵　(友善地)那儿……你听听——现在又传来音乐声了。
女佣　莫非你又想去跳舞了?
士兵　那当然,怎么回事?
女佣　没什么,弗兰茨,你瞧瞧,我得回家了。他们反正会骂我的。我们家那个老太太就是那样一个人……她恨不得让你永远待在家里别出去。
士兵　那好吧,你就干脆回家去吧。
女佣　我心里一直想着,弗兰茨先生,您会送我回家呢。
士兵　送您回家?啊!
女佣　您走吧,一个人回家,叫人好伤心啊。
士兵　您住哪儿呢?
女佣　一点都不远——在瓷器胡同。
士兵　是吗?挺凑巧的,咱们还是同路呢……可现在对我来说还太早……我还要去发电报,今天我有的是时间……我用不着在十二点前回到兵营里。我还要去跳舞。
女佣　那还用说。我就知道,现在轮到那个歪脸的金发女子了!
士兵　哈!——她的脸根本就不怎么歪。
女佣　噢,天哪,男人都这么坏。不用说,您肯定跟每一个女人都这个样。
士兵　这话似乎过头了!——
女佣　弗兰茨,求您了,今天别再这样了——今天您就陪陪我吧,您瞧瞧——
士兵　行啦,陪你就是了。可是我去跳跳舞还是可以吧。
女佣　我今天不会再和任何人跳舞了!
士兵　他已经来了……
女佣　谁呀?
士兵　斯瓦博达呀!你看,多快呀,我们又来到这儿了。他们还在演奏那个舞曲呢……tadarada tadarada……(一起唱着)就这样吧,要是你愿意等我,那我就送你回家去……要是不愿意……那就再见了——
女佣　愿意,我会等你的。
　　　　〔他们走进舞厅。
士兵　您看怎么样,玛丽小姐,给您来一杯啤酒吧。(这时,一个金发女子正和一个小伙子跳着舞从旁边经过,士兵操着十分地道的德语)小姐,我可以请您一起跳舞吗?——

Ⅲ　女佣和少爷

　　　　〔炎热的星期天下午。——少爷的父母已经去了乡下。——女厨师外出了。——女佣正在厨房里给那个士兵情人写信。从少爷的房间里传来铃声。她站起来走进少爷的房间。
　　　　〔少爷躺在长沙发上,一边抽着烟,一边看一本法国小说。

女佣　请问有什么吩咐,少爷?
少爷　是的,玛丽,有事,我按铃了,是的……我想什么来着……是的,对啦,您把百叶窗放下来吧,玛丽……百叶窗一放下来,屋里就会凉快点儿……是的……
　　　　〔女佣走到窗前,放下百叶窗。
少爷　(继续看着书)您在干什么呢,玛丽,噢,对了。现在要看书,什么都看不清了。
女佣　少爷,您总是那样用功。
少爷　(装腔作势,好像没听见)就这样了,好吧。
　　　　〔玛丽走开了。
少爷　(试着继续看下去;很快又把书放下,再次按响了门铃)
女佣　(又出现了)
少爷　您呀,玛丽……真是的,我想要什么来着……对了……家里也许有科涅克吧?
女佣　有,可能都锁起来了。
少爷　嗯,钥匙在谁那儿呢?

女佣　钥匙丽妮拿着呢。
少爷　丽妮是谁呢？
女佣　厨娘呀,阿尔弗雷德先生。
少爷　嗯,那您就跟丽妮去要吧。
女佣　好的,可丽妮今天出去了。
少爷　是这样……
女佣　要不要我去给少爷从咖啡馆里……
少爷　啊,不用了……天气够热的。我不要科涅克了。这样吧,玛丽,给我来一杯水吧。嘘,玛丽——可要先打开龙头放一放水,等足够凉了再去接。——
　　　〔女佣下去。
　　　〔少爷望着她的背影。到了门口,女佣扭过头看着少爷;少爷朝上看去。——女佣打开水龙头,让水一直流着。这期间,她回到自己的小屋里,洗了洗手,站在镜子前整了整自己的头发。然后,她给少爷送去一杯水。她走到长沙发前。
少爷　(半仰起身子,女佣把杯子递到他手里,他们的手指碰到一起)好吧,谢谢。——嗯,怎么回事？——当心点;把杯子放回小碟上……(他躺下去伸直身子)现在几点了？——
女佣　五点,少爷。
少爷　是吗,五点了。——好吧。——
女佣　(离去;到了门口转过身来;少爷望着她的背影;她觉察到了,脸上露出了微笑)
少爷　(躺了一会儿,然后突然站起来。他径直走到门前,又折回来,躺到长沙发上。他又试着去看书。几分钟后,他又按响了门铃)
女佣　(面带微笑出现了,她并不试图去掩饰)
少爷　您呀,玛丽,我有点事想要问问您。今天上午是不是叙勒尔大夫来过了？
女佣　没有,今天上午没有人来过。
少爷　是这样,这可就奇怪了。这么说叙勒尔大夫没有来过？您肯定认识叙勒尔大夫吗？

女佣　当然认识了,就是那位留着满脸黑胡子的大个子先生吧。

少爷　没错儿。也许他来过了?

女佣　没有,没有人来过,少爷。

少爷　(坚决地)您过来,玛丽。

女佣　(走近他)请吩咐。

少爷　再近点儿……这样……啊……我只是以为……

女佣　少爷有什么事吗?

少爷　以为……我以为——只是因为您的上衣……这是一件什么样……嗯,您只管走近些。我又不会咬您的。

女佣　(走到他跟前)我的上衣怎么啦?少爷不喜欢吗?

少爷　(抓住她的上衣,趁机把女佣拽到自己跟前)蓝色的?好漂亮的蓝色呀。(直截了当地)您打扮得好讨人喜欢啊,玛丽。

女佣　可是,少爷……

少爷　嗯,要说什么呢?……(他解开她的上衣。实实在在地)您的皮肤又白又美啊,玛丽。

女佣　少爷让我受宠若惊了。

少爷　(吻着她的乳房)这样不会让您难受吧。

女佣　噢,不会的。

少爷　瞧您如此唉声叹气啊!您为什么要这样呢?

女佣　噢,阿尔弗雷德先生……

少爷　您的拖鞋好漂亮啊……

女佣　……可是……少爷……要是外面门响铃了——

少爷　谁这会儿会按门铃呢?

女佣　可是,少爷……您瞧瞧……天还这么亮……

少爷　当我的面,您可别羞羞答答的。无论在任何人面前,您都不要……你长得这样漂亮。是的,天哪;玛丽,您是……您不知道,您的头发甚至让人闻着都会丢魂。

女佣　阿尔弗雷德先生……

少爷　您别这样忸忸怩怩的,玛丽……我已经见过您另外的样子了。我前不久夜里回来拿水时,您房间的门敞开着……是这样吗……

女佣　（掩住自己的脸面）噢,天哪,可我一点儿都不知道,这个阿尔弗雷德先生会这么坏。

少爷　当时,我看到了很多很多……这个……和那个……还有那个……还有——

女佣　哎呀,阿尔弗雷德先生!

少爷　来呀,快来吧……过来……这样,是的,这样……

女佣　可是现在要是有人按门铃——

少爷　您现在就别再说了……大不了不去开门就是了……
………

〔门铃响了。

少爷　活见鬼……那家伙在瞎按什么呢。——说不定他早就按门铃了,只是我们没有听见。

女佣　噢,我一直都在留神着呢。

少爷　嗯,您还是去看看吧——透过观察孔。

女佣　阿尔弗雷德先生……您可真……不……这么坏……

少爷　这不行,您现在去看看吧……

女佣　（离去）

少爷　（迅速地打开百叶窗）

女佣　（又出现了）不管怎么说,那家伙已经又走开了。现在连个人影也没有。也许就是叙勒尔大夫吧。

少爷　（感到很不高兴）那好吧。

女佣　（靠近他）

少爷　（躲开她）您呀,玛丽,——我现在去咖啡馆。

女佣　（温柔地）现在……阿尔弗雷德先生。

少爷　（严肃地）我现在就去咖啡馆。要是叙勒尔大夫来了——

女佣　他今天不会再来了。

少爷　（更加严肃地）要是叙勒尔大夫来了,我,我……我在——咖啡馆里——（进了另一间房子）

〔女佣从茶几上拿起一支雪茄,衔到嘴上离去了。

195

Ⅳ 少爷和少妇

〔晚上,一间平庸而入时的客厅,位于施温德胡同的一座房子里。

〔少爷刚一进门,礼帽还戴在头上,大衣还穿在身上,就点上蜡烛。然后,他打开通往侧屋的门,朝里面瞥了一眼。客厅蜡烛的光线通过地板映照到一张有天盖的床上。床立在墙的尽头。从位于卧室拐角的壁炉里弥散出一道微微发红的亮光,照在床的帷幕上。——少爷也看了看卧室。他从壁台上拿出一个喷雾器,把紫罗兰香水十分精细地喷洒到床垫上。然后,他拿着喷雾器走过两间屋子,并且不断地挤压着那个小气球。不一会儿,屋子里到处弥漫着紫罗兰的香味。然后,他脱去大衣,摘下礼帽。他坐到一把蓝丝绒靠背椅里,点起一根雪茄抽起来。过了一小会儿,他又起身看了看那绿色百叶窗是否关上了。突然,他又走进卧室里,打开床头柜的抽屉。他手伸进去摸了摸,找到一个龟甲发夹。他寻找着一个藏匿它的地方,最终把它放进自己的大衣口袋里。然后,他打开立在客厅里的柜子,从里面取出一个银杯、一瓶科涅克和两个烧酒杯,并且全都放到桌子上。他又走到自己的大衣前,拿出一个小白包。他打开小白包,跟科涅克放到一起,又走到柜子前,取出两个小盘子和刀叉。他从小包里拿起一个糖浆栗子吃起来。然后,他给自己斟上一杯科涅克,并且很快喝干了。接着,他看了看表。他在屋子里踱来踱去。——在那面大壁镜前,他停了一会儿,用带在身边的小梳子整了整头发和小胡须。——他现在走到前厅门口倾听着。——一点儿动静也没有。门铃响了。少爷吓了一跳。他坐到那把靠背椅上;等到门开了,那个少妇进门后,他才站起来。——

少妇 (蒙得严严实实的,随手关上门,站了片刻,左手搭在胸口上,

仿佛她要控制住一股强大的兴奋之情）

少爷　（迎上前去,抓起她的左手,在那绣着黑花的白手套上狠狠地吻上一下,低声地说）谢谢您。

少妇　阿尔弗雷德——阿尔弗雷德!

少爷　来吧。夫人,来吧,艾玛夫人……

少妇　您就让我再喘会儿气——好吗……噢,多谢了,阿尔弗雷德!

（她依然站在门旁）

少爷　（站在她面前,拉着她的手）

少妇　我这到底在哪儿呢?

少爷　在我家里。

少妇　这房子好可怕呀,阿尔弗雷德。

少爷　为什么?这是一座贵人楼。

少妇　我在楼梯上碰到了两位先生。

少爷　是熟人吗?

少妇　我不知道。有可能吧。

少爷　对不起,夫人,——难道您连自己的熟人都不认识吗?

少妇　我根本就没有看。

少爷　可是话说回来,即便是您最要好的朋友,——他们也不会认出您来的。我自己……要是我不知道就是您……这条面纱——

少妇　是两条。

少爷　您不想靠近点吗?……可您至少得把礼帽摘下来吧!

少妇　您想干什么呢,阿尔弗雷德?我给您说过:就五分钟……不,久了不行……我向您发誓——

少爷　那么把这条面纱——

少妇　是两条。

少爷　那好吧,两条面纱——我至少看看您还可以吧。

少妇　您到底爱我吗,阿尔弗雷德?

少爷　（感到深受刺激）艾玛——您问我……

少妇　这儿好热呀。

少爷　可您不是还披着披肩吗——您真的会着凉的。

少妇　（终于走到房间里,倒在那把靠背椅上）累死我了。

197

少爷　可以为您效劳吧。(摘下她的面纱,从礼帽上拿开饰针,把礼帽、饰针、面纱放到一旁)

少妇　(任其自然)

少爷　(站在她面前,摇着头)

少妇　您这是什么意思？

少爷　还从来没有看见过您像现在这样漂亮啊。

少妇　这话怎么说？

少爷　单独……单独和您在一起——艾玛——(单膝跪到她坐的靠背椅旁,抓起她的双手吻来吻去)

少妇　而现在……您就让我走吧。您要我做什么,我已经做到了。

少爷　(把自己的脑袋塞进她的怀里)

少妇　您可是向我许过诺的,要乖乖的。

少爷　是的。

少妇　在这间屋子里,几乎要让人窒息了。

少爷　(站起来)您还披着披肩呢。

少妇　把它放到我的礼帽旁。

少爷　(摘下披肩,并且也把它放到长沙发上)

少妇　而现在可以——再见了吧——

少爷　艾玛——！艾玛——！

少妇　五分钟早就过去了。

少爷　还不到一分钟呢！——

少妇　阿尔弗雷德,您就实实在在地告诉我现在几点了。

少爷　现在正好六点一刻。

少妇　这会儿我早就该到我妹妹那儿了。

少爷　您妹妹,您可以经常见面的……

少妇　噢,天哪,阿尔弗雷德,您为什么要把我害到这一步呢。

少爷　因为我想念……您,艾玛。

少妇　您给多少个女人这样说过了？

少爷　自从见到您以来,给谁也没有说过。

少妇　我是一个多么轻浮的人啊！要是有人事先这样告诉我……哪怕是在八天前……哪怕是在昨天……

少爷　而您前天就已经答应我了……

少妇　您把我缠得好苦呀。可我就是不愿意这样做。上帝可以为我作证——我就是不愿意这样做……我昨天就下定了决心……您不知道,我昨天晚上甚至给您写了一封信?

少爷　我没有收到什么信呀。

少妇　我又把信给撕碎了。噢,我要是把那封信寄给您就好了。

少爷　这样不是更好吗!

少妇　噢,不,这样多丢脸呀……都是我的罪孽。我连自己都弄不明白了。再见,阿尔弗雷德,您就让我走吧。

少爷　(搂抱住她,在她脸上热切地吻来吻去)

少妇　啊,原来是这样……您说话可要算数呀……

少爷　再吻一次——就再一次。

少妇　最后一次。(他吻着她;她回应着这个吻;他们的嘴唇久久地贴在一起)

少爷　要不要我给您说点心里话,艾玛?我现在才明白什么是幸福。

少妇　(靠回一把靠背椅里)

少爷　(坐到靠背椅的扶手上,一只胳膊轻轻地搂住她的脖子)……或者更确切地说,我现在终于明白,什么才叫作幸福呢。

少妇　(长叹着气)

少爷　(又吻着她)

少妇　阿尔弗雷德,阿尔弗雷德,您把我变成什么人了!

少爷　不是吗——这儿肯定不会让人那样不舒服吧……而且我们在这儿万无一失!比起那些在外面的约会来,无疑再也美不过了……

少妇　噢,您就别再给我提起那些事了。

少爷　我也会始终怀着无比的兴致来怀念起那些事。对我来说,有幸在您身边度过的每一刻都是一个甜蜜的回忆。

少妇　您还记得那次企业家的舞会吗?

少爷　问我记得不记得……?当时进晚餐时,我就坐在您身旁,紧挨着您。您的先生在喝着香槟酒……

少妇　(抱怨地注视着他)

少爷　我只是想说说香槟酒而已。您说说,艾玛,您就不想喝一杯科涅克吗?

少妇　来一口吧。可您得先给我来一杯水好吗?

少爷　遵命……水放在哪儿了——啊,对了……(掀开门帘,走进卧室)

少妇　(望着他的背影)

少爷　(拿着一个装满水的大腹玻璃瓶和两个杯子走回来)

少妇　您上哪儿去了?

少爷　在……旁屋里。(倒上一杯水)

少妇　现在我要问问您,阿尔弗雷德——而且您要向我发誓,您说的全都是实话。

少爷　我发誓。

少妇　在这个屋子里,曾经来过别的女人吗?

少爷　可是,艾玛——这座房子已经有二十个年头了!

少妇　您心里明白,我是什么意思,阿尔弗雷德……跟您在一起!在您家里!

少爷　跟我在一起——在这儿——艾玛!——您居然会想起这样的事,这也太没劲了。

少妇　这么说,您有……我该怎样……不过算了,我宁可不想问您。我不问会好些。我这是自作自受啊。一切都是报应。

少爷　是的,您在说什么呢?您到底怎么啦?什么报应不报应的?

少妇　不,不,不,我不该清醒过来……不然的话,我肯定会羞得恨不能钻到地底下去。

少爷　(手里拿着水瓶,伤心地摇着头)艾玛,您真不知道您让我有多伤心吗?

少妇　(给自己斟上一杯科涅克)

少爷　我有几句话要给您说,艾玛。要是您羞于待在我这儿——要是我对您那样无所谓——要是您感觉不到,您对我来说意味着这个世界上全部的幸福——那么您最好还是走吧。

少妇　是的,我会这样做的。

少爷　(抓着她的手)可您知道吗?没有您,我是活不下去的;吻一吻您的手,这对我来说胜过一切温柔,胜过这整个世界上所有女人的温柔……艾玛,我和别的那些献媚取宠的年轻人不同——我也许太幼稚了……我……

少妇　可您要是真的和别的那些年轻人一样呢?

少爷　那您今天就不会来这儿了——因为您和别的女人不一样。

少妇　您怎么知道我和别的女人不一样?

少爷　(把她拽到长沙发前,自己紧挨着她坐下)您的事我已经想得很多了。我知道您是不幸福的。

少妇　(感到高兴)

少爷　人生是那样空虚,那样无意义——还有——那样短暂——那样可怕的短暂!人生只有一个幸福……那就是找到一个能爱你的人——

少妇　(从桌子上拿起一块果脯梨,把它塞进嘴里)

少爷　分给我一半吧!(她用嘴唇给他递过去)

少妇　(抓住少爷就要误入歧途的手)您在干什么呢,阿尔弗雷德……这就是您的诺言吗?

少爷　(吞着果脯梨,然后越来越放肆)人生是那么的短暂啊。

少妇　可这并不是原因呀——

少爷　(不由自主地)噢,是的。

少妇　(退缩了)您瞧瞧,阿尔弗雷德,您不是答应过,要放得乖乖的……而且现在天还这么亮……

少爷　来,来吧,你是我唯一的宝贝,唯一的……(他把她从长沙发上抱起来)

少妇　您到底要干什么呢?

少爷　里屋可一点都不亮。

少妇　这儿还有一间屋子?

少爷　(拽着她一起)一间漂亮的……而且黑得一点都不透光。

少妇　我们最好还是待在这儿吧。

少爷　(已经和她到了门帘后面,进入卧室,两手扣在她的腰间)

少妇　您原来是这样……噢,天哪,您要把我变成什么人呢!——阿尔弗雷德!

少爷　我想您呀,艾玛!

少妇　那么你就等一等吧,至少要等一会儿呀……(退缩了)去吧……我待会儿叫你。

少爷　我让你——我让你——(他说错了)……让……我——来帮——你。

少妇　我什么东西都让你给撕破了。

少爷　你没穿紧身胸衣?

少妇　我从来都不穿紧身胸衣。就是奥迪龙也不穿。而你可以帮我解开鞋扣了。

少爷　(解开鞋扣,吻着她的脚)

少妇　(钻进被窝里)噢,我觉得好冷啊。

少爷　马上就会暖和起来的。

少妇　(轻声地笑着)你相信吗?

少爷　(感到很不自在,自言自语地)她不该这样说话。(摸黑脱光衣服)

少妇　(柔声柔气地)来,来呀,快来吧!

少爷　(因此又精神饱满地)马上——

少妇　这儿闻着一股紫罗兰的香味。

少爷　这就是你自己……是的——(对着她)你自己——

少妇　阿尔弗雷德……阿尔弗雷德!!!

少爷　艾玛……

　　　　…………

少爷　我太爱你了……是的……我简直要发疯了。

少妇　……

少爷　这些个日子,我一天到晚都像发疯了似的。我预感到了。

少妇　你可别这样弄出什么名堂来。

少爷　噢,肯定不会的。这当然是不言而喻的,当你……

少妇　不……不……你神经质。你就平静一下吧……

少爷　你知道司汤达吗?

少妇　司汤达?

少爷　那本《爱情心理学》?

少妇　不知道,你干吗问我这个呢?

少爷　那本书里有一个故事,很精彩。

少妇　什么样的故事呢?

少爷　里面描写了一大群骑兵军官——

少妇　啊,原来是这样。

少爷　他们都谈到自己的艳遇。而每个人都说,他觉得在他爱得最深切、最狂热的那个女人那里……她对他也好,他对她也罢——总而言之,每个人在这样的女人那里都有那样的感觉,和我现在一模一样。

少妇　是的。

少爷　这是很典型的。

少妇　是的。

少爷　可故事还没有完呢。唯有一个家伙声称……在他整个一生中,他还从来没有过这样的感受。可是,司汤达补充了一句——这就是一个臭名昭著的吹牛大王。

少妇　啊,原来是这样。——

少爷　可这的确让人很扫兴,这样说也挺愚蠢的,即使真的那样无动于衷也罢。

少妇　当然啦。你到底明白了……你可是答应过我,要规规矩矩的。

少爷　是吗!? 别笑了,这样于事无补的。

少妇　可别这样说,我不会笑的,司汤达讲得真的挺有意思。我始终在想,只会在上了年纪的……或者在那些非常……在那些经历很多的人……

少爷　您在胡思乱想什么呢。这事与此毫不相干。再说,我把司汤达的故事中最精彩的一个完全忘记了。讲的是一个骑兵军官,他甚至说,他三个夜晚或者就是六个……我记得不那么清了,和一个女人在一起,他几个星期都一直渴望着她——渴望很久了——你明白吗——他们在这些夜里,就是幸福得一个劲儿地哭……两个人……

少妇　两个人一起哭?

少爷　是的。你觉得奇怪吗? 我觉得这是那样的不言而喻——正当

203

你相爱时。——

少妇　可是肯定有许多人,他们是不会哭的。

少爷　(神经质地)毫无疑问,那也是一种特别罕见的情况。

少妇　啊——我心里想着司汤达说过,所有的骑兵军官一有这样的机会时都会哭。

少爷　你瞧瞧,你现在不是在拿我取笑吗!

少妇　你胡思乱想什么呢!可别这样孩子气好不好,阿尔弗雷德!

少爷　这会儿让人激动了……此刻我觉得,你在一直盘算着这事。这才叫我好难堪呀。

少妇　我绝对没有去想这事。

少爷　是啊。要是我能够确信你爱我就好了。

少妇　难道你还要更多的证明吗?

少爷　你瞧瞧……你总是在拿我取笑。

少妇　为什么说取笑你呢?来吧,把你那甜蜜的小脑袋伸过来。

少爷　啊哈,这叫人好痛快呀。

少妇　你爱我吗?

少爷　噢,我简直幸福极了。

少妇　可你也用不着为此哭起来呀。

少爷　(推开她,感到极为激动)又来了,又来了,我那样求你……

少妇　我是告诉你说,你可不要为此哭起来呀……

少爷　你刚说过:也用不着为此哭起来呀。

少妇　你太神经质了,我的宝贝。

少爷　这我明白。

少妇　可你不应该神经兮兮的。我甚至喜欢,那……我们可以说是好伙伴……

少爷　你又开始了。

少妇　难道你想忘了!那是我们最初的一次谈话。我们都想着成为好伙伴;别无他求。噢,那多美啊……那是在我姐姐家里,在一月份的那次大舞会上,跳四对舞期间……天哪,我早就该走了……我姐姐在等着我呀——我到底该怎么对她说才好呢……再见,阿尔弗雷德——

少爷　艾玛——！你就这样离我而去吗？
少妇　是的——就这样！——
少爷　再待五分钟吧……
少妇　那好吧。再待五分钟。可你一定要向我保证,别动手动脚的!……行吗？告别时,我要再亲你一下……嘘……安静……别动,我说过,不然的话,我马上就起来,你呀,我甜蜜的……甜蜜的……
少爷　艾玛……我的……
　　　…………
少妇　我的阿尔弗雷德——
少爷　啊,在你身边就像是天堂。
少妇　可我现在真的该离开了。
少爷　啊哈,让你姐姐等着吧。
少妇　我得回家了。去我姐姐那里,早就太晚了。现在到底几点了？
少爷　是啊,我怎么会知道呢？
少妇　就是要你看看表。
少爷　我的表在马甲里。
少妇　那你去拿吧。
少爷　(猛地一下子站起来)八点。
少妇　(立刻起来)天哪……快点儿,阿尔弗雷德,把我的长筒袜拿过来。我该说什么好呢？家里人肯定都在等着我……都八点了……
少爷　我什么时候可以跟你再见面呢？
少妇　永远也别想见面了。
少爷　艾玛！难道你不再爱我了吗？
少妇　正因为我爱你。把我的鞋拿过来。
少爷　真的永远不见面了？给你鞋。
少妇　我的包里有一只鞋扣。我求你了,放快些……
少爷　给你鞋扣。
少妇　阿尔弗雷德,这事对我们两个都会糟透了。
少爷　(感到极为不安)怎么会呢？

205

少妇　是的,要是他问我,你从哪儿回来的？我到底该说什么好呢？

少爷　就说从姐姐家回来。

少妇　是的,我要是会说谎就好了。

少爷　嗯,你只有这样说才是。

少妇　一切都是为了你这样一个人。啊哈,过来……让我再吻吻你吧。（她搂抱着他）——现在——你就让我一个人待会儿吧,你去另一间屋里。当你的面,我没法穿衣服。

少爷　（走进客厅里,在那里穿上衣服；他吃了一些烤点,喝了一杯科涅克）

少妇　（过了一会儿喊道）阿尔弗雷德！

少爷　我的宝贝。

少妇　我们没有哭,这不更好吗？

少爷　（不无得意地微笑着）怎么这样会说话呢？

少妇　只看眼前这事该怎么办呢——当我们偶尔又一次在社交场合碰面时？

少爷　偶尔——一次……你明天肯定也去洛普海默尔家吗？

少妇　是的。你也去吗？

少爷　那当然。允许我请你跳高替洋舞吗？

少妇　噢,我是不会去的。你相信吗？——我或许会……（她完全穿好衣服后走进客厅,拿起一块巧克力烤点）……钻到地底下去。

少爷　那就明天在洛普海默尔家里见,这太好了。

少妇　不,不……我回绝就是了；一定——

少爷　那么后天见吧……在这儿。

少妇　你又想入非非了！

少爷　六点整……

少妇　这儿拐角就有车,是吗？——

少爷　是的,要多少有多少。那就后天六点在这儿见。你就说声行吧,我亲爱的宝贝。

少妇　……这事我们明天跳高替洋舞时再说吧。

少爷　（搂抱住她）我的天使。

少妇　别把我的头发又弄乱了。

少爷　那么明天去洛普海默尔家,后天躺在我的怀抱里。

少妇　多保重……

少爷　(突然又忧虑起来)可你今天要……对他说什么呢?——

少妇　别问了……别问了……这太可怕了。——我为什么要这样爱着你呢!——再见。——要是我在楼梯上再碰到人,那可就完蛋了。——呸!——

少爷　(再一次吻吻她的手)

少妇　(离去)

少爷　(独自留下来,然后坐到长沙发上;他暗自微笑着,并且自言自语地说)这就是说,现在我和一个安分守己的女人有来往了。

V　少妇和丈夫

〔一间舒适的卧室。深夜十点半钟。妻子躺在床上看书。丈夫穿着睡袍走进房间。

少妇　(头也不抬)你不工作了?

丈夫　是的。我太累了。再说……

少妇　什么呢?——

丈夫　我坐在写字台前,突然觉得那样寂寞。我渴望和你在一起。

少妇　(抬头望着)真的吗?

丈夫　(坐到她跟前的床边上)今天就别再看书了。你这样会看坏眼睛的。

少妇　(合上书)你要干什么呢?

丈夫　没什么,我的宝贝。我爱上你了!这可是你知道的!

少妇　有时候这几乎会让人忘掉的。

丈夫　有时候甚至你非忘掉不可。

少妇　为什么?

丈夫　要不然的话,婚姻似乎有点不美满。它会……我该怎么说呢……它会失去其神圣性。

少妇　噢……

丈夫　相信我吧——事情就是这样……我们已经结婚五年了,要是我们在这五年里不是有时候忘记了我们还曾经相爱——那我们肯定就不会是现在这个情形了。

少妇　这对我来说太深奥了。

丈夫　事情很简单:我们俩也许已经有过十次或者十二次恋爱了……难道你不觉得是这样吗?

少妇　我可没有数过呀!——

丈夫　要是我们立马把第一次爱情从头到尾享受殆尽,要是我从一开始就把我对你的激情不折不扣地奉献出去,那我们的情况似乎就与其他数百万对情侣没有什么两样了,我们或许相互都精疲力竭了。

少妇　啊……原来你说的就是这个意思?

丈夫　相信我吧——艾玛——在我们婚姻最初的日子里,我就担心会出现这样的情况。

少妇　我也一样。

丈夫　你瞧瞧,我没有说错吧?所以说,——每隔那么一段时间,相互只是维持友好相处的关系,这并没有什么不好。

少妇　原来如此。

丈夫　于是就出现了我们一再相互感受新的蜜月,因为我从来都不会冒险把蜜月……

少妇　延长到数个月。

丈夫　没错儿。

少妇　那么现在……也就是说,好像一个友好的周期又结束了——?

丈夫　(把她温柔地搂在自己身边)或许就是这样。

少妇　可是……要是我不这样想呢?

丈夫　你不可能不这样想。你最聪明、最迷人,而且绝无仅有。我这辈子找到你,算是很幸运了。

少妇　这话说得够好听了,你多会献媚取宠啊——有时候就是这样。

丈夫　(也钻进被窝)对一个稍许见过世面的男人来说——好吧,把脑袋搭在我肩上——对一个见多识广的男人来说,比起你们这些名门闺秀,婚姻真的意味着许许多多更为神秘的东西。你们单纯……至少在一定程度上无知地迎着我们而来,而正因为如此,你们看待爱情本质的眼光比我们更加明亮。

少妇　（大笑着）噢!

丈夫　的确是这样。因为在结婚之前,我们不得不反复经历那许许多多的事情,由此而变得十分迷惘和优柔寡断。你们听得很多,知道得很多,读的书想必也很多,可是我们这些男人实际上经历了什么,对此你们却没有什么概念。而那个常常被称之为爱情的东西则使我们感到彻头彻尾的反感,因为那些曾经与我们交往过的女人归根到底都是些什么样的造物呢?

少妇　是的,到底是些什么样的造物呢?

丈夫　（吻了吻她的额头）你该高兴的是,我的宝贝,你从来都没有认识到这样的情况。再说,那大都是些相当令人同情的人——我们不可对她们落井下石呀。

少妇　真是岂有此理——这样的同情。——在我看来,这样说根本就不太合适。

丈夫　（十分温和地）她们值得同情啊。你们呀,你们这些出身名门的女子等待着,你们在自己父母的保护伞下,可以从容不迫地等待着那个渴望娶你们为妻的好男人。你们真的不了解那种贫穷,就是它把这些造物中的绝大多数推入罪孽的怀抱里。

少妇　所以她们都去卖身了?

丈夫　我不想这样说。我说的也不仅仅是物质上的贫穷。可是也有——我要说——道德上的贫穷;她们有一种错误的认识,不明白什么是允许的,尤其什么是高尚的。

少妇　可是为什么这些人就该得到同情呢?——她们不是过得挺自在吗?

丈夫　你的看法好奇怪,我的宝贝。你可别忘了,这样的人天生就注定要沉沦得越来越深。在这种情况下,什么都是不可挽救的。

少妇　（依偎在他的身边）显然她们沉沦得非常自在。

丈夫　（感到尴尬）你怎么能这样说话呢,艾玛。我确实在想着,恰恰对你们这些品行端正的女人来说,没有什么会比所有那些不是你们同类的人更令人讨厌了。

少妇　当然是,卡尔,不言而喻。我也只是这样说说而已。好吧,你继续讲下去。你这样讲起话来是多么的可爱啊!你就给我讲点什么吧。

丈夫　讲什么呢?

少妇　那么——就讲讲那些造物吧。

丈夫　你在瞎想什么呢?

少妇　瞧,我早就求过你了,难道你不知道吗?我们当初认识时,我一直都在求你,给我讲讲你青年时期的事情?

丈夫　你到底为什么对这个感兴趣呢?

少妇　难道你不是我丈夫吗?我对你的过去压根儿就一无所知,这能说公平吗?——

丈夫　你不会把我看得这么俗不可耐吧,我——够了,艾玛……这样说无异于一种玷污。

少妇　而你究竟……天知道,你曾经把多少个女人这样搂在怀里,就像现在搂着我一样。

丈夫　你可别说多少个女人了。我欣赏的女人就你一个。

少妇　不过有一个问题你必须回答我……不然……不然……就甭想过什么蜜月了。

丈夫　你就会这样说话……你不想一想,你是当妈妈的……我们的丫头就睡在里面……

少妇　(依偎到他身旁)可是我也想要一个儿子。

丈夫　艾玛!

少妇　不行,你不能这样……当然我是你的妻子……可是我也想要点……当你情人的味道。

丈夫　你想当我的情人?……

少妇　那好吧——首先是我的问题。

丈夫　(顺从地)什么问题呢?

少妇　在你的情人之中,有没有……一个有夫之妇呢?

丈夫　你问些什么呀?——你这样说是什么意思?

少妇　你自己明白。
丈夫　(感到有点不安)你怎么会问起这样的问题来?
少妇　我想知道,是不是……也就是说——有这样一个女人……这个我知道。可是不是你……
丈夫　(严肃地)你认识这样一个女人吗?
少妇　不用问,我自己也不知道。
丈夫　也许在你的朋友中有这样一个女人吧?
少妇　是的,这个我怎么能断然肯定说有——或者没有呢?
丈夫　说不定你的朋友中有人什么时候问起过你……要是女人们凑在一起,不是说东家长就是说西家短——是不是有人向你坦白了——?
少妇　(不确定地)没有。
丈夫　你是不是怀疑到你的某个朋友,觉得她……
少妇　怀疑……噢……怀疑。——
丈夫　好像是。
少妇　肯定不是,卡尔,绝对不是。要是我这样想——那我就不敢相信任何人了。
丈夫　谁都不相信?
少妇　我的朋友一个都不敢相信。
丈夫　你要向我保证,艾玛。
少妇　保证什么呢?
丈夫　你永远不会和那样的女人来往,哪怕你对她有一丝的怀疑,怀疑她的生活不是无可指责的。
少妇　我非得向你这样保证不可吗?
丈夫　我也知道,你是不会去寻找和这样的女人来往的。可是偶然的事也不是不可能发生的,你……是的,甚至司空见惯的是,正好那些名声不好的女人就专门找那些安分守己的女人来往,一来是为了掩人耳目,二来是出于某种……我应该怎么说呢……出于某种对道德的思念。
少妇　原来如此。
丈夫　是的。我相信,我这里所说的一点儿没错。是对道德的思念。

这是因为,那些女人本来都是很不幸的,这你总可以相信我吧。

少妇　为什么不幸?

丈夫　你问为什么,艾玛?你怎么只会问这个呢?你就不能想一想,那些女人过着一种什么样的日子呀!充满谎言,充满欺诈,充满卑鄙和危险。

少妇　不错,当然是。这话算你说对了。

丈夫　真的——就是为了那一丁点的幸福,她们付出了代价……那一丁点……

少妇　欢乐。

丈夫　为什么说是欢乐呢?你怎么会想到说成是欢乐呢?

少妇　正是——其中一定会有什么欢乐——!否则她们怎么会那样呢?

丈夫　什么都不是……无非是一种陶醉。

少妇　(若有所思地)一种陶醉。

丈夫　不,那甚至说也不是一种陶醉。毕竟——付出了昂贵的代价,这是毫无疑问的!

少妇　这么说……你曾经有过这样的经历了——不是吗?

丈夫　是的,艾玛。——那是我最伤心的回忆。

少妇　是谁呢?说说吧!我认识她吗?

丈夫　你瞎想什么呢?

少妇　已经过去好久了吧?是你娶我之前很久的事了?

丈夫　别问了,我求你,别问了。

少妇　可是,卡尔!

丈夫　她已经不在世了。

少妇　当真吗?

丈夫　是的……听起来几乎可笑,可我就是有那种感觉,这样的女人全都是短命的。

少妇　你很爱她吗?

丈夫　撒谎的女人是不会被人爱的。

少妇　这又是为什么……

丈夫　一种陶醉……

少妇　那你不是说爱她吗?

丈夫　别再提这事了,我求你了。那一切早就过去了。我爱过的只有一个人——那就是你。哪儿充满纯洁和真实,你就只管在哪儿去爱。

少妇　卡尔?

丈夫　噢,在这样的怀抱里,你觉得是多么安全,多么惬意啊。为什么我就没有在你还是个孩子时就认识你呢?我相信,要是那样的话,我连别的女人看都不会看一眼的。

少妇　卡尔!

丈夫　你看上去可真美啊!……真美啊!……噢,来吧……(他熄了灯)

　　…………

少妇　你知道吗,我今天不由自主地会想到什么呢?

丈夫　想到什么呢,我的宝贝?

少妇　想……想……想到威尼斯了。

丈夫　那个初夜……

少妇　是的……那样……

丈夫　到底是什么呢——?你就说出来吧!

少妇　你今天这样爱我。

丈夫　是的,是很爱你。

少妇　啊……要是你始终这样……

丈夫　(在她的怀里)怎么?

少妇　我的卡尔!

丈夫　你说这话是什么意思?要是我始终……

少妇　就是现在这个样儿。

丈夫　嗯,到底会是什么样儿呢,要是我始终……?

少妇　那样,我始终就会知道,你是爱我的。

丈夫　是的。可你一定也要明白事情就是这样。他不会总是那个爱着你的男人。人啊,他肯定也时而会超越界限,陷入仇视的生存状态,要斗争,要死亡!千万可别忘了这一点,我的宝贝!在婚姻中,一切都有自己的时间——这正是其美妙之所在。五年之后还会想得起——她的威尼斯,这样的人是不多见的。
少妇　那当然!
丈夫　现在……晚安,我的宝贝。
少妇　晚安!

Ⅵ　丈夫和甜妞

　　〔里德霍夫饭店的一间雅座。陈设普通而舒适。煤气炉燃烧着。
　　〔丈夫,甜妞。
　　〔桌子上是吃晚饭时剩下的东西:奶油泡沫蛋白酥皮甜饼、水果、奶酪。葡萄酒杯里盛着匈牙利白葡萄酒。

丈夫　(抽着哈瓦那雪茄,靠在长沙发的角上)
甜妞　(坐在他旁边的软椅上,用勺子从蛋白酥皮甜饼里掏着奶油泡沫,津津有味地享用着)
丈夫　好吃吗?
甜妞　(不让打扰自己)噢!
丈夫　您要不要再来一个呢?
甜妞　不,这样就已经吃得太多了。
丈夫　你杯子里没酒了。(他要去斟酒)
甜妞　不……您不瞧瞧,我的酒不是放着没动吗?
丈夫　你又是说什么"您"不"您"的。
甜妞　是这样——您不知道,这一时要改过来也不那么容易啊。
丈夫　你明白了。
甜妞　明白什么呢?
丈夫　你应该说"你知道",而不是"您知道"。——过来,坐到我跟前来。
甜妞　马上……我还没有吃完呢。
丈夫　(站起来,挪到那把软椅后,搂抱住甜妞,把她的脑袋扭向自己)

甜妞　嗯,怎么回事?

丈夫　我想要你一个吻。

甜妞　(给他一个吻)您是……噢,对不起,你是一个很放肆的家伙。

丈夫　你现在才发现?

甜妞　啊,不,我早就想到了……早在胡同里就想到了。——您千万别——

丈夫　是"你千万别"。

甜妞　你真的千万可别把我想得太坏了。

丈夫　为什么呢?

甜妞　因为我立刻就那样跟着您进了这个雅座酒家。

丈夫　嗯,可不能说是"立刻"。

甜妞　但是您能够那样苦苦地邀请我。

丈夫　你觉得是吗?

甜妞　那么最后还有什么安排呢?

丈夫　当然有。

甜妞　是不是去散步,或者——

丈夫　去散步,未免也太冷了吧。

甜妞　当然是太冷了。

丈夫　可这里好暖和啊;不是吗?(他又坐下来,搂住甜妞,把她拽到自己一旁)

甜妞　(退缩了)嗯。

丈夫　你现在就说一说吧……你早就注意上我了,是吗?

甜妞　当然是。在歌唱家大街就注意上了。

丈夫　我说的不是今天。前天和大前天,当我尾随着你的时候,你也注意到了。

甜妞　尾随我的人太多了。

丈夫　我想象得出。可你是不是也注意到我了。

甜妞　您不知道……啊……你不知道,我最近发生了什么事?当时,我表姐的丈夫在黑暗里追随着我,没有认出我来。

丈夫　他跟你搭讪了吗?

甜妞　你想到哪儿去呢?你以为人人都像你那样放肆吗?

215

丈夫　可这样的事情毕竟会发生的。

甜妞　当然是。

丈夫　嗯,你当时怎么办呢?

甜妞　嗯,无动于衷呗。——我反正不去搭理他。

丈夫　哼……可你到底搭理我了。

甜妞　嗯,您也许生气了吧?

丈夫　(热烈地吻着她)你的嘴唇一股子奶油泡沫味。

甜妞　噢,我这嘴唇天生就是甜蜜蜜的。

丈夫　很多人都这样对你说吗?

甜妞　多极了!!你又自以为什么呢!

丈夫　嗯,你要放诚实些。有多少人已经吻过这张嘴了?

甜妞　你到底要问什么呢?我要是告诉你,只怕你不会相信!

丈夫　为什么不会相信呢?

甜妞　那你猜去吧!

丈夫　嗯,我们只是这样说说而已——可你千万可别生气啊?

甜妞　我干吗要生气呢?

丈夫　那么我就猜了……二十个。

甜妞　(挣脱开他)嗯,——为什么不一下子就说一百个呢?

丈夫　是呀,我这不是在猜吗。

甜妞　可你这样猜就是心存不良啊。

丈夫　这么说是十个了。

甜妞　(感觉受到污辱)那还用说。一个在胡同里和人家搭上话的女人,立刻就跟着一起进了一家雅座酒家。

丈夫　可别这样耍小孩子脾气。无论是在大街上晃悠,还是坐在一间屋子里……我们这会儿毕竟是在一家饭店里。跑堂的随时都会进来的——不过这也真的没有什么……

甜妞　我正好也是这样想的。

丈夫　你以前去过哪家雅座酒家吗?

甜妞　那就是说,如果要我说实话的话:去过。

丈夫　你瞧瞧,我就喜欢这样,你至少说实话了。

甜妞　可不是那样——看你又把我想象的。我是跟着一个朋友和她的未婚夫一起去雅座酒家的,今年在狂欢节时去过一次。

丈夫　就是你什么时候——和你的情人一起——这似乎也没有什么大不了。

甜妞　当然没有什么大不了。可我没有情人啊。

丈夫　嗯,是吗?

甜妞　天哪,我没有情人。

丈夫　可你就甭想使我相信,我……

甜妞　什么呀?……我反正没有情人——已经半年多了。

丈夫　原来是这样……可在这之前呢?是谁呢?

甜妞　您干吗这样好奇呢?

丈夫　我之所以好奇,是因为我爱你。

甜妞　当真吗?

丈夫　当然啰。想必你已经觉察到了。那你就讲给我听吧。(把她紧紧地搂在自己怀里)

甜妞　你想听我讲什么呢?

丈夫　你就别让人这样求来求去了。我想知道那个人是谁。

甜妞　(大笑着)嗯,反正是个男人。

丈夫　那么——那么——他是谁呢?

甜妞　看上去有点像你。

丈夫　是这样。

甜妞　要是你看上去不那样像他的话——

丈夫　那又怎么样呢?

甜妞　那你就别问了,要是你看见……

丈夫　(明白了)也就是说,正因为这样,你才有意和我搭话的。

甜妞　这算你说对了。

丈夫　我现在真的不知道我是该高兴呢,还是该生气。

甜妞　嗯,我要是你的话,高兴还来不及呢。

丈夫　那好吧。

甜妞　而且你说话的样子也使我想起他……还有你打量人的神情……

丈夫　那他到底是干什么的?

甜妞　不知道,那双眼睛——
丈夫　他叫什么呢?
甜妞　不知道,别这样看着我,我求你了。
丈夫　(搂抱住她,久久热切地吻着)
甜妞　(抖动着身子,想要站起来)
丈夫　你为什么要躲开我呢?
甜妞　该回家了。
丈夫　晚点回去吧。
甜妞　不,我真的要回家了。你不知道,我妈妈会说什么的。
丈夫　你跟妈妈住在一起吗?
甜妞　我当然跟妈妈住在一起了。你还以为我住哪儿呢?
丈夫　是这样——跟妈妈住在一起。你和她分开住吗?
甜妞　是的,当然分开住啊!我们家五个孩子,两个男孩,还有两个女孩。
丈夫　那么你别坐得离我那么远。你是老大吗?
甜妞　不是,我是老二。老大叫卡蒂,在一家商店里上班,是一家花店,下来就是我。
丈夫　你在哪儿上班呢?
甜妞　嗯,我在家里。
丈夫　一直待在家?
甜妞　无论如何得有一个姑娘留在家里。
丈夫　当然啦。是呀——那你到底给你妈妈说什么呢,要是你——这样晚才回家去?
甜妞　这种情况太少了。
丈夫　比如说今天。你妈妈会问你吗?
甜妞　她当然会问我的。这事我会当心的,尽量想法应付就是了——只要我一回家,她就会醒来的。
丈夫　那你这时会对她说什么呢?
甜妞　嗯,就说去看戏了。
丈夫　可她相信你说的吗?
甜妞　嗯,她干吗不相信我呢?我经常去看戏。星期天我刚看过歌剧,跟我的朋友和她的未婚夫,还有我大弟弟。
丈夫　你们从哪儿弄的票?
甜妞　我哥哥是理发师呀!
丈夫　是的,那些理发师……啊,莫非是剧院的理发师了。
甜妞　你怎么这样问个没完没了?
丈夫　我就是感兴趣罢了。你另一个弟弟是干什么的?
甜妞　他还在上学。他将来想当老师。不……这样的工作!
丈夫　那么你还有一个小妹妹了。
甜妞　是的,她还是个野丫头,现在还让人操不尽的心。你不知道,女孩子们在学校里都给宠坏了!你简直都不敢相信!最近她跟人约会,当场被我抓住了。
丈夫　是吗?
甜妞　是的!晚上七点半,她和对面学校的一个男孩在施特罗兹胡同里晃悠呢。真是一个野丫头。
丈夫　那你是怎样对待的?
甜妞　嗯,揍了她一顿呗!
丈夫　你就这么严厉啊?
甜妞　嗯,我不管她谁会去管呢?老大在商店里上班,妈妈只知道喋喋不休地抱怨;——什么事都总是落在我身上。
丈夫　天哪,你好可爱呀!(吻着她,而且变得温情脉脉)你让我想起了什么人来。
甜妞　是这样——什么人呢?
丈夫　不是一个确定的人……想起了那个年代……嗯,就是我的青年时期。别提了,喝酒吧,我的宝贝!
甜妞　好,你多大年龄了?你……是的……我连你叫什么都不知道。
丈夫　卡尔。
甜妞　这有可能!你叫卡尔吗?
丈夫　他也叫卡尔吗?
甜妞　不,可这简直就是奇迹了……这是——不,那双眼睛……那副打量人的神气……(摇着头)
丈夫　可他是谁——你还一直没有告诉我呢。

甜妞　他是一个坏人——这是毫无疑问的,要不他就不会遗弃我的。
丈夫　你很爱他吗?
甜妞　当然我爱过他。
丈夫　我知道他是谁——少尉。
甜妞　不是,他不是当兵的。他们没有要他。他爸爸有一座房子,在……可是你知道这些有什么用呢?
丈夫　(吻着她)你真的长着一双灰眼睛,开始我还以为是黑的呢。
甜妞　嗯,你也许觉得这双眼睛不够美吧?
丈夫　(吻着她的眼睛)
甜妞　不,不——这样我一点都受不了……噢,这可不行——噢,天哪——不,让我站起来吧……哪怕只是片刻——这样可不行。
丈夫　(越来越温情脉脉地)噢,不。
甜妞　我求你了,卡尔……
丈夫　你多大了?——十八妙龄,是吗?
甜妞　已经过了十九岁生日。
丈夫　十九……而我——
甜妞　你三十了……
丈夫　三十多了。——我们就别说年龄了。
甜妞　我认识他时,他也已经三十二了。
丈夫　这是什么时候的事呀?
甜妞　我根本记不清了……你呀,这酒里肯定放什么东西了。
丈夫　是吗,为什么呢?
甜妞　我完全……你不知道——我觉得天旋地转啊。
丈夫　那你就紧紧地倚着我吧。就这样……(他把她搂到自己身边,变得越来越温情脉脉,她几乎不拒绝了)我要告诉你,噢,我的宝贝,我们现在真的可以走了。
甜妞　是的……回家去。
丈夫　不是直接回家去……
甜妞　你这是什么意思?……噢,不,噢,不……我哪儿也不去,你在打什么主意啊——
丈夫　你现在就只管听我说吧,我的宝贝,下一次我们见面时,你不知道,我们这样来安排好了,……(他跪在地上,脑袋偎依在她的怀里)这样好舒服,噢,多么惬意呀。

甜妞　你在干什么呢?(她吻着他的头发)……你呀,这酒里肯定放什么东西了——这样昏昏沉沉的……你呀,要是我再也站不起来了,这可怎么办呢?可是,可是,你瞧瞧,可是,卡尔……要是有人进来了……我求你了……那跑堂的。

丈夫　这儿……永远……都不会有跑堂……进来的……
　　　…………

甜妞　(闭着眼睛靠在长沙发角上)

丈夫　(先点上一支雪茄,然后在房间里踱来踱去,久久一声不吭)

丈夫　(久久地注视着甜妞,自言自语地)谁知道,这姑娘是一个什么样的人呢……哎呀……这么快……是不是我有点太轻率了……嗯……

甜妞　(眼睛睁都不睁)这酒里肯定放什么东西了。

丈夫　是吗,为什么呢?

甜妞　要不……

丈夫　你为什么要把一切都归到这酒上呢?

甜妞　你在哪儿呢?你为什么离我这么远?到我跟前来吧。

丈夫　(走到她跟前,坐下)

甜妞　你现在告诉我,你是不是真爱我。

丈夫　这你自己明白……(他中断自己的话)当然啦。

甜妞　你不知道……的确是……这不行,你说实话,这酒里到底放什么东西了?

丈夫　是吗,你相信我是一个……我是一个会下毒的人吗?

甜妞　是呀,你瞧瞧,我就是弄不明白。我真的不是那样的人……我们才认识……你呀,我不是那样……我发誓,老天作证——要是你这样认为的话——

丈夫　是的——你瞎担什么心呢。我一点都没有把你往坏里想。我就是相信,你爱我。

甜妞　没错……

丈夫　再说,如果两个年轻人单独待在一间屋里,吃晚饭,喝酒……

这酒里根本就用不着放什么东西啊……
甜妞　我也只是这样说说罢了。
丈夫　是吗,为什么呢?
甜妞　(更多是倔强地)我就是觉得丢人呀。
丈夫　这太好笑了。这丢什么人呢,简直是无稽之谈。更何况我使你想起了你的第一个情人。
甜妞　是的。
丈夫　想起了第一个。
甜妞　就是这样……
丈夫　现在让我感兴趣的是,另外那些人都是谁呀。
甜妞　再也没有别的人了。
丈夫　这不是真话,这也不可能是真话。
甜妞　得了吧。再说我可不答应了,别这样纠缠我了。——
丈夫　要不要来一根雪茄?
甜妞　不,多谢了。
丈夫　你知道几点了?
甜妞　几点?
丈夫　十一点半了。
甜妞　真的吗?
丈夫　嗯……那么你妈妈?她习以为常了,是吧?
甜妞　你到底愿不愿意送我回家呢?
丈夫　愿意。可你以往不是自己——
甜妞　得了吧,你可是前后判若两人呀。我到底把你怎么啦?
丈夫　我的宝贝,你怎么啦,你想干什么呢?
甜妞　无非就是因为冲着你那打量人的神气,天哪,不然你早就……已经有许多人求我跟他们一起去雅座酒家了。
丈夫　嗯,你想不想……不久再跟我一起来这儿……或者也可以去别的地方——
甜妞　不知道。
丈夫　这又是什么意思:你不知道。
甜妞　嗯,要是你先问我的话?

丈夫　这么说,什么时候呢？我首先要向你申明,我不住在维也纳。我只是时而来这里小住几天。
甜妞　啊,是吗,你不是维也纳人？
丈夫　我是维也纳人,可我现在住在附近……
甜妞　哪儿呢？
丈夫　啊哈,天哪,这都无所谓呀。
甜妞　嗯,别害怕,我不会去的。
丈夫　噢,天哪,如果你有兴致的话,你也可以来呀。我住在格拉茨。
甜妞　当真吗？
丈夫　那还用说,这有什么好奇怪的呢？
甜妞　你有家了,是吗？
丈夫　(极为吃惊地)是的,你怎么想到这儿去了？
甜妞　反正我觉得是这样。
丈夫　难道这会让你不高兴吗？
甜妞　嗯,我宁愿你是单身。——可你已经有家了。
丈夫　是的,只管告诉我吧,你怎么想到这儿去了？
甜妞　要是有人说他不住在维也纳,而且不是什么时候都有时间——
丈夫　这样的情况不是绝对不可能的吧。
甜妞　我就不相信。
丈夫　那么你勾引一个有妇之夫,使他背信弃义,难道就一点也不觉得愧疚吗？
甜妞　啊,什么,你老婆干起这事来肯定和你没有什么两样。
丈夫　(气愤地)你呀,我不许你这样说话。这样评头论足——
甜妞　我还以为你没有老婆呢。
丈夫　不管我有没有老婆——你都不能这样来评头论足。(站了起来)
甜妞　卡尔,嗯,卡尔。怎么回事？生气啦？你瞧瞧,我真的不知道你结婚了。我不过是这样说说而已。行啦,过来吧,别再生气了。
丈夫　(过了片刻,来到她跟前)你们真是些奇怪的宠儿,你们……

这些女人。(又温情脉脉地守在她一旁)

甜妞　别这样……不行……再说已经这么晚了——

丈夫　好吧,你现在就听我说句话。我们俩认真谈一谈吧。我想再看见你,想常常跟你见面。

甜妞　真的吗?

丈夫　可是为此有必要……也就是说你一定要让我信赖你。我不能看管你。

甜妞　啊,我会自个儿看管自己的。

丈夫　你呀……怎么说呢,尽管不能说是没有经验——可你毕竟还年轻——而——那帮男人通常都是些没有良心的东西。

甜妞　哎呀!

丈夫　我这样说不仅仅指道德方面。——嗯,你肯定明白我的意思了。

甜妞　是的,告诉我,你到底要我怎样呢?

丈夫　这么说吧——要是你真心爱我的话——那就只爱我一个吧——那我们就可以从长计议了——即使我平常住在格拉茨也罢。在这儿,随时都会有人进来,确实也不太合适。

甜妞　(偎依在他身旁)

丈夫　下一次……我们在别的地方见面,行吗?

甜妞　行。

丈夫　找个完全僻静的地方。

甜妞　好。

丈夫　(热切地搂抱住她)其他事我们在回家的路上再说吧。(站起来,打开门)服务员——埋单!

Ⅶ　甜妞和诗人

〔一个小房间,布置得很舒适。窗帘把房间遮得半明半暗。窗帘红色透亮。一张大写字台,上面堆满纸张和书籍。靠墙是一架钢琴。甜妞。诗人。他们正好一起走进来。诗人关上门。

诗人　好吧,我的宝贝。(吻着她)
甜妞　(戴着礼帽,披着披肩)啊!这里可真美啊!就是什么都看不见!
诗人　你的眼睛要适应这半明半暗的气氛。——这双甜蜜蜜的眼睛——(吻着她的眼睛)
甜妞　可是这双甜蜜蜜的眼睛却没有足够的时间去适应了。
诗人　为什么呢?
甜妞　因为我只待几分钟。
诗人　把礼帽脱下来吧,行吗?
甜妞　就为这几分钟?
诗人　(从她的礼帽上取下饰针,然后把礼帽摘去)还有披肩——
甜妞　你要干什么呢?——我马上又得走啊。
诗人　可你得休息一会儿呀!我们都走了三个钟头了。
甜妞　我们坐的是车。
诗人　是的,回家来坐的是车——可在小溪旁的韦德林格,我们真的转悠了整整三个钟头啊。所以,你还是舒舒服服地坐下来歇息吧,我的宝贝……不管你要去哪儿也好;——坐到在这写字台旁吧;——可别这样,不舒服。坐到长沙发上去。——就这样。(把她摁下去)如果你觉得很累的话,干脆躺到上面吧。好的。(他把她放到长沙发上)把这小脑袋枕到软垫上。
甜妞　(笑着)可我一点儿也不累呀!
诗人　只有你相信好了。就这样吧——如果你困了,睡会儿觉也无妨。我不会打扰你的。再说,我也可以给你弹奏一首催眠曲……是我自己创作的……(走到钢琴前)
甜妞　是你自己创作的?
诗人　是的。
甜妞　我就心里想过,罗贝特,你是一个博士。
诗人　为什么?我不是给你说过,我是作家。
甜妞　作家可都是博士呀。
诗人　不,并不全都是。比如我就不是。你怎么会想到这个呢?

甜妞　嗯,因为你说,你要弹奏的这首曲子是你自己创作的。

诗人　是啊……或许也不是我创作的。这都完全无所谓的。你说对吗?总而言之,不管是谁创作的,终归都是无所谓的。只要好听就是了——不是吗?

甜妞　那当然了……曲子要好听——这是主要的!——

诗人　你知道我这样说是什么意思吗?

甜妞　什么呢?

诗人　嗯,我刚才所说的。

甜妞　(困倦地)嗯,那当然啦。

诗人　(站起来;走到她跟前,抚摸着她的头发)可你一句话也没有听明白啊。

甜妞　是吗,我也不至于这么傻吧。

诗人　当然你这么傻了。而正因为如此,我才喜欢你呢。啊,要是你们这些人都这样傻的话,那有多美呀。

甜妞　这可不行啊,你怎么骂人呢?

诗人　天使呀,我的小天使。躺在这软绵绵的波斯毯上好舒服,不是吗?

甜妞　是啊。去吧,你不想继续弹钢琴了?

诗人　不,我就喜欢待在你身边。(抚摸着她)

甜妞　是吗,那你就不想点上蜡烛吗?

诗人　噢,不用……这种朦胧让人多么惬意。我们今天一整天都沐浴在日光中。现在我们可以说是走出了这个浴场。并且把……这种朦胧像浴袍一样披了起来——(大笑着)——啊,不——这简直让人难以言表啊……难道你觉得不是吗?

甜妞　不知道。

诗人　(轻轻地从她身旁离去)绝妙,这般愚蠢啊!(拿起一个笔记本,并且写上几句话)

甜妞　你在干什么呢?(身子转向他)你到底在写什么呢?

诗人　(低声地)太阳、浴场、朦胧、大衣……就这样……(收起笔记本,大声地)什么也没有……现在你说吧,我的宝贝,你要不要吃点或者喝点什么?

甜妞　我真的还不渴。可是我饿了。

诗人　哼……我宁愿你渴了。因为我家里有科涅克,可是要吃的,那我就得先去拿了。

甜妞　你就不能叫人送来吗?

诗人　这太麻烦了,我的女佣现在不在家里——那你等一等吧——我这自个儿去拿……你想吃什么呢?

甜妞　可现在真的也没有这个必要了,我反正要回家了。

诗人　宝贝,别再提回家了。我告诉你:如果我们要走的话,那我们就一起去什么地方吃晚饭吧。

甜妞　噢,不用了。我可没这工夫。再说,我们要去哪儿呢?说不定会碰上什么熟人的。

诗人　你就有那么多熟人吗?

甜妞　只要有一个看见我们了,那就糟透了。

诗人　到底会糟透什么呢?

甜妞　嗯,你想一想,要是妈妈听到什么……

诗人　那我们就可以去一个没有人看得见我们的地方,雅座饭馆有的是。

甜妞　(哼着歌)是的,那就去一家雅座酒家吃晚饭吧!

诗人　你是不是去过哪一家雅座酒家?

甜妞　如果要让我说实话的话,去过。

诗人　那个交了好运的家伙是谁呢?

甜妞　噢,那可不是像你说的……我跟一个朋友和她的未婚夫。他们带我一起去的。

诗人　是这样。说到底,是要让我相信你吧?

甜妞　你也没有必要相信我呀!

诗人　(在她近旁)你现在脸红了吧?人家可什么都看不出来了!我再也摸不准你的模样儿了。(他用手触摸着她的脸颊)可就是这样,我也能认出你来的。

甜妞　嗯,你就当心点,不要把我和别的什么女人弄错了。

诗人　好奇怪,我再也想不起来你是什么模样儿了。

甜妞　多谢了!

227

诗人　（严肃地）你呀,这简直让人毛骨悚然,我差点儿想象不出你的模样儿了,——在某种意义上说,我把你已经忘记了——要是我连你说话的语调都再想不起来的话……那你到底是什么人呢？——你又近在眼前,又远在天边……真让人毛骨悚然呀。

甜妞　啊,是吗？你在说些什么呢——？

诗人　什么都没有说,我的天使,什么都没有说。你的嘴唇……（他吻着她）

甜妞　你不愿点上蜡烛吗？

诗人　不用……（他变得十分温情脉脉）你说说,你爱不爱我。

甜妞　非常爱……噢,非常爱！

诗人　你像爱我这样爱过别的什么人吗？

甜妞　我不是已经给你说过了——没有。

诗人　可是……（他叹息着）

甜妞　那个人曾经是我的未婚夫呀。

诗人　要我说,最好你现在就别再想他了。

甜妞　这样可不行……你在干什么呢……你瞧瞧……

诗人　我们现在也可以想象着我们生活在印度的一个皇宫里。

甜妞　那儿的人肯定不像你这么坏。

诗人　多难听啊！好美妙——啊,要是你知道,你对我来说意味着什么的话……

甜妞　什么呢？

诗人　别一个劲地推开我呀；我不会把你怎么样的——暂时不会的。

甜妞　你呀,这紧身胸衣让我好难受啊。

诗人　（直截了当地）那就脱下来吧。

甜妞　好吧。可你不许趁机无礼啊。

诗人　不会的。

甜妞　（起身在黑暗中脱去紧身胸衣）

诗人　（这期间坐在长沙发上）你说说,你就一点不感兴趣我姓什么吗？

甜妞　是的,那你姓什么呢？

诗人　我最好不要告诉你我姓什么,而是我怎样称呼自己。

甜妞　这有什么区别吗?

诗人　嗯,我当作家是怎样称呼自己的。

甜妞　啊,你不是用真名写作吗?

诗人　(靠近她)

甜妞　啊,……这样不行!……不。

诗人　阵阵芳香扑鼻而来。多甜蜜啊。(吻着她的乳房)

甜妞　你撕坏我的内衣了。

诗人　脱掉……脱掉……这都是多余的。

甜妞　可是,罗贝特!

诗人　现在就进入我们的印度皇宫吧。

甜妞　你先告诉我,你是不是真的爱我。

诗人　我爱你呀。(热切地吻着她)我爱你,我的宝贝,我的春天……我的……

甜妞　罗贝特……罗贝特……

　　　…………

诗人　这是天堂的幸福呀……我管我自己叫……

甜妞　罗贝特,噢,罗贝特!

诗人　我管自己叫毕比茨。

甜妞　你为什么管自己叫毕比茨呢?

诗人　我不叫毕比茨——我是这样称谓自己……怎么,你也许不知道这个名字吧?

甜妞　是的。

诗人　你不知道毕比茨这个名字?啊——太妙了!真的吗?你只是说说你不知道这个名字,对吗?

甜妞　天哪,我从来也没有听说过这个名字!

诗人　难道你从来也不去看戏吗?

甜妞　是啊——我最近才跟人——你不知道,跟我一个朋友和她叔叔一起,我们在骑兵驻地那里看歌剧了。

诗人　哼,那么你从来也没有去过皇家剧院了。

甜妞　我从来也没有得到那儿的赠票。

诗人　下次我会给你送张票去。

甜妞　那太好了！你可别忘了！不过要看些让人欢心的戏。

诗人　好……欢心的……你不喜欢看悲戏吗？

甜妞　不喜欢。

诗人　哪怕是我写的剧本？

甜妞　得了吧——你写的剧本？你给剧院写剧本？

诗人　我要点上蜡烛，好吗？从你当了我的情人以来，我还没有看见过你呢。——天使啊！（他点起一根蜡烛）

甜妞　这样不行，羞死人了。你至少得给我一个遮身的东西。

诗人　过会儿吧。（他端着蜡烛走近她，久久地打量着她）

甜妞　（用两只手捂住脸）这样不行，罗贝特！

诗人　你好美啊，你就是美，你或许就是大自然，你是那神圣的纯朴。

甜妞　噢，好痛啊，你把烛泪滴到我身上了！你瞧瞧，你干吗不当心呢！

诗人　（把蜡烛拿开）你正是我寻觅已久的宝贝呀。你就只爱我吧，即便我是布店的小伙计，你也要爱我的。这叫我好开心啊。我要向你坦言，直到这一刻，我都没有摆脱掉某种怀疑。你实话说吧，难道你不知道我是毕比茨吗？

甜妞　别再问我了！我一点都不明白，你要我说什么呢？我压根儿就不知道毕比茨。

诗人　名望算什么呢！不，忘掉我所说的吧，也忘掉这个我告诉你的名字吧。罗贝特就是我，我要为你而存在。我也不过是开开心而已。（低声地）我不是什么作家，我不过是一个打工的，我晚上在大众歌唱团里弹钢琴。

甜妞　是的，可我现在不知如何是好了……不，看你那注视人的样儿。是的，到底怎么回事呀，你到底怎么啦？

诗人　太奇怪了——这样的情况，我几乎从来还没有碰到过，我的宝贝，我的眼泪都快要流出来了。你深深地打动着我。我们要永远在一起，不容置疑：我们要永远相爱。

甜妞　你呀，你真的在大众合唱团里弹琴？

诗人　是的，可你别再问下去了。要是你爱我的话，就什么都别问了。你说说，你能不能完全腾出几个星期来？

甜妞　为什么要完全腾出来呢?

诗人　那就是离开家,好吗?

甜妞　可是,我怎么能够这样?我妈妈会说什么呢?更何况,我要是不在,家里一切都会乱了套。

诗人　我心里想得好美呀,和你一起,与你相依为命,在那人烟稀少的地方,在森林里,在大自然里生活几个星期……在大自然里……然后有一天说声再见——各奔东西,而且不知道走向何方。

甜妞　你现在就已经谈到说声再见了!而我还以为,你是那样地爱着我。

诗人　正因为如此——(身子弯向她,吻着她的额头)你这个甜蜜的美人呀!

甜妞　这样不行,搂紧我吧,我觉得好冷。

诗人　你可以穿上衣服了。等一等,我给你点上几支蜡烛吧。

甜妞　(站起来)别向我这儿看。

诗人　好。(在窗前)告诉我吧,我的宝贝,你幸福吗?

甜妞　这话是什么意思呢?

诗人　我是随便说说,你幸福不幸福?

甜妞　日子会好起来的。

诗人　你误解我了。你家里的情况,你给我已经讲得够多了。我知道,你不是什么金枝玉叶。我要说的是,如果你抛开所有这一切不说,如果你直接感受到自己在生活。你到底感受到自己在生活了吗?

甜妞　别问了,你有没有梳子?

诗人　(走到梳妆台前,递给她梳子,注视着这个甜妞)天哪,你看上去好迷人啊!

甜妞　嗯……不!

诗人　你不能走,还是待在这儿吧,待在这儿,我这就去弄些晚饭来……

甜妞　可是已经太晚了。

诗人　现在还不到九点啊。

甜妞　嗯,就别这样了,我得赶紧走了。

诗人　我们什么时候会再见面呢?

甜妞　嗯,那你什么时候想再看见我呢?

诗人　明天。

甜妞　明天星期几?

诗人　星期六。

甜妞　噢,明天不行,我要和小妹妹去监护人那儿。

诗人　那么星期天……哼……星期天……星期天……现在我要给你解释一下。——我不是毕比茨,可毕比茨是我的朋友。我什么时候会让你认识他的。可星期天演出毕比茨的剧;我会送给你一张票,然后上剧院去接你。你要说给我听听,觉得这个剧怎么样,行吗?

甜妞　现在,这个毕比茨的故事——真弄得我稀里糊涂了。

诗人　只有当我知道你看了这出剧有什么样的感觉时,才会完全了解你。

甜妞　好吧,……我累坏了。

诗人　走吧,我的宝贝!(他们离去)

Ⅷ　诗人和女演员

〔在一家乡村旅馆里,一间屋子。一个春天的晚上,月光映照在草地和坡丘上,窗户都大开着。寂静无声。诗人和女演员走进来;他们刚一进屋,诗人拿在手上的烛光就熄灭了。

诗人　噢……

女演员　怎么回事啊?

诗人　烛光。——可我们不需要这烛光了。你瞧瞧,一片明亮。太美啦!

女演员　(在窗前突然跪在地上,合起双手)

诗人　你怎么啦?

女演员 （一声不吭）

诗人 （走近她）你在干什么呢？

女演员 （气愤地）你没有看见我在祈祷吗？——

诗人 你相信上帝？

女演员 那当然，我可不是一个毫无信仰的无赖。

诗人 啊,原来是这样！

女演员 到我这儿来,跪到我身边吧。你也可以祈祷一次呀,不会对你有什么坏处的。

诗人 （跪在她身旁,并且搂住她）

女演员 放荡不羁的家伙！——（站起来）你知道我是在向谁祈祷吗？

诗人 我想是向上帝吧。

女演 （强烈嘲讽的口气）不对,我是在向你祈祷啊。

诗人 那你为什么望着窗外呢？

女演员 你最好告诉我,你把我弄到什么地方来了,你这个拐骗犯！

诗人 宝贝呀,这可是你的主意呀。你要到乡下来——而且正好就来这儿了。

女演员 这么说难道是我的错了？

诗人 当然不是了。这儿真叫人心旷神怡啊。你想一想,离维也纳也就两个钟头路程——一片清静。多好一个地方啊！

女演员 什么？要是你真有那么一点才气的话,也许可以作起诗来呀。

诗人 你来过这儿吗？

女演员 问我来没来过？我在这儿住过好些年呢！

诗人 跟谁？

女演员 那还用问,当然跟弗里茨了。

诗人 啊,原来是这样！

女演员 我的确仰慕过这个男人！——

诗人 这你已经给我说过了。

女演员 岂有此理——要是你觉得我无聊的话,我也可以走开呀！

诗人 你让我觉得无聊？……难道你一点儿也不知道,你对我来说意味着什么吗……你简直就是一个独一无二的世界……你是神圣的化身,你是天才……你是……你真的就是那神圣的纯朴……是的,你……可是你现在不该提起弗里茨呀。

女演员　这肯定是场误会了!好了吧!——

诗人　你认识到了,这就太好了。

女演员　过来吧,亲我一下好吗?

诗人　(吻着她)

女演员　可现在我们就要道声晚安了!再见,我的宝贝!

诗人　你这是什么意思?

女演员　就是说我要休息了!

诗人　对呀——现在就要休息了,可你要说声晚安的话……那我该在哪儿过夜呢?

女演员　这楼里肯定还有不少房间吧。

诗人　可别的房间对我没有什么吸引力啊。再说,现在我应该点上蜡烛,你说对吗?

女演员　是的。

诗人　(点燃立在床头柜上的蜡烛)多舒适的房间……而且这儿的人也很虔诚。到处挂的都是圣人像……能够跟这些人过上一段日子,或许是很有意思的……的确是另一番天地。我们真的对别人了解太少了。

女演员　别乱说一通了,最好还是把桌子上的那个包给我递过来吧。

诗人　给你,我独一无二的宝贝!

女演员　(从小包里拿出一张加框的小照片,把它立在床头柜上)

诗人　这是什么?

女演员　圣母像。

诗人　你始终把它带在身上?

女演员　这就是我的护身符。你现在就走开吧,罗贝特!

诗人　你在开什么玩笑吧?你就不需要我帮忙吗?

女演员　不用了,你现在该走了。

诗人　那我什么时候再回来呢?

女演员　十分钟后。

诗人　（吻着她）再见！
女演员　你要去哪儿呢？
诗人　我就在窗前转一转。我很喜欢夜里在外面走一走。我最好的灵感就是这样产生的。更何况在你近旁,可以说在你那爱慕的呵护中……我自由自在地神游于你的艺术之中。
女演员　你说起话来像个白痴……
诗人　（伤心地）有那样一些女人,她们也许会说……像一个诗人。
女演员　那么你快走开吧。你可别背着我跟那个女服务员套近乎呀。——
诗人　（离去）
女演员　（她脱去衣服。她听见诗人从木楼梯上走下去,并能听到他在窗下走动的脚步声。她一脱去衣服就走到窗前,向下望去。他站在那儿;她低声细语地向下喊道）回来吧！
诗人　（急忙上楼来,扑到她跟前;与此同时她已经躺在床上,熄灭了蜡烛;他关起门）
女演员　好吧,你现在可以坐到我跟前来,给我讲点什么。
诗人　（坐到床边,靠在她跟前）要不要我关上窗子？你不觉得冷吗？
女演员　噢,怎么会呢！
诗人　我应该给你讲些什么呢？
女演员　就说说你在这个时刻背弃谁了？
诗人　可惜我不是那号人呀。
女演员　你现在就放心吧,我也欺骗了某个人了。
诗人　这我是可以想象到的。
女演员　那你认为会是谁呢？
诗人　啊,宝贝,我可是什么也不知道呀。
女演员　那你就猜一猜吧。
诗人　等一等……嗯,是你的经理吧。
女演员　亲爱的,我可不是合唱队员啊。
诗人　我不过是想想罢了。
女演员　那你就再猜一次吧。

诗人　这么说,你欺骗你的同事了……拜诺——

女演员　哈!那个男人压根儿就不喜欢女人……你连这个也不知道吗?那家伙跟自己的邮差有关系呢!

诗人　这可能吗?——

女演员　就这样,你最好吻我一下吧!

诗人　(搂抱着她)

女演员　可你在干什么呢?

诗人　好吧,你别这样折磨我了。

女演员　你听着,罗贝特,我给你提一个建议,你就上床睡到我跟前吧!

诗人　遵命!

女演员　快来,快来呀!

诗人　是的……要是按照我的想法,那我早就……你听一听……

女演员　听什么呢?

诗人　窗外蟋蟀在唧唧地叫。

女演员　你发疯了吧,我的宝贝,这儿根本没有蟋蟀。

诗人　可你明明听见它们在叫呢。

女演员　好啦,就这样来吧,别磨蹭了!

诗人　我来了。(躺到她跟前)

女演员　就这样,你现在乖乖地躺着……嘘……别动。

诗人　好的,你想干什么呀?

女演员　你不就是想要和我来个床笫之欢吗?

诗人　这你难道还不清楚!

女演员　怎么,有人肯定也想这样……

诗人　可是不容怀疑的是,在这个时刻,我是近水楼台先得月了。

女演员　那就来吧,我的蟋蟀!我从现在起就叫你蟋蟀了。

诗人　好啊……

女演员　那你欺骗了谁呢?

诗人　谁呢?……该不会是我自己吧……

女演员　我的宝贝,你脑子病得不轻啊。

诗人　或者一个……你从来还没有见过的人……一个你不认识的

人——一个——适合于你的人,一个你永远也找不到的人……
女演员　我求你了,别说得这么邪乎了。
诗人　……这并不奇怪……连你——确实应该相信的。——可是,不,那意味着要夺取你最美好的东西,要是有人想对你……来吧,来吧——来吧——

　　…………

女演员　比起在那些无聊的剧里人物来,这样不是更美妙吗……你说呢?
诗人　而我觉得,你有机会也不妨在那些合适的剧本里担当些角色,这也不挺好吗?
女演员　你这个狂妄自大的家伙,指的无非又是你那个剧本了?
诗人　是的!
女演员　(严肃地)那或许是一个绝妙的剧本!
诗人　绝妙又怎么样?
女演员　是的,你是一个伟大的天才,罗贝特!
诗人　再说,趁这个机会,你也可以告诉我,你前天为什么拒绝了。这也绝对没有给你带来任何麻烦呀。
女演员　不错,我就是存心要气你。
诗人　是吗,为什么呢?我哪儿对不住你呢?
女演员　你太盛气凌人了。
诗人　怎么会呢?
女演员　剧院里的人都这样认为。
诗人　原来是这样。
女演员　可是我对他们说了,这个人肯定有盛气凌人的资本。
诗人　那别的人是怎样回答的?
女演员　那些人会向我回答什么吗?我跟谁也不说话。
诗人　啊,原来是这样。
女演员　他们都恨不得要把我毒死。可他们是不会得逞的。
诗人　现在就别想着那帮人了。而更让你高兴的是我们在一起。告诉我,你爱我。
女演员　你还要索取进一步的证明吗?

诗人　这是根本不会得到证明的。

女演员　那可就太好了！你还想要干什么呢？

诗人　你曾经想给多少人以这样的方式来证明呢……你都爱过他们吗？

女演员　噢,不,我只爱过一个人。

诗人　(搂抱着她)我的……

女演员　弗里茨。

诗人　我叫罗贝特。要是你现在还想着弗里茨,那我对你来说到底算是什么呢？

女演员　你真是个情种呀。

诗人　不错,这我明白。

女演员　那么告诉我,你不觉得心满意足了吗？

诗人　是吗,我为什么要心满意足呢？

女演员　我想,你当然有一个原因了。

诗人　啊哈,就因为这样。

女演员　是的,就因为这样,我这个糊涂的蟋蟀！——那么,唧唧的叫声怎么样了？它们还在唧唧地叫吗？

诗人　一直不断,难道你听不见吗？

女演员　我当然听得见。可那是些青蛙,我的宝贝。

诗人　你弄错了,青蛙呱呱地叫。

女演员　毫无疑问,它们是在呱呱地叫着呢。

诗人　可是不在这儿,我的宝贝,这儿听到的是唧唧的叫声。

女演员　你真是我碰到的人中最固执的一个。吻我一下吧,我的青蛙。

诗人　求你了,别这样叫我。这样叫弄得我好心烦呀。

女演员　那我该怎样叫你呢？

诗人　我不是有自己的名字吗:罗贝特。

女演员　啊哈,这太愚蠢了。

诗人　我求你了,我的名字是什么,你干脆就那样叫好了。

女演员　那好吧,罗贝特,给我一个吻吧……啊！(她吻着他)你现在满意了吧,青蛙？哈哈哈哈。

诗人　我抽支烟行不行?

女演员　给我也来一支吧。

〔他从床头柜上拿起烟盒,抽出两支烟点燃,把一支递给她。

女演员　再说,你对我昨天的成功还一言未发呢。

诗人　什么成功?

女演员　就是演出呀。

诗人　啊,原来是这样。我没有去看戏。

女演员　你就是爱开玩笑。

诗人　绝对不是。你前天拒绝了以后,我就估摸着你昨天还不会全部集中起精神来,因此,我宁可放弃不去。

女演员　那你可错过得太多了。

诗人　是吗?

女演员　一片轰动。把那些人都给震傻了。

诗人　这些你都看清楚了?

女演员　拜诺说,宝贝,你表演得像个女神。

诗人　哼……而你前天还是那样病病怏怏的。

女演员　是的,这我不否认。可你知道为什么吗?想你心切呀。

诗人　你刚才还说过,你是存心要气我,才拒绝了。

女演员　可你哪里知道我对你的爱呀。你对那一切都无动于衷。而我已经多少个晚上发着烧呢。四十度呀!

诗人　一时闹情绪,这可就相当高了。

女演员　你把它称之为一时闹情绪?我都快爱死你了,而你居然称之为一时闹情绪——?!

诗人　而弗里茨……?

女演员　弗里茨……别给我提这个被判处在橹舰上划桨的囚犯了!——

Ⅸ　女演员和伯爵

〔女演员的卧室。陈设非常奢华。中午十二点钟,百叶窗还遮得严严实实的,床头柜上燃着一支蜡烛,女演员还躺在她那有天盖的床上。被子上放着许多报纸。

〔伯爵身着骑兵上尉服装走进来。他在门口停住步子。

女演员　啊,伯爵先生。

伯爵　老夫人已经允许了,要不我是不会——

女演员　请吧,您只管走近些。

伯爵　吻一吻手吧。对不起——刚从大街上进来……因为我还什么都看不见呢。这样……我们似乎在——(在床前)——吻一吻手吧。

女演员　请坐,伯爵先生。

伯爵　老夫人告诉我,小姐贵体不佳……但愿没有什么大恙。

女演员　没有什么大恙?我都快要死了!

伯爵　天哪,这怎么可能呢?

女演员　不管怎么说,您来看我,叫人好不高兴啊。

伯爵　快要死了!可昨天晚上,您不是表演得像一个女神吗?

女演员　那不用说是一次很大的成功了。

伯爵　巨大的成功!……所有的人都欣喜若狂,更不用说我自己了。

女演员　谢谢您送来的那些漂亮的鲜花。

伯爵　这有什么好谢的,小姐。

女演员　(眼睛瞟向一个大花篮。花篮放在窗台前的一个小桌上)就放在那儿。

伯爵　昨天,您真的被鲜花和花环给淹没了。

女演员　那些鲜花全都放在我的挂衣间里。只有您的花篮我带回家里来了。

伯爵　(吻着她的手)您真可爱。

女演员　(突然抓起他的手吻起来)

伯爵　可是,小姐。

女演员　您别紧张,伯爵先生,这不会给您带来任何麻烦的。

伯爵　您是一个好奇怪的人……简直让人捉摸不透。——(停顿)

女演员　比尔肯小姐想必容易捉摸多了。

伯爵　是的,小比尔肯不成问题,尽管……我和她也只是一面之交。
女演员　哈!
伯爵　您相信我好了。您就是让人捉摸不透。我始终对此抱以热切的渴望。昨天我……第一次观看了您的表演,我真的没有想到那是一大享受。
女演员　是吗?
伯爵　是的。您瞧瞧,小姐,看场戏是那样不容易。我习惯了晚些吃午餐……也就是说,吃过饭后走进剧院时,最精彩的东西都看不上了。难道不是这样吗?
女演员　那您从现在起早点吃饭就是了。
伯爵　是的,我也是这样想的。或者干脆不吃。要说吃午饭,那真的也不是什么快乐的事。
女演员　您这个年轻的老头子究竟还知道什么样的快乐呢?
伯爵　我有时候也这样问自己!可我不是一个老头呀。这里一定还有别的原因。
女演员　您相信吗?
伯爵　是的。比如鲁路说,我是一个哲学家。您不知道,小姐,他认为我思考太多。
女演员　是的……思考,这可是个不幸啊。
伯爵　我有好多的时间,所以我就思考。话可别那样说了,小姐,您瞧瞧,我心里在想着,要是他们把我调到维也纳来,那就更好了。这里有娱乐和刺激。可是从根本上说,跟别的地儿也没有什么两样。
女演员　你说的别的地儿是哪儿呢?
伯爵　您不知道,我说的就是匈牙利,内斯特尔,我大多数时间在那儿驻防。
女演员　是吗,您在匈牙利干什么呢?
伯爵　嗯,怎么说呢,小姐,值勤呗。
女演员　是吗,您干吗要在匈牙利待那么久呢?
伯爵　我能有什么办法?
女演员　这肯定会让人发疯的。

伯爵　为什么会发疯呢？那儿要干的事情确实比这儿多。您不知道,小姐,要训练新兵,要训练新马……再说,那个地方也不像人们说得那样恶劣。也有一些非常美的东西,有一望无际的平原——还有那迷人的落日。遗憾的是,我不是画家。我有时心想,如果我是画家的话,就把这样的景色画下来。我们团里有一个,就是那个年轻的施普兰尼,他会画画。——可是我给您讲的都是些多么无聊的故事呀,小姐。

女演员　噢,怎么会呢！叫我好开心啊。

伯爵　您不知道,小姐,跟您聊天真是一种享受,鲁路已经给我说过。这样的机会是很难得的。

女演员　那当然啰。在匈牙利就很难有啊。

伯爵　在维也纳恰好就是这样！人到处都一个样;哪儿人更多,哪儿就更加拥挤,这就是全部的区别。您说说,小姐,您真的喜欢人吗？

女演员　喜欢——？我恨他们！我连一个人都不愿看见！我从来也不见任何人。我总是一个人独来独往,谁也不会踏进这座房子的。

伯爵　您瞧瞧,我心里想着就是这样,您真的是一个敌视人的人。在艺术界,这种情形屡见不鲜。要是在这样的社会上层里……嗯,您过得很自在。您至少知道您为什么而活着！

女演员　是谁给您这样说的？我不知道,我为什么而活着！

伯爵　岂有此理,小姐——有名望——又受到拥戴——

女演员　难道说这是幸福吗？

伯爵　幸福？岂有此理,小姐,幸福是不存在的。恰恰就是人们谈论最多的事情是不存在的……比如说爱情。这无非也是一个样。

女演员　您这样算是说对了。

伯爵　无非是享受……无非是陶醉……那才是美好的。在这种情况下,什么都不用说……这是些更实在的东西。我现在享受着,好美呀。我明白,我在享受着。或者我陶醉了,好美呀。这也是实实在在的。过去了就是过去了。

女演员　（瞪大眼睛）是过去了。

伯爵　可是,一旦你不,我该怎样说才好呢,一旦你没有陶醉于那个时刻,也就是说思前或者顾后……嗯,结果却是一样的。之后……是伤悲……之前是无所适从……一句话……你只会晕头转向。难道我说的不对吗?

女演员　(瞪大眼睛点着头)您可真是一语道破天机呀。

伯爵　您瞧瞧,小姐,当你有朝一日弄明白了时,一切都是无所谓的,不管你住在维也纳,还是夫斯塔,或者施泰纳曼格。您瞧瞧,比如说……我可以把帽子放在哪儿呢?好,谢谢……我们刚才说到什么来着?

女演员　说到施泰纳曼格。

伯爵　没错儿。正如我所说的,区别是不大的。晚上我是坐在赌场还是俱乐部,反正都是一回事。

女演员　这些跟爱情到底有什么关系呢?

伯爵　要是你相信爱情的话,什么时候都会有女人喜欢男人的。

女演员　比如说比尔肯小姐。

伯爵　我真的不明白,小姐,您干吗总要提起比尔肯这个小姐呢?

女演员　她不就是您的情人吗!

伯爵　这是谁说的?

女演员　这事无人不晓。

伯爵　那只有我被蒙在鼓里了,真奇怪。

女演员　您不就是因为她跟人决斗了吗!

伯爵　也许我已经被打死了,可我却对此毫无觉察。

女演员　好吧,伯爵先生,您是个正直的人。您坐得靠近点儿吧。

伯爵　这样好自在。

女演员　过来呀。(她把他拽到自己身边,抚摸着他的头发)我知道您今天会来的!

伯爵　为什么?

女演员　我昨天在剧院里就已经知道了。

伯爵　您从舞台上看见我了?

女演员　哎呀!难道您没有发现我只是在给您表演吗?

伯爵　这怎么可能呢?

女演员　当我看见您坐在第一排时,顿时就走神了!

伯爵　走神了?因为我?我就没有想到您在留意我!

女演员　您那高贵的气质,简直能迷倒人。

伯爵　是的,小姐……

女演员　"是的,小姐"!……那么至少,您不能把您的佩剑解下来吗?

伯爵　只要您允许的话。(卸下佩剑,靠到床边)

女演员　您终于可以吻我一下吧。

伯爵　(吻着她;她不放开他)

女演员　我宁可从来也没有靠到你,那样才好。

伯爵　是的,这样更好!——

女演员　伯爵先生,您真会装腔作势!

伯爵　我——为什么?

女演员　您不觉得,人要是能够处在你的地位,不知道有多幸福啊!

伯爵　我是很幸福啊。

女演员　好吧,我想过,本来就没有幸福可言。你干吗要这样注视着我呢?我觉得,您怕我,伯爵先生!

伯爵　我说是的,小姐,您让人难以捉摸。

女演员　啊哈,别再给我来你那套哲学了……到我跟前来吧。你现在对我有什么要求呀。你可以得到你想要的一切。你实在太帅了。

伯爵　那我就请您允许——(吻着她的手)——,我今天晚上再来。

女演员　今天晚上——我有演出啊。

伯爵　演出完后。

女演员　你就不要求点别的什么吗?

伯爵　别的一切,就等演出完后再求吧。

女演员　(受到伤害)那你就可以长久地求了,你这个装腔作势的家伙。

伯爵　您瞧瞧,或者你瞧瞧,我们直到现在不是相互都很坦诚吗……我觉得那一切等到晚上演出完后会更加美妙……要比现在更惬意。现在……我总是有那样的感觉,仿佛这门随时都会被打开的……

女演员　这门是不会从外面被打开的。

伯爵　你瞧瞧,我们从一开始就别轻举妄动,免得本来可能会是很美好的东西,最后却让人扫兴。

女演员　也许吧……

伯爵　如果要我说实话的话,这么早,我觉得做爱是挺恐怖的。

女演员　哎,我肯定从来都没有碰到过像你这样神神道道的人!

伯爵　我需要的不是随便哪个女人……一般说来都是无所谓的。可是像你这样的女人……不,你可以上百次地把我称作傻瓜。可是像你这样的女人……不,你可以骂我一百次白痴。可是像你这样的女人……谁也不会在吃早饭前就拉到自己跟前的。而且这样……你不明白……这样……

女演员　天哪,你的嘴好甜啊!

伯爵　现在你明白了我所说的,不是吗?这事我就是这样想的——

女演员　这事你到底是怎么想的呢?

伯爵　我想……等演出结束以后,我在车里等你,然后我们一起坐车随便去什么地方进晚餐——

女演员　我可不是比尔肯小姐。

伯爵　我可没有这样说过。我只是觉得,不管做什么事,都需要有个情绪。我总是在吃晚饭的时候才会进入状态。要是吃完晚饭后就这样一起回家来,然后……那才是最美妙的。

女演员　然后什么呢?

伯爵　也就是说,然后……那就要看事情怎样发展了。

女演员　你靠近我坐吧。再近点儿。

伯爵　(坐到床上)我可要说说,从这些软绵绵的垫子里是不会长出这样一根……这是木樨草吧?

女演员　这儿很热呀,你不觉得吗?

伯爵　(弯着身子,吻着她的脖颈)

女演员　噢,伯爵先生,这样有悖于你的宗旨。

伯爵　这是谁说的?我可没有什么宗旨啊。

女演员　(把他拉到自己身边)

245

伯爵　真的好热啊。

女演员　你觉得是吗？而且这么黑洞洞的，就像到了晚上似的……（把他拽到自己身边）就是晚上……就是深夜……要是你嫌太亮，就闭上眼睛吧。来吧！……来吧！……

伯爵　（不再推诿了）

…………

女演员　你说呢，现在的情绪怎么样，你这个装腔作势的家伙？

伯爵　你是一个野小鬼。

女演员　这是什么话呀？

伯爵　嗯，也就是说，你是个天使。

女演员　你真的应该去当演员啊！真的！你了解女人！你知道我现在要干什么吗？

伯爵　要干什么呢？

女演员　我要告诉你，我永远再也不想看见你了。

伯爵　为什么？

女演员　不，不。你对我来说太危险了！你会让一个女人发疯的。你现在突然站在我面前，仿佛什么也没有发生似的。

伯爵　可是……

女演员　我想请你回想一下，伯爵先生，我刚才还是你的情人呢。

伯爵　这事我永远都不会忘记的！

女演员　那么今天晚上怎么样？

伯爵　你这话是什么意思呢？

女演员　怎么——你不是说演出结束以后要等着我吗？

伯爵　是的，那好吧，比如说后天。

女演员　后天，这是什么意思？刚才不是说好今天吗？

伯爵　这样似乎没有什么真正的意义了。

女演员　你这个老奸巨猾的家伙！

伯爵　你不完全明白我的意思。我更多是说，我应该怎么来说呢，更多是指与心灵相关的东西。

女演员　你的心灵关我什么事呢？

伯爵　相信我吧，心灵与之是密不可分的。我认为，要是把这些东西可以如此截然分开来的话,那是一种错误的看法。

女演员　别给我上你这套哲学课了。我要想知道,就自个儿去看书好了。

伯爵　从书本里是永远也学不到的。

女演员　这也许是真的吧!因此,你今天晚上要等着我。就因为这个心灵,我们一定要在一起,你这个坏家伙!

伯爵　那就这样吧。要是你不介意的话,那我就用我的车……

女演员　你就在我家门口等着我吧——

伯爵　……演出结束以后。

女演员　那当然啦。(他挎上佩剑)你这要干什么呢?

伯爵　我想我该走了。对一个礼节性拜访来说,我真的待得有点久了。

女演员　那今天晚上课就不应该是礼节性拜访了。

伯爵　你看呢?

女演员　这事只管由我来安排好了。现在再吻我一下吧,我的小哲学家。就这样吧,你这个勾引女人能手,你……这个甜蜜的宝贝,你这个出卖灵魂的家伙,你这个鸡貂……你……(她热切地吻了他几次之后,又猛地将他推开)伯爵先生,这是我莫大的荣幸了!

伯爵　我吻吻这只手吧,小姐!(到了门口时)再见。

女演员　再见,施泰纳曼格!

X　伯爵与妓女

〔早晨,快六点钟了。

〔一间简陋的房子,一扇窗户,脏得发黄的百叶窗依然垂挂着。绿色窗帘拉得严严实实。一个抽屉柜,上面放着几张照片和一顶不太雅观和廉价的女人礼帽。在一面镜子后面是一些不值钱的日本扇子。在那张用淡红色桌布罩起来的桌子上立着一盏油灯,燃烧出一股焦糊的气味;纸灯罩是黄色的,旁边有一个大啤酒杯,里面有剩啤酒——一只喝了一半的玻璃杯。在床旁边的地上,乱七八糟地放着女人衣服,仿佛是刚才急急忙忙随便扔下去似的。她躺在床上睡着了,平静地呼吸着。——长沙发上躺着伯爵,穿得整整齐齐的,身上盖着米色大衣,礼帽放在长沙发顶头的地上。

伯爵　（挪了挪身子,揉了揉眼睛,突然起身坐着一动不动,四下看了看）是的,我怎么在……啊,原来是这样……那么,我真的跟这个女人回家了……（他急忙站起来,望着她的床）她躺在那儿……像我这般年龄,还会发生什么事呢。我毫无所知,是他们把我抬上来了？不……我看见了——我来到这间屋里……是的……当时我还醒着,或者已经醒了……或者……或者也许是这间屋子让我想起了什么？……天哪,就这样吧……昨天我就是看见了……（看看表）什么！昨天,几个钟头前——可是,我早就知道,一定会发生什么事……我感觉到了……当我昨天开始喝酒时,我就感觉到了,……到底发生什么啦？……这么说什么也没有发生……或者什么……？天哪……从……那就是说,十年来,我还没有碰到过这样的事,我不知道……那么一句话,我反正喝醉酒了。要是我知道的话,从什么时候开始……那么,我还记得一清二楚,我是怎样和鲁路进了那家妓女咖啡店的,并且……不,不……我们还是从萨赫蛋糕店走开的……然后在路上就……是的,没错儿,我和鲁路开着我的车……到底是什么事让我要如此伤透脑筋呢。都无所谓了。我们走着瞧吧,我们会继续向前的……（站起来。灯晃动着）噢！（望着这个睡眠的女人）这家伙睡得真香啊。我虽然什么都不知道——可是我要给她往床头柜上放些钱……并且说声再见……（他站在她跟前,久久地注视着她）要是不知道她是什么人该多好啊！（久久地注视着她）我认识许多女人,她们根本不会在睡眠时看上去如此规矩……天哪……那么,鲁路又会说,我在苦思冥想了,可这是真的。我觉得,睡眠使什么都变得毫无区别了;——就像哥哥一样,也就是说死亡把一切都变得没有区别了……哼,我只想知道,是不是……不,我一定要想个明白……不,不,我立刻就倒在这长沙发上了……什么也没有发生……不可思议,所有的女人有时候看上去如此相似……嗯,我们走吧。(他要离去)是的,没错。(他拿起皮夹子,正准备掏出一张纸币来)

妓女　(醒过来)嗯……是谁起来这么早啊——?(认出他)你好,小宝贝!

伯爵　早上好。睡得好吗?

妓女　(伸伸懒腰)啊,过来,吻吻我吧。

伯爵　(把身子弯到她跟前,想一想,又走开了)我正好要走了……

妓女　要走了?

伯爵　真的刻不容缓了。

妓女　你就这样走开吗?

伯爵　(几乎尴尬地)这样……

妓女　嗯,再见。那就下次再来吧。

伯爵　是的,再见。嗯,难道你不想给我伸出手来吗?

妓女　(从被窝里伸出手来)

伯爵　(拿起手,不由自主地吻起来;觉察到了什么,笑着)活像一个公主的手。再说,如果只要……

妓女　你干吗这样注视着我呢?

伯爵　只要看看你这个小脑袋,就像现在这样……的确,每个女人醒过来的时候看上去可都是无辜的……天哪,要不是闻着这么一股油灯的臭味,那么简直会让人有无限的遐想……

妓女　是的,这灯总是让人够苦恼的。

伯爵　你到底多大了?

妓女　嗯,你看呢?

伯爵　二十四。

妓女　那还用说吗?

伯爵　还要大一点?

妓女　刚满二十。

伯爵　你已经多久……

妓女　我在一家商店里干了一年!

伯爵　那你可是很早就出道了。

妓女　太早总比太晚要好吧。

伯爵　（坐到床边）告诉我,你真的幸福吗?

妓女　什么?

伯爵　也就是说,我问你的日子过得怎么样?

妓女　噢,我一直都过得很好。

伯爵　是这样……你说吧,你就从来没有想过你还可以干点别的什么事吗?

妓女　我该干什么呢?

伯爵　那么……你真的是一个很可爱的姑娘。比如说,你也可以找一个情人呀。

妓女　你以为我没有吗?

伯爵　不是,这我明白——可我指的是一个,你不知道,一个供养你的人,你就不用随便跟任何人去了。

妓女　我也不是随便跟谁都去的。谢天谢地,我也没有必要那样。我是有自己的选择的。

伯爵　（在屋子里四下看看）

妓女　（觉察到了）下个月我们就搬进城里去,住在镜子胡同。

伯爵　我们?还有谁呢?

妓女　嗯,那个女人和另外几个姑娘,她们还住在这儿。

伯爵　这儿还住着那样的——

妓女　就在隔壁……你听不见吗……那是密丽,她当时也在咖啡馆里。

伯爵　那儿有人在打鼾。

妓女　那就是密丽,她现在要接着酣睡一整天,直到晚上十点。然后她起来去咖啡馆。

伯爵　这样的日子,简直太可怕了。

妓女　那还用说吗。那个女人动不动就发火。我中午十二点就已经在胡同里晃来晃去了。

伯爵　你十二点在胡同里干什么呢?

妓女　我还会干什么?不就是干这个行当呗。

伯爵　啊,原来是这样……当然是了……（站起来,取出皮夹子,把一张纸币放在她的床头柜上)再见!

妓女　你这就要走了……再见……后会有期。(身子翻到一侧)

伯爵　(又停住步)你呀,告诉我,你觉得一切都无所谓了——是吗?

妓女　什么呀?

伯爵　我说的是,你这样做根本再也没有什么快乐可言了。

妓女　(打起哈欠)我想睡觉了。

伯爵　对你来说,一切都是一个样了,不管是年轻的,还是年老的,或者是一个……

妓女　你在说什么呢?

伯爵　……那么——(突然想到什么)——天哪,现在我记起来了,你让我想起一个人来,是……

妓女　我长得像谁呢?

伯爵　不可思议,实在不可思议,我现在恳求你,什么也别说,至少一分钟……(注视着她)完全是同一张脸,完全是同一张脸。(他突然吻起她的眼睛来)

妓女　嗯……

伯爵　天哪,可惜呀,你……干上了这样的行当……不然你会交上好运的!

妓女　你真跟弗兰茨一样。

伯爵　弗兰茨是谁?

妓女　嗯,我们咖啡馆的服务员……

伯爵　为什么我像那个弗兰茨呢?

妓女　他也总是说,我会交上好运的,而且要我跟他结婚。

伯爵　那你为什么不跟他结婚呢?

妓女　我谢绝了……我就是不想结婚。不,无论如何都不会结婚。也许以后什么时候再说吧。

伯爵　这双眼睛……完全就是这双眼睛……鲁路肯定会说,我是一个傻瓜——不过,我想要再吻一下你这双眼睛……好吧……现在该向你说声再见了,现在我要走了。

妓女　再见……

伯爵　(到了门口时)你……说说吧……这样你不觉得奇怪吗……

妓女　奇怪什么?

伯爵　我没有向你提出任何要求啊。

妓女　有许多男人,他们一大早就没有什么兴致。

伯爵　那就这样吧……(自言自语地)我有兴致,这未免太愚蠢了。她会感到奇怪的……那么再见吧……(他停在门口)我真的生气。我也明白,这样的女人看重的就是钱……我说什么——这样的女人……好在……她至少没有装出假惺惺的样子,这倒叫人好庆幸……你——明白,我下次再来看你了。

妓女　(闭着眼睛)好吧。

伯爵　你什么时候在家呢?

妓女　我一天到晚都在家。你只要问莱奥卡迪雅就是了。

伯爵　莱奥卡迪雅……好——那就再见吧。(在门口)这酒劲还没过呢,脑袋依然昏昏沉沉的。这可就是最荒唐的事了……我待在这样一个女人身边,除了吻过她那双让我想起一个人的眼睛外,我什么也没有干……(身子转向她)你呀,莱奥卡迪雅,客人就这样离开你,这样的事情你常常碰到吗?

妓女　怎么说呢?

伯爵　就像我这样吧。

妓女　一大早?

伯爵　不……是不是有时候有人来你这儿——也不向你提任何要求。

妓女　不,这样的事我还从来还没有碰到过。

伯爵　那么,你到底是什么意思呢?你以为我不喜欢你吗?

妓女　我为什么会让你不喜欢呢?一到晚上,我就让人喜欢了。

伯爵　你现在也让我好喜欢啊。

妓女　可一到了晚上,我就会让你更喜欢了。

伯爵　你为什么要这样认为呢?

妓女　嗯,你怎么问这么愚蠢的问题呢?

伯爵　一到晚上……是的,告诉我,我到底是不是立刻就倒在这长沙发上了?

妓女　那当然啦……跟我一起。

伯爵　跟你一起?

妓女　是的,难道你一点都想不起来了?

伯爵　我把……我们在一起……是吗……

妓女　可你立刻就睡着了。

伯爵　我立刻就……这样……那就是说,是那么回事了!……

妓女　是的,小宝贝。你一定是彻底心醉神迷了,再也想不起来了。

伯爵　啊,原来是这样……然而……这好像挺遥远了……再见……(倾听着)什么动静啊?

妓女　清洁工醒来了。走吧,出门时给她点小费。大门也开了,不用打扰看门的了。

伯爵　是的。(在前厅里)那么……要是我只吻过你的这双眼睛的话,那有多美妙啊。这险些儿是一次冒险了……对我来说,反正不是合适的时机。(清洁工站在那儿,打开门)啊——您在这儿……晚安。——

清洁工　早上好。

伯爵　那当然啦……早上好……早上好。

(剧终)

韩瑞祥 译

伯恩哈迪教授

五幕喜剧

人物

伯恩哈迪医生：内科教授，伊丽莎白医学院院长 ⎫
艾本瓦尔德医生：外科教授，副院长
切普利安医生：精神病学教授
普弗鲁克费尔德医生：眼科教授
菲利茨医生：妇科教授
图根特菲特医生：皮肤科教授
勒文施泰因医生：儿科讲师
施莱曼医生：喉科讲师
阿德勒医生：病理解剖学讲师
奥斯卡·伯恩哈迪医生 ⎫
　　　　　　　　　　　　伯恩哈迪的助手
库尔特·普弗鲁克费尔德医生 ⎭
温格医生：图根特菲特的助手
霍赫洛伊茨珀恩特纳：医科学生
卢德米拉：护士
弗林特博士，教授：教育部长 ⎭ 伊丽莎白学院

温克勒博士，枢密官：教育部内任职
弗兰茨·雷德：圣弗洛利安教堂神父
戈尔登塔博士：辩护律师
费尔曼医生：上霍拉布鲁恩地区的医生
库尔卡：记者
伯恩哈迪家的一名仆人

伊丽莎白医学院的一名仆人

教育部的一名仆人

维也纳,1900年前后

第 一 幕

〔不太宽敞的前厅与一间病房相连,右边的门通向走廊,舞台后方的门通向病房,左边是一扇相当宽大的窗户。中间偏左有一张长方形的桌子,桌子上放着厚厚的记录簿,还有一些存放病历的纸夹、档案和各种文件。大门旁边有一个衣钩板,右边的角落里有一只铁炉子。窗户旁边是宽大的壁架,最上层的支架上插着试管,旁边放着几个药瓶,壁架下层放着书和杂志。中间的门两旁各放置着一个关着的柜子。衣钩板上挂着一件白大褂、一件大衣、一顶帽子。壁架上方悬挂着一张相当陈旧的照片,照片上是全体教授的合影。根据需要放置软椅若干。

〔护士鲁特米拉,二十八岁左右年纪,相貌平平,面色苍白,大眼睛,眼睛时常湿漉漉的,正在壁架旁忙碌。霍赫洛伊茨珀恩特纳从病房走出,此人二十五岁,中等个头,身材肥胖,唇上蓄髭,脸上有剑伤疤痕①,夹鼻眼镜,面色苍白,头发精心梳理过。

霍赫洛伊茨珀恩特纳 教授还没有来?他们今天在下面的时间可够长的。(走到桌边打开一个纸夹)这是八天里的第三次尸体解剖了,对于只有二十个床位的科室来说,可算是能见的都见了,而且明天又有一个。

护士 医生您这么认为?那个败血症?

---

① 从十九世纪到二十世纪三十年代,德国大学生社团中流行比剑,并以留下剑伤疤痕为荣。剑伤疤痕被认为是勇敢与无畏的象征。

霍赫洛伊茨珀恩特纳　是啊。对了,记录做了吗?

护士　当然了,医生。

霍赫洛伊茨珀恩特纳　虽然没有什么证据证明,但一准是因为堕胎。是呀,护士小姐,外面的世界里什么事都有。(他注意到桌上一个打开的包裹)啊,是我们舞会的请柬。(念)由施提克森施泰因侯爵夫人名誉召集。怎么样,您也来参加我们的舞会吗,护士小姐?

护士　(微笑着)大概不会去,大夫。

霍赫洛伊茨珀恩特纳　有谁不允许您跳舞吗?

护士　不是的,大夫,我们这里又不是教团,对我们来说根本没有什么禁忌。

霍赫洛伊茨珀恩特纳　(用狡黠的眼神看着她)这样的,百无禁忌?

护士　不过怎么说还是不得体。再说,做我们这一行的身上也没有那种细胞。

霍赫洛伊茨珀恩特纳　是吗,为什么?那我们又如何呢,我们医生!您看阿德勒医生就是一个例子,他是病理解剖学家,却非常活跃。再说,我在解剖室里也比在任何地方都兴致盎然。

〔奥斯卡·伯恩哈迪医生从右上,二十五岁,穿着相当考究,和气,但略乏自信。霍赫洛伊茨珀恩特纳,护士。

奥斯卡　早上好。

霍赫洛伊茨珀恩特纳及护士　早上好,助理医生先生。

奥斯卡　爸爸马上就来。

霍赫洛伊茨珀恩特纳　下面完事儿了,助理医生先生?可否请问检查出什么了?

奥斯卡　肿瘤细胞是从肾脏开始扩散的,边界很清晰。

霍赫洛伊茨珀恩特纳　这么说本来是还可以做手术的?

奥斯卡　是的,可以……

霍赫洛伊茨珀恩特纳　如果艾本瓦尔德教授也这么想的话……

奥斯卡　……那无非就是提前八天解剖而已。(在桌边)啊,我们舞会的请柬。怎么寄到这里来……?!

霍赫洛伊茨珀恩特纳　伊丽莎白医学院的舞会今年将成为社交季节

中最高雅的狂欢节舞会。报纸上已经登出来了。据我所知,助理医生先生为委员会作了一首华尔兹舞曲。……

奥斯卡　（自谦道）见笑……（对着病房的方向）里面有什么新情况吗?

霍赫洛伊茨珀恩特纳　那个败血症不行了。

奥斯卡　唉……（惋惜地）治不好了。

霍赫洛伊茨珀恩特纳　我给她注射了樟脑酒精。

奥斯卡　是啊,延长生命可是我们的拿手好戏。

伯恩哈迪教授从右上,年过五十,花白的络腮胡,不太长的头发整整齐齐,举止更像社交界的人士,而非学者。库尔特·普弗鲁克费尔德医生,他的第一助理医师,二十七岁,唇上蓄髭,夹鼻眼镜,活泼又不失严肃。霍赫洛伊茨珀恩特纳,护士,奥斯卡。问候。

伯恩哈迪　（站在门口）但是……

护士　（替他脱掉搭在肩上的大褂挂在衣钩上）

库尔特　总之,我就是没法不往那方面想,教授先生,阿德勒医生宁愿艾本瓦尔德教授的诊断是正确的。

伯恩哈迪　（微笑着）好了,亲爱的普弗鲁克费尔德医生!您觉得处处都是敌人,疑心这么重可怎么行?

霍赫洛伊茨珀恩特纳　早上好,教授先生。

伯恩哈迪　早上好。

霍赫洛伊茨珀恩特纳　刚才听奥斯卡医生说我们的诊断是对的。

伯恩哈迪　是的,同僚阁下。不过"我们的"同时又是不对的,不是吗?还是说您已经不在艾本瓦尔德教授那里见习了?

奥斯卡　霍赫洛伊茨珀恩特纳医生几乎在所有的科室都见习。

伯恩哈迪　那您一定库存了很多份的耿耿忠心。

霍赫洛伊茨珀恩特纳　（瘪起嘴）

伯恩哈迪　（将手轻轻搭在他肩上,和气地）怎么样,有什么新情况吗?

霍赫洛伊茨珀恩特纳　那个败血症的状况很不好。

伯恩哈迪　这么说,那个可怜的姑娘还活着?

库尔特　他们完全可以把她留在妇科的。

奥斯卡　他们前天恰好没有空床位。

霍赫洛伊茨珀恩特纳　死亡原因怎么写？

奥斯卡　那当然是写败血症。

霍赫洛伊茨珀恩特纳　败血症的起因呢？极有可能是因为堕胎……

伯恩哈迪　（在桌边签署了护士递给他的几份文件）我们没有证据证明，没有发现伤口。报告批准了。这件事对我们而言已经结束，对里面那个可怜的人来说……之前就已经结束了。（他起身，想去病房）

〔艾本瓦尔德教授上，身材高大、颀长，年近四十，肩上搭着一件长外套，小络腮胡，眼镜，言谈刻板，不时带出浓重的奥地利口音。霍赫洛伊茨珀恩特纳，护士，奥斯卡，伯恩哈迪教授，库尔特。

艾本瓦尔德　早上好。是不是……啊，您在这儿，院长先生。

贝尔纳迪　您好，教授。

艾本瓦尔德　可否占用院长先生一分钟时间？

贝尔纳迪　现在吗？

艾本瓦尔德　（走到他近前）如果可以的话。是为了图根特菲特部门管理人选的事。

贝尔纳迪　这么着急吗？如果教授先生半个小时以后到我的办公室……

艾本瓦尔德　可以是可以，如果我不是恰好有课的话，院长先生。

贝尔纳迪　（略加思索）我在里面马上就好。如果您不介意在这里稍候片刻，教授。

艾本瓦尔德　请便，请便。

贝尔纳迪　（对奥斯卡说）你把尸检报告交给霍赫洛伊茨珀恩特纳医生了吗？

奥斯卡　啊，对了。（从包里取出报告）能不能劳驾您这就填一下，医生？

霍赫洛伊茨珀恩特纳　好。

〔伯恩哈迪，奥斯卡，库尔特及护士走进病房。艾本瓦尔德,霍赫洛伊茨珀恩特纳。

霍赫洛伊茨珀恩特纳 (坐下来准备开始写)

艾本瓦尔德 (走到窗前,边朝下望,边擦拭自己的眼镜)

霍赫洛伊茨珀恩特纳 (殷勤地)教授先生不坐吗。

艾本瓦尔德 您忙您的,霍赫洛伊茨珀恩特纳。这些日子怎么样?

霍赫洛伊茨珀恩特纳 (站起身)多谢教授问起。还不就那样,再过几周就是博士学位口试。

艾本瓦尔德 啊,您不会有问题的,就依您的勤奋。

霍赫洛伊茨珀恩特纳 是啊,实践部分我感到很有把握,可是那些枯燥的理论,教授先生。

艾本瓦尔德 哦,那个啊,那也不是我的强项。(走近他)如果说了能让您安心的话,我当年心理学的考试就没过,可您瞧,对前程没什么特别的影响。

霍赫洛伊茨珀恩特纳 (已经坐下,高兴地笑起来)

艾本瓦尔德 (从霍赫洛伊茨珀恩特纳的肩头朝下看)尸检报告。

霍赫洛伊茨珀恩特纳 是,教授先生。

艾本瓦尔德 以色列一片欢腾……是不是?

霍赫洛伊茨珀恩特纳 (迟疑地)怎么讲,教授先生?

艾本瓦尔德 伯恩哈迪科室的人很得意。

霍赫洛伊茨珀恩特纳 噢,教授先生说的是肿瘤边界清晰那件事。

艾本瓦尔德 而且也的确是从肾脏开始扩散的。

霍赫洛伊茨珀恩特纳 但当时并没有绝对的把握能够证明,那更多是,恕我直言,一种猜测。

艾本瓦尔德 霍赫洛伊茨珀恩特纳,猜测!!您怎么能……! 这叫作直觉! 诊断方面的洞察力!

霍赫洛伊茨珀恩特纳 而且动手术也没有意义。

艾本瓦尔德 完全没有意义。综合医院那边或许行得通,做得起这样的试验,但是我们这种历史相对较短的私人医学院……,知道吗,亲爱的同僚阁下,有些时候,总是只有内科赞成做手术,反过来他们又总是觉得我们手术动得太勤……您还是接着写吧。

霍赫洛伊茨珀恩特纳 (开始写)

艾本瓦尔德　啊,对了,抱歉又打搅您。您肯定也在图根特菲特医生的科室见习,对吗?

霍赫洛伊茨珀恩特纳　是,教授先生。

艾本瓦尔德　我想私下里问您一句,不知道温格医生的课上得怎么样?

霍赫洛伊茨珀恩特纳　温格医生?

艾本瓦尔德　老得急着去打猎或者被召去给染病的侯爵看病时,他不是经常帮着代课嘛。

霍赫洛伊茨珀恩特纳　当然了,那种时候就由温格医生上课。

艾本瓦尔德　那他的课上得怎么样呢?

霍赫洛伊茨珀恩特纳　(犹豫地)其实是不错的。

艾本瓦尔德　是吗。

霍赫洛伊茨珀恩特纳　可能有些太……太学术化了,不过很生动。当然……不过我或许不应该对将来的上司……

艾本瓦尔德　怎么是将来的上司?这事还根本没有定下来,还有其他人选。再者说,这只是私人之间的交谈,我们也完全可以是坐在那边的雷德霍夫酒吧里聊。好了,您就说吧。您对温格医生有什么不满?群众的声音就是上帝的声音。

霍赫洛伊茨珀恩特纳　其实我对他的课并没有太多不满,但是他这个人,您知道,教授先生,他就是有那么些拿腔作调。

艾本瓦尔德　噢,您想暗示的,医生,应该就是我堂兄最近在议会里非常切中要害地说的那种"灵魂腔"。

霍赫洛伊茨珀恩特纳　啊,说得太对了,灵魂腔。(鼓起勇气)温格医生他还有另外一种腔调。

艾本瓦尔德　这倒也无所谓,我们本来就生活在一个充满南腔北调的国度里。

〔伯恩哈迪,奥斯卡,库尔特和护士走出病房。

伯恩哈迪　好,我回来了,教授。

护士　(递过来一张纸请他签字)

伯恩哈迪　怎么了?还有什么事?啊,是这样。那就请您再稍候片刻,教授。(一边签字)事情总是很出人意料……(对艾本瓦尔德说)我们里面那儿躺着一个败血症病人,十八岁的年轻姑娘,意识非常清醒,想起来散步,觉得自己非常健康,可是她的脉搏已经摸不到,应该也就是一个小时的事了。

艾本瓦尔德　(无动于衷)这种事我们经常碰见。

霍赫洛伊茨珀恩特纳　(殷勤地)需不需要我再给她打一针樟脑酒精?

伯恩哈迪　(平静地看着他)前面的那针本来也可以省了。(安慰他)或许正是您给了她生命中最幸福的一个小时。当然,我知道,这也并非您的本意。

霍赫洛伊茨珀恩特纳　(迷惑不解地)为什么这样说呢,院长先生?我到底不是屠夫呀。

伯恩哈迪　我不记得对您有过这类的指责。

〔霍赫洛伊茨珀恩特纳和艾本瓦尔德互望一眼。

伯恩哈迪　(对护士说)她有家属吗?

护士　这三天里没有人来过。

伯恩哈迪　她的恋人也没有来?

库尔特　那人才不会想要来呢。

奥斯卡　她提都没有提起过这个人,谁知道,她知不知道那人的名字。

伯恩哈迪　就这也称得上幸福的爱情。(对艾本瓦尔德说)好,教授,我可以了。

奥斯卡　对不起,爸爸,完了之后你能再上来一下吗?因为她坚持要见你。

伯恩哈迪　好,我再上来看看。

库尔特　(走到壁架前,在那里的两根试管旁忙碌)

奥斯卡　(走到他身边,两人交谈,随后一同回到病房里)

护士　(对霍赫洛伊茨珀恩特纳说)我现在去请神父。

霍赫洛伊茨珀恩特纳　好,您去吧,就是赶不上也没有太大关系。

护士　(下)

霍赫洛伊茨珀恩特纳　(从一个卷宗中取出几份病历,走进病房。艾本瓦尔德,伯恩哈迪)

艾本瓦尔德　（已经非常不耐烦）好了,事情是这样的,院长先生。黑尔教授从格拉茨给我来信说,他不反对接受图根特菲特继任人这个位置。

伯恩哈迪　哦,他不反对。

艾本瓦尔德　是的,院长先生。

伯恩哈迪　有人问过他吗?

艾本瓦尔德　是我冒昧提起的……以老朋友和同学的身份。

伯恩哈迪　您是以私人的身份给他写的信吧?

艾本瓦尔德　当然,院长先生,不是暂时还没做出决定嘛。不管怎样,我认为自己有权这样做,特别是我知道,图根特菲特教授对于黑尔参加竞争也持一定的肯定态度。

伯恩哈迪　（有些尖锐地）图根特菲特教授要到夏季学期开学的时候才去那边的医院里接任新的职位,现在就谈论这件事,请恕我直言,教授,包括您和黑尔教授的通信在内都显得为时尚早。我们尤其不该在这件事上操之过急,因为图根特菲特现在的助理医生温格已经数次凭优异的表现证明自己至少有能力代理这个职位。

艾本瓦尔德　我希望借此机会表明自己在这件事上对于此类权宜之计的反感。

　　　　　〔图根特菲特教授从右上,五十岁左右年纪,花白头发,连鬓胡,平易近人,刻意表现出幽默,同时又有些不自信,渴望旁人的赞叹,整体看上去更像是投机商人,而非学者。头上戴一顶帽子,过了几秒钟之后才摘掉。艾本瓦尔德,伯恩哈迪。

图根特菲特　早上好。你好,伯恩哈迪。您好,艾本瓦尔德。我到上面去找过你,伯恩哈迪。

艾本瓦尔德　我在这里是不是不方便……

图根特菲特　那里的话,没什么可保密的。

伯恩哈迪　有什么事儿吗?你有话要跟我说?

图根特菲特　是这样,教育部长阁下问我有没有可能立刻接管那边的工作。

伯恩哈迪　立刻？

图根特菲特　越快越好。

伯恩哈迪　不是说到夏季学期开始前由布鲁恩莱特纳继续管理医院吗？

图根特菲特　申请休假了。可怜的家伙,血糖高了百分之六。庞培城的末日①,对吗？

〔他习惯于在一些句子后,特别是引用的句子后面没头没脑地加一个"对吗？"。

伯恩哈迪　你怎么知道的？消息可靠吗？

图根特菲特　可靠吗？这可是弗林特亲口告诉我的。我昨天在部里。他们总该给我新盖座亭子,亭子是要盖了。还有,他问你好。

伯恩哈迪　谁问我好？

图根特菲特　弗林特。我们谈了很多关于你的事。他很赏识你,到现在还很乐意回忆你们一起给拉蓬威勒做助手的那段日子,这是他说的,他的原话。瞧,这才叫飞黄腾达。开天辟地第一遭,至少是在奥地利,医学教授做了教育部长。

伯恩哈迪　他从来就是一个优秀的政客,你新交的这个朋友弗林特。

图根特菲特　他对我们的……你们的……不,暂时还是我们的学院很感兴趣。

伯恩哈迪　这我不是不知道,他有一次就是带着浓厚的兴趣想毁了这里。

图根特菲特　那不是他.一个人,而是一个群体,是老一代和年青一代之间的斗争。再者说这些早都已经过去了。我向你保证,伯恩哈迪,他对伊丽莎白医学院非常有好感。

伯恩哈迪　如今即便是万不得已,我们也用不着他的好感了,谢天谢地。

图根特菲特　我爱西班牙人的骄傲②,对吗？

---

① 爱德华・乔治・布尔沃-利顿小说的书名。
② 出自席勒的《堂卡洛斯》。

伯恩哈迪　话说回来,我目前只关心你是怎么对他表的态。

图根特菲特　在这件事上我哪有态可表。(俏皮地)这件事得由院长先生决定。你私下里表示同意了之后,我才会向院委会提交申请。你还要白纸黑字,迂夫子①,对吗?

伯恩哈迪　当然,如果你不愿意,我们不会多留你一天。我向你保证,马上就解决这件事。幸好你有一个得力的助手,他会依照你的一贯原则暂时代理你那个部门。

图根特菲特　小温格,没错儿,小伙子很能干,没错儿,但是你们不会让他代管很长时间吧?

艾本瓦尔德　刚才我也斗胆提出,我认为这种权宜之计总体而言并非好事,并且冒昧地提到黑尔教授从格拉茨写给我的一封信,他愿意……

图根特菲特　是吗,他也给我写信了。

伯恩哈迪　看来他可真是个勤快人。

图根特菲特　(瞥一眼艾本瓦尔德)哎,伯恩哈迪,有了黑尔,你们学院一定会生意兴隆。

伯恩哈迪　看来他在格拉茨进步不小,在维也纳的时候,可是有人觉得他成不了什么事。

图根特菲特　谁?

伯恩哈迪　比如你。再说我们都知道,他当年调去格拉茨是托谁的福,不就是因为上面的一些关系。

艾本瓦尔德　医好了王子的病毕竟不是什么丢人的事。

伯恩哈迪　我也没有为这个埋怨他。但是一个人的事业不应该只凭这样一次个别事件,而且他在学术上的成就……

图根特菲特　对不起,在这方面我应该更有发言权。他发表了几篇非常优秀的论文。

伯恩哈迪　有可能。这样说来,我看你更愿意举荐黑尔做继任者,而不是你的助手和学生温格。

图根特菲特　温格太年轻了,我相信他自己都没往这方面想过。

---

① 出自歌德《浮士德》的第一部。

伯恩哈迪　那样他就不应该了,他上一篇关于疫苗的论文反响很大。
艾本瓦尔德　是轰动,院长先生,这不是一回事儿。
图根特菲特　他有天赋,他当然是有天赋的,但是要说他那些实验的可靠性……
艾本瓦尔德　(直截了当地)有些人认为他是,就这样说吧,认为他是个幻想家。
图根特菲特　这太过分了。话说回来,我不能阻止任何人报名参加竞选,不管是黑尔还是温格。
伯恩哈迪　但是我要提醒你,你必须在两个人中间做一个选择。
图根特菲特　决定权不在我手里吧?我又不能任命自己的接班人。
伯恩哈迪　但是你要参加投票,希望你以前的科室和我们学院的命运对你来说还有那么点意义。
图根特菲特　这点我不怀疑,那样也不错。伊丽莎白医学院可是我们一起建的,(对艾本瓦尔德说)伯恩哈迪,我和切普利安。三骑士跨马出城门①……对吗?这是多久以前的事儿了?
伯恩哈迪　十五年了,亲爱的图根特菲特。
图根特菲特　十五年,一段美好的时光。老天知道,离开对我而言可不容易。伯恩哈迪,有没有可能在开始阶段让我同时在这里和综合医院那边……
伯恩哈迪　(斩钉截铁地)绝对不行。你在那边上任的那一天,我自然要让你现在的助手开始代行其职。
艾本瓦尔德　那我就要请您尽快定下来讨论最终管理人选的日期。
伯恩哈迪　可否请问是为什么?那样看上去倒像我们要阻止温格用几个月的时间来证明自己的教学能力。
艾本瓦尔德　恐怕伊丽莎白医学院并不是专为年轻教员建立的试讲学校吧。
伯恩哈迪　其余的事您就尽管放心地交给我来处理吧,艾本瓦尔德教授。您应该承认到目前为止,我们学院里既没有做过无谓的拖延,也没有草率地对待过什么事。

---

① 出自民歌。

艾本瓦尔德　这种诋毁我操之过急,甚至草率行事的说法,请允许我因为它的不恰当而驳回。

伯恩哈迪　(微笑着)谨记在心。

艾本瓦尔德　(看看表)我得回科里去了。告辞,各位先生。

伯恩哈迪　我也得去办公室了。(让艾本瓦尔德先走)请吧,教授,您的听众已经在等着了。

图根特菲特　请让我,请容我①……对吗?

艾本瓦尔德　(在门口碰上了讲师阿德勒)您好。(下)

〔阿德勒医生上,矮小,黑头发,精神焕发,活泼,眼神狂热,脸上有剑伤疤痕,三十岁左右年纪,穿白色解剖服。伯恩哈迪,图根特菲特。

阿德勒　您好。

伯恩哈迪　什么风把您吹到活人的世界里来了,阿德勒医生?

阿德勒　是您的那个病人,我得查一下病历,院长先生。

伯恩哈迪　您可以随便看。

阿德勒　还有,院长先生,真可惜您现在不在下面,是切普利安那个科的一个病人,您想想看,除了诊断出来的脊椎痨,小脑里还正在形成肿瘤,这个肿瘤据说还一点症状都没有显出来。

伯恩哈迪　天啊,如果想想有些人根本来不及遍尝自己身上的病痛,那还真要怀疑老天是什么用意。

奥斯卡　(走出病房,对图根特菲特说)您好,教授先生。

图根特菲特　你好,奥斯卡。我已经听说了,音乐家,"急促的脉搏",献曲华尔兹。

奥斯卡　见笑了,教授……

伯恩哈迪　什么,你又作曲子了,我竟然一点儿都不知道?(开玩笑地拽拽他的耳朵)怎么样,你一起来吗?

奥斯卡　是,我去实验室。

图根特菲特　父与子②……对吗?

---

① 出自席勒的叙事诗《保证》,全句为:"请让我,请容我,成为你们中的第三个。"

② 伊万·屠格涅夫小说的书名。

〔图根特菲特,伯恩哈迪,奥斯卡下。霍赫洛伊茨珀恩特纳走出病房。阿德勒,霍赫洛伊茨珀恩特纳。

霍赫洛伊茨珀恩特纳　您好,讲师先生。

阿德勒　您好,医生。劳您驾,我能不能再看一眼病历。

霍赫洛伊茨珀恩特纳　请吧,讲师先生。(他从一个纸夹中抽出一张纸)

阿德勒　非常感谢,亲爱的霍赫洛伊茨……什么来着?……

霍赫洛伊茨珀恩特纳　霍赫洛伊茨珀恩特纳。

阿德勒　(在桌边坐下)您的名字真够可以的。

霍赫洛伊茨珀恩特纳　是不是不好?

阿德勒　(看着病历)美极了,让人马上就联想到山峰,冰川。医生您是蒂洛尔人,对吗?

霍赫洛伊茨珀恩特纳　对,伊姆斯特人。

阿德勒　哦,伊姆斯特人。上大学的时候,我从那儿做了一次非常有意思的远足,爬了韦特峰。

霍赫洛伊茨珀恩特纳　去年那儿起了座客栈。

阿德勒　他们现在到处盖客栈。(继续看病历)一直没有尿蛋白?

霍赫洛伊茨珀恩特纳　一点儿都没有,每天都测。

库尔特　(从病房里走出来)最后几天出现了尿蛋白,而且量还很大。

霍赫洛伊茨珀恩特纳　没错,最后三天的确是。

阿德勒　啊,这儿写着呢。

霍赫洛伊茨珀恩特纳　当然,里面写着呢。

阿德勒　(对库尔特说)令尊大人怎么样?我们下面那儿根本见不到他。(看着病历)他在你们这儿躺了八天?

霍赫洛伊茨珀恩特纳　对。之前他在艾本瓦尔德教授那儿。但因为这是个不适宜动手术的病例……

阿德勒　在诊断方面他的确是一流的,你们的头儿,那可是让人想说也没得说。

库尔特　(微笑着)人想怎么说?

阿德勒　怎么了?

库尔特　哦,因为讲师先生刚才说:那可是让人想说也没得说。

阿德勒　(有些谄媚地)您怎么对我这么严厉,普弗鲁克费尔德医生?我不过是说你们的专长是在诊断方面,而不是治疗。以我的愚见,你们就是在不断试来试去。

库尔特　是啊,讲师先生,不然我们内科还能怎么办?要是旧的方法不行了,总得找出新的来吧。

阿德勒　明天新的就又变成了旧的。这不是你们的错,我以前也做过,不过有的时候,在黑暗中四处摸索会让人心情沮丧,这就是我为什么要逃到病理解剖科去的原因。可以说,在那里我就是最高权威。

库尔特　对不起,讲师先生,您上面可是还有一个呢。

阿德勒　可他没有时间管我们,他太专注于另外一个科室的工作了。(看着病历)还做过透视?你们真的以为在这种情况下……

库尔特　我们觉得有责任做各种尝试,讲师先生,特别是在情况已经不可能更糟的时候。这绝对不是凭空幻想,甚或像有些人说的是虚张声势,不应该为这个指责教授。

阿德勒　谁指责他了?我可没有。

库尔特　我知道,讲师先生,您没有,但是有这样的人。

阿德勒　每个人都有自己的对头。

库尔特　和嫉妒自己的人。

阿德勒　当然,那些有劳也有得的人,敌人多,荣誉也多。伯恩哈迪真是没什么可抱怨的。给最高层的人看病,给某些人看了病后还能捞到好处……教授,伊丽莎白医学院的院长……

库尔特　如果不是他,又该是谁呢?他为这个学院四处奔走,做得够多了。

阿德勒　没错,没错,我可是最不愿抹杀他功劳的人。但是他恰恰能在如今这种动荡的局势下爬得那么高……我应该有权力这样说,因为我从不否认自己的犹太血统,尽管我母亲是出身于维也纳一个古老的市民家庭。我上大学的时候甚至曾经有机会为另外那一半流血。

库尔特　这大家都知道,讲师先生。

阿德勒　我其实很高兴连医生您都能够用恰当的方式公正地对待我们的院长。

库尔特　您为什么要为这个高兴,讲师先生?

阿德勒　您以前可是德国大学生社团的成员呀。

库尔特　还是反犹太主义者,没错,讲师先生,甚或现在都还是,总体而言。不过我现在也是反雅利安主义者。我认为人类总体来说是有相当缺陷的,我只和偶尔出现的几个例外打交道。

〔切普利安教授从右上。小个子中年人,长发几乎仍是金黄色的,说话时拖着长腔,抑扬顿挫,总是不自觉地开始长篇大论,像对着大批听众说话一样。阿德勒,库尔特,霍赫洛伊茨珀恩特纳。

切普利安　你们好,先生们。(众人问候)阿德勒医生在这儿吗?啊,您在这儿,我到下面去找过您,阿德勒医生。我是不是可以确信今天的头盖骨不会像上次那个瘫痪病人的一样无影无踪呀?

阿德勒　已经告诉勤杂工了,教授……

切普利安　找不到勤杂工,可能又去酒馆了。您也会经历我当年在布拉格黑舍尔那里工作的时候碰到的事。那儿也有这样一个酒鬼在病理解剖部做工。那个家伙一点一点儿地把所有泡标本用的酒精都给喝光了。

阿德勒　我们的这个到目前为止还是更喜欢喝和兰芹烧酒,教授。

切普利安　我今天晚上要下去一下。您什么时候在下面?

阿德勒　我现在一般都工作到午夜。

切普利安　那我就十点以后来。

〔伯恩哈迪和奥斯卡从右上。

伯恩哈迪　你们好。你好,切普利安。你是来找我的吗?

切普利安　其实我是有事要和阿德勒医生说。不过能碰上你也很好,我正想问你什么时候有时间跟我一起去一趟教育部。

伯恩哈迪　有什么事?

〔他们独自站在一起。奥斯卡马上又进了病房。其他的人在旁边说话。

切普利安　没什么大事,我不过是认为我们应该趁热打铁。

伯恩哈迪　我真的听不懂你在说什么。

切普利安　现在是为我们学院争取好处的最佳时机。一个医生,一个医学教授能够爬上领导的位置,这种形势我们得好好利用。

伯恩哈迪　你们真奇怪,怎么每个人都对弗林特抱那么大的希望。

切普利安　我们有充分的理由这样想。差不多三十年以前,我们一起在布吕克的实验室里工作的时候,我就预言过他会有远大的前程。他是个行政管理方面的天才。我已经草拟了一个备忘录,我们需要的主要是国家拨款资助,这样就不用再指靠有失体面的私人捐助过日子。另外……

伯恩哈迪　你们都有些健忘!弗林特可是我们最大的对头。

切普利安　不要这样说,那些早就过去了。如今,他对伊丽莎白医学院抱着极大的好感。昨天枢密官温克勒又这样对我说了一遍,是不经意间提到的。

伯恩哈迪　是吗……

奥斯卡　(走出病房,急匆匆走向伯恩哈迪)爸爸,我看,如果你还想跟她说话……

伯恩哈迪　抱歉,亲爱的切普利安,请你稍候五分钟。(下)

奥斯卡　(对切普利安说)一个临终的病人,教授。

　　　　〔随父亲走进病房。霍赫洛伊茨珀恩特纳,库尔特,阿德勒,切普利安。

库尔特　(顺便提了一下)败血症,一个年轻姑娘,流产。

霍赫洛伊茨珀恩特纳　(对阿德勒说)您明天的活儿,讲师先生。

切普利安　(用他那种单调的语气)我还在给斯柯达做助手的时候,医院里有一个主任医师,叫什么就不去管了,他要我们这些助理医生只要有可能,每次有人病危都把他叫过来,他要写人临终时刻的心理活动,这是他说的。我当时就对和我一起做助手的贝恩尼策尔说,这事有些不对,他关心的不是心理学。结果,你们想想看,有一天这个主任医师突然失踪了。他可是个结了婚,有三个孩子的男人。当晚在一条偏僻的街巷里,人们发现一个衣衫褴褛的男人被捅死在那里。你们已经猜出故事的关键了吧,先生们。后来人们发现,主任医师和那个被捅死的流浪汉是同一个人。多年以来,他一直是双重身份:白天是忙碌的医生,晚上则是各种下流酒吧的常客,皮条客……

〔神父上,二十八岁的年轻人,看上去刚毅、聪明。教堂司事留在门边。霍赫洛伊茨珀恩特纳,库尔特,阿德勒,切普利安。

阿德勒 (殷勤地)您好,神父圣下。
神父 你们好,先生们。希望我来得还不晚。
库尔特 不晚,神父圣下。教授先生正好在病人那儿。(自我介绍)助理医生普弗鲁克费尔德。
神父 这么说还没有完全放弃希望?
奥斯卡 (走出病房)您好,神父圣下。
库尔特 不是的,神父圣下,这个病人已经完全没有希望了。
奥斯卡 请吧,神父圣下是不是要……
神父 或许我应该等教授先生从病人那里离开再去。

〔教堂司事退后,门关上。

霍赫洛伊茨珀恩特纳 (搬给神父一把椅子)
神父 谢谢,谢谢。(他先没有坐下)
切普利安 是啊,神父圣下,我们只去看那些还有救的病人怎么行。有的时候,除了安慰,我们也没有其他的可以做。
库尔特 还有欺骗。
神父 (坐下)您用的字眼有点过激了,医生。
库尔特 对不起,神父圣下,这当然仅限于我们医生。话说回来,有的时候这正是我们职业中最困难也最神圣的部分。

〔伯恩哈迪出现在门口,神父站起身。

〔霍赫洛伊茨珀恩特纳,阿德勒,库尔特,切普利安,奥斯卡,神父,伯恩哈迪。护士跟在伯恩哈迪身后走出病房。

伯恩哈迪 (有些诧异)哦,神父圣下。
神父 我们来交接班,教授。(向他伸出手)病人的意识还清醒?
伯恩哈迪 是的,甚至可以说,有些过于清醒。(更多是对其他人说)她绝对是回光返照。(像要解释一样对神父说)就是说,她

271

感到自己状态很好。

神父　嗯,这很好呀,谁说得准!最近我刚惊喜地在街上看到一个年轻人,几个星期前已经奄奄一息,我为他做了临终告解,现在又恢复健康了。

阿德勒　谁知道,没准正是神父圣下给了他力量,让他重新鼓起活下去的勇气。

伯恩哈迪　(对阿德勒说)神父圣下误会我的话了,医生。(对神父说)我的意思是说,这个病人什么都不知道,她已经没救了,却还以为自己会康复。

神父　真的呀。

伯恩哈迪　而且恐怕您的出现,神父圣下……

神父　(非常温和地)您不用为您的病人担心,教授先生,我不是来宣布死亡的。

伯恩哈迪　那是当然,但尽管如此……

神父　或许可以先告诉病人一声。

护士　(没有被伯恩哈迪注意到,看到神父一个几乎无法察觉的眼神后,走进病房)

伯恩哈迪　这并不能让事情变得简单。就像我前面说过的,神父圣下,这个病人一无所知,她绝想不到您会来。她现在反倒是沉溺在一种幸福的幻想中,以为那个爱她的人随时会来接她,带她去生活,去享受幸福。我相信,神父圣下,这并不是什么善举,我甚至可以大胆地说,把她从最后的这个梦中唤醒并不是上帝所希望看见的。

神父　(稍稍犹豫,随后更坚决)教授,有没有这种可能,我的出现会让病情朝着不好的方向……

伯恩哈迪　(迅速打断他)并不是不存在加速死亡的可能,或许只是几分钟,但是毕竟……

神父　(更激动)再说一遍:您的病人还有救吗?我的出现在这种情况下是一种威胁吗?如果是那样我当然愿意马上离开。

阿德勒　(赞同地点点头)

伯恩哈迪　她已经一点救都没有了,这点毋庸置疑。

神父　那么,教授,我看不出有任何理由……

伯恩哈迪　对不起,神父圣下,目前我作为医生还在场,而我的职责中就包括,如果无力为病人做其他的,那至少要让他们幸福地死去。

切普利安　微微显出不耐烦和不屑。

神父　幸福地死去,教授,我们对此的理解可能不相同。听了护士对我讲的事以后,我看您的病人比其他有些人更需要救赎。

伯恩哈迪　(露出他那种讥讽的笑)我们所有的人不都是罪人吗,神父圣下?

神父　这与此事应该无关吧,教授。您怎么知道她灵魂深处那个只有上帝才能看到的地方会不会在最后的时刻萌发一种欲望,想通过最后的忏悔从所有罪孽中解脱。

伯恩哈迪　还要我再重复一遍吗,神父圣下?这个病人不知道自己没救了。她高兴、幸福,同时……并不懊悔。

神父　正因如此,如果我不用神圣的宗教给这个生命垂危的人带去慰藉就迈出这个门槛的话,那就会背上更沉重的罪孽。

伯恩哈迪　神父圣下,您的神和每一位凡尘中的法官都会赦免您的这个罪孽。(看到他的反应)没错,神父圣下,作为医生,我不能够允许您到这个病人的病床前去。

神父　是你们叫我来的,那我就不得不……

伯恩哈迪　不是我命人去叫的,神父圣下,而且我只能再重复一遍,作为医生我要对病患的健康负责到最后一刻,所以很遗憾,我不能允许您跨过这道门槛。

神父　(走上前)您不允许我这样做?

伯恩哈迪　(轻轻拍着他的肩膀)是的,神父圣下。

护士　(匆匆跑出病房)神父圣下……

伯恩哈迪　您进去了?

护士　来不及了,神父圣下。

库尔特　(冲进病房)

伯恩哈迪　(对护士说)您对病人说神父圣下来了?

护士　是的,院长。

伯恩哈迪　是这样。那么,您尽管直说,病人作何反应?她说什么了没有?您说吧,是怎么样的?

护士　她说……

伯恩哈迪　说什么?

护士　她就是有点被吓到了。

伯恩哈迪　(没有生气)那您倒是说呀,病人说什么了?

护士　"我真的得死吗?"

库尔特　(走出病房)已经结束了。

〔短暂的沉默。

伯恩哈迪　您不用担心,神父圣下,不是您的错。您只是想履行自己的职责,我也一样。我没能完成自己的职责,这就够让我遗憾的了。

神父　教授,能宣布赦免我罪过的不是您。里面那个可怜的人以罪人的身份去了,没有得到宗教的告慰,这是您的责任。

伯恩哈迪　我承担这个责任。

神父　会有机会证实您是不是有能力承担的,教授先生。告辞,先生们。

〔他离开了。留下的众人情绪激动,并有些尴尬。伯恩哈迪挨个看着他们。

伯恩哈迪　那就明天早上,亲爱的阿德勒医生,尸检。

切普利安　(对伯恩哈迪说,没有让其他人听见)这样是不对的。

伯恩哈迪　为什么不对?

切普利安　再者说这将是一个个别事件,整件事情本身你是无法改变的。

伯恩哈迪　整件事情?本来我也没想改变。

阿德勒　院长先生,我认为如果不在这个时候就诚实地表示,我在这件事上正式的态度是不能站在您这一边的,因为那样是不正直的。

伯恩哈迪　医生先生,如果我不向您保证我完全能够想得到的话,那就是不诚实的。

〔切普利安和阿德勒下。

奥斯卡　（欲言又止）

伯恩哈迪　我的孩子,这应该不会影响你的事业。

奥斯卡　爸爸!

伯恩哈迪　（摸着他的头,温柔地）好了,我不是想要侮辱你。

护士　教授,我还以为……

伯恩哈迪　您还以为什么?算了,还有什么用,现在一切都已经结束了。

护士　我们不总是,院长,而且是……（指着霍赫洛伊茨珀恩特纳）医生……

霍赫洛伊茨珀恩特纳　没错,我当然没有禁止她那样做,院长。

伯恩哈迪　当然了,霍赫洛伊茨珀恩特纳医生阁下,您应该也在教堂里听讲,是吗?

霍赫洛伊茨珀恩特纳　院长,我们生活在一个基督教国家里。

伯恩哈迪　是的。（看了他很长时间）愿主宽恕他们……他们最清楚自己在做什么。（与库尔特和奥斯卡下）

〔霍赫洛伊茨珀恩特纳,护士。

霍赫洛伊茨珀恩特纳　姑娘呀,您怎么想到要道歉呢?您只是做了分内的事而已。您又怎么了,现在您竟然哭起来了,您可别又在这儿崩溃呀。

护士　（抽泣着）可是院长先生那么生气。

霍赫洛伊茨珀恩特纳　反正他已经生气了,那个院长先生,再说他也气不了多久了。他会为这事惹祸上身的!

(落幕)

第 二 幕

〔伯恩哈迪教授的诊室。右边是大门,左边的门通向侧室。左侧放着一个药品柜,后方的整面墙都是书架,其中一部分书架上挂着绿色的帘子。右边角落里的壁炉上放着埃斯库拉普①的半身像。书桌和椅子。书桌边放着一张小桌子。靠着书桌、面向观众席的地方摆着一张长沙发。椅子。墙上挂着学者的照片。

〔奥斯卡·伯恩哈迪医生坐在书桌旁,正往一本摊开的记录本中写着什么,接着他按了铃,仆人走进来。

奥斯卡　没有人了吗?

仆人　没有了,医生。

奥斯卡　那我现在就走了。爸爸回来的时候……(外面响起门铃声)哦,您去看一下。

仆人　(下)

奥斯卡　(合上记录本,整理好书桌)

仆人　(走进来,送来一张名片)

奥斯卡　找我?

仆人　那位先生先问教授在不在家。不过……

奥斯卡　凑合找我也可以……嗯……有请。

仆人　(下)

〔奥斯卡,费尔曼医生,小个子年轻人,黑胡须,急性子,戴眼镜。手中拿着帽子。手杖、手套。

奥斯卡　(朝他走过去)

费尔曼　我不知道您是否还记得我……

奥斯卡　费尔曼,我是不是还记得你!(向他伸出手)

费尔曼　毕竟已经八年……

奥斯卡　是啊,时间过得真快。你不坐吗?你想找我爸爸?

费尔曼　不过……

奥斯卡　我今天替他的班,他被康斯坦丁王子叫到巴登去了。

费尔曼　是啊,他的生意不错,令尊大人。(坐下)

奥斯卡　怎么样,你过得如何?你应该不是来看病的吧……你是在什么地方行医的来者?

费尔曼　在上霍拉布鲁恩。

---

① 古希腊罗马神话中的医神。

276

奥斯卡　啊,对了。那你到这里来有何贵干?是不是要开疗养院?还是要到什么地方去当浴疗师?要么就是你们要把上霍拉布鲁恩变成空气疗养地?

费尔曼　都不是。出了件可怕的事。你还不知道吗?

奥斯卡　(表示否定)

费尔曼　我已经把我的事写信告诉了令尊大人。

奥斯卡　他的信很多。

费尔曼　如果你也能替我说句好话……

奥斯卡　是什么事?

费尔曼　你是了解我的,伯恩哈迪,我们一起上的大学,你知道我从来就不乏勤奋和认真。从大学出来就直接行医的人都会碰上这种倒霉事。并不是每个人都像你这么好运气。

奥斯卡　唉,给有名的父亲做儿子也有不好的一面。

费尔曼　对不起,我不是这个意思。但是像这样难得的机会,能在医院里继续深造,依偎在母校的胸前倾听……

奥斯卡　(有些不耐烦)好了,究竟发生了什么事?

费尔曼　我被起诉侵害生命安全,可能会丢掉行医执照。一个技术性失误,所谓的技术性失误。我并不是想说自己一点责任也没有,但是如果我能在妇产医院这里再工作一两年,那个产妇或许就能活下来。你只要想想看,在那样一个简陋的地方,没有助手,没有像样的防治败血症的条件。唉,你们这些大城市里的人哪会知道这些。我救了多少条性命没有人记得,只要有一次小小的失误,就恨不得让人朝自己的脑袋上来一枪。

奥斯卡　可是费尔曼,你总不能立刻就往最坏的……不是还没宣判嘛,还得要听取专业人士的意见。

费尔曼　对,专业人士。就是出于这个原因,就是为了这个我想请令尊大人……他也了解我,说不定还记得我,我甚至在他那里修过关于心脏病的课……

奥斯卡　这个嘛……

费尔曼　他和伊丽莎白医学院的妇科主任菲利茨教授关系自然很不错。菲利茨教授正好被荐为专业人士。所以我想拜托令尊,能不能在菲利茨教授那儿……噢,不是替我辩护,但是……
奥斯卡　明白,明白,亲爱的费尔曼。不过让我父亲替你说话……他和菲利茨的关系并不如你想象中的那样好。
费尔曼　你父亲可是伊丽莎白医学院的院长呀……
奥斯卡　这个嘛,要说起来话可就长了,这里的关系没有那么简单,这恐怕又是你们上霍拉布鲁恩的人无法真正理解的。这里有激流,暗流,还有逆流。……我爸爸的介入会不会起到恰好相反的作用……
费尔曼　也许他能用另一种方式帮我!你父亲的文笔那么好,他关于医生地位问题的那些文章篇篇切中要害。只要能把我的事提升到更广泛的层面上,指出这件令人不快的事的起因:年轻医生困顿的生活,乡下诊所的难处,敌人,对手等等,等等。噢,这题目你父亲会感兴趣的,我可以给他提供素材。

〔仆人送进来一张名片。

奥斯卡　啊,菲利……(站起身)请恕罪,费尔曼。——有请。
仆人　(下)
费尔曼　你刚才是不是说菲利茨?
奥斯卡　我……
费尔曼　没错,你说的就是他。
奥斯卡　你不会现在就要……我甚至想请你,要么就从这道门……
费尔曼　哦,不,你不能让我走。这是天意。

〔菲利茨上。四十岁,长相俊俏的金发男子,夹鼻眼镜。奥斯卡,费尔曼。

菲利茨　早上好,医生。
费尔曼　能不能劳您驾将我介绍给教授先生,亲爱的朋友?
奥斯卡　(尴尬地笑着)教授先生大概是要和我……
费尔曼　(介绍自己)费尔曼医生。我看这是天意,教授先生,您恰好在这个时候……我有幸……我是上霍拉布鲁恩的医生……费尔曼医生,有一项针对我的起诉。
菲利茨　费尔曼。啊,对了,我知道了。(和气地)您送了一条人命……一个教师的妻子。

费尔曼　（恐惧地）教授先生听错了。如果您能先把这件事的……如果能劳您大驾把这件事仔细地……那是一连串不幸的偶然。

菲利茨　是啊,事情总是这样。但是,如果年轻人不要这样没经过任何培训就匆忙开始行医,这些偶然事件就不会出现。勉勉强强通过几门考试,以为剩下的事都有上帝帮忙,可是上帝有的时候恰恰不帮忙,并且有充分的理由不那样做。

费尔曼　教授先生,如果您允许我……我所有的考试成绩都很优异,甚至包括助产。而且我是不得不出去行医,否则就得饿死。至于那个可怜的女人产后大出血死亡,我可以大胆地说,就是医学教授也会碰到这种事。

菲利茨　教授也是良莠不齐。

费尔曼　但是如果换成一个教授,那就不会有人起诉他,而是……而是认为那是上帝高深莫测的意旨。

菲利茨　啊,您这样认为,那好,（站在他面前紧盯着他）您大概也是那种认为有责任为维护科学的尊严而扮演无神论者的年轻人了？……

费尔曼　哦,教授,我真的……

菲利茨　悉听尊便,医生阁下,但是我要向您保证,信仰和科学完全可以和谐相处。我甚至可以这样描述自己的观点:没有信仰,科学将永远是有些不牢靠的,这也就是因为缺少了伦理道德这个基础。

费尔曼　当然,教授先生。请把我先前的说法……

菲利茨　虚无主义的狂妄会造成什么样的后果,这种例子比比皆是,我希望您不至于虚荣到,费尔坦医生……

费尔曼　（怯怯地）费尔曼……

菲利茨　……不至于虚荣到要再给满心诧异的同代人提供新的例证。顺便提一下,您的档案我放在家里,您可以明天早上八点钟到我那儿去,我们再继续谈这件事。

费尔曼　（因为这个转变喜出望外）教授先生允许我去？哦,我对您感激不尽。我要斗胆利用手头的材料……这事关我的生死,我有老婆还有两个孩子,不然我就只有自杀一条路了。

菲利茨　如果医生阁下能不提这种让人伤感的事,我将不胜感激。如果您果真毫无悔意的话,那么这套小把戏也就可以省了,至少不用在我面前耍。好了,再见,医生阁下。

奥斯卡　请恕我不能远送,亲爱的费尔曼。

费尔曼　哦,我非常感谢你。(下)

奥斯卡　请允许我,教授先生,再次以他的名义为他说的那些不得体的话表示抱歉。他有些紧张,这也能理解。

菲利茨　大学同学?

奥斯卡　是的,教授先生,并且我还想提一下,他是个非常勤奋认真的学生。我听说他在最初的几年里,每个月就靠着教课挣的十五、二十古尔登过日子。

菲利茨　这说明不了什么,亲爱的同僚阁下。我的父亲是百万富翁,我不也是个非常勤奋的人。好了,您父亲出远门了?

奥斯卡　不是出远门,教授先生,他只是到巴登的康斯坦丁王子那里去。

菲利茨　啊。

奥斯卡　他本来打算门诊的时候就回来的。

菲利茨　(看看表)可惜我等不了多长时间了。能不能劳您大驾,请转告令尊,这件事或许您也会感兴趣,今天施提克森施泰因侯爵夫人没有接见我的夫人。

奥斯卡　(不太明白)是吗,侯爵夫人不在家?

菲利茨　是她请我夫人一点钟去的,亲爱的同僚阁下,以舞会名誉委员会主席的身份去拜见名誉召集人、董事会主席夫人施提克森施泰因侯爵夫人。我想,这件事能够说明一切了。(习惯性地紧紧盯着奥斯卡)

奥斯卡　(有些尴尬)

仆人　(送来名片)

奥斯卡　对不起,教授先生,是勒文施泰因教授。

菲利茨　请便。反正我也要……

奥斯卡　(对仆人说)有请。

菲利茨　(做出要走的样子)

〔勒文施泰因上。近四十岁,中等个头,有些急性子,小眼睛时常瞪得很大,戴眼镜。他和人说话的时候,喜欢垂着左肩,同时微屈着膝盖站在对方面前,不时用手撸着头发。菲利茨,奥斯卡。

勒文施泰因　您好。啊,菲利茨教授,您打算要走了?请您再稍留一下,这件事您会感兴趣的。给,奥斯卡,您看看。(递给他一封信)对不起,菲利茨教授,作为舞会委员会的成员,他得先看这封信。施提克森施泰因侯爵夫人取消了对舞会的名誉召集。

奥斯卡　(迅速浏览一遍后,把信交给菲利茨教授)没说是什么原因?

勒文施泰因　她认为没有必要。

菲利茨　特别是每个人对原因都心知肚明的时候。

奥斯卡　那……那件事这么多人都知道了?短短八天时间?

勒文施泰因　亲爱的奥斯卡,我从来就没怀疑过这点。别人把那件事告诉我的时候,我当时就说:这下可是给了某些人机会,这件事会让人拿来大做文章。

菲利茨　对不起,亲爱的勒文施泰因医生,这里可没有任何夸大的成分,整件事都是原原本本、清清楚楚……不过我最好还是当面把对此事的观点讲给我的朋友伯恩哈迪听。

奥斯卡　我大概用不着特意强调吧,教授先生,在整件事上,我完全是站在我父亲一边的。

菲利茨　当然,当然,你的义务而已。

奥斯卡　也是我的信念,教授先生。

勒文施泰因　同样也是我的,教授先生。并且我要明确地说,只有心存不轨的人才会想把这件完全无可厚非的事歪曲成一件丑闻。挑明了说吧,如果伯恩哈迪不碰巧是犹太人的话,哪还会有人这样做。

菲利茨　看来你们又欣欣然地绕到了老路上。难道我是反犹太主义者吗?我这个身边至少总有一名犹太助手的人?和正派的犹太人在一起,就不会有反犹太主义。

勒文施泰因　好,好,我刚才说……

菲利茨　就算是基督徒像伯恩哈迪那样做,也同样会成为丑闻,这点您很清楚,亲爱的勒文施泰因。

勒文施泰因　好吧,有可能,但是那样这个基督徒身后会有成千上万的人支持,而现在这些人或是无动于衷,甚或站到了反对他的立场上。

菲利茨　谁?

勒文施泰因　德国人,当然还有犹太人,我是说,某些犹太人。这些人不放过任何一个机会,随时要钻进当权派的保护伞下。

菲利茨　请原谅,亲爱的勒文施泰因,这有些像妄想症了。我在这儿要再强调一遍,正是像您这样的人,亲爱的勒文施泰因,正是你们可笑的、以为处处都是反犹太主义的观点应该为矛盾的激化负主要责任。而要好上千百倍的是……

〔伯恩哈迪走进来。菲利茨,勒文施泰因,奥斯卡。

伯恩哈迪　(显然心情很好,带着他那种略有些嘲讽的微笑,问候众人,握手)哦,先生们,出什么事了?遭了火灾了?还是有谁送了我们一百万?

奥斯卡　(把信递给他)侯爵夫人撤回了对舞会的名誉召集。

伯恩哈迪　(浏览了一遍信的内容)那就另外再找一个召集人呗。(开玩笑地对奥斯卡说)难不成你也要放弃主席的位置,我的孩子?

奥斯卡　(有些不高兴)爸爸……

勒文施泰因　亲爱的伯恩哈迪,刚才你的儿子郑重地宣布他完全是站在你这一边的。

伯恩哈迪　(温柔地摸着奥斯卡的头发)那当然。希望你没有生我的气,奥斯卡。至于你,勒文施坦因,我大概根本用不着问。但是你呢,菲利茨?你脸上的表情看起来真好像是我们这里遭了火灾一样。

奥斯卡　我现在要告辞了。(微笑着)六点钟我们舞会委员会要开会。再见,教授先生,再见,讲师先生。(两人和他握手)啊,对了,爸爸,费尔曼医生来过,他说给你写了信。

伯恩哈迪　哦,是的。

菲利茨　你们不用为这个费尔坦担心。只要有可能,我会把他救出来的,(得意扬扬地看着勒文施坦因)尽管他是犹太人。
奥斯卡　我确信,教授先生,您并不是为一个不值得的人……
菲利茨　当然,当然。再见,同僚阁下。
奥斯卡　(下)
　　　　〔菲利茨,勒文施泰因,伯恩哈迪。
伯恩哈迪　你是不是为了这个费尔曼……
菲利茨　啊,不是的。我只是碰巧在这儿看见了他而已。我来是要告诉你,今天中午,施提克森施泰因侯爵夫人没有接见我的夫人。
伯恩哈迪　哦?
菲利茨　没有接见!侯爵夫人不但撤销了名誉召集,她还不让我的夫人进见。
伯恩哈迪　真的?你就是为了这个找我?
菲利茨　你装什么无辜,我亲爱的伯恩哈迪!你很清楚,就算这一切本身没有什么意义,但却非常能够说明高层人士对某件你并非不知道的事情所持的观点。
伯恩哈迪　(兴高采烈地)我这方面又能够提供来自或许更高层人士的观点。我刚从康斯坦丁王子那里回来,当然他也已经听说了整件事,并且他对事情的看法似乎不同于斯提克森施坦因侯爵夫人殿下。
菲利茨　行了,伯恩哈迪,你就别跟我提康斯坦丁王子了。对他来说,持自由进步的观点就像他那个阶层的人打鸽子一样,是做体育运动。
伯恩哈迪　不管怎样……
菲利茨　对我来说,康斯坦丁王子对这件事的看法完全无关紧要。恕我个人对你在所谈及的那件事里的行为,或者说你的举止持完全不同的观点。
伯恩哈迪　原来如此,尊夫人派你到这里来就是要来指责我的吗?
菲利茨　(非常恼火)我完全无权,也绝无此意……简单说,我来是要问问你,打算怎样补偿我夫人所受到的侮辱。

伯恩哈迪　（非常吃惊）啊,噢！你应该不是真的……
　　　　　〔切普利安上。菲利茨,勒文施坦因,伯恩哈迪。
切普利安　晚上好,先生们。请原谅我就这样擅自……但是我能想象……（与众人握手）
伯恩哈迪　你来也是因为斯提克森施泰因侯爵夫人撤回了对我们舞会的名誉召集？
切普利安　舞会的事情是次要的。
菲利茨　（看看表）可惜我没有时间了。请原谅,切普利安。我只想再问你一次,伯恩哈迪,你打算用什么方法补偿我的夫人（看一眼切普利安）在斯提克森施泰因侯爵夫人那里吃的闭门羹。
勒文施泰因　（看着切普利安）
伯恩哈迪　（非常平静地）请转告尊夫人,亲爱的菲利茨,我认为以她的聪明,她不会真的感到受了侮辱,哪怕只是一秒钟,只是因为一位无比尊贵的蠢妇人对她关上了自己沙龙的大门。
菲利茨　你这样回答,那我就无话可说了。告辞,先生们。（快步下）
　　　　　〔勒文施泰因,伯恩哈迪,切普利安。
切普利安　你不应该那样说,伯恩哈迪。
勒文施泰因　为什么不该？
切普利安　且不说不该多此一举地去激怒某些人,本来是他不对；再说侯爵夫人也绝对不是什么蠢妇人,她甚至是个相当聪明的人。
伯恩哈迪　聪明？芭贝特·斯提克森施泰因？
勒文施泰因　她目光狭隘,小心眼又故作虔诚。
切普利安　有些事情侯爵夫人想都不应该想,否则她的举止就会变得像你不想这些事情的时候一样不得体。我们得理解这些人,这是我们的本分,而他们根本不应该理解我们,那是他们的本分。另外,这只是个开始,侯爵当然也会做出回应……就是说,董事会或许会全体辞职。
勒文施泰因　那事情可就大了。
伯恩哈迪　（踱来踱去,这时在切普利安面前站住）对不起,切普利安,董事会的成员包括康斯坦丁王子,利本贝尔克主教,斯提克森施泰因侯爵,银行行长威特以及枢密官温克勒。除了侯爵之外,我可以向你保证……
切普利安　最好别保证什么。
伯恩哈迪　一个小时前我和王子谈过。
切普利安　他向你表示了赞赏?
伯恩哈迪　他简直就是和蔼可亲。他恰恰在今天把我叫去就已经说明了一切,因为他什么病都没有,显然只是想和我谈谈那件事。
切普利安　是他提起来的?
伯恩哈迪　当然。
勒文施泰因　他怎么说的?
伯恩哈迪　(有些得意地微笑着)说换了几百年前,我或许会被架在柴堆上烧死。
切普利安　你认为这是他在表示赞赏?
伯恩哈迪　你还不知道他接下去又说了什么:"我或许也会。"
勒文施泰因　哈!
切普利安　但这并不妨碍他定期参加弥撒,或是在上院里对婚姻法改革投反对票。
伯恩哈迪　是啊,职责所在。
切普利安　那你应该马上就向王子打听了董事会其他人对此事的看法吧?
伯恩哈迪　王子主动向我提起了主教的一句话。
勒文施泰因　怎么说?
伯恩哈迪　"这个人我觉得不错。"
勒文施泰因　你觉得主教不错?
伯恩哈迪　不是,是他觉得我不错。
切普利安　对,这句话我也听说过,只不过他们并没有向我隐瞒后一部分。
伯恩哈迪　后一部分?
切普利安　主教的话完整的是这样的:这个伯恩哈迪我觉得不错,但是他会后悔的。
伯恩哈迪　你从谁那儿知道的这么详细?

285

切普利安　从枢密官温克勒那儿,我刚从他的办公室过来。他还向我暗示说董事会将会辞职。

伯恩哈迪　怎么可能,枢密官自己也是董事会成员,他是不会丢下我们不管的。

切普利安　他没有别的选择,总不能独自一个人留下,看着其他的人离开。

伯恩哈迪　为什么不能？如果他还是我们心目中的那个人……

勒文施泰因　可能吗,一个枢密官……

切普利安　他一个人站在你这边与事情又有何益处？你总不能要求他为了你……

伯恩哈迪　你心里很清楚,这不是我一个人的事。

切普利安　非常对,不是你一个人的事,这是你自己说的,事关整个学院,我们的学院。如果董事会离开,那我们就完了。

伯恩哈迪　不可能,不可能！

勒文施泰因　怎么不可能？你的康斯坦丁王子,还有主教阁下从来就没做过什么特别高尚的事。

切普利安　而我能给你们列举出十几个犹太人,这些人就是因为董事会里有王子和主教才给我们捐助。如果没有人给我们钱,那我们就只能关门了。

伯恩哈迪　这一切都是因为我履行了自己作为医生的职责……

勒文施泰因　事情闹大了,闹大了！倒就倒了吧,我们的学院。我们另外建一所,建一所更好的,不要什么菲利茨,什么艾本瓦尔德之流的人。啊,伯恩哈迪,我是怎么警告你要提防这些人的,但你只是一味地盲目信任,希望这回你能学聪明。

切普利安　(徒劳地想要让他平静下来)你能不能让别人也说一句。现在学院还存在,我们甚至还有董事会,到目前为止他们还没有辞职。应该能找到办法阻止这件令人尴尬的事情发生。

伯恩哈迪　办法？

切普利安　还有枢密官,你也不否认,他是一个非常聪明、开明,而且对你非常有好感的人,他也认为……

伯恩哈迪　认为什么？你说得清楚一些,切普利安。

切普利安　他说你一点也不会有失体面,伯恩哈迪,只要你能用恰当的方式……

勒文施泰因　(打断他)让他道歉?

切普利安　谁说要道歉了。他又不用穿上粗布长袍到教堂门口去忏悔,用不着收回自己的话,或是念诵什么教义。(对伯恩哈迪说)只要你能表示遗憾就足以了……

伯恩哈迪　我没什么可遗憾的。

勒文施泰因　恰恰相反。

切普利安　那就不是遗憾,我们别为了个把词争执。但是你总能不失体面地解释一下,说你根本无意于伤害某种宗教感情,那也的确不是你想做的。

伯恩哈迪　这大家都知道。

切普利安　就好像这有什么用一样!你总是说得像是在和一些正直的人打交道。他们当然知道,那些想用这件事陷害你的人心里最清楚不过。尽管如此,我还是预感到一些苗头:有人想把你说成是有意妨害宗教事务的人,造谣说你嘲弄了圣礼。

伯恩哈迪　不可能!

切普利安　相信我。而且没有人,没有一个人会替你说话。

伯恩哈迪　没有一个人……?

切普利安　你会在宿敌和新冒出的敌人恶意的大叫大嚷,还有那些事不关己的人,甚至是你朋友尴尬的沉默或者表示反对的嘟囔声中面对整件事。当然其中也会不乏这样的指责,说恰恰是你这样的人更应该小心避免这种事,因为你不具备深入理解天主教圣礼深刻内涵的前提条件。

伯恩哈迪　好吧,你就告诉我吧……

切普利安　所有的这些我都听说了,从心存善意的人那里,亲爱的,从所谓的开明人士那里。从这点你应该就能够想象出对别人可以抱什么样的期待。

勒文施泰因　就因为这些无赖……

切普利安　你们别总是这样向我展示对于伦理道德的愤怒。没错,那些人是无赖,但是我们必须得接受这一点。而且……(对伯恩哈迪说)和这些无赖为伍既非你的本意,也不是你要做的事,凭着固执你也不可能将这些人和事改变一分一毫。所以我要再次建议你,最紧要的是尽可能地平息即将兴起的风暴,就像我先前说的那样,暂时先做一个解释。眼前就有一个机会,明天我们要开会研究图根特菲特部门新管理人选的事。

伯恩哈迪　没错,没错,那件事更值得讨论,比起这整桩见鬼的……

切普利安　我也是这么想。你不用违背自己的信念,伯恩哈迪。就像我说过的　简单解释一下就足够了。

伯恩哈迪　你认为这样……

勒文施泰因　你不是真要这样做吧,伯恩哈迪?如果非要这样做的话,那就让我来,我来为这件事负责,权当是我本人对神父圣下……

切普利安　你别受这个人的蛊惑,伯恩哈迪。想想看!假如是为了你的奥斯卡的未来,而你只需要稍稍牺牲一点自己的骄傲,你会有片刻的犹豫吗?像伊丽莎白医学院这样的杰作说到底绝不比一个孩子的意义小。这个学院可主要是你的功劳,虽然我也帮了你。想想你为它抵制的那些刁难,想想你如何为它工作、奋斗。

伯恩哈迪　(不断踱来踱去)说得确实没错,那些年的确是很艰难,特别是头几年。我必须得承认,这不是什么轻而易举……

切普利安　我们的学院走到今天这一步,现在却要因为一件鸡毛蒜皮的小事受到严重的威胁,甚至最终解散?不行,伯恩哈迪,不能让那样的事发生。有更有意义的事等你去做,不要把精力浪费在这样一场无谓的、甚至有些可笑的纷争中。你是医生,救人一命比高举什么旗帜要有意义得多。

勒文施泰因　诡辩!

切普利安　我们面临转折,而一切都取决于你,伯恩哈迪,我们的学院将会有灿烂的未来。

伯恩哈迪　(诧异地停住脚步)

切普利安　这么说,最关键的事你还不知道。我也有幸和弗林特谈了谈。

伯恩哈迪　你和他说起这件事……?

切普利安　没有,关于这件事只字未提,我刻意回避了,他也是。我去见他是为了秋天要举行的刑事解剖学展览。自然我们也谈到了伊丽莎白医学院的事,我可以向你保证,伯恩哈迪,他对我们的态度真的完全改变了。

勒文施泰因　弗林特就喜欢投机钻营,夸夸其谈。

切普利安　他有他的不足,这我们都知道,但他却是个行政管理方面的天才。他有宏伟的规划,计划在各个领域进行改革,特别是在医学教育和大众卫生方面,为此,这是他的原话,他需要的是人,而不是官员,像你我这样的人……

伯恩哈迪　是吗?……他需要的是人……或许他在和你说起这些的那一刻,连自己都信以为真了。

切普利安　没错,他是有些三分钟热度,这我们都知道,关键就在于怎么让他保持热度,接下去就能够通过他办到很多事。而且他也的确很赏识你,伯恩哈迪。说起你们一起给拉蓬威勒当助手的那段日子,他很激动。他对你们分道扬镳真心感到遗憾,希望,这是他的原话,你们在人生的高峰处重新走到一起。如果他心里不是这样想的,那又有什么理由这样说呢?

伯恩哈迪　心里想的……目前是。我了解他。你要跟他再多待一刻钟,他就会以为我是他最好的朋友。十年前就是这样,记得吗,伊丽莎白医学院是城中心的一个疫病源头,而我们就是……一群过分积极的青年讲师组成的可疑的党团组织。

切普利安　他现在年纪大了,成熟了,如今他清楚伊丽莎白医学院的作用,我们可以和他成为朋友,相信我,伯恩哈迪。

伯恩哈迪　(沉默了一会儿)我们今天不管怎么说还是要碰一次面的,为了管理人选的事。

切普利安　是,当然了,我正要给图根特菲特打电话。

勒文施泰因　他不来。

伯恩哈迪　好,如果你们没问题的话,那就九点半在雷德霍夫酒吧见,我们也可以借这个机会谈谈用什么形式做那个所谓的解释……

勒文施泰因　伯恩哈迪……

伯恩哈迪　因为我的确没有兴趣不顾一切地扮演英雄的角色。至于我是个在困难情况下能够坚持己见的人,这我已经证明过很多次了。我们或许能够找到一种形式……

切普利安　我不担心形式的问题。借助你的风格,你当然能找到恰当的形式。如果愿意的话,你还可以带点嘲讽,不过也只是带一点,到最后,或许你的微笑就足够了,不会有人把这个告诉侯爵夫人的。

勒文施泰因　你们可真是男人。

切普利安　闭嘴吧,勒文施泰因,你可真是个看棋的鹦鹉,多嘴多舌,棋局不管如何都伤及不到你。

勒文施泰因　我不是多嘴多舌的鹦鹉,我是一只不用看人脸色的鸟。

切普利安　好了,再见,伯恩哈迪,九点半,你带个方案过来。

伯恩哈迪　好,一个即便是你的宗教感情也不会受到伤害的方案,勒文施泰因。

勒文施泰因　那我倒是要谢谢了。

伯恩哈迪　(与两人握手,两人随后离开)

〔伯恩哈迪独自一人,踱了几个来回,看一眼表,摇摇头,取出记事本看了看,随后又放回兜里,脸上的表情似乎在说:这不着急。接着,他在书桌旁坐下,从一个纸夹中取出一张纸开始写,起先表情严肃,不久后嘴边就露出了嘲弄的微笑。他继续写,仆人上。

仆人　(递过一张名片)

伯恩哈迪　(诧异,迟疑……随后)有请。

〔艾本瓦尔德上。伯恩哈迪。

艾本瓦尔德　晚上好。

伯恩哈迪　(朝他走过去,伸出手)晚上好,同僚阁下,何事大驾光临?

艾本瓦尔德　如果您允许的话,院长先生,那我就不兜圈子,开门见山……

伯恩哈迪　当然……请。(请他坐下)

艾本瓦尔德　(在书桌旁的一张椅子上坐下)

伯恩哈迪　(坐在书桌前自己的椅子上)

艾本瓦尔德　我认为自己有责任告诉您,院长先生,有些不利于您,或者更确切地说,不利于我们学院的事正在酝酿中。

伯恩哈迪　哦,是为了这事?那我想您可以放心,同僚阁下,这件事会平息下去的。

艾本瓦尔德　可否请问是什么事情?

伯恩哈迪　您说的应该是传言董事会要辞职的事吧?

艾本瓦尔德　哦,董事会要辞职?这个嘛,这是非常的……但是这我是从您这儿才知道的,院长先生。我来完全是为了另外一件事。根据我从议员圈子里听说的,议会将就某件您并非不知道的事情向政府提出质询。

伯恩哈迪　啊……!那议会提出质询的事应该也会解决。

艾本瓦尔德　院长先生,请恕罪,我虽不知道您打算怎样将某些人对于那件令人不快的丑闻所持的虽不利、却又在情理之中的观点变得对我们大家有利,但是至于议会提出质询的危险怎么能简简单单地就能从您的头上,或者说从我们大家的头上移开,对于这点请恕我无法像您一样乐观,院长先生。

伯恩哈迪　那我们就得等等看了。

艾本瓦尔德　这样想也可以。但这不是您个人的事,院长先生,而是事关我们的学院。

伯恩哈迪　我知道。

艾本瓦尔德　那无论如何都应该想个应对之法,好阻止议会提出质询。

伯恩哈迪　我看没那么容易,相关的人士应该是出于某种信念才提出质询的……以那个被我侮辱了的宗教的名义。世上有什么能够让信念如此坚定的人放弃他们认为正当同时又必需的打算?

艾本瓦尔德　什么能够让这些人放弃自己的打算?这个嘛,如果他们意识到并不存在什么罪恶,或者至少不像他们开始设想的那样严重,如果他们相信并没有什么不计后果的企图,怎么说呢,反天主教倾向的存在……

伯恩哈迪　这话还用说给这些人听吗？

艾本瓦尔德　不，不是说给他们听，说说是太简单了，要能证明才行。

伯恩哈迪　现在开始有点儿意思了，您觉得应该怎么证明，同僚阁下？

艾本瓦尔德　如果能够做一件具体的事，同时通过这件事能够基本毫无疑问地得出刚才我暗示的那种结果。

伯恩哈迪　（不耐烦地）那不就得虚构一件这种事了。

艾本瓦尔德　完全没有必要，眼前就有一件。

伯恩哈迪　怎么讲？

艾本瓦尔德　院长先生，明天就要决定图根特菲特部门的管理人选。

伯恩哈迪　啊！

艾本瓦尔德　（冷静地）没错。现在有两个候选人。

伯恩哈迪　（非常肯定地）一个有能力得到这个职位，一个没有能力，我不知道还有什么其他区别。

艾本瓦尔德　也有可能两个人都有这个能力，院长先生，我不知道您对皮肤病学有多深的研究，能不能在这件事上……

伯恩哈迪　我自然在过去的几周里看过了两个候选人的论文，把这两个人相提并论，这点您和我一样清楚，同僚阁下，这简直就是可笑。您的黑尔医生只是写了几个病例而已，而且是用相当成问题的德语，而温格的论文则是非常出色的，有指导意义的。

艾本瓦尔德　（非常平静）相反，有些人认为黑尔的病例是出色的，对于实践者具有重大的意义，温格的论文或许有独到之处，但是根据专业人士的意见却称不上特别可信。再说到他这个人，连他自己的朋友都不喜欢他那种拿腔作调，不怎么让人舒服的风格。在我看来，一个医生，特别是一个部门的领导……

伯恩哈迪　（越来越不耐烦）我觉得这没什么讨论的必要，决定权并不在我，而是在全体代表大会。

艾本瓦尔德　但是如果票数相当的话，院长先生，那就得由您来决定。而且票数相同的情况也是肯定会出现的。

伯恩哈迪　为什么？

艾本瓦尔德　赞成温格的有：切普利安，勒文施泰因，阿德勒，当然还有久经考验思想自由的普弗鲁克费尔德。

伯恩哈迪　和图根特菲特。

艾本瓦尔德　这您自己都不会相信，院长先生。

伯恩哈迪　他已经答应您了吗？

艾本瓦尔德　那说明不了什么。您跟我一样清楚，院长先生，他不会投温格的票。连自己的老师都不投他的票，院长先生，这您就得考虑……

伯恩哈迪　（习惯性地踱来踱去）艾本瓦尔德教授，您很清楚图根特菲特为什么不支持自己的学生，理由很简单，就是因为他害怕会被温格抢走病人。而且您也和我们大家一样清楚，图根特菲特的上几篇论文都不是自己写的，而是温格。

艾本瓦尔德　哦，院长先生，您为什么不当着图根特菲特教授的面说这话？

伯恩哈迪　您尽管放心，教授先生，当着人的面想什么就说什么一向是我的习惯。同样，现在我也要对您说，教授先生，您之所以为黑尔四处奔走，就是因为他……不是犹太人。

艾本瓦尔德　（非常平静）我也可以同样回答您说，院长先生，您支持温格……

伯恩哈迪　您不要忘了，三年前我可是投票支持的您，艾本瓦尔德教授。

艾本瓦尔德　但并非出自愿，不是吗？我对温格的态度也是一样，院长先生，所以我才不那样做，那样做总是会后悔的。就算我对温格的评价更高，相信我，院长先生，在一个团队中，重要的不只是个人的天赋……

伯恩哈迪　而是性格。

艾本瓦尔德　我是想说氛围。这样我们就又回到了这场谈话的起点。我们奥地利所有的人事问题最终都会上升到政治层面，这的确很可怕，但这又是我们必须要面对的。您看，院长先生，如果黑尔是个蠢货的话，我当然不会投他的票，也不会要您那样做。但毕竟他和温格一样能让人恢复健康。如果您想想看的话,院长先生,您的一个决定就能够避免那个丑闻将会造成的所有令人不愉快的后果……我当然并不能打保票,因为这只是我的一个想法而已。

伯恩哈迪 是吗!

艾本瓦尔德 当然了,但是至少值得试一下,院长先生。如果您能平心静气地考虑考虑,明天开会之前我们可以再谈谈。

伯恩哈迪 无此必要。

艾本瓦尔德 随您怎么认为吧,院长,但是请允许我提醒一句,您不应该因为盲目的骄傲……当然这些话仅限于我们两人之间……

伯恩哈迪 我没有任何理由要求您保密,教授先生,告诉那些派您来的先生们……

艾本瓦尔德 什么?!

伯恩哈迪 我不做这种交易……

艾本瓦尔德 抱歉,没有任何人派我来,我无意受人驱使。我到您这儿来,教授先生,完全是非正式的拜访,请记住这一点,我既不是替什么人传话,也不是为了自己的利益,因为我根本无意与您共同承担对神父圣下不敬的责任。我是为了学院的利益,还有您的,院长先生,您拒绝了向您伸出的友谊之手……

伯恩哈迪 您离开的时候成了敌人,倒是更合我意,这个身份更真实。

艾本瓦尔德 悉听尊便,院长先生。……告辞。

伯恩哈迪 再见。

〔送他到门口。艾本瓦尔德下。伯恩哈迪一个人来回踱了几圈,拿起先前开始写的东西看了一遍,然后将它撕成了碎片,又看看表,穿好衣服。仆人走进来。

伯恩哈迪 有什么事?

仆人 (递给他一张名片)

伯恩哈迪 什么?……本人?我是说,阁下亲自来了?

仆人 是,教授先生。

伯恩哈迪 有请。

仆人 (下。弗林特随即走进来)

〔伯恩哈迪。弗林特,身材颀长,年过半百,短发,小连鬓胡,脸上一副并非完全无意识的外交式表情,非常和气,常常是发自内心的热情。

伯恩哈迪 （站在门口）阁下？（露出他那种有些嘲弄的微笑）
弗林特 （把手伸给他）我们很久不见了,伯恩哈迪。
伯恩哈迪 不是才见过吗……在医生协会。
弗林特 我是说这样私下里见面。
伯恩哈迪 啊,这倒是……你不坐吗？
弗林特 谢谢,谢谢。（他坐下,伯恩哈迪随后坐下。特意用轻松的语气）我上你这儿来,你很意外？
伯恩哈迪 是……意外的惊喜,并且想利用这个机会对你新获得的荣誉表示祝贺。
弗林特 荣誉！你应该知道我不是这样理解我的新职位。但这并不妨碍我异常满足地接受你的祝贺。当然,我来这里不像你可能以为的那样,是为了亲自讨要祝贺。
伯恩哈迪 那是自然。
弗林特 （进入正题）我亲爱的伯恩哈迪,我想没必要特别向你表明说我自己并无意枕在公事包上睡大觉,而是下定决心,要利用这个职位提供给我的有限时间进行各种改革。或许你还记得,这些改革我从青年时代起就一直记挂在心头:医学教育领域的改革,公众卫生,普通国民教育,啊,等等。要做这些,只靠那些虽然老实,但是在世界观方面却有些刻板的人是不够的,在某种意义上,我需要的是一个班子,当然是自愿的,由思维独立、没有偏见的人组成。奥地利,特别是我们教育部里不乏能干的公务员,但要实现这些计划,我就需要真正的人。我来就是要问问你,亲爱的伯恩哈迪,我可以算上你一个吗？
伯恩哈迪 （稍稍犹豫一下）能不能劳驾你说得具体一点。
弗林特 还要再具体？……嗯……这个……我就知道你会推托。
伯恩哈迪 不是,当然不是的,我只是希望你能解释得更清楚一些。在这之前我可不能……我总得知道你在哪方面需要我的协助。（露出他那种嘲弄的笑）在医学教育领域、公共卫生领域、大众教育领域……我漏了什么吗？

弗林特　还是老样子。但正是因为如此,我才对你寄予特别的厚望。我们之间或许还有些隔阂,尽管我真的不知道……

伯恩哈迪　(严肃地)那让我来告诉你,弗林特：少年时代的友谊以及……友谊后来的结局。

弗林特　(真诚地)友谊后来是什么结局,伯恩哈迪？不过是随着时间的推移互相有些疏远,这是因为环境,甚或也有点是因为我们天性。

伯恩哈迪　和我想的一样。

弗林特　你不是这么记仇吧,伯恩哈迪？

伯恩哈迪　我只是记性好而已。

弗林特　如果因此阻碍了对眼下形势的清楚判断,伯恩哈迪,这也可以成为缺点。我还以为我们两人之间的恩怨已经烟消云散,那些起争执的岁月已经被忘记。

伯恩哈迪　争执？这可真是用了个非常高尚的词描述一件不怎么高尚的事。

弗林特　伯恩哈迪!

伯恩哈迪　不,我亲爱的,那不是什么美好的回忆！而且在我看来,如果这么轻易就忘了的话,那就是背叛自己的过去。(他站了起来)哦,你们当年用的是什么样的武器对付我们呀,你还有其他那些教授,为了阴谋破坏我们年轻的学院,你们用了什么样的手段呀！你们无所不用其极,只为了降低舆论对我们的评价。你们怀疑我们,迫害我们！说我们建立这所学院是为了抢那些诊所里医生的饭碗,说我们污染了城市,说我们想要建立第二个医学系……

弗林特　(打断他)我亲爱的伯恩哈迪,如果不是因为你们在科学和人道领域所做的善事早就弥补了你们学院那些不怎么光彩的方面,那么所有这些指责在某种意义上到今天都依然是适用的。这我们都看在眼里,特别是我,亲爱的伯恩哈迪,就是出于这个原因,只是因为这个,我们才改变了对你们的态度。你可以相信我,今天的伊丽莎白医学院不可能找到比我更热心的朋友……

而且影响我对你们态度的因素里面从来就没有过个人原因,我只是从自己的信念出发……

伯恩哈迪　没错,人脑子里总是随着争执的激烈化产生这种东西,信念!

弗林特　对不起,伯恩哈迪,我们都有不足,你应该和我一样不完美,但是如果我能够保证什么的话,那就是我自己从来没有,哪怕只是说过或者做过一点点违背自己信念的事。

伯恩哈迪　你就这么有把握?

弗林特　伯恩哈迪!

伯恩哈迪　仔细想想看。

弗林特　(有些不确定)我或许和所有人一样,这一辈子也犯过错误,但是违背自己的信念……没有过! ……

伯恩哈迪　我可是知道一件事,在这件事上,你显而易见是在违背自己的信念行事。

弗林特　这我可……

伯恩哈迪　而你那样行事当时甚至送了一个人的性命。

弗林特　这可是有点过分了。那我可得要……

伯恩哈迪　请啊,请啊。(他在屋里来回踱了几圈,突然站住,情绪非常激动)当时我们是拉蓬威勒的助手,诊所里躺着个年轻人,我现在还记得他的样子,我甚至还记得他的名字,恩格贝尔特·瓦格纳,临时公务员。我们的头儿,包括我们所有的人都给他诊断错了。进行尸检的时候发现,这个病人用其他治疗方法的话(抗梅毒治疗)还是有救的。当时我们在下面弄清事实了之后,你悄悄对我说:我早就知道。还记得吗?你早就知道这个病人得的是什么病,你的诊断是正确的……

弗林特　唯一的一个人。

伯恩哈迪　是的,唯一的一个人,但是却小心翼翼地避免在病人还活着的时候让大家知道这一点。至于你为什么要那样做,这个问题就要由你自己来回答了,应该不是出于信念吧。

弗林特　老天爷,你的记性可真好。我也记得这件事。没错,我确实没有说出自己认为另外一种治疗应该是有希望的,甚至是必需的。而且我也得向你承认,我之所以沉默,就是因为不想惹拉蓬威勒。这个人你是知道的,他不喜欢看见助手比自己聪明。这么说来的话,你指责我牺牲了一个人的性命或许完全是有道理的。但是你扣在我头上的原因,那个深层的原因却是不对的。这个人,伯恩哈迪,必须得牺牲,这是为了后来由我医治的成百上千条性命。我当时还不能不指靠拉蓬威勒的提携,布拉格的教授职位又近在咫尺。

伯恩哈迪　你认为拉蓬威勒会不让你通过,如果……

弗林特　非常有这个可能。你太高估人性了,伯恩哈迪,你没有意识到人的心胸是多么狭隘。那当然不会毁掉我的前程,但总归是会让一切推迟。而我所关心的正是迅速向上走,以便给我的才华,你也不能否认我有才华,为我的才华赢取必要的空间。所以,我亲爱的伯恩哈迪,我才任由临时公务员恩格贝尔特·瓦格纳死去,而我甚至不觉得应该后悔,因为,亲爱的伯恩哈迪,在某一件不起眼的个别事件中正确抉择,或者依你说的,忠诚于自己的信念并说明不了什么,重要的是要忠实于自己一生中内在的理念。你在今天的谈话过程中把可怜的恩格贝尔特·瓦格纳重新从坟墓里揪出来,我觉得这点从许多方面看都很有趣,因为我猛然间意识到你我内心深处的不同,还有——这你可能想不到,伯恩哈迪——我们之间取长补短的能力。或许你是那种所谓正直的人,伯恩哈迪,这点你比我强,不管怎么说,你都更容易感情用事,但至于你是否有能力在为更多的人谋取福利方面超过我,我看很成问题。你所缺少的,伯恩哈迪,是对于本质的认识,没有这种认识,对信念所有的忠诚都不过是自以为是而已。因为关键不是在个别事件中做得是否对,而是对整体的影响。为了那要在某件无关要紧的事件中正确行事的不怎么伟大的观念而牺牲整体影响,这在我看来不但狭隘,而且在更高的意义上还是不道德的。是的,我亲爱的伯恩哈迪,是不道德的。

伯恩哈迪　(思忖)如果我没听错你的言外之意,你现在显然是具体有所指的。

弗林特　这可以说是在我说话的时候想出来的。

伯恩哈迪　看来我们是不知不觉地绕到了你今天到访的本来目的上？

弗林特　谈不上本来的目的,但也不是什么完全不重要的目的。

伯恩哈迪　你是为此才费力地要……

弗林特　也是为此。因为我们两个人现在都想到的那件事,正如我比较肯定地预见到的,可能会牵涉更广的范围。你当然是意识不到的,你这个人,你这可亲的、但有的时候又是不幸的个性,一时高尚的感情澎湃起来就忘记了对长远的考虑,正因为如此你在面对神父圣下的时候才会忘记一个细节,那就是,我们所生活的是一个基督教国家。……我不知道这有什么可笑的。

伯恩哈迪　你会再次因为我的记性好而吃惊。我记得你年轻的时候曾经想写一篇文章,文章的题目是:神院——医院。

弗里特　噢!

伯恩哈迪　你想劝服人们不要建那么多教堂,应该多建些医院。

弗林特　唉,是我想写而又没写的许多文章中的一篇。

伯恩哈迪　也永远不会写。

弗林特　这篇肯定是不会写。如今我意识到它们能够非常和谐地共处,神院和医院,神院能够医治的有些病痛是我们医院,亲爱的伯恩哈迪,目前尚束手无策的。但是我们并不想纠缠在政治讨论中,不是吗?

伯恩哈迪　再乐意不过,因为在这方面,我简直跟不上你的思路。

弗林特　唉,有可能。那好吧,我们还是就谈这件具体的事。

伯恩哈迪　好的,就谈这个。我很好奇,不知道文化和教育部部长阁下有什么高见。

弗林特　高见?没有具体的。我只是不想瞒着你,不管是谁,包括你根本想不到的人,他们的看法对你都是非常不利的,而我为了你,为了我们的学院,衷心希望只要有可能,最好能让这整桩丑闻销声匿迹。

伯恩哈迪　这也是我的愿望。

弗林特　真的吗?

伯恩哈迪　因为我有很多更重要的事要去做,不想再继续纠缠在这件事上。

弗林特　你是认真的吗？

伯恩哈迪　你怎么能够怀疑这点呢。我甚至可以告诉你说，就在不到一个小时之前，我还同切普利安和勒文施泰因一起讨论如何做出解释，好让那些据称受到了侮辱的各方能够满意。

弗林特　那可就……那可就太好了。但是恐怕在目前的情况下，这样做还不够。

伯恩哈迪　是吗？那我该怎么做？

弗林特　如果你能……依我看来，你不会有失任何的体面，特别是据我所知，目前还没有正式起诉，如果你能亲自拜访神父圣下……

伯恩哈迪　什么？

弗林特　这会给人留下非常好的印象。因为你毕竟，这样说吧，举止不慎，在某种程度上用暴力阻止神父圣下……

伯恩哈迪　用暴力？

弗林特　当然这个词太过了，但是毕竟你是把他从门边，至少大家是这样说的……

伯恩哈迪　怎么说的？

弗林特　在一定程度上用很大的力气推开了。

伯恩哈迪　这是撒谎，你要相信我……

弗林特　那么你没有把他推开？

伯恩哈迪　我几乎没碰到他。说我使用暴力的人是故意撒谎。啊，我知道这些人是谁了。不能由他们……现在我要自己……

弗林特　冷静，伯恩哈迪，还没有任何正式的证据证明。既然你现在已经决定做出解释，那么利用这个机会强调一下就再简单不过了，就说所有这些谣言……

伯恩哈迪　对不起，亲爱的弗林特，你弄错了。我的确是曾经打算做出解释，并且先在明天的会议上提交，但是其间发生了一些事，让我完全不可能再做那种解释。

弗林特　这又是为什么？什么事？

伯恩哈迪　威逼利诱，相信我。

弗林特　嗯，你不能多告诉我一些吗？我非常感兴趣。……

伯恩哈迪 （又微笑着）说说看，亲爱的弗林特，你来真的是要帮我摆脱尴尬处境吗？

弗林特 如果我不在乎这件事对你……还有你们的学院有何影响，那我真就没有其他理由继续关心这件事了。至少你的行为是欠妥的，所以我就算是让你自己自食苦果也不会良心不安，如果不是为你和你们学院感到遗憾的话。

伯恩哈迪 简单说，你是为了我，好让我……不让你面对议会的质询。

弗林特 当然，这事对我们又没什么好处。你对神父的举止并非完全得体，作为一个正直的人至少应该承认这一点。如果除此之外再对你动机的单纯，你作为科学家的重要性……

伯恩哈迪 亲爱的弗林特，你大概没有意识到你过分高估了自己的权力。

弗林特 嗯……

伯恩哈迪 你显然以为阻止议会的质询是你想做就能做得到的。

弗林特 一切都取决于你，这点我可以向你保证。

伯恩哈迪 取决于我，没错，你不知道自己说得有多正确。一切全在我。半个小时以前，我还曾经能够把质询的危险从你我头上弄开。

弗林特 曾经……

伯恩哈迪 是的，用世界上最简单的方法。我们学院图根特菲特的部门要换新的管理人，这你是知道的，明天开会，如果我保证在票数相当的情况下不投温格的票，而是投黑尔的票，那就万事大吉了。

弗林特 保证？为什么？向谁保证？

伯恩哈迪 艾本瓦尔德刚才在我这儿，他向我提出了这个要求。

弗林特 嗯，你真的相信吗？……

伯恩哈迪 至少我感到艾本瓦尔德能够全权进行这场交易，虽然他自己不承认。或许我会上当，即便投了黑尔的票，最终议会还是会提出质询。

弗林特 （踱来踱去）我们的同僚艾本瓦尔德与他的堂兄艾本瓦尔

德议员交往甚密,后者是教会党派中的领导人,如果他不同意的话,议会当然不会提出质询。我相信我们的同僚艾本瓦尔德在这件事上是诚实的。那么,你对他的建议作何反应?

伯恩哈迪　弗林特!

弗林特　看来你觉得温格是个专业水平更高的皮肤病医生。

伯恩哈迪　你不也是这样觉得嘛。你和我一样清楚,黑尔什么都不是。即便两个人旗鼓相当,艾本瓦尔德也因为对我提出那样的无理要求让我不可能不投温格而投别人的票。

弗林特　是啊,艾本瓦尔德做得可是不聪明。

伯恩哈迪　不聪明……?这就是你要说的?我觉得你有些太温和,我亲爱的弗林特。

弗林特　我的好伯恩哈迪,政治……

伯恩哈迪　政治和我有什么关系?

弗林特　它和我们所有人都有关系。

伯恩哈迪　你的意思是,就因为这种无耻的行径在你们所谓的政治中每天都出现,我就得微笑着、顺理成章地接受最新的这个无耻行径,考虑这桩卑鄙的交易?

弗林特　也有可能事情根本用不着你出面,不存在票数相当的情况,不用你插手就能让黑尔或者温格当选。

伯恩哈迪　哦,我亲爱的弗林特,这事可不会让你的日子那么好过。

弗林特　让我的日子好过?我以为……

伯恩哈迪　(温和地)弗林特,即便你如今是部长,但说到底你还是个医生,科学界的人,说实话的人。你先前自己怎么说的?重要的是要看到事情的本质。那么,这件事的本质又是什么?你看不到吗?让最有能力的人领导我们这里的部门,让他有可能为病患,为科学做出有益的贡献,这才是关键,不是吗?这才是事情的本质。并不是为你我免去议会的质询会带来的什么不快。有必要的时候,我们可以对这样的质询有不错的应对。

弗林特　嗯,我想我会有言以对。

伯恩哈迪　我也是这样想。

弗林特　那,伯恩哈迪,你能把这些写下来吗?……我是说,你能不能给我写一封信,简短地、令人信服地描述一下整件事,好让我在有必要的时候……

伯恩哈迪　有必要的时候?

弗林特　不管怎样,我希望要白纸黑字。或许不必宣读这封信,我是说,他们提出质询的时候,开始可以先采取谨慎的态度回答,但是如果他们不肯罢休的话,那就拿出你的信。(做出从胸前的口袋里往外掏信的动作)

伯恩哈迪　你在议会里的经验应该能告诉你什么时候该做什么。

弗林特　经验?目前恐怕只是灵感而已。但是我相信根本到不了那个地步……我是说,不会到要读信的地步。从我的开头几句话,从我的语气里他们就能够意识到,我手里还有王牌。所有人都会察觉到这一点。因为我拿住他们了,伯恩哈迪,我只要一开口说话,就拿住他们所有的人了。就像是我在医院里能够拿住听众一样,我同样能够拿住议会里的各位先生。最近讨论关于新的学校法增订法案的时候,我只是随口说了几句,你简直想象不出议会里的那种鸦雀无声,伯恩哈迪。说老实话,我根本没说什么特别的,但立刻就吸引住了他们的注意力,这就是关键所在,他们听我说话,只要认真听别人说话,那就不可能再说他的话是完全没有道理的。

伯恩哈迪　当然。

弗林特　虽然有被你视为虚荣的危险,伯恩哈迪,我简直是希望那些家伙能提出质询了。

伯恩哈迪　弗林特!

弗林特　因为这件事很容易推而广之,因为我在这件事上看到了象征我们所有政治状况的东西。

伯恩哈迪　本来也是如此。

弗林特　我总是这样……即便是在看上去没有什么意义的小事上,所有的一切对我而言都成为某种象征。大概这就是我注定要从政的原因吧。

伯恩哈迪　没错。

弗林特　所以我认为可以把这件事推而广之。

伯恩哈迪　哈,神院——医院。

弗林特　你还笑……可惜我没法小看这种事。

伯恩哈迪　是啊,我亲爱的弗林特,听了你现在说的这一切,我几乎觉得你有意在这件事上站在我这一方。

弗林特　这大概用不着太敏锐的洞察力。我要向你承认,开始的时候我并不是完全支持你的,因为我始终觉得你对神父的举动并不是特别得体,但是和艾本瓦尔德的这个交易让一切都变了味道。当然现在的关键是,这一切暂时只限于我们两人间的秘密。我是说,你就是对你的朋友也不要提起艾本瓦尔德的这件事。因为如果那些人听到风声,知道我要做什么,他们最终可能就会考虑并且放弃提出质询。你当然可以留一份信的复件,但是信的内容在我在议会里拿到桌面上来之前都要保密。(毫无夸张之意)

伯恩哈迪　我很高兴你这样……但是……我还想提醒你一点,你打算对付的那一派人非常强大,非常肆无忌惮,问题是你没有他们,还能不能完成管理工作。

弗林特　试试看。

伯恩哈迪　不管怎样,如果你的职位对你而言更重要……

弗林特　比起你……

伯恩哈迪　比起真相,这才是关键所在,如果那样的话,你最好就别插手这件事,也最好别为我出头。

弗林特　为你?我根本不是为了你。是为了真相,为了正义。

伯恩哈迪　弗林特,你现在真的相信这件不起眼的丑闻值得你出面吗?

弗林特　这件不起眼的丑闻?伯恩哈迪!你难道还没有意识到,这里谈到的事比表面看起来要更高一个层次吗?这在某种意义上是光明与黑暗之间不断地斗争……不过这听上去像是夸夸其谈。

伯恩哈迪　斗争是肯定的,我亲爱的弗林特。在目前的情况下,这场斗争的结果还不明朗,而你做部长的所有荣耀……

弗林特　不劳你挂心。不管结果如何,我想不出有什么能比为正义的事业更让人死得其所,同时也为了一个,老实承认吧,一个小时前还是我敌人的人。

伯恩哈迪　我不是你的敌人,但如果我曾经冤枉了你的话,倒是乐意请你原谅。但是我现在就要告诉你,弗林特,即便事情对你而言结果不理想,我也不会感到良心不安,因为你知道在这件事上谁是对的,并且我始终不打算因为你在关键时刻履行自己的职责就对你表示赞赏。

弗林特　你也用不着那样做,伯恩哈迪。(向他伸出手)保重。(尽量轻松地)我想要找一个真正的人,现在找到了。再见!

伯恩哈迪　再见,弗林特!(迟疑一下)我谢谢你。

弗林特　哦!你也压根儿用不着道谢,我们的感情应该建立在更牢固的基础上。(下)

伯恩哈迪　(站着沉思了一会儿)那就要走着瞧了。

(落幕)

第 三 幕

〔伊丽莎白医学院会议室。普通会议室的陈设。中间放一张长方形绿桌子,柜子,两扇窗开在舞台后方中央。名医的照片,大门左方挂着伊丽莎白王后画像。傍晚,灯光照明。枝形吊灯上挂着大的绿色灯罩,上面的灯开始时并没有全部打开。右边靠墙有一张小桌子。

〔霍赫洛伊茨珀恩特纳坐在一个大记录本前,正从另外一张纸上誊抄。

〔施莱曼医生走进来,高个子,光头,黑色的军人胡,额上有剑伤疤痕,眼镜。嗓音低沉,说一口并不高雅的德语,浓重的奥地利方言,其中会突然冒出犹太人的口音。

霍赫洛伊茨珀恩特纳　(跳起来)您好,团……讲师先生。

施莱曼　您好。怎么样,睡了一大觉,舞会的累劲儿都没了,霍赫洛伊茨珀恩特纳?

霍赫洛伊茨珀恩特纳　我根本就没睡,讲师先生,不值得折腾。

施莱曼 （看见霍赫洛伊茨珀恩特纳依然保持着立正的姿势）放松，放松。

霍赫洛伊茨珀恩特纳 （换了个比较舒服的姿势）我一直跳到七点钟，八点钟就已经到内科了，十点钟到外科，十二点钟……

施莱曼 （打断他，在桌旁坐下）行了，我知道您到处都去过了。您在整理上次会议的记录？

霍赫洛伊茨珀恩特纳 可惜没能更早地动手做，讲师先生。

施莱曼 别这么说，别这么说，这本来就不是您的工作，我这个会议记录员还得谢谢您呢。都看得清楚吗？（靠近他，看着记录，小声嘟囔着）投票……四票赞成格拉茨大学的优秀教授黑尔，四票赞成萨·温格医生……（看着霍赫洛伊茨珀恩特纳）萨穆埃尔……

霍赫洛伊茨珀恩特纳 用不着把全名写出来吧。

施莱曼 说说看为什么。比如我的祖父就叫萨穆埃尔，他从来都写自己的全名，我叫西格弗里德，也从来都把自己的名字写全。

霍赫洛伊茨珀恩特纳 （傻乎乎地）是，团部军医先生。

施莱曼 我可不是您的团部军医了。（继续读）根据票数相等的情况下由院长自行决定的原则，院长选择了温格医生，后者将成为皮肤病和梅毒科的主任。（停了一会儿）您对新上司还满意吗？

霍赫洛伊茨珀恩特纳 （不由自主地一碰后脚跟）是。

施莱曼 （笑起来，把手搭在他的肩膀上）您这是干什么，霍赫洛伊茨珀恩特纳？您现在可不是我手底下的实习军医了。

霍赫洛伊茨珀恩特纳 可惜不是了，讲师先生，那真是一段美好的日子。

施莱曼 对呀，当时咱们都还年轻。不过既然说到这儿了，霍赫洛伊茨珀恩特纳，您打算什么时候参加最后的博士学位口试？

〔艾本瓦尔德走进来。施莱曼，霍赫洛伊茨珀恩特纳。

艾本瓦尔德 是啊，我也一直在问他。

霍赫洛伊茨珀恩特纳 您好，教授先生。

艾本瓦尔德 你好，施莱曼。

施莱曼　你好。

艾本瓦尔德　知道吗,霍赫洛伊茨珀恩特纳,您应该马上向各个科室告假,然后去埋头用功。明白吗,埋头用功,快完成学业。话说回来,您在会议室里做什么?

施莱曼　医生先生很热心,帮我整理了会议纪要。

艾本瓦尔德　啊,还有这个,哦,伊丽莎白医学院要是没有了霍赫洛伊茨珀恩特纳可怎么办!……您还是昨天舞会上的领舞?

霍赫洛伊茨珀恩特纳　(傻乎乎地)从人前跳到人后,教授。

施莱曼　连觉都没有睡。

艾本瓦尔德　唉,这些年轻人!……舞会怎么样?

霍赫洛伊茨珀恩特纳　人山人海,气氛热烈。

艾本瓦尔德　(对霍赫洛伊茨珀恩特纳说)您知道自己昨天夜里是在什么地方跳的舞吗?是在火山上。

霍赫洛伊茨珀恩特纳　确实是很热,教授。

艾本瓦尔德　(笑)哈!去休假,参加考试,不要再在火山上跳舞!也别在已经冷下去的火山上跳。再见!(与他握手告别)

施莱曼　(同样与他握手告别)

霍赫洛伊茨珀恩特纳　(又碰了一下后脚跟)

艾本瓦尔德　像个当少尉的!……

施莱曼　我刚才也这么说。

霍赫洛伊茨珀恩特纳　(下)

〔施莱曼,艾本瓦尔德。

艾本瓦尔德　那么,教育部长阁下也去了?

施莱曼　去了,甚至还和伯恩哈迪聊了至少半个小时。

艾本瓦尔德　这可真奇怪。

施莱曼　那有什么,在舞会上。

艾本瓦尔德　但是他应该知道董事会辞职的事呀。

施莱曼　尽管如此,竟然还是有一名董事会的成员去参加了舞会。

艾本瓦尔德　是谁?

施莱曼　枢密官温克勒。

艾本瓦尔德　这个人从来就是个投石派。

施莱曼　话说回来,这件事并没有正式宣布。

艾本瓦尔德　和正式宣布差不多了,至少今天开会就是为了董事会辞职的事。嗯……(迟疑地)我信得过你吗,施莱曼?

施莱曼　(轻描淡写地)我有理由认为这个问题是有些奇怪的。

艾本瓦尔德　行了吧,我们又不是大学生了。

施莱曼　只要我和你的意见一致,你就可以信得过我。幸好大多数情况下我们的意见都一致……

艾本瓦尔德　但也可能在某些问题上你会对要不要和我站在一边有些想法。

施莱曼　我对你说过,亲爱的艾本瓦尔德,在我看来,这整桩丑闻根本就不应该从什么宗教或者教派的角度去看,而是应该看合不合分寸。即便我是犹太民族主义者,在这件事上我也会站在反对伯恩哈迪的一边。但是抛开这一点,我还要冒昧提醒你一句,我是德国人,和你没两样。并且我要向你保证,如果今天有哪个像我这样出身的人宣布自己是德国人、基督徒,那可是比保持他降生人世时的身份需要更大的勇气。要做犹太复国主义者的话,我的日子会好过些。

艾本瓦尔德　有可能,在耶路撒冷当教授对你而言应该是没问题的。

施莱曼　无聊的玩笑。

艾本瓦尔德　施莱曼,你知道我对你怎么样,但话说回来,你得明白我们生活在一个非常混乱的时代……一个非常混乱的国家……

施莱曼　哎,别又跟我提那些匿名信。

艾本瓦尔德　怎么,你还记着呢?顺便提一句,那些信并不是匿名的,都签着全名,全是大学时代亲密的老朋友。他们当然都很吃惊我为了你那么卖力。你不要忘了,亲爱的施莱曼,上大学的时候,还有后来成为老会友①以后,我一直都是德意志民族最严格戒律的维护者。你知道这是什么意思:莱茵河的卫士②——俾

---

① 指曾经参加过大学生社团的人,他们通过捐款或帮助年青一代开展事业与社团继续保持联系。

② 歌曲名。

斯麦橡树①——威德霍夫决议②——不同犹太人比剑,包括有犹太血统的人……

施莱曼　虽然有非常严格的戒律,但有时事情还是没什么改变。我的剑疤还是做犹太人的时候留下的。

艾本瓦尔德　我们难道不是生活在一个混乱的国家吗?比起你的德国人身份,你似乎更为这个犹太剑疤骄傲。

〔普弗鲁克费尔德教授上。施莱曼,艾本瓦尔德。

普弗鲁克费尔德　(六十五岁,学者模样,戴眼镜)晚上好,先生们。你们听说了吗?董事会辞职了!

艾本瓦尔德　我们就是为了这事来的,尊敬的教授先生。

普弗鲁克费尔德　那么,您怎么看?

艾本瓦尔德　您看上去好像很意外。这事不是大家意料之中的吗?

普弗鲁克费尔德　意外?谈不上。唉,意外,知道吗,我早就习惯了不感到意外。只可惜没学会不感到恶心。啊,真是难以忍受。

施莱曼　恶心?

普弗鲁克费尔德　你们得承认吧,先生们,现在针对伯恩哈迪的那些挑唆完全没有道理。

艾本瓦尔德　我没听说有人挑唆。

普弗鲁克费尔德　啊!……您什么都没听说?好,好……您的堂兄,那个奥托卡·艾本瓦尔德是主要发起人,这个您也不知道?

艾本瓦尔德　您怎么能……

普弗鲁克费尔德　我当然不是要把您和您的堂兄相提并论,您完全有理由否认和他有任何共同之处,因为直到现在,恰恰就通过这个机会,我们才发现原来您的堂兄,这个以德意志民族党人身份起家的人,竟开始致力于教会党派的事务。您可不是教会党派的人,艾本瓦尔德,您可是德国人,又曾经是德国大学生。什么是德意志的美德,艾本瓦尔德?勇敢、忠诚、信念坚定。我忘了

---

① 德意志民族主义者为向俾斯麦致敬而到处栽种的橡树。橡树所在的地方也是他们集会的场所。
② 1896年通过的一项决议,该决议宣布犹太人没有与人进行决斗的权利。

个什么吗?没关系。目前有这些就够我们用了。正因为如此我才希望您和我的意见是一致的:我们今天要正式还我们的伯恩哈迪一个公道。

艾本瓦尔德　还他公道?为什么?谁把他怎么样了吗?到目前为止不过就是董事会辞职了而已。我们可以关门大吉了,因为不知道从哪儿能弄到钱。这是否能成为对院长先生欢呼喝彩的一个原因?不就是他用没有分寸的举动让我们落入这个境地……

普弗鲁克费尔德　原来这样……那好吧,您就是您,艾本瓦尔德,要开刀的时候我还是只找您,因为您有这个能力,没错。但是您呢,施莱曼?您保持沉默?也反对伯恩哈迪?也因为他请求神父先生让一个可怜的病人静静地死去而愤怒?……能理解,能理解。像这种新鲜的宗教感情得受到特别的保护。

艾本瓦尔德　(平静地)别理会他的挑衅,施莱曼。

施莱曼　(很平静地)教授先生,刚才我还在对艾本瓦尔德医生说,受到伤害的不是我的宗教感情,而是我高尚的品位,因为我觉得病房不是搞政治的地方。

普弗鲁克费尔德　政治!伯恩哈迪在搞政治!您不会想告诉我说连您自己都相信这一点吧,这可真是……

〔菲利茨上。施莱曼,艾本瓦尔德,普弗鲁克费尔德。问候。

菲利茨　晚上好,先生们,我要马上告诉你们我的打算,随便你们怎么想,我个人决定效仿董事会的正确决定,宣布辞职。

艾本瓦尔德　什么?

普弗鲁克费尔德　嘿!

菲利茨　既然并不打算对于我们的院长先生那个在此不必详细说的举止表示赞同,我就不知道还有什么其他正确的做法,同时……

艾本瓦尔德　对不起,教授先生,我完全不同意您的看法,肯定还有另外一种方式能够证明我们决不打算与院长站在一条阵线上。我们不能把学院丢下不管,特别是现在这个时候,我们反倒应该想办法说服董事会撤回辞职的决定。

菲利茨　只要伯恩哈迪还在院长的位置上,那就是绝对不可能的。

施莱曼　非常对……只要他还在院长的位置上。

菲利茨　只要他还……

普弗鲁克费尔德　啊,你们都已经想得那么远了,先生们!这可是超过了我的……

〔阿德勒上。普弗鲁克费尔德,艾本瓦尔德,施莱曼,菲利茨。

阿德勒　晚上好,先生们,你们看过了吗?

艾本瓦尔德　看什么?

阿德勒　议会的质询。

施莱曼　针对伯恩哈迪丑闻的?

菲利茨　已经提出了?

阿德勒　登在晚报上。

艾本瓦尔德　(按铃)我们还什么都没看到。(对菲利茨说)我还以为要到明天。

施莱曼　我们这些行医的人哪有时间下午去泡咖啡馆。

仆人　(走进来)

艾本瓦尔德　劳驾您到对面的香烟店里去买一份晚报。

菲利茨　买三份。

施莱曼　六份!

艾本瓦尔德　(对仆人说)干脆买上一打吧。要快!

仆人　(下)

施莱曼　(对阿德勒说)很尖锐吗,议会的质询?

普弗鲁克费尔德　这里就没有人知道是怎么写的吗?

〔温格医生上。普弗鲁克费尔德,菲利茨,阿德勒,施莱曼,艾本瓦尔德。

温格　(小个子,神情沮丧,不自信,有时说话声音却又过大,戴眼镜)晚上好,先生们。

施莱曼　快拿来,温格医生。(从他的胸兜里抽出一份晚报)他有一份。

温格　哎,讲师先生!

艾本瓦尔德　您正巧把这个带来可真是太好了。

温格　我带什么来了？啊,这个！是不是小字辈的开会时总习惯揣份晚报？

艾本瓦尔德　（拿着报纸）在这儿！

〔除阿德勒和温格之外,其余众人和艾本瓦尔德一起往报纸上看。

阿德勒　（对温格说）你怎么看？

温格　啊,我能说什么呢？我对政治一无所知,而且我当时也不在场。

施莱曼　（对艾本瓦尔德说）这样我们谁也看不见。念出来。

艾本瓦尔德　好,先生们,议会的质询是这样写的:"笔者认为有义务……"

普弗鲁克费尔德　您念不了！让菲利茨教授念！他声音洪亮,懂技巧,而且底气十足。

艾本瓦尔德　我也有底气,不过菲利茨教授当然念得更好。那就请吧。

菲利茨　（读）"笔者认为有义务向政府陈述二月四日发生在伊丽莎白医学院的下列事件"等等,等等。"弗兰茨·雷德神父圣下,任职于圣弗洛利安教堂,由护士卢德米拉相请,前往身患重病的单身女性菲洛梅纳·拜耶尔临终的病床前,为其行临终告解圣礼。神父圣下在病房的前厅内遇医生若干名,其中包括伯恩哈迪教授,该部门主任,学院院长,后者以病危者可能因激动而危及健康为由,用粗暴的方式要求神父圣下放弃其打算。"

普弗鲁克费尔德　不对,不对！！

其余众人安静！

菲利茨　（继续念）"神父圣下遂告知伯恩哈迪教授,犹太教信徒,他此行乃是为了履行神圣的职责,盖此病患乃自酿苦果,其病皆由一次罪恶的手术而起,履行此职责对该病患尤显要紧。对此伯恩哈迪教授嗤之以鼻,并强调其在该自然是依靠善款建立并维持的医院中之主人身份。神父圣下拒绝继续进行讨论,欲进入病房,伯恩哈迪教授在门口挡住其去路,神父圣下抓住门把手试图进入病房履行其神圣职责时,伯恩哈迪教授猛推他……"

阿德勒　完全不符合事实！

普弗鲁克费尔德　无耻！

施莱曼　您当时在场吗？

菲利茨　好像最关键的就是那一推！

艾本瓦尔德　不是有证人嘛。

普弗鲁克费尔德　我可知道那些证人。

阿德勒　我也在场。

普弗鲁克费尔德　但是他们没有提审您。

温格　提审？

普弗鲁克费尔德　由某个委员会。对这个委员会您也一无所知吗，艾本瓦尔德教授？

施莱曼　继续念！

菲利茨　（念）"病患正是在前厅内发生这一幕时离开了人世，未能接受宗教的告慰。据卢德米拉护士的证词，病患曾急切要求接受这一圣礼。我们将此事件告知政府，并对政府，特别是文化教育部长阁下提出如下询问：部长阁下将采取何种措施，以安抚维也纳基督教徒受到严重伤害的宗教感情；其次，部长阁下将采取何种措施以预防这种令人愤怒的事件再次出现；最后，部长阁下是否通过此次事件认识到，今后在公职人员任用方面应避免使用因出身、家庭教育或性格而无法对世代信奉基督教者的宗教感情表示理解的人。"签名……（众人情绪激动）

艾本瓦尔德　好了，这下我们可有好戏唱了。

温格　怎么是我们？并没有任何一句话是针对学院提出的。

施莱曼　非常正确！

艾本瓦尔德　好极了，温格！

温格　（受到了鼓舞）伊丽莎白医学院没有错误，无可指摘。

普弗鲁克费尔德　那么院长呢？

温格　当然也是，只要他能够澄清议会质询里面污蔑他的内容，对此我自然一刻也不曾怀疑过。

普弗鲁克费尔德　污蔑？您把这叫作污蔑？我亲爱的同僚阁下呀，议会的这个质询……非得要人告诉您吗……这个议会质询完全就是教会党派和反犹太派联合起来搞的政治阴谋。

菲利茨　胡说!

艾本瓦尔德　这个老四八革命派!

温格　对不起,对我而言根本不存在宗教与民族方面的差别,我是搞科学的。我表示抗议……

施莱曼　我们都表示抗议!

〔伯恩哈迪和切普利安上。阿德勒,施莱曼,艾本瓦尔德,菲利茨,普弗鲁克费尔德,温格。

伯恩哈迪　(情绪非常好,说话的方式较以往更加幽默,更加充满嘲讽,但并非完全自然。从为他开门的仆人手中接过晚报)晚上好,先生们。给,请取吧。请原谅我迟到了一会儿,希望这段时间里各位先生们聊得愉快。

〔众人问好。伯恩哈迪立刻在桌子顶头自己的位置上坐下,余人逐渐落座,几个人抽着烟。

伯恩哈迪　我宣布会议开始。进入正式议程之前,请允许我以伊丽莎白医学院的名义对于我们的新成员表示衷心的欢迎,他今天首次列席学院会议碰到的就是一个特别会议。请允许我表达自己的愿望,希望温格讲师先生在我们中间感到愉快,在新的工作岗位上能够继续找到证明自己责任心与继续发展才能的机会,并像我们这里每一个人那样成为为学院增光添彩的人。(他的玩笑没有引起反应)温格医生,我代表大家再次向您表示衷心的欢迎。

温格　尊敬的院长先生,尊敬的各位同僚!用长篇大论占用各位宝贵的时间似显冒昧……

艾本瓦尔德和施莱曼　没错!

温格　因此我想仅对这一崇高荣誉表示最诚挚的感谢……(不平静)

施莱曼　(站起身)鉴于时间已近午夜,我请求尊敬的同僚温格医生将他显然内容非常丰富的感谢词推迟到下次会议发表,以便我们能够马上进入正式议程。

余人同意! 没错!

施莱曼　（与温格握手，有几个人也效仿他这样做）

伯恩哈迪　先生们，我冒昧召集大家参加这次特别会议，尤其是在这么晚的时候，请大家原谅，正因为如此，我更要对先生们全体出席会议表示满意。

阿德勒　勒文施泰因缺席。

伯恩哈迪　希望他还会来。……我认为这再次证明了诸位对于我们学院无比的，我要说这是主人翁式的关心，这也证明了大家的团结，在个别问题上偶然出现的分歧并无碍这种团结的存在，分歧是任何一个较大的机构都无法避免的，机构成员的声望越高越会如此。

（骚动）但是事实不止一次地证明，我们在所有关键性问题上的意见都一致，希望在将来依然如此，以使亲者快，仇者痛！因为我们是有敌人的。先生们，我认为不必担心诸位指责我是刻意卖关子，因为诸位都知道为什么我要冒昧地召集大家。毕竟我有责任将今天早上签收的挂号信向大家公布。

菲利茨　听啊！

伯恩哈迪　（念）"非常尊敬的……"等等，等等。"请允许我告知您，董事会成员……"等等，等等……"一致决定辞去名誉职位。通知您，尊敬的院长先生这一决议的同时，我也请求您将其告知院委员会成员以及各位教员。请允许……"等等，等等……"枢密官温克勒记录。"

艾本瓦尔德　（弯腰看信）

伯恩哈迪　请吧。（信被传阅；伯恩哈迪微笑着）先生们，希望诸位能发现我没有隐瞒这封有趣的信中的任何一个字。董事会辞职了，今天会议的议程理所当然的就是：院委员会以及全体代表大会对此事的看法。艾本瓦尔德教授要求发言。

艾本瓦尔德　我想请问院长先生，知不知道造成董事会辞职的缘由，这个问题由于董事会在信中只字未提而显得尤为必要。

普弗鲁克费尔德　（反感地）哎！

伯恩哈迪　就此我想以问代答，请问艾本瓦尔德教授，或者其他的哪位先生是否不清楚缘由？但是鉴于我们大家除了开会以外还有

315

其他的事情要做……

切普利安　很对！

伯恩哈迪　……同时也不必无谓地拖长这次会议,因此我要适当简练地回答副院长艾本瓦尔德教授先生的提问:是的,我知道缘由,这个缘由就是您刚才在晚报上或多或少心怀惬意所读到的、以所谓议会质询的方式被描述的事件。

施莱曼　不应该在这里提起议会质询。

伯恩哈迪　非常对。依我看甚至不应该在议会中提出……

普弗鲁克费尔德　说得好。

伯恩哈迪　议会质询所针对的事件发生时,先生们,诸位中也有人在场,对该事件我承担全部责任,鉴于质询以一种偏激的,为某一派系……

菲利茨　哪一派?

普弗鲁克费尔德　基督教反犹太派……

菲利茨　胡说!

伯恩哈迪　为某一在座各位都清楚其本质的派系,尽管我们对它的感情各不相同……

普弗鲁克费尔德　说得好!

伯恩哈迪　……用偏激的方式进行了歪曲。话说回来,我在此并非是要为自己辩白,不管是在谁面前。我是要以本机构院长的身份问大家该如何对董事会辞职一事做出回应。切普利安教授请发言。

切普利安　(用他那种单调的语气开口说)几年前,我正在荷兰疗养,当时我站在一家画廊里……(骚动)怎么了,先生们?

施莱曼　鉴于天色已晚,我强烈请求切普利安教授今天不要讲什么轶事,而是尽快进入正题。

切普利安　那可不是什么逸事,而是在很深刻的意义上……就随你们吧,先生们。是啊,董事会辞职了,其缘由,或者更确切地说是借口,我们每个人都清楚。因为我们都知道,伯恩哈迪将神父挡在病房门外的时候,只是在尽自己医生的职责而已。我们每个人碰到这种情况都会像他那样去做。

菲利茨　什么?!

艾本瓦尔德　您可是还从来没有那样做过。

施莱曼　就我们所知,伯恩哈迪院长这也是第一次。

菲利茨　非常正确。

切普利安　我们之所以还没有这样做过,先生们,原因很简单,就因为伯恩哈迪教授最近所遇见那种状况的尖锐程度很少见。没有人会否认这样一个事实,已经有无数垂死的善男信女通过临终告解圣礼……即便不是笃信宗教的人,也能够从善良的神父安慰的话语中得到慰藉和力量,无论什么时候,垂死的人或者其家属请神父去的时候,也没有哪个神父被医生挡住过去路。

菲利茨　那样倒也不错!

切普利安　但是神父违背临终者的意愿,或是那些在最后时刻负责照管临终者之人颇为合理的担心出现在病床边,这至少应该被视为是教堂的一种不合理的越权关怀行为,在某些特定的情况下,对这种行为进行抵制不但应该是允许的,而且应该成为义务,我们在这里面对的就正是这样一种情况。先生们,正是出于这种坚定的信念我要再次重申:我们都会像伯恩哈迪那样做……包括您,艾本瓦尔德教授……还有您菲利茨教授……

菲利茨　不可能!

切普利安　或者说得更贴切些:我们都将不得不那样做,至少是在我们相信第一感觉的时候。只有进一步考虑到可能的后果,我们才会同意神父进入病房。伯恩哈迪的错误,如果能称其为错误的话,只是在于他没有考虑到后果,而是凭作为医生和人的直觉行事,这一点我们大家作为医生和人都得表示赞同。这样的话,对董事会的信就只有一种可能的回答,那就是对我们的院长伯恩哈迪教授一致表示绝对的信任。

弗普鲁克费尔德　说得好极了!

阿德勒　(点点头,但有些犹豫)

温格　(看看阿德勒,又看看其他人)

伯恩哈迪　副院长艾本瓦尔德先生请发言。

艾本瓦尔德　先生们,我们不能小看董事会的辞职,在如今的情况下,这是我们的学院有可能碰到的最糟糕的事。我可以毫不犹豫地将其称为一场灾难。没错,先生们,一场灾难。至于从人道主义的立场看董事会是否有理由辞职,对此我不想深究。但我们聚集到这里来并不是为了讨论宗教问题,虽然切普利安教授觉得有这个必要……也不是为了批评康斯坦丁王子,或是红衣主教阁下,或是银行行长威特等人。我们现在只是面临着这样一个事实,学院的资助者,在物质和理念方面对我们助益良多的人,我们赖其在物质和理念方面继续的支持方能生存的人(抗议声)……我们是这样的,先生们……这些资助者现在离我们而去;同时我们还面临着另外一个不争的事实,那就是我们尊敬的院长伯恩哈迪教授应为这个不幸承担全部责任。

伯恩哈迪　我承担责任。

艾本瓦尔德　同时我认为,虽然院长先生并非出于恶意,但却是非常不顾忌后果地将伊丽莎白医学院推向了深渊的边沿,如果在这个时候我们表示赞同他的行为,那将是对董事会极大的忘恩负义,对我们学院的一种无耻行径。(引起一阵喧哗)我再重复一次,推向深渊的边沿。所以我同切普利安教授意见相反,不但反对他提出的对伯恩哈迪教授表示信任的提议,而且还要建议用恰当的言辞表示我们对相关事件的抱歉之意,并强调我们对院长先生对神父圣下的所作所为表示最强烈的鄙视。(他扯高嗓门压住喧哗声)我还要建议用适当的方式将此决议告知董事会,并在此基础上请求董事会撤销辞职。(极大的骚动)

伯恩哈迪　先生们!(骚动。他又说一遍)先生们!……为避免产生任何误解,我现在就要说明一点,对我个人的不信任申明越是在意料之中,我就越是无所谓,同时我现在所面临的有利处境也让我能够不必指靠正式的信任申明。总之,为了不让诸位做出日后会为之懊悔的决定,我要向你们透露一件事,在不远的将来,我们有可能就将不再需要董事会,我们很有可能最近就获得国家一笔数目可观的拨款,更为重要的或许还有,正如部长阁下昨天向我再次暗示的,决策层的人士已经在非常认真地考虑我们学院的国有化问题。

艾本瓦尔德　在舞会上说的。
切普利安　（站起来）我要补充一点,几天前,部长阁下也当着我的面……
菲利茨　这些都不应该在这里说。
施莱曼　异想天开！
艾本瓦尔德　发生了这件事后还想有拨款！
菲利茨　在议会提出这个质询以后！（极大的骚动）
伯恩哈迪　（强硬地）先生们,你们忘了,这个质询会得到应答。这个应答是什么样的并无须怀疑,否则就是对教育部长阁下表示质疑,仿佛并没有人告诉他议会提出质询之前所发生的事情一样。
菲利茨　希望他不是偏听偏信。
施莱曼　不该在这里讨论这个质询。
菲利茨　非常对。现在有一个提案。
施莱曼　投票表决！
切普利安　（对伯恩哈迪小声说）没错,先进行一次投票表决。
伯恩哈迪　先生们！目前有两个提案。其中一个由艾本瓦尔德教授提出……
　　　　〔勒文施泰因,上述众人。
勒文施泰因　先生们,我是从议会来的。（众人情绪激动）议会的质询已经得到应答了。
艾本瓦尔德　我请求投票表决,院长先生。
切普利安　我们发过誓不玩议会的那一套把戏的,先生们。我们大家可是都想知道……
施莱曼　（看到勒文施泰因脸上愤愤的表情）我想可以代表全体在场的人请求院长先生正式宣布休会几分钟,以便勒文施泰因同僚阁下有机会向我们详细描述对议会质询的应答。
伯恩哈迪　诸位先生都同意？那么我宣布暂时休会。（幽默地）勒文施泰因,你可以发言了。
勒文施泰因　就是说……将以妨害宗教罪对你展开调查。（引起骚动）

普弗鲁克费尔德　这不可能！

切普利安　勒文施泰因！

施莱曼　啊！

阿德勒　妨害宗教罪？

切普利安　快告诉我们。

艾本瓦尔德　能不能劳驾勒文施泰因同僚阁下给我们讲得详细一些。

伯恩哈迪　（一动不动地站着）

勒文施泰因　还有什么可讲的？要展开调查了！耻辱！你们满意了！

菲利茨　不要出言不逊，亲爱的勒文施泰因。

切普利安　你倒是快说呀！

勒文施泰因　这件事上还有什么是诸位先生感兴趣的？你们明天一早就会在报纸上读到详细情况。整个发言的核心就是事情的结果，而这个结果你们现在已经知道了。至于部长阁下开始时显然想争取另外一种结果，这已经不重要了。

切普利安　什么另外一种结果？

施莱曼　亲爱的勒文施泰因同僚阁下，请您尽量有条理地……

勒文施泰因　我向你们保证，诸位先生们，开始的时候我绝对以为是提出质询的人将会落得可耻的失败。部长说到了我们院长的伟大贡献，特别强调以他看来，绝对谈不上有什么特别的目的，伯恩哈迪教授完全没有政治企图，也没有理由不根据威望和贡献来任命公职人员。就在这个时候已经有人喊："没错，如果真是那样的话！""让大学犹太化！"等等。这时，部长不知怎地偏离了话题，看上去又生气又迷惑。随后他不知怎的谈到了宗教教育的必要性，基督教世界观和科学进步之间的联系，然后他突然得出结论，我相信连他自己都很吃惊，就像我刚才说过的，他宣布将联系司法部长，（嘲讽地）并且问这位同僚认不认为应该对伯恩哈迪教授的妨害宗教罪展开提前调查，以便通过这种方式，他大概是这样说的，用完全无可指摘的、让议会所有各派以及民众同时满意的方式调查清楚提出质询的先生所抨击的那一个别事件。

普弗鲁克费尔德　呸,令人作呕!

菲利茨　嗨嗨!

切普利安　议员们作何反应?

勒文施泰因　很多人鼓掌,就我能听到的,没有人提出异议……人们对发言的人表示祝贺。

阿德勒　不会是您听错了吗,勒文施泰因?

勒文施泰因　您并不是非相信不可。

切普利安　说到底这和我们也没有关系。

菲利茨　是吗!

艾本瓦尔德　我想现在可以重新开会了。

伯恩哈迪　(镇静地)我想可以代表全体在场的人对勒文施泰因医生善意的陈述表示感谢,请各位先生冷静,我们重新开始暂停的会议。先生们,就像诸位先前提到的,关于质询没有什么可讨论的,对于质询的应答也一样。目前有两个提案。

艾本瓦尔德　我撤回我的提案。

〔骚动。阿德勒小声向勒文施泰因解释。

艾本瓦尔德　或者更确切地说,鉴于部长做出应答后的形势,为了我们学院的利益,我认为有必要将它提升为另外一个提案。

切普利安　部长的回答不该在这里讨论。

普弗鲁克费尔德　他的回答与我们完全无关。

艾本瓦尔德　我提议:尊敬的院长先生辞去伊丽莎白学院的院长职务,直到针对他展开的调查结束。(极大的骚动)

普弗鲁克费尔德　可耻,艾本瓦尔德!

切普利安　您还不知道是不是会提起诉讼。

勒文施泰因　无耻之极!

切普利安　如果您撤回第一个提案,那就只剩下我的提案,也就是说对伯恩哈迪院长先生表示我们的信任……

普弗鲁克费尔德　(打断他)议会的质询和对质询的回答和我们有什么关系?这是学院以外的事。

艾本瓦尔德　(吼道)想想看,我们正面临被全世界耻笑的危险,如果我们继续在这里商量,决议……而我们所有的决议都将立即被上一级的管理机关宣布无效。

切普利安　对不起,艾本瓦尔德,这是胡说。

阿德勒　谁有权宣布我们的决议无效?

勒文施泰因　伯恩哈迪教授现在是,将来也是伊丽莎白医学院的院长,没人能把他赶下台。

菲利茨　对我而言,他今天就已经不是院长了!

切普利安　(对伯恩哈迪说)投票表决我的提案。(众人情绪激动)

伯恩哈迪　根据规程,我……(骚动)

阿德勒　(情绪非常激动)先生们,请允许我说几句。如果由文化教育部部长提出进行的调查发展成为诉讼的话,那就一定得需要我的证词,因为我当时在场,不光是我,在座的所有人都知道提出质询的人对所提到的事件进行的描述并不完全符合事实。但是正因为我深信伯恩哈迪教授的清白,也能够为此作证……

伯恩哈迪　谢谢。

阿德勒　……正因为如此我赞成展开调查……我们所有的人都应该放弃派系之别表示赞成……

施莱曼　没有什么派系之别!

阿德勒　……赞成按照规章通过调查让所有民众了解到事件的真相。不应该让人觉得我们要抢在法庭调查得出最终结论之前表明立场,法庭的结论对伯恩哈迪教授只可能是有利的。如果我对副院长艾本瓦尔德教授要求院长先生离职的提案表示同意的话……(骚动)

菲利茨　好极了!

阿德勒　……那也要请诸位,特别是尊敬的伯恩哈迪教授,将此视为我信任他的证明,并且看到我的信念:针对伯恩哈迪教授展开的调查将会证明他的清白无辜。

切普利安　但是阿德勒医生,您这就是认为他们有理由展开这种调查。

菲利茨　谁不这样认为?

勒文施泰因　正是由于这种公开的谴责……

菲利茨　这点会弄清楚的。

普弗鲁克费尔德　部长就会阿谀奉承！他对教会党派俯首帖耳！

勒文施泰因　这不是第一次了！

切普利安　（对伯恩哈迪说）投票表决我的提案！

伯恩哈迪　先生们！（骚动）

施莱曼　这还像开会的样子吗！简直像低级咖啡馆！

菲利茨　艾本瓦尔德教授提案的要求更高，应该先对他的提案进行表决。

伯恩哈迪　先生们！我要向副院长艾本瓦尔德教授提一个问题。

施莱曼　这是什么意思？

菲利茨　根据规章这是不允许的。

普弗鲁克费尔德　议会那套可笑的把戏！

伯恩哈迪　回不回答我的问题是艾本瓦尔德教授的事。

艾本瓦尔德　请问吧。

伯恩哈迪　正是部长对议会质询的回答使您提出让我离职的要求，那么请问艾本瓦尔德教授先生，您是否知道我本来可以阻止这个质询的提出？

勒文施泰因　听听！

施莱曼　别回答！

伯恩哈迪　如果您是个男子汉的话，艾本瓦尔德教授，那您就会回答。（骚动）

艾本瓦尔德　先生们，对伯恩哈迪教授的提问我并不感到意外，这个奇怪的会议期间我其实一直在等着这个问题。但是如果因为院长先生同我说话时喜欢用的那种奇特腔调，我不直接回答他的问题，而是向在座诸位说明院长先生这个遮遮掩掩的问题是怎么回事，想必大家不会怪我。（骚动，好奇）先生们，在那件令我们的学院陷入窘境的事件发生后不久，我曾斗胆向院长进言说，恐怕议会会找机会，用一种对我们学院的利益极为不利的方式处理这一事件。大家知道，我们学院一直就有仇人，如今更多，多过在座某些人所能想得到的，因为诸位中始终还是有个别人不知道顺应时代潮流和民心所向。不管这些潮流从哲学的角度

323

看合理还是不合理,在公职机构中必须要学会这个。在一所理事中有王子、主教,根据统计百分之八十五的患者都是天主教徒的学院中,治病的医生却大多数来自另外一种宗教,很多人认为这是不妥当的,这一点在某些人中间会引起强烈的不满。

勒文施泰因　但是我们得到的钱百分之八十都来自这另外一种宗教。

艾本瓦尔德　这是次要的,患者才是主要的。……正如诸位所知,最近在该由谁接管图根特菲特教授那个部门的问题上就牵扯到这一点:格拉茨的黑尔教授,还是温格讲师。虽然我们这位尊敬的同僚也在座,但我还是可以提到一点,因为他自己也清楚,黑尔教授首先是个非常能干的实践者,温格同僚阁下则主要是做理论方面的研究,他自然还不可能像黑尔那样有那么多的行医经验,当然经验以后是会有的。好,先生们,诸位设想一下,这时有位好朋友来……

普弗鲁克费尔德　或者说是堂兄……

艾本瓦尔德　……也可以是堂兄……来说:哎,如果你们伊丽莎白医学院又选一个犹太人的话就太显眼了,特别是现在发生了那件让人尴尬的事以后,整个维也纳都在谈论这件事,你们可能会受到议会的攻击。那么,先生们,你们觉得这时候有人找到院长,就像我做的那样,并且对他说,我们最好还是选择黑尔吧,你们觉得这有什么不妥吗,毕竟黑尔也不是什么无能之辈,而这样就能避免可能出现的不愉快。

温格　非常对!(笑声)

艾本瓦尔德　看,大家听到了!或许我应该去找温格医生,请他撤出竞选。但是我不喜欢使诡计,所以就直接去找了院长先生。伯恩哈迪教授对我提的问题指的就是这个,这个问题大概是要让我羞愧得无地自容。没错,如果今天坐在这里的不是温格,而是黑尔,或许我们就不会面对议会的质询。当然,我并不是想说那样的话该多好,但是天意如此,现在我们陷入了困境,我没什么可说的了。

普弗鲁克费尔德　做得好,伯恩哈迪!

贝尔纳迪　先生们,艾本瓦尔德教授依照著名的模式,以通俗易懂而不是实事求是的方式回答了我的问题。但是在座诸位都将明白他对这件事的看法。为我自己辩解说,我之所以没有接受建议,进行那个交易……

施莱曼　嗨!

伯恩哈迪　我有理由将其称为交易,这至少和人们将我对于神父圣下的行为称为妨害宗教罪一样有道理。

普弗鲁克费尔德　说得非常好。

伯恩哈迪　但是不管怎样,我得承认自己有过失……过失就在于我作为学院的院长没有尽一切可能阻止议会提出质询。看来这个质询正适合降低我们学院在所有伪君子和笨蛋们心目中的形象。为了真正地承担起后果,也为了避免继续拖延时间,我在此辞去学院的院长一职。

〔极大的骚动。

切普利安　你怎么能这样!

勒文施泰因　你不能这样做!

普弗鲁克费尔德　得进行投票表决。

伯恩哈迪　有什么必要?同意我离职的有艾本瓦尔德教授,菲利茨教授,讲师施莱曼和阿德勒……

勒文施泰因　这才四个人。

伯恩哈迪　我想免去温格医生内心斗争之苦。或许他会出于感激投我一票,因为我不久前选择了他。但我不想最后是因为这个才继续享受做你们院长的这个不怎么大的荣幸。

施莱曼　嗨!

菲利茨　这太过分了!

切普利安　你这是做什么呀?

普弗鲁克费尔德　这是您的错,阿德勒。

勒文施泰因　得进行投票表决。

普弗鲁克费尔德　这是临阵脱逃!

伯恩哈迪　逃?

切普利安　你得等到投票之后。

勒文施泰因　投票表决!

伯恩哈迪　不,我不让你们投票表决,我不让别人来对我宣判。

菲利茨　特别是判决结果已经宣布了以后。

施莱曼　伯恩哈迪教授是辞去了院长职位还是没有?

伯恩哈迪　辞去了。

施莱曼　那么根据规程,艾本瓦尔德教授作为副院长就接过了学院的领导权,特别是主持这次会议的权力。

勒文施泰因　无耻!

菲利茨　那是当然。

普弗鲁克费尔德　一定得听之任之吗?

切普利安　伯恩哈迪!伯恩哈迪!

艾本瓦尔德　鉴于伯恩哈迪教授令人遗憾地辞去了院长职务,根据我院章程第七款的规定,我接过伊丽莎白医学院的领导以及这次尚在进行中的会议主席一职。请各位先生像对待离任的院长一样给予我同样的信任,也希望我能同样不辱使命。请菲利茨教授发言。

勒文施泰因　卑鄙!

普弗鲁克费尔德　您不是院长,艾本瓦尔德教授,还不是!(骚动)

菲利茨　我们现在面临的问题是由谁来接管伯恩哈迪教授的部门。

切普利安　哎,您怎么能这么说?

伯恩哈迪　先生们,我的确已经不是院长了,但却是这所学院的成员,和在座诸位没有两样,并且是部门的负责人。

阿德勒　那是自然。

温格　当然。

切普利安　这根本就没有什么可说的。

施莱曼　那无疑是不合情理的,如果离职了的院长……

勒文施泰因　他没有离职。

切普利安　他放弃了学院的领导权。

菲利茨　并非完全自愿。

普弗鲁克费尔德　他是把领导权扔给了你们!

艾本瓦尔德　安静,安静,先生们!

伯恩哈迪　（这时情绪完全失去了控制）当然谁也没有权力剥夺我在部门中的负责人位置,但是我在这件事结束之前休假。

切普利安　你在做什么?

伯恩哈迪　……休假……

艾本瓦尔德　批准!

伯恩哈迪　谢谢!并且在我不在期间,将本部门的管理权委托给我目前的两位助手,库尔特·普弗鲁克费尔德医生以及奥斯卡·伯恩哈迪医生。

艾本瓦尔德　我看不出有什么理由反对。

伯恩哈迪　那么现在,先生们,我开始休假,告辞。

勒文施泰因　我也告辞。

切普利安　（拿起自己的帽子）

伯恩哈迪　那可就正合了他们的意了。我请求你们,留下来!

普弗鲁克费尔德　重要的是你要留下!

伯恩哈迪　留在这儿?

阿德勒　（对伯恩哈迪说）教授先生,如果您误解了我的举动,我将会很伤心。我一定要在这个时候当着所有在场的人对您表示我特别的崇敬。

伯恩哈迪　谢了。不站在我这边的人,就是反对我的人。再见,先生们。（下）

普弗鲁克费尔德　（说话的时候喧哗声越来越大,他常常被迫扯着嗓门盖过喧哗声）你们就让他走,先生们?我再最后一次请求大家,请你们清醒清醒,你们不能让伯恩哈迪走。请把个人的恩怨放在一边吧,如果我先前言行过激,也请你们原谅我。你们回忆一下,想想这件不幸的事是怎么开始的……你们一定得清醒过来。一个可怜的孩子躺在医院里生命垂危,一个年轻人,因为一点青春、幸福,或者你们愿意的话也可以称为罪恶,以死亡的恐惧和痛苦还有生命本身作为这些的代价已经足够了。她在最后时刻出现了回光返照,自我感觉很好,又感到了幸福,并没有觉察到死亡将近。她以为自己会恢复健康!梦想着爱人将会来接她,带她离开苦痛,去享受生活和幸福。那或许是她生命中最

327

美好的一瞬间,她最后的梦。伯恩哈迪就是不想把她从这个梦中唤醒,面对可怕的现实。这是他的错!这是他犯的罪过!仅此而已。他请求神父让这个可怜的姑娘安静地死去,是请求,你们大家都清楚这点。即便他真有不礼貌的地方,大家也都应该原谅他,如果认为这件事不是出于人道主义,而是其他的什么,那可是太虚伪了。那个被伯恩哈迪的行为真正伤害了宗教感情的人在哪儿?在这件事里有错的除了恶意歪曲事实并且四处传扬的人还有谁?先生们,那些关心的就是有宗教感情受到伤害,关心的就是有人伤害宗教感情的人,除了他们还有谁?如果没有投机钻营,官僚主义,人心险恶……一句话,如果没有政治,怎么可能会把这样一件事变成一桩丑闻?好,先生们,就因为有投机钻营的人、无赖和笨蛋,事情已经成这样了,但是我们不会想成为其中的哪一种人吧。先生们,是什么迷魂药让我们,让你们这些医生,血肉之躯,看惯了死亡的人,让我们这些能够有幸看到真正的苦痛,看到所有现象之后本质的人,是什么样的迷魂药驱使你们参与这场卑鄙的骗局,可笑地模仿议会里的那一套,赞成反对,提案诡计,上上下下翻白眼,还有不真诚和夸夸其谈……固执地将目光从事物的核心上绕开,狭隘地为了顾及日常的政治弃一个人于不顾,而这个人只是做了最顺理成章的事情而已!我并不是要赞美他,把他当作英雄,只是因为他是个男子汉。而对于你们,先生们,我也只要求你们能够同样当得起这个小小的名誉称号,权当今天这次会议的各项决定和决议不存在,请伯恩哈迪教授重新接受负责人的职位。除了他没有谁更配处在这个职位上?把他叫回来,先生们,我请求你们,把他叫回来。

艾本瓦尔德　请允许我问普弗鲁克费尔德教授一句,您的演讲结束了没有?看来是结束了,那么先生们,让我们进入正式议程。

普弗鲁克费尔德　告辞了,先生们!

切普利安　再见!

勒文施泰因　你们没有权利作出决议了,先生们。

施莱曼　我们不会把学院丢下不管。

菲利茨 我们会承担起在你们不在场的情况下作出决议的责任。

普弗鲁克费尔德 （打开门）啊,来得正好！霍赫洛伊茨珀恩特纳医生,快请进。

勒文施泰因 老熟人,副院长先生！

弗普鲁克费尔德 好,这下你们就都是自己人了。希望你们谈得愉快！

〔切普利安,普弗鲁克费尔德,勒文施泰因下。

艾本瓦尔德 有什么事吗,霍赫洛伊茨珀恩特纳医生？

霍赫洛伊茨珀恩特纳 噢！（他站在门口）

艾本瓦尔德 那就关门！（门关上）继续开会,先生们。

(落幕)

第 四 幕

〔伯恩哈迪的客厅。舞台后方是门。右边有门。

〔普弗鲁克费尔德从右方上,勒文施泰因紧随其后。

勒文施泰因 （还在幕后）普弗鲁克费尔德教授！（走进来）

普弗鲁克费尔德 啊,勒文施泰因！……您气都喘不过来了。

勒文施泰因 在街上的时候我就开始追您。（问）怎么样……？

普弗鲁克费尔德 您没去法庭吗？

勒文施泰因 讨论量刑的时候我被叫走了。多少……？

普弗鲁克费尔德 两个月。

勒文施泰因 两个月,就算有神父的证词？这怎么可能？

普弗鲁克费尔德 他的证词！只对神父自己有好处,对伯恩哈迪一点用处都没有。

勒文施泰因 这可是……怎么是对神父……？

普弗鲁克费尔德 啊,您没听公诉人的陈词吗？

勒文施泰因 只听了开头。今天审讯的时候我被叫走了四次,平常病人是几天也想不起来……

普弗鲁克费尔德 好了,好了,您没什么可抱怨的……

勒文施泰因 那么,公诉人说什么了？

普弗鲁克费尔德　神父说并没有被推,只是肩膀被轻轻地碰了碰,这可给了公诉人一个绝好的机会,把神父圣下夸赞成基督教宽容与温和的楷模,借机多此一举地为整个神父队伍唱了一曲赞歌。

勒文施泰因　这么说伯恩哈迪真的只凭那个歇斯底里的护士卢德米拉和卑鄙的霍赫洛伊茨珀恩特纳先生的证词就被定了罪?!所有其他的证词可是都完全还他清白。我还要当面向阿德勒道歉,他表现得好极了。还有切普利安!您的儿子就更不用说了!

〔切普利安走进来。勒文施泰因,普弗鲁克费尔德,问候。

普弗鲁克费尔德　伯恩哈迪呢?

勒文施泰因　他们是不是直接就把他留在那儿了?

切普利安　他大概会和戈尔登塔博士一起来。

普弗鲁克费尔德　真的?他竟然把这个人带过来?

切普利安　(诧异地)我们今天讨论的时候应该不能不要辩护律师吧。

普弗鲁克费尔德　我们从一开始就不应该要他。

勒文施泰因　非常对。

切普利安　你们对他有什么不满的?他的发言很精彩,或许不够果敢……

普弗鲁克费尔德　的确是称不上果敢。

勒文施泰因　戈尔登塔表现得像个无赖,不过也不应该抱有其他的期望。

切普利安　为什么不能有其他的期望?

勒文施泰因　一个受了洗礼的人!老婆戴着那样一个十字架。儿子被他送到卡尔克斯堡去上学!找这样的人真是找对了。

切普利安　你这些偏执的想法真把人弄得精神紧张。

勒文施泰因　我不是鸵鸟,就像我不是多嘴多舌的鹦鹉一样。戈尔登塔是那种总害怕人们还把他当……换一个律师的话事情的结果就会两样了。

切普利安　我很怀疑这一点。换一个被告的话还有可能。

普弗鲁克费尔德　怎么说?

切普利安　我们不是要在事后批评伯恩哈迪,亲爱的,当然不是在今天。但是恐怕他最忠实的崇拜者也不能说他表现得特别聪明。

勒文施泰因　为什么？我恰恰很佩服他，他甚至在霍赫洛伊茨珀恩特纳这个混蛋作证的时候还能保持镇静……

切普利安　你把那叫作镇静？那是固执。

勒文施泰因　固执？为什么是固执？

普弗鲁克费尔德　（对切普利安说）大概伯恩哈迪要求传讯艾本瓦尔德的时候他不在。

勒文施泰因　啊！

切普利安　这你不知道？……他还请求传讯弗林特部长……

勒文施泰因　好极了！

切普利安　好什么好，弗林特和艾本瓦尔德与案子有什么关系？

勒文施泰因　你要知道……

切普利安　没有任何关系，看上去就像要追求轰动效应。

弗普鲁克费尔德　可……

切普利安　如果一定要把整件事刨根究底，那今天还得把什么人请到法庭上去！那样的话可就名流云集了，我跟你们说。

勒文施泰因　可惜，可惜！

库尔特　走进来。

普弗鲁克费尔德　库尔特！（走向他，拥抱他）

勒文施泰因　（对切普利安说）这又是搞什么感人的家庭场面？

切普利安　你不知道吗？库尔特在法庭上说霍赫洛伊茨珀恩特纳是个骗子。

勒文施泰因　什么……

切普利安　所以根据公职人员违法乱纪惩戒法被判缴罚款两百克朗。

勒文施泰因　亲爱的普弗鲁克费尔德医生，可不可以让我也亲您一下？

库尔特　多谢了，讲师先生，我心领了。

勒文施泰因　那这两百克朗您至少让我付一部分。

普弗鲁克费尔德　那个钱我们会付。（对库尔特说）但是我告诉你，你要是想和那人决斗的话……

331

库尔特　让他试试来向我挑战,接着我就把这件事弄到名誉委员会跟前去,到那儿走着瞧……

勒文施泰因　他才不会那么干呢。

库尔特　我也这样想。不过不管怎么样,霍赫洛伊茨珀恩特纳丑闻还没完,虽然伯恩哈迪的应该已经画上了句号。

切普利安　我们当然不希望那样。

勒文施泰因　您想做什么,库尔特医生?

〔戈尔登塔上,大腹便便的四十五岁男子,灰白色的鬈发,黑色的连鬓胡,外表威严,说话时有些故作庄重,说话带鼻音。切普利安,普弗鲁克费尔德,勒文施泰因,库尔特。

戈尔登塔　晚上好,先生们。

切普利安　伯恩哈迪在哪儿?

戈尔登塔　我建议教授从侧门离开法院。

勒文施泰因　为了避开对他的欢呼喝彩?

戈尔登塔　等着吧,先生们,会有的。

切普利安　嗯……

戈尔登塔　因为即便我们这一次没有争取到胜利……

勒文施泰因　争取确实是谈不上。

戈尔登塔　这是一场光荣的失败。

普弗鲁克费尔德　至少对于那些不用被关进去的人是这样。

戈尔登塔　(笑)您指的是不是辩护律师,教授先生?这是属于为数不多的,到目前为止我都认为没有必要进行反击的不公行为之一。(语气一变)不过先生们,让我们严肃地谈一谈,或许趁教授还没回来时谈比较好。因为我迫切地需要请你们在将进行的讨论中全力支持我。

切普利安　在哪方面?

戈尔登塔　我们尊敬的伯恩哈迪教授有点……该怎么说呢……有点执拗,这一点可惜在今天的审讯过程中也体现出来了。要求传讯部长,还有后来固执地一言不发……这些都没留下好印象!……我们不是要继续说这件事。……但是现在看来,伯恩哈迪教授是想继续扮演被人冤枉的角色,打算放弃对刚才那个判决上诉的权利……还有……

切普利安　这个我已经料到了。

勒文施泰因　您想提起上诉,博士先生?

戈尔登塔　当然。

勒文施泰因　上诉也不会有用。

普弗鲁克费尔德　我知道现在该做什么,要发动民众的力量。

戈尔登塔　对不起,教授先生,诉讼可不是关起门来进行的。

普弗鲁克费尔德　我是说,要对人民说话,我们的愚蠢就在于到现在都缄口不言。看看我们的对手!基督教党派的报纸极尽煽动之能事,就是这些报纸使得伯恩哈迪不是因过失,而是直接因违法被起诉,并且让他这样面对陪审团。这些报纸还没等到审讯结束,就开始报道这桩丑闻,显然我们这些思想自由的报纸认为有必要等结果出来。

勒文施泰因　它们只是有教养而已。

普弗鲁克费尔德　是啊,现在也可以用别的词来描述。不过可惜事情的发展方式是世间常有的那种,敌人的肆无忌惮和仇恨没有完全做到的事,由所谓的朋友们的懈怠和胆怯完成了。

切普利安　你要对人民说话?对我们国家的人民!今天的陪审团就可以算是给你做了个试验。

普弗鲁克费尔德　或许是因为今天没有找到贴切的言语来打动他们。

戈尔登塔　哦!

普弗鲁克费尔德　你们愿意的话,可以认为我蠢,不过我相信那些没有被法律教坏的脑袋里面存在最根本的正义感,人民的精神最初是健康的。

勒文施泰因　普弗鲁克费尔德说得对!我们得召开集会,向人们解释伯恩哈迪事件的真相。

切普利安　召开集会讨论伯恩哈迪的事是不会得到批准的。

普弗鲁克费尔德　还有其他的机会,州议会选举就要开始了。

切普利安　你难道要参加竞选?

普弗鲁克费尔德　不是,但是我要开口说话,而且一定会利用机会对伯恩哈迪的事……

切普利安　你打算说什么？你只能讲一些不言而喻的事情。

普弗鲁克费尔德　那又怎样,如果我们的敌人无耻到矢口否认那些不言而喻的事,那就只能由我们将这些事不断大声向世人宣布。不能因为害怕那些伪君子借这个机会把我们称为说空话的人,就任荒谬与谎言横行。

勒文施泰因　那可是得认真想想,伯恩哈迪是不是应该为了这个目的考虑去蹲满他那两个月。(笑声)

普弗鲁克费尔德　那样的话,他遭遇到的卑劣行径当然就更一目了然了。

〔伯恩哈迪和奥斯卡走进来。普弗鲁克费尔德,切普利安,库尔特,勒文施泰因,戈尔登塔。

伯恩哈迪　(由于刚才正巧听见众人的笑声,因而心情愉快)这儿可真热闹啊,算上我一份。对不起,让诸位久等了。(握手)

切普利安　怎样,你躲过对你的欢呼喝彩了吗？

伯恩哈迪　没完全躲过去。为了保险起见,有几个……几位绅士……等在侧门外,为我准备了得体的欢呼仪式。

勒文施泰因　解马烧车？

伯恩哈迪　他们喊着:打倒犹太人！打倒共济会！

勒文施泰因　你们听听！

伯恩哈迪　先生们,请诸位赏光留下用晚餐。奥斯卡,你能不能去看看东西准备得够不够？我的管家辞职了。她的告解神父说她绝不应该留在这样的人家里,否则将对她的灵魂健康是极大的威胁！……饭当然就有些简单,这样才合乎一个即将服刑的囚犯的身份。哎,奥斯卡！我怎么觉得这个孩子的眼睛里有泪水呀。(压低声音)别这么多愁善感。

奥斯卡　我只是气愤而已。(下,不久后又转回来)

〔阿德勒走进来。

伯恩哈迪　欢迎您,阿德勒医生。在我看来,十位正义之士都比不上一位悔过的罪人。

阿德勒　(轻描淡写地)我从来就不是什么罪人,教授先生。我再强调一遍,从一开始我就认为这个诉讼程序是必要的,只是我没有想到法庭更愿意相信霍赫洛伊茨珀恩特纳的话,而不是切普利安教授和我。

切普利安　我们也没什么可抱怨的,神父先生本人的话不也是一样没有用。

戈尔登塔　是啊,先生们,神父先生!……神父圣下作证的那一刻是不同寻常的,在某种意义上甚至是历史性的,而且,自然是在我的提问之下,他的证词也体现出,他相信伯恩哈迪教授并没有对天主教会表示敌对的意图。连神父的话都帮不了我们,从这点就能估计出如今人民中间的某些观点有多么强势。

伯恩哈迪　如果神父圣下考虑到这点的话,那就会换一种说法了。

戈尔登塔　哦,教授先生!您怎么能认为一个人身为教廷的仆人还会故意说谎呢。

普弗鲁克费尔德　据说是有过的。

阿德勒　教授先生,我想您冤枉神父了。从他说的话,还有他整个的态度里,都能看出对您的好感。那是个不同寻常的人。当时在病房的时候我就有这个印象。

伯恩哈迪　好感!只有得冒一定风险才能证明的时候我才相信好感的存在。

戈尔登塔　我并不认为神父圣下今天的证词对他今后的事业会有什么好处。话说回来,我们希望他能有机会再提供一次证言……那时候,教授先生,如果您获得了公正,那就连您也能够公正地进行评判了。

伯恩哈迪　我已经对您说过了,博士先生,我放弃上诉。今天的审讯是一场闹剧,我不会再让自己受今天这些人或者类似什么人的摆布。再者说,您和我心里都很清楚,博士先生,上诉是根本没有什么希望的。

戈尔登塔　对不起!上级法院会如何判决还完全不……

普弗鲁克费尔德　越是往上就越糟糕。

戈尔登塔　先生们,你们应该也注意到了,在过去的几个月里,一场政局的改变正在酝酿中。

勒文施泰因　我没看出来。越来越糟。

戈尔登塔　对不起,我感觉到我们祖国的上空正开始刮起一股更为自由的风……下一次的审讯或许就已经不用在那样阴云密布的天空下进行。

伯恩哈迪　我能获得的最好结果又会是什么呢?被宣布无罪对我而言已经不够了。即便我维护了自己的正当权益,但是同弗林特先生、艾本瓦尔德和那些同谋的账还是远远没有算清。

戈尔登塔　尊敬的教授先生,我已经对您说过了,您对这些先生的指责并没有任何的司法证据。

伯恩哈迪　大家会相信我的……即便没有司法证据。

戈尔登塔　但是这些先生的行为从法律的角度根本不构成过错。

伯恩哈迪　所以我才要放弃继续通过法律的途径处理此事。

戈尔登塔　教授先生,我有责任提醒您不要操之过急。这里的人可以为我作证。我知道,所遭受到的不公让您情绪激动,但是采用目前看来徘徊在您心头的办法的话,那只会引来新的指控……

切普利安　很有可能还会判其他的刑。

伯恩哈迪　大家会知道真相是什么,就像今天大家都心知肚明一样。

普弗鲁克费尔德　不管你打算干什么,都可以算上我一个。

勒文施泰因　还有我。要我说,一定要针对整个体制。

普弗鲁克费尔德　要让弗林特去见鬼。

戈尔登塔　先生们!

勒文施泰因　没错,这个弗林特,你们对他寄予那么大的希望,而他现在却干脆当起了基督教党派的帮凶。这个所谓的科学家,在他任职期间,神父们变得比以前任何时候都更放肆。如果继续这样下去的话,他会把整个学校都出卖给那些守旧派,这个文化和虚伪部部长!

戈尔登塔　对不起,众所周知,教育部里进进出出的无疑都是些思想进步的记者。说到部长先生的某些措施,先生们,你们影射的显然就是那些措施,虽然要冒着引起你们反感的危险,但是我还是要说,我一点也不觉得它们卑劣。

普弗鲁克费尔德　怎么,博士先生,您赞成强制学生忏悔?您赞成建立天主教会大学？

戈尔登塔　我并不是说要把自己的儿子送到那里去上大学。

勒文施泰因　为什么,博士先生？从卡尔克斯堡到那里去连车都不用换。

戈尔登塔　先生们,卡尔克斯堡是奥地利境内最好的学校之一。我也很乐意借这个机会申明一点,尽管基督教党派被某些人极力诋毁,但他们中还是有些有思想的人。是啊,就像今天再次得到证明的那样,他们中甚至有勇敢而高尚的人。即便在最残酷的斗争中,我的原则也一向是:尊重对手的信念。

勒文施泰因　弗林特部长的信念！

戈尔登塔　他就是要保护各种信念,这也是上天所赋予他这个位置的职责。相信我,先生们,有些事是不能被触及的……也不应该让人触及。

普弗鲁克费尔德　可否请问是为什么？这个世界能继续发展,不就是因为有人有勇气去触及那些牵涉某些人的利益,因而他们多少世纪以来一直宣称不能触及的事吗？

戈尔登塔　用这种泛泛的形式,您恐怕没法贯彻自己风趣的见解,至少在我们这件事上是说不通的,因为我们尊敬的朋友伯恩哈迪自然根本没有想到要让世界更完美,这点恐怕他自己也得承认。

勒文施泰因　或许有一天会让人看到他这样做过。

伯恩哈迪　嗨！嗨！你们扯到哪儿去了！

普弗鲁克费尔德　事情到了今天这一步,你的事就只能从非个人的角度去解决了。你的对手已经开了头,检察官先生也不甘示弱。难道您没有注意到吗,博士先生？

戈尔登塔　在这方面我是不能理解检察官先生。我的任务不是搞政治,而是进行辩护。

普弗鲁克费尔德　要是您至少完成了这个任务！

伯恩哈迪　好了,普弗鲁克费尔德,我不能允许……

戈尔登塔　啊,让他说,教授先生,这件事开始引起我的兴趣了。……这么说,您认为我没有替当事人辩护？

普弗鲁克费尔德　以我的浅见……没有。只要听了您说的话,博士

337

先生，就真的会相信，整个天主教世界的全部宗教感情，从教皇陛下到最边远村落里的善男信女，都因为伯恩哈迪对神父的举动而受到了极大的伤害。本来解释说每个医生都会像伯恩哈迪一样做，每个否认这点的人都只可能是笨蛋或者无赖就行了，而您却认为有必要把本来只是医生职责内的事当成一种轻率的行为去请求人们的原谅。陪审席上坐的那些恶毒的笨蛋从一开始就决定要宣布伯恩哈迪有罪，而您对待他们就像是对待国家的精英……还有法官，他们可以说已经把让伯恩哈迪坐牢的判决夹在档案袋里带着，而您却把他们当成智慧与公正的化身。甚至对霍赫洛伊茨珀恩特纳还有护士卢德米拉这两个浑蛋您都是赔着小心，承认这些不诚实的证人是出于善意。您，戈尔登塔博士，您的一举一动都似乎是在说，您自己心中也深信据称受伯恩哈迪侵犯的那个圣礼是不可或缺的，有力量的，让人们相信，正因为我们的朋友伯恩哈迪不相信这点，所以他确实是做得非常不对。总是先对当事人礼貌地点点头，接着就对他的敌人卑躬屈膝，对愚蠢、诋毁和虚伪卑躬屈膝。伯恩哈迪要对此表示满意，那是他的事，我个人，戈尔登塔博士，不认为有必要对这种辩护表示赞同。

戈尔登塔　而我，教授先生，很高兴您把自己伟大的天赋用在了医学，而不是法律方面，因为凭您的性格和对法庭尊严的观点，您绝对能够把最无辜的人都送进监狱。

勒文施泰因　这句话对您也适用，博士先生，虽然您缺乏性格。

伯恩哈迪　现在真的够了。我得请你们……

〔通向餐厅的门打开了。

戈尔登塔　（摆摆手）尊敬的教授先生，有这种朋友的人可真是走运。就我个人而言，我完全可以不在乎被指责为是没有道德的辩护律师，为了逞口舌之快任法官把怒气发在当事人身上。……但是教授先生，我当然不想继续逼您接受我的建议，悉听……

切普利安　（对普弗鲁克费尔德说）你瞧！

伯恩哈迪　您怎么能这样，博士先生。

普弗鲁克费尔德　如果这儿得有个人离开的话,那当然就是我。我也要请你原谅我的口无遮拦,亲爱的伯恩哈迪,当然我不可能收回说过的话。不说了,伯恩哈迪,我在这儿是多余的人。

仆人　（上,对伯恩哈迪小声嘀咕了几句）

伯恩哈迪　（非常尴尬,犹豫了一下,想对切普利安说什么,但是又打住了）

普弗鲁克费尔德　（这时已经离开）

伯恩哈迪　对不起,先生们,来了位我必须得见的客人,希望他不会在我这儿太长……你们尽管先开始吃饭。奥斯卡,请你……

切普利安　（对伯恩哈迪说）是什么人？

伯恩哈迪　回头说,回头说。

〔奥斯卡,库尔特,勒文施泰因,阿德勒,切普利安,戈尔登塔走进餐厅。

伯恩哈迪　（对仆人说）有请。

仆人　（下）

伯恩哈迪　（拉上餐厅的门帘）

〔神父走进来。伯恩哈迪和神父。

伯恩哈迪　（在门口迎接他）请……

神父　晚上好,教授先生。

伯恩哈迪　特意来表示同情,神父圣下？

神父　不是为了这个。但是我感到今天无论如何要和您谈一谈。

伯恩哈迪　洗耳恭听,神父圣下。（递给他一把椅子,两人落座）

神父　尽管审讯的结果对您不利,教授先生,但是您应该明白,我对您的判决没有责任。

伯恩哈迪　神父圣下,如果我要感谢您因为宣了誓所以说了真话,恐怕会伤您。那么……

神父　（已经有些不悦）我来不是要听您的感谢,教授先生,虽然我不止是尽了证人的义务,简单回答完问题了事。如果您愿意回想一下的话,我在回答您的辩护律师先生所提的一个问题时,毫不犹豫地承认您当时在病房门口对我并没有做出明显带有敌视天主教廷的举动。

伯恩哈迪　在这点上神父圣下所做的当然远远超出您的义务,但是或许您的话所获得的效果就算得上报偿了。

神父　至于这个效果,教授先生,是不是在法庭以外的任何地方都对我有好处,这个暂且不论。但是您应该能够想到,教授先生,我来不是为了私下里把在法庭上说过的话扼要地再向您重述一遍。我今天这么晚还来拜访您的目的是因为,我还要向您……进一步承认另外一件事。

伯恩哈迪　进一步承认另外一件事?

神父　没错。在法庭上我承认说您并非敌视我或者……我所代表的,但是现在我觉得有必要向您承认,教授先生,您在这个特殊事件上,您不要误解我的话,教授先生,在这里说的这个特殊事件上,您作为医生行为无可指摘,您在自己的职责范围之内,就像我在我的职责范围之内一样,不可能有其他的选择。

伯恩哈迪　我没有听错吧?您向我承认说我的行为无可指摘……我不可能有其他的选择?

神父　您作为医生不可能有其他的选择。

伯恩哈迪　(停了一会儿)如果这是您的想法,神父圣下,那我恐怕就得说,承认这点几个小时以前曾经有个更好的,没错,或许是唯一恰当的时机。

神父　我缄口不言并不是因为缺乏勇气,这点我大概用不着向您保证,否则我又怎么会在这儿呢,教授先生?

伯恩哈迪　那又是什么……

神父　让我告诉您,教授先生,我在法庭上之所以沉默,是因为神明的力量给我启示,让我心中冒出一个想法,如果我再多说一句的话,那就将对一件非常神圣的,是的,对我而言甚至是最神圣的事造成伤害。

伯恩哈迪　我无法想象对于神父圣下这样一个勇敢的人会有比真相更神圣的事。

神父　什么?除了那微不足道的真相没有更神圣的,教授先生,那个我应该在某个个别事件中坚持到底的真相?您自己恐怕都不会这么说。我难道没有当着大家的面承认说不但您的初衷是好的,在这点上我做的已经让某些心存善意的人不能够再原谅我,如果我还承认说把我从那个临终的人,一个基督徒,一个罪人的病床边赶走是您的权利,那么这样的申明就有可能被我们神圣教会的敌人用来大做文章,要对此负起责任已经远超出了我的能力范围,因为我们的敌人并非都是些正直的人,教授先生,这点您自然并非不知道,而我说出的那个微不足道的真相在更高的意义上就会成为一个谎言。结果会如何呢?对那些我有义务进行解释和保持顺从的人而言,我就不是什么宽容的人,不,我是不忠的人,是叛徒……包括在我主面前。所以我才没有说。

伯恩哈迪　那么神父圣下,您为什么现在要这样做?

神父　因为在我获得神的启示的那一刻,我立刻发誓说,您是唯一一个让我感到有责任说明被公众曲解的真相的人。

伯恩哈迪　为此我要感谢您,神父圣下,让我祝愿您永远不会陷入不得不公开解释一件事的境地,并且这件事并不只是关乎……我个人微不足道的命运。因为您或许又会以为那是神明的启示,虽然在我看这完全是您个人的担心,结果是又伤害到另一个比您现在认为必须主张和保护的这个更高的真相。

神父　我不能承认有比教会所主张的更高的真相,教授先生。而我们教会的最高准则就是顺从和服从。因为对我而言和对那些职业自由的人,就像您,教授先生,是不一样的,如果我从向人间发散着无限福祉的教会被赶出去的话,那么我就不会有任何机会发挥自己的作用,我存在的整个意义也就没有了。

伯恩哈迪　神父圣下,我觉得似乎有那么一些神父,正是在脱离开教会、不顾忌任何麻烦和危险宣扬自己心目中的正义和真理后,他们的存在才开始有了意义。

神父　如果我应该是这些人中的一个,教授先生……

伯恩哈迪　怎样?

神父　……那么今天在法庭上主就会让我开口说您现在在这间屋子里才听到的这些话。

伯恩哈迪　这么说,是主让您闭上了嘴?现在主又让您来找我,然后私下里向我承认您不可以说的那些话?我得说,他让您的日子过得很惬意呀，您的主！

神父 （站起身）对不起，教授先生，关于我要说的，我没有什么要补充了。看样子您把这些话当成是为您所遭遇不公而表示的忏悔，这可真是奇怪。我宣誓的时候绝没有打算要和您讨论那些我们无法沟通的事。

伯恩哈迪 您就这样在我的面前把门摔上，神父圣下？但我可不能承认这是对您在门里，我在门外的一个证明。不管怎样，神父圣下，我只能对让您空跑了一趟表示遗憾。

神父 （不无讥讽地）空跑？

伯恩哈迪 因为我还是不打算彻底宽恕您，就像您在做完这样一件不同寻常的事之后可能期望的那样。

神父 宽恕？我想要的恐怕不是这个，教授先生。或许是为了内心的平静，这我现在已经得到了，程度甚至超过了我的期望。因为现在，教授先生，我开始从全新的角度看待这件事。我渐渐明白过来，我误解了来这里，我被派来这里的真实原因。

伯恩哈迪 哦！

神父 我不是像开始以为的那样要对您忏悔什么，而是为了消除我的疑惑。这个疑惑，教授先生，我走进这里的时候还不清楚是什么。现在疑惑消除了，我的灵魂一片清明，而我先前向您承认的那些，教授先生，很遗憾，我现在得把它收回。

伯恩哈迪 您收回？我可是已经收下了，神父圣下。

神父 它已经无效了。因为现在我知道，教授先生，您把我从那个将死的人病床边赶走的时候做得并不对。

伯恩哈迪 是吗？

神父 不是您！换了其他人在同样的情况下还有可能，但是您不属于这种人。现在我明白了，被您当作医生的关怀心，人类的怜悯心，让您禁止我走进临终人病房的充其量也就是一种自欺欺人而已。这种怜悯心，这种关怀心，它们都是借口，或许不是完全有意的，但毕竟只是借口而已。

伯恩哈迪 借口？神父圣下，您突然间就不明白自己几分钟之前还明白并且也向我承认了的事，您说我承担着一项责任……像您一样?!
神父　这点我始终还是承认的,我不承认的只是您是出于这种责任感才不让我进入临终人的病房。您对我所作所为的真正原因不是您的责任感,也不是像您自己以为的,我自己甚至也几乎信以为真的高尚的一时冲动,它深深埋藏在您的本性之中,是的,教授先生,真正的原因是……该怎么说呢……对我的反感……一种无法抑制的反感……更像是一种仇视……

伯恩哈迪　仇视……?

神父　仇视这身长袍对于您……还有您这类人的意义。哦,在这次谈话中,您给了我足够的证据证明这一点。现在我也看出,就像今天一样,当时您的一举一动,每一句话中流露出的都是这种仇视而已,这种非常强烈的,像您这样的人对于像我这样的人无法克制的仇视。

伯恩哈迪　您一再重复是仇视!就算真是那样吧!那么过去这几个星期以来我所经历的,所有针对我进行的,连您也认为是欺骗和不道德的煽动挑唆,如果我的心里之前真的有您所谓的仇视,难道这些还不足以弥补吗?我不否认,尽管我天生有种几乎是招人厌恶的对正义的爱好,但是在过去的几个星期里,我感到心中燃起了一种……仇视,并非是特别针对您个人,神父圣下……而是针对……聚集在您周围的那些人。但是我可以发誓,神父圣下,在我阻止您进入病房的那一刻,心中还没有一丝一毫这样的仇视。我以医生的身份站在您面前的时候,心灵是那样纯净……就像每个您这种身份的人在祭坛前完成教堂圣礼时一样,那种心灵的纯净绝不亚于当时站在我面前的您——那个为我的病人带来教会临终慰藉的人。您之前走进我房间的时候知道这点,也向我承认了这点,您不应该突然又收回自己的话……就因为您感到,我也感到了一点,并且可能从没像这一刻感触这样深,那就是我们之间隔着什么……我们即便在友好的气氛中也无法不感到这种隔阂的存在。

神父　您从没有像这一刻这样感触这么深?

伯恩哈迪　是的……在这一刻,因为我面对的或许是……您这种身份的人中思想最开放的一个。但是说到那个将我们隔开,并且可能要永远将我们隔开的东西,神父圣下……我觉得……仇视这个词就太不足太渺小了,那个东西要更高一层,我想……而且……更令人绝望。

神父　或许您是对的,教授先生。令人绝望。恰恰就是这一次,恰恰就出现在你我之间。我有的时候也会跟您这个圈子里的人和……学者、开明人士有类似私下里的谈话,也接近了某种让人不无担心的程度,(有些嘲弄地)但是还从来没有哪次像这次一样丝毫没有沟通的可能。不过我或许恰恰今天晚上应该避免……让跟您的谈话达到那个程度。

伯恩哈迪　我希望,神父圣下,您能够对我有足够的尊重,以使您不会把因为今天个人的一些经历而造成的不快归咎于我的……世界观。

神父　绝无此意,教授先生。如果在像……你我这样的两个人之间存在这么无法逾越的隔阂……这样深渊一般的隔阂,而我们两个人又或许都……不(微笑着)抱有敌意,那就一定是有更深层的原因。而我认为这个原因正在于,即便信仰与怀疑之间能够互相谅解……但是却不可能在谦卑和——如果您还记得自己先前说过的一些话,那就不会误解下面这个词——谦卑和狂妄之间。

伯恩哈迪　狂妄?! 而您,神父圣下,您既然想不出其他更……温和一些的词来描述我灵魂中本质的东西,那还能认为自己对于……我这样的人没有敌意吗?

神父　(起先想用更激烈的言辞,但是克制了一下之后,露出不易察觉的微笑)我知道自己没有,教授先生,我的信仰教会我去爱那些恨我的人。

伯恩哈迪　(言辞激烈地)而我的信仰,神父圣下……或者说那种埋藏在我心底替代信仰的东西,它教会我在自己不被人理解的地方也去理解别人。

神父　我不怀疑您有良好的愿望,但是教授先生,理解是有局限的,只要有人的精神存在的地方,就会有欺骗和谬误,这点您自己见过的恐怕也不少。不会欺骗的……我这种人不想隐瞒的……是……（迟疑）我还是直接选一个就算是您也挑不出毛病的词吧,教授先生,那就是:内心中的感情。

伯恩哈迪　那我们就这样叫它吧,神父圣下。这种内心中的感情,即便它是从其他的地方流入我的灵魂里,我也试图去相信它。我们……这些人说到底还能有什么其他办法吗？对我们这种人而言可不像对你们那样的人那么容易,神父圣下,既然主把您造得那样谦卑,把我造得这样狂妄,那这个让人……难以捉摸的主应该是有他自己的理由的。

神父　（盯着他看了很久,然后突然下了决心似的把手伸给他）

伯恩哈迪　（迟疑着,略带微笑）隔着……鸿沟,神父圣下？

神父　就让我们……不要往下看吧……就这一刻！

伯恩哈迪　（把手伸给他）

神父　保重,教授先生！——（离开）

〔伯恩哈迪独自一人,有一段时间很犹豫,沉思着,紧皱眉头,随后又舒展开眉头,做一个动作,就像是要把什么东西从身上甩掉,接着他拉开门帘,打开门。其他人坐在桌子边,有几个已经站起身抽着烟。

切普利安　总算来了！

阿德勒　我们已经开始抽烟了。

切普利安　（走出餐厅,走向伯恩哈迪）是什么事？今天……这么晚还有病人来？

伯恩哈迪　……这个问题不好回答。

奥斯卡　（也走出餐厅）有几封你的电报,爸爸。

伯恩哈迪　（拆开其中一封）啊,真是好人。

切普利安　能说说吗？

伯恩哈迪　以前的一个病人对我表示支持。这个可怜的家伙在伊丽莎白医学院躺过几个星期。

戈尔登塔　能让我看看吗？弗罗利安·艾贝斯德？

勒文施泰因　艾贝斯德？弗罗利安？听起来像是基督徒的名字。

普弗鲁克费尔德　（拍着他的肩膀）这种事也是有的！

伯恩哈迪　（打开另外一封电报）哦,老天！（对切普利安说）给,你看看。

阿德勒　念念,念念！

切普利安　（念）"我们向为自由与思想解放而斗争的男子汉致以最衷心的敬意和支持,并请他相信,在对抗邪恶势力的斗争中,我们会始终站在他的一边。莱斯博士,瓦尔特·克尼希……"

伯恩哈迪　这些人的名字我根本没听过。

戈尔登塔　这是个非常让人高兴的声明,可以认为这种声明不是个别现象。

伯恩哈迪　就没办法不让他们这样吗？

戈尔登塔　（笑）什么？那不成了锦上添花了,如果现在不让他们……

奥斯卡　爸爸,你还不坐到桌边来吗？

仆人　（送进来一张名片）

伯恩哈迪　这又是谁？

奥斯卡　（念）布里吉特瑙无神论者协会理事会。

伯恩哈迪　布里吉特瑙的无神论者？……请去告诉这些先生们,我不在家。

戈尔登塔　这是为什么？

伯恩哈迪　我已经进监狱了……我已经被处决了。

　　　　〔走进餐厅,余人跟随,只有戈尔登塔和勒文施泰因留了下来。随后库尔卡博士上。

戈尔登塔（在门边赶上仆人,对他说）去告诉那位先生,说教授现在有些累,但是他将会……教授几点有门诊？

仆人　两点钟开始。

戈尔登塔　那就说教授先生明天一点三刻的时候会非常乐意接待这些先生们。

仆人　（下）

勒文施泰因　非常乐意？您信吗？

戈尔登塔　您就把维护当事人利益的事交给我来办吧。

勒文施泰因　（耸耸肩,走进餐厅）

仆人　（送进来一张名片）

戈尔登塔　（转过身）什么事？让我看看。哦！

仆人　这位先生怎么都不肯走。

戈尔登塔　您尽管把这位先生引进来吧。

仆人　（下）

戈尔登塔　（清清嗓子，做了做准备）

库尔卡　（走进来）哦，戈尔登塔博士？……如果我没认错的话。

戈尔登塔　正是我。我们是认识的，库尔卡博士……今天您就只能将就着先和我谈谈了。教授先生有些累了，这您大概也能想到……

库尔卡　累了？……嗯……那我可能就得再……我在上司那里没办法交代……

戈尔登塔　可是您听到了，博士先生……

库尔卡　我当然听到了，我也理解，但是这样又帮得了我什么？如果我不能亲自和教授先生谈谈的话，那在上司那里这就全都是我一个人的责任。

戈尔登塔　或许我能够和您谈谈。

库尔卡　（犹豫）如果您真有这样的好意……我能不能问一下，博士先生，伯恩哈迪教授真的不打算提起上诉，要求重审吗？

戈尔登塔　我们在形式上保留考虑的时间。

库尔卡　（掏出一个记录本）

戈尔登塔　（受到这个影响，改用演讲的语气）虽然我们根本无意于对奥地利法官的法律知识及其智慧表示丝毫的怀疑，抑或表示不相信坐在陪审席上的维也纳公民健康的辨别力，但是我们还是不能排除一种可能，那就是某个在此不必进行详细描述的报社的行为似乎为产生司法误判铺平了道路，同时……

伯恩哈迪　（走进来）

库尔卡　啊，教授先生。

伯恩哈迪　这是怎么回事？

戈尔登塔　由于您不想被打扰，教授先生，所以我就自作主张了……并且相信完全是按照您的意思……

伯恩哈迪　尊驾是哪一位？

库尔卡　《新新闻》的库尔卡。我的上司有幸认识您本人,他向您问好并且……

戈尔登塔　有人在传播谣言,最好马上澄清。

库尔卡　据称教授先生打算放弃上诉……

戈尔登塔　我已经向博士先生说明,我们保留考虑的权利。

伯恩哈迪　说得没错。

〔勒文施泰因,切普利安,阿德勒,库尔特,奥斯卡渐渐都走出餐厅。

库尔卡　我很感谢这个说明。但是教授先生,我还要向您转达上司的一个特别请求。今天在审讯过程中,教授先生要求传讯教育部长先生,显然在这件事里还有些是在审讯过程中没有提到的或是不能被提到的隐情,教授先生,我的上司因此特别荣幸地将报纸的空间提供出来……

伯恩哈迪　(摆着手)不必了,不必了。

库尔卡　您应该不是不知道,教授先生,我们的报纸虽然在部长阁下刚刚就任的时候对他表示了无比的信任,但是最近却认为有必要对部长的某些代表倒退的措施进行强烈的谴责,同时在形式上保持克制,这也是我们在政治领域发挥越来越大影响力的前提条件。如果在我们为进步和自由而展开的斗争中能有您这样的人站在我们一边,那是求之不得,分寸感控制着您的激情,这就保证我们有一个同盟者……

伯恩哈迪　对不起,我不是什么同盟者。

库尔卡　但我们是您的同盟,教授先生。

伯恩哈迪　你们今天是这样觉得。我的事情纯属个人的私事。

勒文施泰因　但是……

库尔卡　某些个人的私事也带有政治因素的种子。您的……

伯恩哈迪　这是个巧合,我对此不承担责任。我不属于任何党派,也不希望被任何一个党派当成自己人来用。

库尔卡　教授先生是无法避免……

伯恩哈迪　我不想为此做什么。那些为我出头的人得要自己承担风险。(语气始终很轻松,现在又露出了他独有的那种讥讽的微笑)我今天能被指责为妨害天主教会,接下来就也有可能成为另外一个、或许与您关系更为密切的宗教的敌人……

库尔卡　我不属于任何教派,教授先生,我们每个人都是这样的,至少是在内心里。我们的立场,我们报纸采取的立场尽人皆知,那就是一切凭良心行事。弗雷德里希大帝是怎么说的?……每个人的生活方式都应该受到祝福。

伯恩哈迪　那我就请您也按照这条法则来对待我。请替我感谢贵上司的友好邀请,但我接受了的话,那就是滥用他的信任,是提供假新闻。

库尔卡　这真的就是您的最终决定了吗,教授先生?

伯恩哈迪　我最终的决定很少和开始的决定相悖。

库尔卡　我的上司会觉得非常遗憾……我真的不知道……但是教授先生,如果您最终还是决定将对于部长阁下的想法公之于众的话,请您不要让其他报纸……

伯恩哈迪　您尽管放心,我不管要做什么,都不会考虑要求任何一家报纸的保护。请向贵上司问好。

库尔卡　谢谢您,教授先生。告辞,先生们。

〔下。短暂的,令人尴尬的沉默。

切普利安　这可真的是没必要。

戈尔登塔　我也得说,教授先生……

伯恩哈迪　你们还是不明白吗,先生们,我一点也不希望和那些想把我的事搞成一件政治丑闻的人搅在一起。

勒文施泰因　但这件事本来就是呀。

戈尔登塔　当然,事情发展到现在,您已经站在一场政治斗争的中心。本来我们应该感到高兴……

伯恩哈迪　我求您,亲爱的博士先生,别为任何事感到高兴!我不进行政治斗争。虽然从某些方面传来可笑的战斗的嘶喊,但是它们不能让我去扮演一个我不喜欢的角色,我也不觉得自己适合,因为那只是一个角色而已。至于考虑期,博士先生,我在此请求您认为它已经结束。

戈尔登塔　我不懂……

伯恩哈迪　我希望去服刑,并且越快越好,最好就在明天。

切普利安　但是……

伯恩哈迪　我想结束这件事,这是我现在唯一关心的。过去的这几个月对我的工作、我的职业而言简直就是虚度,除了开会就是庭审。结果又如何呢？作为司法案件,这件事已经够令人不愉快的了,现在竟然还要让它成为政治事件,就为这个我要逃开,哪怕是逃到监狱里去。我的工作是让人们恢复健康……或者至少说服他们认为我能做到。所以只要有可能,我要尽快地重新获得那样的机会。

勒文施泰因　你的报复呢？

伯恩哈迪　谁说要报复了？

勒文施泰因　那么,弗林特,艾本瓦尔德,你就打算这样放过这些人？

伯恩哈迪　不是报复……是跟他们算账。这事我也会做,但是和这些人的纠缠不应该突然间成为我的生活重心,而是顺便去解决它。但是不要害怕,不会那么便宜他们的。

切普利安　不管你是想把这件事作为政治的、法律的还是个人的事解决,我都认为没有必要回绝那位库尔卡先生。

戈尔登塔　我也要再次强调,库尔卡先生所代表的报纸显示出的友好态度……

伯恩哈迪　（打断他）尊敬的博士先生,不管是以什么方式,在什么地方,人都只能接受自己的敌人,但是朋友却是可以选择的……幸而如此……

(落幕)

第 五 幕

〔教育部的一间办公室里。相应的陈设,不失舒适。

〔枢密官温克勒,四十五岁左右,显得很年轻,身材修长,容光焕发,唇上蓄髭,金色掺杂灰白的短发,蓝眼睛闪闪发亮,独自一人忙着整理卷宗。他正好站起来将卷宗放回一个柜子里。电话铃声。

枢密官　（回到桌边,对着电话说）皇家文化及教育部……不,是枢密官温克勒。啊,艾本瓦尔德教授……他还没来……可能半个小时以后……部长阁下一点半以前应该不会去议会……是,我可惜无法就此事提供信息,至少不能在电话上……我将会感到很高兴。再见,教授先生。(挂上电话,继续前面的工作)

部里的仆人　（走进来,送来信件和一张名片）

枢密官　库尔卡博士?

仆人　但是他想亲自面见部长阁下。

枢密官　那就得以后再来了。

仆人　前面也有两位报社的先生来过。他们也会再来。

枢密官　报社的先生来您根本不用向我通报,他们都是想见部长本人。

仆人　（下）

〔电话铃声又响起。

枢密官　皇家文化和教育部……是枢密官温克勒,没错……啊,这个声音我听得出来。吻您的手,尊贵的夫人……今天晚上?……是,如果我可以的话,非常乐意……我对选举什么意见也不发表……不……因为我不喜欢连美丽的女人也参与政治……哪个女人又懂政治呢……要到那个时候您至少还有二十年时间呢,尊贵的夫人……那么再会,尊贵的夫人。代问您先生好。（挂上电话）

仆人　（送来一张名片）

枢密官　又一个?啊,费尔曼医生……有请。（仆人下）

〔费尔曼医生上。

费尔曼　（深深鞠一躬）

枢密官　您好,医生。……是什么事让您大驾光临?

费尔曼　我来是为了一件很严重的事情,枢密官先生。

枢密官　哦,医生先生,希望不是又碰上了什么倒霉的小事,这可是还没多久,多亏了上霍拉布鲁恩善良的居民……

费尔曼　当然,枢密官先生,我是被宣布无罪,但是这对我又有什么

用？再没有病人上门了。如果我还继续当上霍拉布鲁恩的地区医生，那就只能饿死了。所以我想斗胆请求调离……（电话铃声）

枢密官　对不起，医生先生。（接电话）是，枢密官温克勒。……啊，司长顾问先生……怎么？什么？（非常吃惊）有这种事！是真的吗？卢德米拉护士？这可真是有点太凑巧了。……因为他今天出狱呀。……当然是伯恩哈迪教授了。……今天，没错。……您亲自来？……是的……不，您听我说……如果您有这样的愿望的话，我当然暂时不会告诉部长阁下。……再见！……（挂上电话。……先是很震惊，然后对费尔曼说）啊，请讲。

费尔曼　我想特别请求您的支持，枢密官先生……您一直就是……

〔弗林特上。费尔曼，枢密官。

弗林特　您好，枢密官先生。（看到了费尔曼）啊……

费尔曼　（深深鞠躬）部长阁下，我是费尔曼博士。

弗林特　啊，当然了……我已经知……是《星期一》报的？……

枢密官　（小声说）不巧这不是记者，阁下。……是上霍拉布鲁恩的费尔曼医生。

弗林特　啊，对了……费尔曼医生。

枢密官　（如上）他因为一桩所谓的技术失误被起诉，现在被宣布无罪了。

弗林特　我是知道的，菲利茨教授递交了一份非常清楚明白的鉴定，十票对两票。……

费尔曼　九票对……

枢密官　（冲他摆摆手）

弗林特　恭喜您，费尔曼医生。

费尔曼　我非常感激，部长阁下，阁下为了我这件微不足道的小事……

弗林特　对我而言不存在微不足道的小事，对于我们这样的人而言根本就不应该存在这样的事，在更深层的意义上一切皆同等重要。（他匆匆地，寻求赞赏般地看了枢密官一眼）如果您听到这件事的话，或许会感到高兴，您这件"微不足道的"丑闻在使医学教育制度进行彻底改革提上议事议程方面所起的作用绝不小。希望能通过行政命令的方法推行这项改革。说到底,如果不用什么事都请示议会的话……(看一眼枢密官)管理工作该会多么容易。

枢密官　至少速度会更快,而这才是最主要的。

费尔曼　部长阁下,我冒昧地……

枢密官　我想您应该在申请书里都写明白了吧,医生先生。

费尔曼　我只想再提一下……

枢密官　这点应该也写在里面了……

费尔曼　是。

枢密官　那么您就把它给我吧,医生先生,会尽快解决的。再见,医生先生。

弗林特　(这时从仆人手中接过了几份报纸)再见,医生先生。(同他握手。费尔曼下。弗林特,枢密官)

弗林特　(看着报纸)他到底想干什么?

枢密官　请求调职,部长阁下。这个可怜虫虽然被宣布无罪,不过当然还是在上霍拉布鲁恩受到了人们的抵制……

弗林特　要是您应该也不会找他看病。

枢密官　如果是我家要生孩子,那绝对不会找他。

弗林特　(恼怒地把报纸丢开)还有什么新闻?

枢密官　艾本瓦尔德教授打过电话,他想在上午的时候求见。

弗林特　又要见?他前天才来过。

枢密官　他们伊丽莎白医学院急需资金,他们已经快让债务淹没了。

弗林特　伯恩哈迪离开以后,董事会不是收回了辞职的决定吗。

枢密官　没错。但就是因为这样才让人看出,唯一能让董事会动一动的就是伯恩哈迪,从那以后他们就一直在睡大觉,连我自己都是。

弗林特　他们必须拿到拨款,这个我在伯恩哈迪在任的时候就已经承诺了。

枢密官　这一次我们的预算数目很大,能挤出来的钱恐怕不会超过三千,部长阁下。不这样,财政部长都已经对我们不满了,我甚至没把握能不能拿到新建生理学院的钱,再加上……
弗林特　如果这个在预算委员会那儿通不过的话……其他的几个项目也通不过,那我就向议会申请个别贷款。
枢密官　哦!
弗林特　他们不会拒绝我的这个请求。自由党和社会民主党都不会这样做,如果他们在建科学研究机构的时候突然要求政府节省开支,那可就是作茧自缚。至于基督教社会党的先生们嘛,我应该有理由认为他们不会找我麻烦。您不觉得吗?
枢密官　这些先生们至少是有很好的理由要感激部长阁下。
弗林特　这个嘲讽不贴切,亲爱的枢密官。在政坛里重要的不是感激,而是精确的计算。您就等着看计算的结果吧。……另外,我还要就昨天的州议会选举对您表示祝贺。十个新的社会民主党议席,这是让人没想到的。
枢密官　部长阁下,我要等到议会选举结束后才能接受祝贺。
弗林特　议会选举的结果有可能会不一样。话说回来,昨天的结果并没有绝对的多数,所以您也不要高兴得太早,我尊敬的无政府主义者。
枢密官　部长阁下可是让我以迅雷不及掩耳的速度晋升,刚才我才被封为社会民主党人。
弗林特　没什么太大区别。
枢密官　还有,我要借这个机会对昨天的讲话表示祝贺。
弗林特　讲话?……您可别这么说,即兴讲了几句而已,但是却起到了作用。
枢密官　都这么认为。(指着报纸)
弗林特　不管怎样,枢密官先生,您也能加入到祝贺者的队伍中来,这说明了您令人赞赏的客观态度,我以前还真是有些怕您呢。
枢密官　太过奖了,部长阁下。
弗林特　因为之前我拿不准您是不是赞同增加宗教课的课时数,亲爱的枢密官。
枢密官　部长阁下自己呢?
弗林特　我亲爱的枢密官,我个人对这些或者那些问题的看法是另外一回事。不假思索地到处唧唧喳喳宣扬自己的观点，那是对政治半懂不懂的人做的事。靠着底气足只能发出空洞的声音，真正有效果的是复调。

枢密官　要到又有个人想出什么曲调来。

弗林特　非常好。不过还是让我们结束这种充满比喻的对话，回到现实中来，亲爱的枢密官，您真的认为今天的人民已经成熟到，或者以后什么时候有可能成熟到不需要宗教就能生存下去的程度吗？

枢密官　部长先生，我所理解的宗教在其他任何一门课上都能比在宗教课上学得更好。

弗林特　哈，亲爱的枢密官，您到底是不是无政府主义者？

枢密官　是啊，部长阁下，看来作为政府官员的人只有一种选择：要么是无政府主义者要么是蠢货。……

弗林特　（笑）您得承认中间还是有一些过渡阶段的。不过您要相信我，亲爱的枢密官，无政府主义是一种徒劳无益的精神状态，我也曾经经历过这样的阶段，不过已经克服了。现在我的世界观可以用一句话概括，我亲爱的枢密官：工作，成就！所有的一切相对于这个迫切的需求都退居次席。并且您大概也不是不知道，我有各种各样的计划，没有议会的支持是不行的，于是我就遗憾地被迫，就像人说的，妥协让步。无政府主义者也会妥协让步，亲爱的枢密官，否则他们就当不上枢密官。（严肃起来）但是如果您以为妥协让步是件很简单的事，那您就错了。您认为我把自己的老朋友伯恩哈迪送进那些人的嘴里，对我而言就不是牺牲吗，亲爱的枢密官？但尽管如此，那还是必要的。其中的内在联系有一天会显现出来，所有的一切都保留着呢。如果有一天到了我甩掉某些人的时候，啊，我不想再多说什么……但是人们有一天会明白，我不是什么文化和教皇帮凶部的部长，就像今天一个什么记者在一篇所谓的标题文章里说的那样。

枢密官　啊！

弗林特　很合您的心意，对吗？不过这个词根本不是他想出来的，这是那个过分天真的普弗鲁克费尔德最近在一个非常多余的选民大会上故意讲出去的,他是觉得有必要对伯恩哈迪的丑闻展开讨论。亲爱的枢密官,总体来说,我认为政府的代表在对待这样一些集会上缺乏必要的行动力度。

枢密官　但是部长阁下,普弗鲁克费尔德发言的那个大会当时就被解散了,也不能要求更多了呀。

弗林特　是什么时候解散的?是普弗鲁克费尔德谴责主教把为伯恩哈迪作了有利证词的神父调到波兰边境某个地方的时候。

枢密官　没错,主教们自然是比部长们受到政府更多的保护。

弗林特　这个伯恩哈迪丑闻!看样子大家似乎不打算让事情过去。最近登在您最爱的刊物《劳动报》上的那篇文章就阴险之极,枢密官先生。

枢密官　那文章写得不错。不过我没有什么最爱的刊物,我反对所有的报纸。

弗林特　我更是!而那些到目前为止持保守态度的自由党派的报纸现在竟然开始把伯恩哈迪描述成殉难者,作为教会政治阴谋活动的牺牲品,当成医学界的德雷福①。您今天看没看登在《新新闻》上的那篇文章?为伯恩哈迪出狱向他表示正式的祝贺。可真是有一套。

枢密官　不管怎样,这些都不是伯恩哈迪的责任。

弗林特　不是完全没有他的责任,他显然醉心于自己的角色。服刑到第三周的时候,他曾经有机会向皇帝陛下请求赦免,并且他的请求应该不会被驳回,这事您应该也知道,因为是您好意将这个消息带给他的。

枢密官　部长阁下知道我曾经试图说服他,但是他不愿意请求赦免,这倒让我很欣赏。

弗林特　如果他在他那些朋友的挑唆下继续纠缠在这件总归是要吃亏的事里,那可就太令人遗憾了。因为我完全无意于继续坐视某些阴谋活动不管,我和司法部长谈过这件事,他完全赞同我的

---

① 阿尔弗雷德·德雷福(1859—1935),法国军官。1894年被诬蔑为向德国透露军事机密而遭起诉并被判刑。

看法。我们面对的是一件已经结束的法律案件,并且决定在必要的时候放弃一切顾忌地采取行动。如果真的必须这样做,那我就只能为伯恩哈迪感到难过了。虽然他到目前为止的举动都那么不明智,也为我带来了那么多的不愉快,但是这里面……(指指他的心)始终还是对他存有一些好感的,这样的东西似乎永远是不能彻底摆脱的。

枢密官　是啊,青年时代的朋友……

弗林特　没错,就是这个。但是我们这样的人不能有丝毫的多愁善感。说到底,我们二十五年前一起给拉蓬威勒做过助手和这整件事又有什么关系?就因为我们在医院的花园里一起散过步,互相倾吐过对未来的计划?处在我们这种地位的人不能有回忆,不能有感情;我们得肆无忌惮……就是这样,亲爱的枢密官。

仆人　(走进来,送进来一张名片)

枢密官　艾本瓦尔德教授。

弗林特　有请。

仆人　(下)

弗林特　您刚才说我们能为伊丽莎白医学院要来多少?

枢密官　三千。……

艾本瓦尔德　(上)

　　　　〔艾本瓦尔德,弗林特,枢密官。

艾本瓦尔德　(鞠躬)

弗林特　早上好,亲爱的教授先生,或者应该叫您院长先生。

艾本瓦尔德　还不是,部长阁下,是代理的,并不排除在接下来的几天里伯恩哈迪教授重新当选的可能,他只是暂时离职而已。

枢密官　不会顺利重新当选的。因为在目前的情况下,伯恩哈迪既不是教授也不是博士。

艾本瓦尔德　他无疑能够马上被免除要承担的法律后果,因为他的几个朋友还有某家报纸的努力,似乎舆论的风向要变。部长阁下应该也已经知道他刚才是怎么风风光光地被人从监狱迎回的家。

弗林特　什么?

357

艾本瓦尔德　是的,听我课的人刚才告诉我的。

弗林特　风风光光,这是什么意思?

艾本瓦尔德　据说一群学生在监狱门口高呼口号迎接他。

弗林特　就差来个火把游行了。

枢密官　部长阁下是否要下这样的令……

艾本瓦尔德　如果允许我说一句的话,我觉得这些示威的举动和昨天选举的结果很有关系。

弗林特　您这么认为?不是没有可能。好,好,您瞧瞧,亲爱的枢密官,这可不能小瞧。当然我不是要说这些示威活动有什么特别的意义,但那些人有可能是犹太复国主义者。

艾本瓦尔德　这些人在我们那儿也有一定的势力。

弗林特　噢……(转移话题)您是为了拨款的事来的,亲爱的教授?

艾本瓦尔德　是的,部长阁下。

弗林特　可惜你们期望得到的数额我们只能提供一部分。但是我可以告诉您,贵学院国有化的问题已经在认真考虑中。

艾本瓦尔德　部长阁下和我都很清楚,从考虑到做出决定之间可惜还有很远的一段路要走。

弗林特　非常对,教授先生。但是您不要忘记了,我们这里管的不仅仅是伊丽莎白医学院,也不仅仅是医学部门,而是所有文化和教皇……和教育领域的事。

艾本瓦尔德　而我们伊丽莎白医学院的成员斗胆希望部长阁下能为被前任部长忽略了的医学教育部门提供一些特别资助,因为部长阁下您本人也是从我们这个圈子里出来的,此外作为教师也是为我们这个行业增光添彩的人。

弗林特　(对枢密官说)这个人很知道抓我的弱点。亲爱的教授,我没有忘记自己是医生和教师,因为人虽然什么都能停下来不做,但是医生这个职业……永远也不可能。让我告诉您一件事,亲爱的教授先生,但是您不要讲出去,否则会被人在议会里用来攻击我。我有的时候对实验室和病房有种思念之情,我可以向您保证,那是个更平静和美好的工作,而且只要做出些什么,别人都看得见。像我们现在做的事,我指的是从政的人,那些事的结果有时要到下一代人那里才能显现出来……

仆人　（又送进一张名片）

枢密官　图根特菲特教授。

弗林特　他就交给您了,亲爱的枢密官。请,教授先生……（弗林特和艾本瓦尔德下）

〔图根特菲特,枢密官。

图根特菲特　您好,枢密官先生。我不想多打扰。若得愉快谈话来伴随,工作也会愉快进行①……对吗？我是想冒昧地再问一问,我的事情究竟进行得怎么样了。

枢密官　很顺利,教授先生。

图根特菲特　我想不用说您也知道,枢密官先生,我个人并不很在乎这个头衔。但是,枢密官先生,您知道女人是怎么样的。……

枢密官　我怎么能知道呢,教授先生？

图根特菲特　啊,对了,我的寂寞,并非孤独②……对吗？好吧,现在这里反正没有旁人。我夫人想枢密官这个头衔想疯了一样,她简直是等不及了。如果有可能在六月一日前任命的话……因为那天是我夫人的生日,我想把枢密官的头衔作为小礼物送给她。

枢密官　不管怎么说,这个礼物是又实用又便宜。

图根特菲特　那么,如果您能稍微加快一些我这件事的进展速度,枢密官先生……

枢密官　（用生硬的官腔说）很遗憾,教育部无法在头衔的授予上考虑私人关系,特别是教授先生的家庭关系,除非是有特殊的决定。

仆人　（送进一张名片）

枢密官　（诧异地）啊。

仆人　这位先生要见部长阁下本人。

枢密官　当然没有问题,但是如果能请教授先生先到我的办公室里来一下,我将非常高兴。

---

①　出自席勒的《钟之歌》。
②　出自卡尔·马里亚·韦伯的歌剧《普雷奥沙》。

359

仆人 （下）

图根特菲特　我在是不是不方便。

枢密官　是老熟人。

伯恩哈迪　（走进来）

〔枢密官，图根特菲特，伯恩哈迪。

图根特菲特　（有些意外）

伯恩哈迪　哦，您不是一个人，枢密官先生。

图根特菲特　伯恩哈迪！

枢密官　（非常热情地与他握手）很高兴又见到您，教授先生。

伯恩哈迪　我也很高兴。

图根特菲特　你好，伯恩哈迪。（朝他伸出手）

伯恩哈迪　（冷冷地握他的手）部长阁下没有空？

枢密官　要不了多久。您不坐下吗，教授先生？

图根特菲特　你……你看上去气色很好。我……我……啊，你知道，我简直全忘了……你究竟是什么时候……

枢密官　（对伯恩哈迪说）我要再次恭喜您今天早上得到的欢呼喝彩。

图根特菲特　欢……

伯恩哈迪　啊，这里已经听说了。但是说欢呼喝彩就有些夸张了。

枢密官　甚至有人说今天晚上要在您的窗前举行火把游行……布里吉特瑙无神论者协会的窗下小夜曲。

图根特菲特　知道吗，亲爱的伯恩哈迪，我完全忘了你今天出狱的事。哦，两个月的时间过得可真快。

伯恩哈迪　特别是在自由的天空下。

图根特菲特　不过你看上去的确气色好极了。对不对，枢密官先生？就是从利维拉度假回来，也不会比现在看上去更好。真是休养过来了。

枢密官　或许教授先生也能决心小小地亵渎一下神明，我能保证您也会得到这样一个便宜疗养的机会。

图根特菲特　（笑）谢了，谢了。

伯恩哈迪　话说回来，我过得确实是不错，有一位天使守候着我，那就是那些把我送进监狱的人的良心不安。

图根特菲特　我很高兴能有机会对你说,在整件事情里,我始终是站在你一边的。

伯恩哈迪　你终于找到机会了?我很高兴。

图根特菲特　我希望你没有怀疑过我……

伯恩哈迪　能不能替我向部长阁下通报一声?因为这件事情很急。

枢密官　部长阁下应该马上就会来。

图根特菲特　你知不知道我最近听说了什么?说你有意将整件事情写出来。

伯恩哈迪　哦,有人这样说吗?

枢密官　这本书会很有意思,您曾经有机会看清各种人。

伯恩哈迪　大多数的人是以前就已经看清的了,亲爱的枢密官,至于有些人对别人举止卑劣,或是因为他们不喜欢这些人,或是因为这些行为能让他们自己得到好处,这些说到底都不让人感到意外。但是有一类人始终让我觉得很难捉摸……

图根特菲特　什么人?

伯恩哈迪　那些卑鄙到忘我程度的人,知道吗,他们损人又毫不利己,一切只是出于对事情本身的兴趣而已。

弗林特和艾本瓦尔德　(上)

〔图根特菲特,枢密官,伯恩哈迪,弗林特,艾本瓦尔德。

弗林特　(迅速镇定下来)哦,伯恩哈迪!

艾本瓦尔德　(也迅速镇定下来)您好,教授先生。

伯恩哈迪　您好,教授先生大概是为了伊丽莎白医学院的事来的吧。

艾本瓦尔德　是。

弗林特　是因为拨款的事……

伯恩哈迪　我一直就认为我医学院的各种利益在您手里会得到很好的保护……在我不在期间。

艾本瓦尔德　谢谢您善意的认可,教授先生。

弗林特　(对伯恩哈迪说)你找我有事,伯恩哈迪?

伯恩哈迪　我不会占用你很多时间。

枢密官　(对艾本瓦尔德和图根特菲特说)可否请两位先生这边

来。……(同两人下)

〔伯恩哈迪,弗林特。

弗林特 (很快果断起来)我很愿意借此机会向你出狱表示祝贺,亲爱的伯恩哈迪。可惜由于我官职在身,所以不能用适当的形式向你表达说你那场官司的结果令我多么尴尬……正因为如此,我才更高兴能在事情结束之后用某种方式帮你的忙。

伯恩哈迪 你真的是非常善良,亲爱的弗林特。我来还的确是为了让你帮一个忙。

弗林特 请讲。

伯恩哈迪 事情是这样的:康斯坦丁王子病得很重,差人来请我。

弗林特 是吗?……但是我不知道……

伯恩哈迪 请我去看病。他让我再接过给他治病的任务。

弗林特 那么是什么让你不能去?

伯恩哈迪 是什么让我不能去?我不想再犯新的错。

弗林特 犯错?

伯恩哈迪 你是知道的。如果我现在重新开始给康斯坦丁王子看病的话,那就是无照行医。由于我无法自主地妨害了宗教并被判刑,已经丢掉了学位和行医的权力,所以我冒昧前来请求赦免本人所受刑罚的其他法律后果。我来找你,我的老朋友,一个在其他情况下已经证明过自己有能力影响司法部长决定的人,同时请求尽可能快地解决,以便如果我的请求得到批准的话,不让王子久等。

弗林特 是这样,是这样。你来是为了嘲笑我。

伯恩哈迪 怎么会?我只做无可指摘的事,我真的没有兴趣再坐一次牢,不管我过得相对来说有多么好。那么,如果能劳你……

(将申请递给他)

弗林特 批准了,我全权负责,没有理由让你不立即响应康斯坦丁王子的召唤,我保证不会因此让你承担任何刑罚性质的后果。够了吗?

伯恩哈迪 这次应该是够了,因为这次遵守诺言不会给你个人带来任何的不愉快。

弗林特　伯恩哈迪！

伯恩哈迪　部长阁下？

弗林特　（很快克制住自己）我是了解你的,不是吗？我难道不是马上就看出,你并非为了康斯坦丁王子而来？不过这样也好,我们就来说说你暗示的那件事,这我反正是躲不过去。就是说,你指责我违背诺言。

伯恩哈迪　是的,我亲爱的弗林特。

弗林特　那你知道我怎么回答你吗？我从来没有违背过诺言,因为我对你只许过一个诺言：替你出面。而这样做最好的办法就是努力追求并实现你案件审理方面的透明度。还有,即便我做了被你称为"违背诺言"的事,你为此来指责我也是很愚蠢的做法,因为就算我遵守了自己的诺言,你也没有希望。你已经被起诉,而且针对你进行的调查也无法再阻止了。最后嘛,你得明白,比起遵守诺言,或者随你怎么叫它,政治生活中有更重要的事情要做,那就是眼睛紧盯目标,决不放弃自己的事业。就在我决定要支持你的时候,我同时感到议会的不满、不信任和愤怒向我逼近,而我幸运地掉转了方向,成功地平息了酝酿中的风暴,抚平了人们的愤怒,控制了局势,就在那个奇怪的时刻,我感到对这一点的理解前所未有的深刻。

伯恩哈迪　掉转方向,说得没错。

弗林特　我的好伯恩哈迪,我在那个时刻猛然意识到自己只有一个选择,要么是和你一起坠入深渊,这是对我自己、我的使命,或许还包括需要我服务的国家的一种犯罪,要么……就是放弃一个即便不如此也已经没有希望了的人,但却因此有机会建起新的科学研究机构,按照现代社会的精神改变不同研究领域的教育制度,提高人民健康水平,在精神生活的各个方面进行改革或者至少为改革做准备。你有一天也会向我承认说,为这一切坐两个月不用怎么吃苦的牢并不算是付出了多大的代价。希望你不会以为你这种自我牺牲的姿态会让我特别敬佩,没错,如果你是为了什么伟大的事业,为了一种理想,为了你的祖国,或是为了你的信仰而承受所有这些不快,那我倒是会对你表示尊敬,更不用说现在这些不快早已经被各种小胜利抵消了。但是从你的言行举止中我看出……作为老朋友我应该可以这样对你说……我看到的只是固执引起的悲惨的闹剧,而且也怀疑,如果今天在奥地利依然有熊熊燃烧的火刑堆的话,你是不是还会做出同样的决定。

伯恩哈迪　（看了他一会儿,然后开始鼓掌）
弗林特　你这是干什么?
伯恩哈迪　我以为你要的就是这个。
弗林特　除了这个老掉牙的玩笑你就没有其他的回答了吗?
伯恩哈迪　要对你说什么话,你心里跟我一样清楚,我甚至相信,作为老朋友我应该可以这样对你说,你会说得比我更好,那么私底下反驳你又有什么意义?
弗林特　是这样的,好,好,你不要以为在部里没有人知道你打的是什么主意。我只是不明白在这种情况下,是什么能劳你大驾亲自来拜访我?因为只为了康斯坦丁王子……
伯恩哈迪　可能是我太较真了,亲爱的,不过我想要知道你打算怎样解释对我所做过的一切,这也是能理解的。如果值得费力气去写本书的话,那么部长阁下和被释放的囚犯之间的这场谈话将成为这本书精彩的结局。
弗林特　哦,希望不会有什么阻碍你,你也可以直接把它当成竞选演说来用。
伯恩哈迪　竞选演说?
弗林特　啊,给你一个议席应该只是几天甚或几小时的问题。
伯恩哈迪　我亲爱的弗林特,政治我想还是留给你自己继续去搞吧。
弗林特　政治!政治!你们就别再用这个烦我了。让政治见鬼去吧。我承担起这个职责,只是因为我知道在今天的奥地利没有其他人能够做那些必须要做的事。但是即便注定要由我来开创一个新的时代,当部长的这几年……或者说这几个月在我的人生中也只是一个插曲而已。这一点我一直很明白,而且一天比一天感觉强烈。我是医生,教师,我渴望回到病人身边,学生身边……

〔枢密官走进来。弗林特,伯恩哈迪。

枢密官　非常抱歉,部长阁下,我这么冒昧……但是我刚才从司法部得到了一个非常重要的通知……由于这个通知和教授先生的案子有关系……

伯恩哈迪　和我的?

枢密官　是的,是因为卢德米拉护士,她是您案件中的主要证人。她提交了一份呈文,在里面自责说在审讯您的时候提供了假证词。

伯恩哈迪　自责……

弗林特　啊,这又是……

枢密官　司法部司长顾问贝尔曼先生一会儿就要到这儿来亲自做详细的汇报。对于其真实性已经没有什么可怀疑的了,护士的呈文已经交上来了。

弗林特　已经交上来了?

枢密官　教授先生当然会立刻提出重审案件。

伯恩哈迪　重审?

枢密官　当然。

伯恩哈迪　我连想都没往那儿想。

弗林特　啊!

伯恩哈迪　有什么必要呢?还要我跟着把整出闹剧再演一次吗?换一种灯光照明而已?只要是有理智的人都知道我是冤枉的,并且这两个月也没人能把它抹消掉。

弗林特　这两个月!总是这两个月!就好像它有多重要一样。这里说的是更重要的事。你没有法律意识,伯恩哈迪。

伯恩哈迪　显然是这样的。

弗林特　您知道什么更具体的内容吗,枢密官先生?

枢密官　知道得不多。这件事里最奇怪的就是,司长顾问在电话里也是这么说,卢德米拉护士在报告里说的事是在忏悔的时候首先提到的,是忏悔神父本人要求她尽可能弥补自己犯下的严重罪行。

弗林特　忏悔神父?

枢密官　显然他不知道是什么事。

弗林特　怎么会？您从哪里知道得这么详细？

伯恩哈迪　要我再上一次法庭？我现在可以给卢德米拉护士开鉴定，证明她患有严重的歇斯底里症，对自己的行为无法负责。

弗林特　这倒是很像你的风格。

伯恩哈迪　就算这个人事后被补关进去，对我又有什么好处……

枢密官　但是借这个机会还可以把另外一个人也送进去，有个霍赫洛伊茨珀恩特纳先生，他的日子应该不会好过，更不要说现在命运之神还在从另外一个方向对他发出威胁。

伯恩哈迪　在这里，命运之神的名字大概是叫库尔特·普弗鲁克费尔德？

枢密官　我想是。

弗林特　您的消息真是灵通得很哪，枢密官先生。

枢密官　我的职责所在，部长阁下。

伯恩哈迪　这个可怜虫不值得人浪费时间，善良的库尔特也应该有更有意义的事情要做……

弗林特　（踱来踱去）在忏悔词中……这点大概会让有些人非常吃惊，或许能够从中得出结论说，天主教的习俗有时让信仰不同的人也同样能得到相当的好处。

伯恩哈迪　我不要这些好处，我要的是不被人打扰！

枢密官　教授先生，您这件事接下来怎么发展应该不取决于您一个人了，它现在没有您也会继续下去。

伯恩哈迪　它只能没有我继续下去。

弗林特　我还是要冒昧地提醒你一句，伯恩哈迪，这件事里关系到的并不是你个人的安逸与否。如今给你指出了正确的道路，能够让你讨回公道，那人们就会奇怪，你为什么要走上另外那条不太体面的路，和各种各样的人搅在一起，记者和……

伯恩哈迪　我哪条路也不走，我受够了，对我来说，这件事已经结束。

弗林特　哎，哎。

伯恩哈迪　彻底结束。

弗林特　这么突然？不是还说你想就这件事写本小册子，甚至一本书，不对吗，枢密官，是有人说……

伯恩哈迪　我发觉这样做已经没有必要……如果要第二次开庭的话,我上一次的口供还在,没有什么可补充的。我放弃要求部长先生出庭。

弗林特　是这样。但是如果我自己认为有必要出庭的话,你是很难阻止的。人们会理解的,包括你,伯恩哈迪,最终也一定会理解,我的愿望从一开始就是要澄清真相而已。第一次的审讯是必要的……不然怎么能够进行第二次,让一切水落石出。亲爱的伯恩哈迪,没有过早把弹药用尽或许是非常正确的。(指指他的胸兜)

伯恩哈迪　是什么？

弗林特　一封信,亲爱的,某封或许在将要到来的战斗中派上用场的信。你的信！

伯恩哈迪　啊,我的信。我还以为是……你的文章呢。

弗林特　哪篇……

伯恩哈迪　就是你做助理医生时那篇著名的:《神院——医院》……

弗林特　啊,那个……

枢密官　(疑问的表情)

弗林特　是的,亲爱的枢密官,来自我……反叛的年代。如果您感兴趣,我很乐意把它找出来……

伯恩哈迪　有这篇文章？

弗林特　(拍着脑门)哦,人真是什么都会记错……我根本就没有写过这篇文章呐……不过谁说得准,说不定我马上就能够……把它讲述出来。

仆人　(走进来)司长顾问贝尔曼先生想见部长阁下本人……

弗林特　啊！(对伯恩哈迪说)能不能请你再稍等一会儿？

伯恩哈迪　你知道,康斯坦丁王子……

弗林特　已经等了你两个月了,不在乎这半个小时。请您帮我留住他,亲爱的枢密官先生。或许有必要谈谈共同的行动计划。那么,伯恩哈迪,这个小忙我应该是可以请你帮的吧。(下)

〔枢密官,伯恩哈迪。

枢密官　康斯坦丁王子请教授去？今天就去？这还真像他！

367

伯恩哈迪　我只是要去请他今后的一段时间内不要找我看病。鉴于事情现在的发展状况,我决定逃开。

枢密官　我只是担心您离开的时间会长得让您众多的病人感到不便,因为现在这件事才刚刚开始,教授先生……而且会持续很长时间!

伯恩哈迪　那我该怎么做呢?

枢密官　会习惯的,随着时间的推移,人心里甚至会感到自豪。

伯恩哈迪　自豪?我?枢密官先生,您根本想不到我感到自己有多么可笑。今天早上就是……监狱门口的欢迎仪式!还有《新新闻》上的文章……您看了吗?我感到很羞耻……所有的计划都在这种感到可笑的感觉里化为乌有。

枢密官　计划……?啊,您是说……您的书。

伯恩哈迪　不光是这个……关于书在事情开始的时候就已经这样了:我动手开始写的时候,正在众目睽睽之下隐居在监狱里,当时我心里还非常愤怒,但是在写的时候,怒气一点点烟消云散,针对弗林特和同事们的控诉书渐渐变成了……我自己根本不知道是为什么……或许由于对某个特别事件的回忆……于是变成了一篇哲学论文。

枢密官　出版商们恐怕不会高兴。

伯恩哈迪　问题不再是奥地利的政治,或者整个政治,而是突然变成了伦理问题,是关于责任和顿悟,最后还有凭自己意志行事的问题……

枢密官　是啊,如果寻根究底的话,事情到最后都是变成这样。但是提前停手总是比较好,否则在某个美好的日子,有人就会开始理解一切,原谅一切……如果不能够再爱或者恨……那么生活的魅力又在哪里呢?

伯恩哈迪　人自然可以继续爱和恨,亲爱的枢密官!但是您应该能够想到,我的书里没有留给弗林特部长阁下什么位置。当时我就决定,既然他没法读到我心里对他的反感,那么至少应该让他听到。

枢密官　就因为这个您才大驾光临?

伯恩哈迪　是的,我的目的是当着他的面说……唉,您大概也能想得出来是说什么。今天早上我最后一次在监狱中醒来的时候,还是这样打算的。但接着就是欢呼喝彩、标题文章,还有我在家里看到的那些信。当时我只想着尽快见到我的老朋友,好让和他之间的总清算能够保持必要的严肃性。但是当我终于见到他的时候,心中的最后一点愤怒也消失了。您真应该听听他说的话……!我根本不可能生他的气。我几乎以为自己从来就没有生过他的气。

枢密官　部长也一直很喜欢您,我向您保证!

伯恩哈迪　现在还要加上卢德米拉护士这件事……还有将要进行的复审,枢密官先生,您会明白我为什么要逃开自己周围响起的那些扰攘,好重新找回我自己,重新获得对自己的尊重,就是……因为人们渐渐意识到我是有理的。

枢密官　但是教授先生,您怎么能这样呢?只靠有理是不可能走遍天下的。只有当理正合某个政党之用的时候,那理才能站得住脚……另外,教授先生,说自己有理只是您的想象而已。

伯恩哈迪　什么,枢密官先生?我的想象……我没有听错吧?

枢密官　我想没有。

伯恩哈迪　您这么觉得,枢密官先生……?这就得请您解释解释了。依您看我应该对神父圣下……

枢密官　您当然应该,尊敬的教授先生!因为您大概并不是个天生的革新者。

伯恩哈迪　革新者……?您怎么能……

枢密官　就像我一样。……原因大概就在于,我们内心并没有准备好做出最后的牺牲……有必要的时候甚至为信念牺牲自己的生命。所以最好的办法,也是唯一正直的做法就是,我们这种人对于这种事根本不要参与……

伯恩哈迪　但是……

枢密官　没有用的,亲爱的教授先生,就算您免去那个可怜的、垂死的人最后再受一次惊吓,最终又能达到什么目的呢?这在我看来就像是有人想靠送给个可怜虫一座别墅来解决社会问题一样。

伯恩哈迪　只是您忘记了一点,亲爱的枢密官先生,就像大多数人一样,我压根就没有想要解决什么问题,我只是在一件非常特殊的事件里做了我自己认为正确的事。

枢密官　错就在这里。如果人总是做正确的事,或者更确切地说,如果人每天早上想也不想就开始做正确的事,如此这般一整天都做正确的事,那么还没等天黑就已经进了班房了。

伯恩哈迪　要我告诉您一件事吗,枢密官先生?换作您是我也会做同样的事。

枢密官　有可能……那我就会变成,请原谅,教授先生,跟您一样的蠢货。

(落幕)

顾牧　译

箴 言

关系与孤独

1

经历、感受或者忍受一种心灵关系的愿望、追求甚或激情总是本原地存在着,尤其在为之找到相应的或者所渴望的对象之前则更甚。而只有在十分罕见的情况下,人的心灵才具有期待得到合适对象的耐性。

是否在个别情况下,理想的对象就完全存在,也就是说,是否两个人,比如首先就拿最普遍的感情关系——爱情来说吧,相互情投意合,这是绝对值得怀疑的。这就是说,假如在他们之间不是偶然发生了相遇的话,这个或者那个或者二者永远都不会相爱的。

人要爱,要恨,同样像他要感受幸灾乐祸、愤怒、嫉妒或者惊叹一样。因此,通常情况下,他自然能够在阻力最小的方向找到对象,即使可能永远也找不到理想的对象。所以,常常只要有一个完全微不足道的契机,就足以引起一种热恋,并且使之变成激情。同样,常常也是由于绝对微不足道的原因,又足以出现一种反感,它会在一定的情况下很快升级为或者被升级为仇恨。

人世间,仇恨的天性也许比爱情的天性更为强大。毫无疑问,在人群内部,比如说在部落里,趋于仇恨的意愿始终胜过趋于仁爱。

一个人群对某一个人产生一种狂热的崇拜,这种情况也许是会发生的;但是两个人群相互狂热地崇拜,尤其是从中得出什么结果来,这样的情况似乎还从来没有看到过。而一个民族加入到另一个民族的行列,或者满怀激情地加入,这在世界历史进程中还从来没有经历过,除非是他们出于共同的仇恨要来对付第三者。因此,就像在政治中一再表明的,国际联盟也始终只有暂时的价值。

2

一件发生在两个人之间的变故是绝对不会得到弥补的,而只有当它不再是这两者之间的一个秘密时才有可能。因为只要有第三者,只要有其他未参与的人——这是不可避免的——介入,那个原本还只是两个人之间的变故,现在却在陌生的心灵里开始了一种新的生存;它获得了一种新的形式,获得了一个新的意义,继续发生作用,一而再,再而三,并且最终以神秘的方式又作用于变故发生在其间的那两个人。

3

一个人的本质是可以通过来自于他一生经历的三个有说服力的轶事评价的,也许可以采用同样确切的方式,就像一个三角形的面积是从三个固定的相互关系中得出来的,而这三个点的连接线就构成了这个三角形。

4

一个人的天才常常会使我们宽容他性格上的缺陷,因为我们本身不太会受到这种性格的某种伤害。可是我们从来都不愿意因为一个人的优秀品德而面对他欠缺的天赋时,使自己的声音更和善些。

5

有些人的心灵好像是由单个的、在一定程度上自由游动的分子组成的。这些分子从来都不可能围绕着一个中心,也就是说不能构成一个统一体。因此,这种无核之人是在一种惊人的、而自己又从来不会完全意识到的孤独中平平淡淡地度日。在这种意义上,绝大多数人是无核的。然而,在那些引人注目和知名的人身上,这样的无核性才格外显眼,况且这样的无核性主要突出地表现在善于模仿的天才身上,首先是天才的演员,尤其是女演员。

6

这就是那些永远都不满足的人,他们正沉浸在一种依然那样有意义的经历中,却遭受到一种巨大的无聊的侵袭,因为他们在精神上早就认为它不存在了。然而,真正的生存艺术家看中的是那些微不足道的意外快乐,哪怕是在最无关紧要的经历中常常一再光顾他的,还是他至少又可以期待的快乐。

7

你最险恶的对手绝对不是那些与你看法不同的人,而是那些和你看法相同的人。但是出于各种不同的原因,出于小心谨慎、自以为是或者胆小怕事,他们不会承认这样的看法。

8

心灵天生就是去爱去恨,去高兴去痛苦,去欢呼去悲叹。然而,当心灵竭力去理会——那些一味与精神相应的东西——时,那它就是对自己天性的犯罪;而当它最终以为理会了时,那它只是在一味地欺骗自己,并且它会因此而走向毁灭。

9

有歇斯底里的爱,也就有歇斯底里的恨。这种恨拥有其他歇斯底里情绪拥有的一切特征:要么是任意的,要么是无意识的情感过分激昂;情感表现中的滑稽可笑和趋于这二者的压力:既趋于过分激昂,又趋于滑稽可笑。

10

有些人被视为高尚的人,只是因为他们善于足够地保留态度,为的是面对比较幸运的人而不过分强烈地表现出一种也许理由充分的痛苦。而当幸运突然降临到这样一些人身上时,那么在绝大多数情况下,你马上就会发现他们原来都是流氓。

11

因为害怕失望而一再失去他的幸福,要比不放过任何一个幸福的可能,哪怕是冒着危险,会被骗得更惨,这也许又不会是真实的。

12

你自以为通过你的教育天资改变了一个人,可你大多莫过是把他变成了一个伪君子、一个骗子或者一个胆小鬼。

13

歌德:谁把自己与这个世界无怨无恨地封闭起来,他就是幸福的……

然而,谁觉得非要急不可待地抱着满腔的仇恨向这个世界依然敞开他的全部心灵,他就是不幸福的。

14

对孩子们的爱始终是一种不幸的爱,从根本上来说也是唯一名副其实的爱。诚然,我们只要有勇气回忆就是了。比如在我们对父母的爱中,尽管这种爱很强烈,——那么其中不是也包含着或多或少的同情吗?也许甚或是反感的情绪吗?结果不也是在这种爱中存在着某些与恐惧密切相关的东西吗？

15

假绅士实际上就是一个在妄自菲薄的道路上谋取虚假自我拔高的人。在真正意义上，他是这个社会秩序的逆来顺受者。

16

把情感伪造成我们称之为多愁善感的那种心理状态，这发生在三次升级过程中：在第一阶段，情感由于对此十分明了地知情而减弱；在第二阶段，情感由于无能力掩饰这样的知情而被弄得模糊不清；此外，在第三阶段，情感由于对这种无能力的自负而遭受侮辱，——情感因此而彻底丧失了称之为情感的权利。

17

比起那种对团结负有义务的自以为是来，没有什么东西再会使这个世界的图像变得那样模糊不清。这种迷惑人的想法在相互不属于一类人之间建立起了关系，而阻碍了应该相互走到一起的人的联系。此外，它迫使那些安分守己的人站到恶棍一边，并因此使自己变成恶棍。

18

像个人生存一样，在人与人之间的关系中很少出现停滞状态；有开始，有发展，有高潮，也有衰退和结束，正好与发生在个人身上各种形式的疾病如出一辙：身体不舒服、先天疾病、衰竭状态、衰老现象，——而且绝对也少不了忧郁症。有些关系早就因为童年的疾病而走向毁灭；也有这样一些关系，尽管它们通过苦心培养，悉心呵护，一句话，通过一种理智的保养习惯能够保持下来，但结果则亦然；另有一些关系正当鼎盛时期却由于间发性疾病而消亡；还有一些关系迟早会因为很少能够及时诊断出来的体质上的疾病而衰亡。有些关系衰老得很快,而另一些人则慢慢地衰老,有些关系是表面衰亡,可以通过耐心,通过采用合适的方法,通过善良的意愿再得以复活。然而也就在这其中,人的关系和人本身没有什么两样,那就是只有少数人能够顺应于不可避免的事情,能够用尊严承受病痛与衰老,能够死得安详和美满。

19

人与人之间的关系,要是建立在大手大脚的基础上,只会在令人痛心和丢人的付出情况下唯唯诺诺地维持下去；而比较聪明的做法是,与其非常艰难地试图去限制一个共同的心理打算,倒不如决心干脆去化解它。

20

在一种病态关系中,我们就会像对待一个病态的人体组织一样,也把那些显然微不足道的东西要解释为这个病痛的症状。

21

在人的关系经济内部,不可靠和热心肠的联系始终优先于冷漠和可靠的联系。这是因为,对付不可靠有一个保证:知人之明,而冷漠则使得任何人的关系变得那样不可救药,从而它注定是毫无益处的。

22

当你给"Jardinsecret"(神秘的乐园),心灵那隐秘的乐园过于温存地筑起围篱的话,那么它就很容易开始无比茂密地昌盛起来,越过那归属于它的空间而蔓延,并且逐渐也占去你心灵上那些根本不是确定于保持隐蔽的领地。这样一来,你的心灵最终会变成一个难以接近的乐园,在无比的繁茂和芬芳中因为孤独而枯萎。

23

每个真正伟大的情感都是又高尚又有益,恨与爱完全一样;恨只是一定要脱离开利己、嫉妒、报复心或者胆怯那些肮脏的因素。可是,爱需要从多少因素中得到净化后才能被视之为真正的无私呢?

24

当我们在生活、经验和知人之明方面达到一定的高度时,那么任何交往,也包括与我们那些最聪明和最可爱的朋友交往,几乎只有营造氛围的作用。我们所有的对话,也包括那些所谓深刻的对话,几乎不再是以精神的方式,而大多情况下只是以似乎周期性的或者音乐性的方式能够让我们充实,使我们幸福。

25

有各种各样的孤独,有比我们习惯那样称之为孤独更无辜、更痛苦或者更深沉的孤独。难道你还从来没有遇到过,在一次大的社交中,你刚刚还感到十分愉快和惬意,却一下子觉得所有在场的人都像幽灵一样,而你自己却是他们之中唯一真实的人吗?或者,难道你还从来没有突然意识到过,当你正在与自己的朋友进行极其热烈的交谈时,而你们的一切言论却是毫无意义的,相互理解在任何时候都是无望的吗?或者,难道你还从来确实没有感到过,当你幸福地躺在情人的怀抱时,而在她的脑海里却闪动着你一无所知的想法吗?比起我们通常习惯那样称道的"孤影相伴"来,这一切都是更严重的孤独。因为这种孤影相伴与所有那些别的真正的、其中充满着阴森、危险和绝望的孤独相比,则意味着那样一种善意而安逸的状态,我们会把这种与我们自己相伴的孤独更多地感受为最温馨和最悠闲的交往形式。

26

孤独也拥有时髦的追求者,他们大多数都是以殉道者自足而暴露于光天化日之下。

27

当我们知道,从这个世界上的某个地方,哪怕是非常遥远的地方,呼唤着对我们的渴望时,这样的孤独是多么珍贵呀。然而,这到底还算是孤独吗?这不就更多是那种最安逸和最不负责任的交往吗?这样的交往只知道索取和接受,从来都不会奉献,而且连自己应负的责任也不会承认。

28

如果两个人要相互达到最深层的理解,那恰好犹如两面相对的镜子一再相互投去各自的影子,而且就像是以极大的好奇心,从越来越远的地方,直到它们最终消失在一个无望而遥远的昏暗里。

29

我们常常以为在恨一个人,然而恨的只是体现在这个人身上的思想。而当那个身在远方让我们觉得不可忍受或者非常危险的家伙真的迎着我们而来时,那么我们顿时看到的只是一个可怜巴巴的人,他天生就注定和罪恶、痛苦和死亡不可分离;而我们的恨则会转变为感动、同情,甚至也许是爱。

30

当一个你曾经从志得意满的心灵里说出的真理又从别人的嘴里同样作为被人引证的名言回到你那里时,你有时候则会试着去接受它,就像父亲接受那个失去的儿子一样;他当年曾经带着万贯财产逃入这个世界里,而最终又回家来,却像乞丐一样敲着你的门。

31

与你势不两立的死敌,可能就是那个独一无二的人,你一辈子都能够同他处在一种完全纯洁的关系中,——而前提是,你们自己相互从来就没有相识过。

32

在所有的心理付出中,最无用的就是公正。你为爱所付出的,不管怎么说,毕竟有时候会得到回报的,哪怕是微不足道也好。而为你所伸张的公正,你得到的无非是怀疑,忘恩负义,最终还少不了遭到嘲笑。

33

当你觉得有意愿和解时,那你首先要问问自己,到底是什么东西促使你有了这样和善的心情:记性不好,安逸或者胆怯。

34

那些所谓感情冲动的人大多数都不是挥霍无度的人,而只是一些耐不住情感的人。

35

一种菜肴、一件事情或者一个人的口味都会迷惑人的,因为这其中包含着太多的错误可能。口味这东西是可以被伪造的,比如通过我们的胃口、我们的好奇心或者我们的渴望,同样既可以通过惊奇的瞬间,又可以通过习以为常的瞬间。而在回味中,那才包含着真正的口味,虽然被稀释了,但也被净化了;在这其中,才表现出我们所感受过的人、事情或者菜肴的内在。

36

戏剧作品面对观众演得破绽百出,是屡见不鲜的事。这不是因为排练得太少,而是太多了。这样看来,也有一种演练过度的知人善任者,他们之所以最终总是充当了被捉弄的人,是因为他们积累了太多的经验。

37

当你发生不幸时,你的朋友的第一反应并不是什么同情甚或帮助你的欲望,而是就其而言早就看到你面临的不幸——他的下一个反应:认为你是自作自受。

38

当一个人说他热爱人时,他几乎在任何时候都不是有感于他的善良而说出这话的;当另一个人声称他蔑视人时,他的这番表白很少不是出于对自己的智慧感到自豪而发的。无论一个人对别人持什么态度,有时候他会因此而吃亏的,可是他特有的自负永远也不会吃亏的。

39

当你觉得自己处在因为一个人而要走向毁灭的危险中时,那么你别立刻就把责任推在他身上,而先要问问自己,你找这样一个人已经找了多长时间。

40

旁人对我们的命运的关切无非是幸灾乐祸、纠缠不休和自以为是相互交替的大杂烩。

41

即使一个人骗了你,偷了你或污蔑了你——可这始终还会存在着一种和解的可能,甚至日后你和他之间还有可能出现一种纯洁关系。不用说,即使是你的凶手,在事情发生以后,你也许有可能和他很好相处——也许最有可能和他相处。唯独有一种人,他就是不明白自己做了什么伤害你的事,你也永远不会和他言归于好的——即使你自己早就把他的所作所为不放在心上了。

42

对大多数人来说,他们所领受到的一个善举并不意味着是一次表达他们感激之情的机会,而更多是一次证明他们有主见的机会。这事在他们看来,不仅在心理上相当不以为然,而且有时候反而大大地提高了他们的自信心,以至于他们很快就自以为比那些施善者更高明。

43

没有什么东西会使我们对一个人更加势不两立地耿耿于怀,那就是他,即便是无意的,把我们置于一种境地,从而使我们恰好在与他的来往中逐渐地暴露出我们天性中恶劣的一面——或者正好给了我们发现这一面的机会。

44

好像有一种独一无二的失望,它是我们无论如何都不可能感受到的:那就是对我们可能来自后世的失望,——要是我们能够经历它就好了。然而,谁具有这方面的天资,谁也就会预料到这种失望,而正是如此,绝对不缺少对永生的苦恼者。

45

这就是那些令人讨厌的人,他们被导游陪到一个美丽的观景点上,非但不感激他,反而摆出一副架势,仿佛是他们自己刚刚发现了这个新大陆似的,并且在结束时指责他们的导游缺少对大自然的感受,就是因为他没有足够大声地加入到他们的欢呼中去。

46

从蔑视人的状态逃入孤独之中,或者隐退到自我封闭的世界里,这极少是力量或者伟大的象征,而更多是懒惰或者自负的标志。说教仁爱——这绝对不是一种善良或者智慧的显示,而常常是多愁善感的表露,即便不是无能也罢。对个人的尊重胜于蔑视,对全体有益胜于热爱他们。这就是说,每个人要意识到自己为天性所注定的所属性和由此而产生的义务,并要以此来行动。

47

　　一个我们在心灵深处越发不能忍受的人,他能够越多地博得我们的承认、惊赞,甚至——这似乎听起来自相矛盾——爱。而在我们心中,那种原本对他的反感自然也同样会愈演愈烈;——正因为这样,恨足以够经常地恰好在那种似乎与其天性最激烈对抗的东西中寻找和找到自己的营养——那就是在公正之中。

48

　　有些人以为自己始终还在缅怀着一个失去的幸福,其实早就只剩下对幸福那孤独的哀伤,也就是他潸然泪下的所在。

49

　　如果两个人越过永远陌生的鸿沟,冷漠地相互握起手,这始终胜于他们因为被理解那蛊惑人心的轰动所感动,而相互热烈地拥抱在一起。

50

　　我们令人失望,这似乎够经常地、不知不觉地发生在我们身上;——那些过高估计我们或者只是按照功绩赞赏我们的人离开我们或者超越我们去发展了,或者他们也只是自以为这样,这就足够了。可是,我们一定要不断地重新证实自己,天天如此——通过自己的努力,依靠自己的力量。

51

　　在我们看来,周围人的性格特征始终只是按照其本质的意义显而易见,而从来无法预见的是,某一个特征在一定情况下能够发展到什么样的程度。也就是说,当我们觉得一个人的形象,由于这样不可预见的发展而发生了变化,有时候甚至转变成其对立面时,我们不应该说是失望,而要说是证实。可从根本上来说奇怪的是,这样的证实的确只会迎合我们的知人之明,比起那些真正的失望通常能够达到的,则会更加痛苦地触动我们。

52

在任何情况下,我们注定要利用我们周围的人。这不仅是出于所谓自私的原因,而且具有更深一层的意义:为了实现我们那个由自己的天资所决定的命运。那些我们不可能需要用于这个目的人,我们会不由自主地让他们远离我们的近旁,而且我们会以无意识的敏锐目光,从我们相遇的人群中恰好选择出那些按照他们的本质适合于让我们发现和发挥自己的本质,并由此实现自己命运的人。

53

像天文学家一样,他们能够从一个天体与其轨道最微小的偏差中,以精确无误的数学方式计算出从宇宙某个地方而来的陌生天体的发展,甚或这样才能够断定这个天体的存在——同样,心理专家可以从一个自己熟悉的人的目光、神情、举止、声调中——也就是从那些最微小的、外行无法觉察的变化中推断出一种新的、外来的影响的存在,而且早在那个人意识到他偏离了自己的轨道之前,甚至他根本永远都不会意识到。

54

休戚与共的努力把你们用细绳联系在一起;休戚与共的命运把你们用绳索捆绑在一起;休戚与共的义务把你们用铁链锤打在一起。

55

为什么我们会把周围人的好心肠看成是愚蠢,而把我们自己的则看成是善良——把别人的善良看成是无能,而把我们自己的善良则看成是心灵高尚的象征呢?

56

理解一切就意味着原谅一切,这话似乎想得非常高明,说得也非常高明。但遗憾的是,百分之九十九的原谅出于安逸,而最多只有百分之一是出于善良;善良的根源通常十有八九绝对不是来自心灵的宝库里,而更多在于理智的欠缺中。

57

生存艺术:就是让个人天性中那些特别原则服从于大自然、国家和社会的普遍原则,并且能够使他那原本的自我立足于这一切原则之上。

58

面对那些真正可爱的人,即使我们对他们做出了不公正的事,我们总是觉得自己没有什么过错;而面对那些不和善的人,我们则始终遭受到责任的压抑,即使发生在他们身上的烦恼与我们没有丝毫的关系,而且一切责任也许都是自作自受。

59

陷入低谷的人与人的关系,尤其是爱情关系,有时候就像贫穷潦倒的贵族一样,既有可笑又有感人的乞丐尊严。这种尊严,我们无论如何都要尊重,切不可用过分表露的同情伤害之。

60

一个女人的爱,你会由于各种各样的态度而失去:由于信任和怀疑;由于迁就和专横;由于太多和太少的温柔;什么都是,什么都不是。

61

我们会把一个女人始终视为那样一个无赖,当我们证实了这个信念不利于我们时,总会感到愤愤不平;而当我们证实了这个信念有利于我们时,又总会产生一种惬意的感动。

62

出于一定的动机骗人,这几乎就意味着诚实。

63

每个爱情关系都会经历三个相互不知不觉掩盖的阶段:第一阶段,人们在其中默默不语地相互感受着幸福;第二阶段,人们在其中默默不语地相互感到无聊;而到了第三阶段,沉默在其中变得如同暴力,像一个不共戴天的敌人介于相爱者之间。

64

没有什么幽灵会比孤独以更加多种多样的伪装来袭击我们。而孤独最不可捉摸的一个面具就叫作爱情。

65

我们觉得自己与对自由坚持不懈的渴望息息相关,——而我们又力图去约束自己,却没有对我们与之相关的权利的信念,这正是那个使得任何爱情关系都如此成问题的关键。

66

只有为数很少的女人,天生具有个人的公正意识,而绝大多数女人甚至对这样的意识存在于别人身上都一无所知——如果她们不是直接觉得这可笑的话;比起她们会承认的,这种情况要发生得更加频繁。

67

你可别过早地以为被一个女人爱上了,之前你要确实觉得她把全部的性爱渴望都凝聚在你一个人身上,而把她天性中其他任何可能,哪怕是那些最意想不到的,都变换成了这个现实。

68

要是两个男人因为一个女人而陷入一种不可开交的争斗中,总是会有他们临近——如同越过一个深渊——相互握手言和的时刻到来。

69

你明白了?你谅解了?你遗忘了?这是一个什么样的误解呀!你不过是停止爱罢了。

70

在时间的进程中,相爱者相互能够成为最好的东西是:他们梦想的替代物或者他们渴望的象征。

71

凡是一个女人在自杀的勇气方面可能缺少的东西,那么在相应的情况下,她就会毫无顾虑地用恶毒来替代之。

72

承认一部分,比起对一切保持缄默来,这大多则意味着一种更加阴险的欺骗。

73

在性爱关系中,这一部分对另一部分来说,在心理上越来越明显地上升为个性,而在身体上则越来越不可救药地降低成原则。

74

比起男人来,女人更加受到天性的束缚和社会的制约;这就是大多数爱情关系问题存在于其中的矛盾。

75

一个聪明的女人曾经告诉我:男人们都轻而易举地明白,他们在我们身上得到了什么;而他们在我们身上完全没有得到的,则他们大多都一无所知。

76

与男人不同,骗人的女人有一种欲望,她过后要自我申辩,哪怕只是面对自己也罢:因此,她很少会从骗人中得到满足;她不承认,同时也暴露出来。

77

如果说有一百个女人爱上的不是男人,而是其荣誉,其财产,甚或其犯罪的天赋,那么也不会有一个男人之所以要追求一个女人,是因为她有名,她富有,甚或她是一个犯罪者。每个这样的性格特征对他来说,也许会超过了刺激的含义,但从来都不会意味着是爱一个女人的真正动机。女人的一个特点是,一个概念就足以点燃起她们性欲的火花。

78

一种爱的争吵很少会以真正的和解结束;大多数不过是停战而已。在这期间,争吵的双方正好有了埋葬他们死者的时间。然而,当战斗重新开始时,他们就会再次把那些死者抬到光天化日之下,而且他们会被笼罩在腐烂的气味中继续战斗下去。

79

不是过多的信任,而是想象的癖好会使得男人那样苦恼地去相信一个所爱的人的不忠。

80

一个悲喜的命运是:明白他的生存已经被毁灭,但除了那个被毁灭了生存的孤家寡人之外,却没有任何一个他可以偎依在其怀抱里而为之大哭一场的人。

81

在爱情债方面,适用的规则是:宁可让倒闭,也不要太晚去收取。

82

要是诚实不是一种回赠的话,那么它就是一切付出中最愚蠢的。

83

在任何性爱关系中,两个相爱的人都不会始终感受到真话,而且也不会一再相信每个谎言。

84

你切不能以为你和一个情人亲密到如此的地步,以至于你会把自己最隐秘的感情冲动毫无保留地告诉她。而你依然还要这样做的话,那么毫无疑问,她会进行报复的,不是她同样也把自己的感情冲动告诉你,就是对你守口如瓶。

85

只有当你能够把自己想象成那个将会成为你的继任者的人时,你才能够对你的情人做出正确的判断。

86

要是你把自己的情人当作另一个人搂抱在怀里,有时候这则意味着对她更为恶劣的欺骗。

87

对你来说,当性欲的魔力从一个你始终还爱着的人身上逐渐降落时,你就时而会感受到新的奇迹,那就是又有孩子站在你的面前,就是那个你在当妻子之前拥抱过的东西,而你现在比此前则更加爱它。

韩瑞祥 译

附　录

施尼茨勒生平与创作年表

1862 年

5月15日,阿图尔·施尼茨勒出生在维也纳。父亲约翰·施尼茨勒是医学教授,维也纳全科医院院长。母亲路易塞·施尼茨勒操持家务。

1871—1879 年

在维也纳高级中学读书。1879年7月8日,以优异的成绩毕业。同年秋天,开始在维也纳医科大学学习。

1880 年

11月间,首次在慕尼黑《自由使者》杂志上发表了作品《芭蕾舞女爱情曲》。

1882 年

10月1日,开始在维也纳第一卫戍部队医院服役,期限为一年。

1885 年

5月30日,获得医学博士。从9月起,在维也纳全科医院当助理医生。

1886 年

从11月1日起,随从精神病学教授台奥多·迈纳特当助手。此间在《德意志周刊》和《蓝色多瑙河畔》上发表处女诗和散文(速写和箴言)。

1887 年

1 月 1 日,任父亲创办的《国际临床动态》杂志编辑。

1888 年

在维也纳埃利希出版社出版舞台手稿《他的冒险生涯·独幕喜剧》。先后去柏林和伦敦考察旅行。发表《伦敦的信》。从这年秋天直到 1893 年,在父亲开办的医院里当助手。开始研究意识感应和催眠术。

1889 年

在《国际临床动态》上发表有关功能性失语及其通过催眠术和意识感应治疗的研究成果。发表作品《美国》《另一个》《我的朋友Y》和《插曲》。

1890 年

开始密切接触维也纳文学圈子,成为"青年维也纳"(维也纳现代派)的核心人物;结识作家胡戈·封·霍夫曼斯塔尔、菲利克斯·萨尔滕、理查德·贝尔-霍夫曼、赫尔曼·巴尔等。发表作品《阿尔卡迪斯之歌》《发问命运》和《阿纳托尔婚礼的早晨》。

1891 年

5 月 3 日,《他的冒险生涯》在维也纳首演。发表作品《童话》(舞台手稿)《界石》《财富》和《圣诞购物》。

1892 年

与作家卡尔·克劳斯首次接触。发表短篇小说《儿子。一个医生的记录片断》(后来加工成长篇小说《特蕾莎》,发表于 1928 年)和独幕组剧《阿纳托尔》(序诗为霍夫曼斯塔尔所作)。

1893 年

5 月 2 日,父亲去世。施尼茨勒离开医院,自己开办诊所。7 月

14日,《告别晚餐》在巴特伊舍尔城市剧院首演。12月1日,《童话》在维也纳德意志剧院首演。

1894 年

开始与丹麦批评家和文学史学家格奥尔格·勃兰兑斯通信往来。发表《花》《三颗仙丹》《死亡》《鳏夫》《童话》(图书版)等。

1895 年

10月9日,《儿戏恋爱》在维也纳皇家剧院首演。开始与柏林德意志剧院主管奥托·布拉姆通信往来。发表作品《小小的喜剧》。

1896 年

1月26日,《发问命运》首次在莱比锡卡罗拉剧场公开演出。2月4日,《儿戏恋爱》在德意志剧院首演。施尼茨勒结识阿尔弗雷德·科尔。4月到8月,去北欧旅行,拜见挪威著名剧作家易卜生。11月3日,《不受法律保护的人》在德意志剧院首演。发表作品《儿戏恋爱》《一次告别》和《发疯的人》。

1897 年

11月27日,《不受法律保护的人》在布拉格首演。发表作品《智者之妻》《荣耀之日》《一点半》和《死者无言》。

1898 年

1月13日,《圣诞购物》在维也纳索菲剧场首演。1月26日,《插曲》在莱比锡易卜生剧场首演。7月13日到9月3日,骑自行车游历奥地利、瑞士和意大利北部,部分行程有霍夫曼斯塔尔陪伴。10月8日和30日,《遗言》分别在德意志剧院和维也纳皇家剧院首演。发表作品中篇小说《智者之妻》(其中包括《智者之妻》《一次告别》《荣耀之日》《花》和《死者无言》)、《不受法律保护的人》和《帕拉策尔苏斯》。

1899 年

3月1日,独幕剧《帕拉策尔苏斯》《女伴》和《绿鹦鹉酒馆》在维也纳皇家剧院首演。3月27日,因为小说和戏剧创作成就获得鲍恩费尔德奖。6月1日,施尼茨勒在日记里记录下第一次会见演员奥尔伽·古斯曼,也就是他后来的妻子。发表作品《绿鹦鹉酒馆》和《一个钟头左右》。

1900 年

12月1日,《比特里克夫人的面纱》在波兰的布莱斯劳首演。发表作品《瞎子基罗尼莫和他的哥哥》《古斯特少尉》和《轮舞》。

1901 年

6月14日,由于小说《古斯特少尉》损害了奥匈帝国军官的"荣誉观念",施尼茨勒被当局撤销了预备军官职务。10月13日,《阿纳托尔婚礼的早晨》在柏林首演。发表作品《贝塔·迦南夫人》《热闹时刻》和《除夕之夜》。

1902 年

独幕组剧《热闹时刻》在德意志剧院首演。8月9日,儿子海因里希出生。10月18日到20日,施尼茨勒和奥托·布拉姆一起前往阿格纳滕多夫拜访作家盖哈德·豪普特曼。发表作品《陌生人》《安德烈亚斯·塔迈耶的最后一封信》《希腊舞女》《丑角艺术》和《热闹时刻》。

1903 年

3月17日,组剧《热闹时刻》获得鲍恩费尔德奖。6月25日,慕尼黑大学生剧场首演《轮舞》的第四到第六幕,遭到政府当局制裁。8月26日,施尼茨勒与奥尔伽·古斯曼,也就是儿子海因里希的母亲完婚。12月2日,《木偶戏演员》在德意志剧院首演。发表作品《木偶戏演员》《绿鹦鹉酒馆》和《轮舞》。

1904 年

1月13日,《孤独之路》在德意志剧院首演。3月16日,作品《轮舞》在德国遭禁。《勇敢的卡西安》在柏林小剧场首演(剧场主管是马克斯·莱因哈德)。审查当局禁止为同天晚上安排的独幕剧《德洛尔梅之家》演出。发表作品《勇敢的卡西安》和《莱泽伯格男爵的命运》。

1905 年

1月28日,《不受法律保护的人》在维也纳德意志大众剧院首演。10月12日,《插曲》在皇家剧院首演。发表作品《新歌》《预言》等。

1906 年

2月24日,《生命的呼唤》在柏林莱辛剧场首演(剧场主管是奥托·布拉姆)。

1907 年

发表作品《一个天才的故事》和《死去的加布里尔》。

1908 年

1月16日,获得格里尔帕策奖。发表作品《通往自由之路》《伯爵小姐米兹》和《单身汉之死》。

1909 年

1月5日,《伯爵小姐米兹》在维也纳德意志大众剧场首演。9月13日,女儿莉莉出生。10月30日,《勇敢的卡西安》在莱比锡新城市剧场首演。

1910 年

1月22日,《皮莱特的面纱》在德累斯顿皇家歌剧院首演。9月18日,《儿戏恋爱》在美因河畔的法兰克福首演。11月24日,《年轻的梅达都斯》在皇家剧院首演。

1911 年

9月9日，母亲去世。10月14日，《遥远的国度》同时在柏林的莱辛剧场、布莱斯劳的珞贝剧场、慕尼黑皇家剧场、布拉格德意志剧场、莱比锡老城剧场、汉诺威剧场、维也纳皇家剧院等首演。发表作品《三重警告》《牧笛》和《雷德贡达的日记》。

1912 年

2月10日，《木偶》系列在维也纳德意志大众剧场首演。10月13日，《轮舞》在布达佩斯用匈牙利语首演遭禁。10月25日，《贝恩哈迪教授》计划在维也纳德意志大众剧场的首演因审查当局下禁令而取消。11月28日，《贝恩哈迪教授》在柏林小剧场首演。奥托·布拉姆当天晚上去世。施尼茨勒逐渐淡出戏剧界可能也和失去这位朋友有关。值五十岁大寿之际，费舍尔出版社出版七卷本《作品全集》（其中小说3卷，戏剧4卷）。

1913 年

发表作品《贝塔夫人与她的儿子》。

1914 年

1月22日，第一部根据《儿戏恋爱》改编的电影首映。3月27日，获得赖因蒙德奖。发表作品《希腊舞女其他中篇小说》。

1915 年

10月12日，独幕剧《语言喜剧》同时在皇家剧院、美因河畔的法兰克福新剧院和达姆施塔特皇家剧院首演。

1917 年

11月14日，《燕雀和丁香灌木》在维也纳德意志大众剧场首演。发表作品《格莱斯勒博士》和《浴疗医生》。

1918 年

12 月 21 日，王朝灭亡之后，禁令取缔，《贝恩哈迪教授》在维也纳大众剧场首次演出。发表作品《卡萨诺瓦的归天之路》。

1920 年

10 月 8 日，《贝恩哈迪教授》获得大众剧院奖。12 月 23 日，《轮舞》在柏林小剧场首演。

1921 年

2 月 1 日，《轮舞》在维也纳大众剧场首次演出。2 月 17 日，《轮舞》在维也纳演出完后发生骚乱，警察当局下令禁止继续演出，直到 1922 年 2 月 17 日才解禁。6 月 26 日离婚。9 月 1 日，美国无声电影《阿纳托尔》首映。

1922 年

6 月 16 日，第一次和西格蒙德·弗洛伊德长时间会面。之前，弗洛伊德写去著名的长信祝贺施尼茨勒六十岁大寿。值六十岁大寿之际，《作品全集》增加小说和戏剧各一卷。

1923 年

10 月 5 日，无声电影《年轻的梅达都斯》在维也纳首映。

1924 年

10 月 11 日，《诱惑喜剧》在皇家剧院首演。发表作品《诱惑喜剧》和《埃尔泽小姐》。

1925 年

发表作品《法官妻子》和《梦幻小说》。

1926 年

6 月 21 日，获得皇家剧院奖。12 月 27 日，在柏林最后一次会见弗洛伊德。12月31日,《除夕之夜》在维也纳首演。发表作品《通往池塘之路》和《黎明的赌博》。

1927年

3月15日,无声电影《儿戏恋爱》在柏林首映。发表作品《箴言与思考集》和《语言和行为中的精神》。

1928年

3月,无声电影《不受法律保护的人》在柏林首映。7月26日,女儿莉莉在威尼斯自杀。《作品全集》增加了2卷小说,其中包括首次发表的长篇小说《特蕾莎:一个女人一生的编年史》。

1929年

无声电影《埃尔泽小姐》问世。

1931年

2月14日,《通往池塘之路》在皇家剧院首演。9月19日,根据《拂晓前的赌博》改编的有声电影首映。10月21日,阿图尔·施尼茨勒因患脑溢血在维也纳逝世。

韩瑞祥 编译